Tan cerca de ti

ANTONIO HIDALGO

Tan cerca de ti

Grijalbo

Papel certificado por el Forest Stewardship Council®

Primera edición: mayo de 2023

© 2023, Antonio Hidalgo
Autor representado por Editabundo Agencia Literaria, S. L.
© 2023, Penguin Random House Grupo Editorial, S. A. U.
Travessera de Gràcia, 47-49. 08021 Barcelona

Printed in Spain – Impreso en España

ISBN: 978-84-253-6235-4
Depósito legal: B-5.750-2023

Compuesto en Llibresimes

Impreso en Liberdúplex
Sant Llorenç d'Hortons (Barcelona)

GR 6 2 3 5 4

A ti, que ahora estamos tan cerca

1

Cuando una puerta se cierra, se abre una ventana. Típico refrán que hemos escuchado mil veces, pero que si lo analizamos realmente no tiene mucho sentido. ¿De qué me sirve la ventana abierta si la puerta está cerrada? En nuestra cabeza resuena siempre con tono de taza de Mr. Wonderful, pero el sentido literal sería algo más parecido a «Si has perdido esa oportunidad, ahí tienes la ventana». En fin, la frase es una mierda, pero el fondo es la clave. Es una forma de obligarse a buscar otra salida. Todo pasa y todo llega, o por lo menos de eso intento convencerme desde que acepté este curro. No parece que vaya a ser el más trepidante de mi vida, pero tengo que parar de quejarme.

Los que no paran son los mensajes y las llamadas de los curiosos y la prensa. No me los quito de encima. He tenido que desaparecer de todas las redes sociales; ya llevo casi una semana sin ellas. Empezaba a obsesionarme leyéndolo todo, y lo de los mensajes directos ya se había convertido en un puto circo. Había algunos incluso pidiéndome una cuenta en OnlyFans.

Así que si la reunión de hoy no acaba bien, ya tengo plan B…, porque mi cuenta está tiritando. Eso sí, voy a tener que mirarme un arito de esos de luz para que mi contenido +18 esté bien iluminado. ¿Acabaré enseñando cómo me masturbo debajo de la ducha? Sería para escribir un libro: el guardaespaldas que, por seguir sus principios, se convirtió en una estrella del porno. La verdad, antes me pegó un tiro.

Si pudiera, me quedaría toda la mañana dándole vueltas al coco y lamentándome de lo de puta madre que está mi suerte, pero nada como un perro hiperactivo —que, cuando detecta el mínimo atisbo de que su amo se ha despertado, brinca a la cama para darle los buenos días y, de paso, pedir el desayuno— para hacerte espabilar.

—¡Neo! ¡Bájate! Que me lo llenas todo de pelos, tío.

Hoy desayuno y paseo exprés, compañero. Tengo que estar a las nueve en la editorial. La peor hora para ser puntual un lunes en Madrid. Así que después de mis obligaciones de amo, duchita rápida y a la calle. Por suerte, puedo ir esquivando los coches, porque el atasco es monumental en todas partes. Nunca entenderé por qué la hora de entrada del 90 por ciento de los colegios coincide con la del mismo porcentaje de oficinas de la ciudad.

A pesar de que voy bien de tiempo me divierto acelerando entre los coches completamente parados en la Castellana. Un trayecto mañanero en moto es mejor que cualquier café. Te obliga a concentrarte al máximo, tienes que estar preparado para reaccionar en el menor tiempo posible y encima te va dando el aire en la cara. Me encantan estas mañanas de septiembre en las que ya empieza a hacer fresco pero que cuando te pones al sol te calientas al instante.

Alguna vez hasta te da un escalofrío por el cambio de temperatura. Es mi clima favorito, ni frío ni calor, temperatura californiana. Siempre he soñado con viajar allí.

Mi madre dice que en España no hacen falta guardaespaldas, que la gente es muy buena. Buena es ella, que sigue manteniendo una inocencia envidiable, que piensa siempre lo mejor de los demás. Y en parte tiene razón, aquí nos lo tomamos todo con más calma. Pero qué le voy a hacer si me encanta este curro desde que era un chaval. De pequeño me gustaba ver a esos escoltas trajeados que protegían a grandes presidentes o a estrellas del cine y de la música. Armas de matar que podrían acabar con un ejército de operaciones especiales sin perder su elegancia. La vida real no es eso, o no suele serlo. He trabajado con gente de todo tipo, desde políticos hasta artistas de fama internacional, y puedo confirmar que el glamour de esta profesión se queda en las pelis.

Cuando me quiero dar cuenta, ya he llegado. No he tardado nada, diez minutos de paseo y ya estoy aquí, en pleno centro. Estos sí que saben. Es un edificio bastante tocho, blanco, con grandes cristaleras que pobrecillo el que se tenga que colgar a limpiarlas. En la puerta hay un par de tíos de seguridad bastante repeinados.

—Hola, cariño, ¿adónde vas? —me dice la señora de recepción del edificio cuando entro y me pide la documentación. Qué gusto da la gente buena y educada.

—A la editorial, he quedado con...

—Pasa, cielo, planta ocho, por los ascensores de la derecha.

—¡Gracias!

Subo bastante apretado, se nota la hora punta. Miro el reloj y son menos cinco. Perfecto, ni muy pronto ni muy justo. Llegamos a la planta ocho y soy el único en bajar. No sé por qué me hace gracia mirar atrás y ver a todos los que continúan el viaje con sus maletines y cafés para llevar, rectos y en completo silencio. Solo hablan para saludar a quien entra y para despedirse del que sale, como si fueran un coro.

Me recibe un chico con gafas que está sentado en una gran mesa vinilada con el logo de la editorial.

—Buenos días. —Por su tono no parece que estuviera esperando a nadie.

—Hola, vengo a una reunión.

—Perfecto, ¿con quién?

—Con Carlos Pérez.

Esa es toda la información que me ha dado Tommy. La verdad es que me ha hecho un favorazo, pero podría haberse enrollado un poco y haberme explicado de qué iba la cosa. «Hay que cubrir a una chavalita joven, escritora. Por lo visto lo ha petado que flipas en internet. Vas, te reúnes con los de la editorial y que te la presenten. No me la líes, ¿vale?».

El chico parece buscar en el ordenador, y cuando veo que su cara es de extrañeza y que tarda, le echo una mano:

—Me llamo Kobo, soy escolta, vengo de parte de Tomás Álvarez.

—Mmm... ¿escolta de?

—No sé, de una escritora.

—Tenemos unas cuantas —se ríe.

—No sé, es que se supone que es ahora cuando me iban a informar.

—Dame un segundo, voy a llamar a Carlos.

Me alejo un poco intentando darle privacidad y echo un ojo a mi alrededor. Detrás de la recepción veo a algunas personas acomodándose en sus puestos de trabajo, hablando con sus compañeros o mirando el móvil. También hay algunos libros expuestos alrededor. Varios me suenan. Todo tiene unos tonos bastante neutros, entre los que irrumpe una horrible moqueta de color azul oscuro. ¿Quién usa todavía moqueta? Qué asco.

El chico, a quien no he caído en preguntarle el nombre, sigue esperando a que le cojan el teléfono cuando aparece una señora. Va cargada con una torre de papeles que deja en la mesa con un suspiro. Me mira por encima de unas gafas de pasta rojas, hace un análisis exhaustivo, de arriba abajo y vuelta, y me dice:

—Tú eres el chico de Eva.

No soy el chico de nadie, pero por lo menos ella sí que parece saber quién soy. Vamos avanzando.

—¿Mun? —le pregunta el otro con cara de sorpresa.

—¿Quién va a ser, si no? —le contesta condescendiente mientras deja caer en su pecho las gafas sujetas por un cordel. Siempre he odiado los sujetagafas esos, son de persona rancia.

—Buenos días, Carlos, ha llegado... —El chico tapa el micrófono del teléfono y me pide que le recuerde mi nombre con la mirada.

—Kobo.

—Kobo, el escolta de Eva Mun. Perfecto. Ahora mismo. Gracias. —Cuelga—. No han llegado todavía, pero acompáñame y les esperas dentro, si quieres.

Sonrío a la mujer, que vuelve a escrutarme con la mirada y sigo al chaval por la oficina. Va pasando con soltura entre los puestos de trabajo a la vez que dedica gestos de complicidad y da los buenos días a sus compañeros. Algunos están ya más despiertos que otros, pero todos parecen tener buen rollo.

Llegamos a una sala con una mesa grande en el centro, sillas de cuero y un ventanal desde el que puedo ver mi moto. También hay un expositor de libros que ocupa toda la pared del fondo, algunas plantas, una máquina de café y un proyector. Una de las paredes es una cristalera que da al pasillo de la editorial y que han tenido a bien resguardar con una especie de estor para dar sensación de intimidad. Está claro que es una sala de reuniones importante, pero ni con esas se ha librado de la moqueta.

—Ponte cómodo por aquí, Kobo. Carlos está a punto de llegar y Eva imagino que también.

—Perfecto, gracias...

—Roberto, bueno, Rober.

—Gracias, Rober.

—¿Te guardo el casco? —me pregunta amablemente.

—No hace falta, gracias.

—¿Quieres algo? Un vaso de agua o algo así.

—Estoy bien.

—Muy bien, cualquier cosa, ya sabes dónde encontrarme.

Rober se va con el aire nervioso que lo acompaña desde que han mencionado a la autora. Bueno, ya sé dos cosas nuevas: la chica se llama Eva Mun y no es demasiado puntual.

Ha pasado un rato y aquí no aparece nadie. Empezamos

bien. No estoy nervioso, pero soy un tío impaciente por naturaleza. Siempre he llevado mal lo de estar sentado, así que me levanto y me pongo a dcambular por la sala. Echo un vistazo por la ventana y veo a la gente entrando y saliendo del edificio. Me siento un tiburón de Wall Street observando a los currantes desde su despacho.

«Tendría que haberle pedido un café a Rober para bebérmelo a sorbitos mientras pienso en mi próximo golpe». Sonrío y me digo que soy idiota.

Me acerco a los libros. A algunos autores los conozco y admiro, seguramente habrán estado en esta misma sala cerrando sus contratos. Otros muchos ni me suenan. Ojeo varios y de repente ahí está, Eva Mun, *Lo difícil de olvidar*. El título me suena, quizá lo he visto en algún sitio, pero desde luego estoy de acuerdo en que olvidar no siempre es fácil. La portada muestra la ilustración de una pareja a punto de besarse, y han añadido una frase que reza: «La historia que ha emocionado a más de un millón de lectores».

Joder, eso es mucha peña. Tiene pinta de ser la típica historia de amor que hemos visto ya ochenta veces. Chica se enamora de chico que parece que nunca será capaz de comprometerse hasta que ella le cambia por completo, son felices y comen perdices. Aun así, como soy incapaz de tener un libro en la mano y no ojearlo, lo abro por una página cualquiera.

... llevaba horas sin pensar en todo eso que hacía mucho que me impedía disfrutar, y el simple hecho de darme cuenta me hizo sonreír. Él sonrió también. En una tarde había conseguido mucho más que con meses de terapia. Por fin podía ser yo misma, sin pasado. Solo importaba ese preciso instante. Me hizo sentir libre, y quería exprimir esa sensación al máximo.

Hacía horas que dábamos vueltas por la isla; entre la humedad y el sudor, estábamos empapados. En otra ocasión habría estado preocupada por cómo tenía el pelo o el maquillaje, pero en ese momento me daba igual. Quería gritar de alegría, salir corriendo, saltar, bailar, desnudarme, hacer el amor, todo. El cielo, de color rosa, se reflejaba en la espuma de las olas que rompían unos metros más adelante. Sin pensarlo ni un segundo, me apoyé en su muslo y le di un beso. No se lo esperaba. Nos miramos fijamente. Sentí vértigo. Era como si acabara de saltar de un avión a cinco mil metros de altura.

Sus ojos, verdes como las aguas que bañaban la playa en la que estábamos, se achinaron. Sonrió de una forma diferente a todas las anteriores y me besó. Lo hizo muy despacio, sus labios acariciaban los míos y se dejaban empapar por nuestra saliva. Colocó la mano en mi nuca y me apretó delicadamente hacia él. Un escalofrío hizo que me retorciera, y la corta distancia que había entre nosotros disminuyó aún más.

Notaba la humedad de nuestros cuerpos, que cada vez estaban más calientes. Me sobraba la ropa, pero no podía separarme de su boca. Le acaricié el pecho mientras me colocaba entre sus piernas abiertas, que me invitaban a apretarme contra él. Justo en el momento en que la noté, soltó una respiración más fuerte que las anteriores, me agarró la pierna con fuerza y me miró azorado. Yo no entendía por qué había parado cuando lo único que quería era que me hiciera el amor.

Empecé a desnudarme mirándole a los ojos y su cara se transformó otra vez. Me dedicó una de esas sonrisas sexis a las que me estaba volviendo adicta y también empezó a desvestirse. Hace solo unos meses me resultaba imposible hacerlo con mi novio de tres años en una habitación que no estuviera completamente a oscuras, y ahora me estaba desnudando delante de un tío que había conocido hacía menos de un día y con el que no compartía ni el idioma. Me miraba con deseo mientras se liberaba de su ropa con rapidez. Estaba ansioso por hacerme suya, y eso me ponía aún más.

Salí corriendo hacia el agua y me zambullí de golpe, dejando escapar un grito extasiado ante el contraste del agua fresca con mi piel caliente. Al segundo, él gritó también y se acercó a mí.

Cuando me di la vuelta con la intención de mojarle, no pude más que contemplar el espectáculo que tenía frente a mí: estaba en una de las playas más bonitas del mundo, bajo el atardecer más espectacular que había visto jamás y con él... Las gotas de agua resbalaban por su piel morena a la vez que brillaban iluminando cada uno de sus músculos.

El rumor de las olas quedaba acallado por el ruido de mis latidos, que mantenían un ritmo frenético. No pude evitar morderme el labio, escondiendo una sonrisa, mientras él acortaba la distancia que nos separaba para tomarme entre sus brazos.

El tiempo hacía rato que se había detenido, pero en ese momento desapareció. Me dejé envolver por su cuerpo, agarrada a su torso, mientras una ola nos cubría por completo. Fue un segundo debajo del agua en el que me sentí más presente en la tierra de lo que había estado jamás.

Salimos a la superficie. Los besos, antes lentos y húmedos, ahora eran desesperados y jadeantes como nunca los había sentido. Quería devorarle, lo necesitaba. Mis pezones se erizaron y le siguió toda mi piel. Cada vez que notaba su lengua en contacto con la mía, solo pensaba en sentirla una vez más. Nunca me había sentido así.

Le arañé la espalda y él me agarró el culo tan fuerte que se me escapó un gemido. Le rodeé con las piernas y me apretó contra él, haciendo que mis pechos acariciaran el suyo. Con las respiraciones cada vez más agitadas, nos dejamos acunar por la danza de las olas y emprendimos la nuestra propia. Cada roce, cada jadeo, nos acercaba un poco más al paraíso. Cuando ya nada fue suficiente, empecé a acariciarle. Estaba dura, y yo solo la quería dentro. Sus dedos acariciaban el interior de mis piernas poco a poco. Me encantaba el contraste entre la fuerza de sus manos y la delicadeza de sus caricias. Iba y venía, no llegaba a tocarme y eso hacía que cada vez lo necesitara más. Me di cuenta de que ya estaba cerca, y ni siquiera habíamos empezado. No podía más. La cog...

—Espero una buena crítica.

Me sobresalto, intentando ubicar la voz que me ha sacado de esa playa. Siento como si me acabara de despertar de un sueño de golpe.

¿Cuánto llevo leyendo?

Carraspeo, hago lo posible por disimular que me había

quedado completamente empanado. «Empanado y empalmado», pienso.

La chica que me ha interrumpido me quita el libro de las manos con agilidad y me dedica una sonrisa.

—¿Por dónde vas? Vaya, ya veo por qué estabas tan concentrado. Un poco de sexo en la playa siempre está bien, ¿no?

—No es lo más cómodo —contesto cortado.

Me fijo en ella. Es morena, bajita, con la piel tostada por el sol y una sonrisa brillante adornada por unos labios gruesos. Tiene la cara más bien redonda y una nariz diminuta sembrada de pequeñas pecas. Es de esa clase de chicas que tienen una belleza natural diferente, que te dejan pensando en el color de sus ojos o en el tono de su pelo mucho después de que se hayan ido.

«Mierda, Kobo. Céntrate, macho».

Ella me sigue mirando con una sonrisa ladeada, quizá pensando que soy imbécil, cuando entran en la sala una chica muy elegante, que parece recién salida de un episodio de las Kardashian, y un señor de mediana edad con cara de ser Carlos Pérez.

—Ah, estás aquí, pensábamos que seguías en el baño.

—Perdón, es que le he visto ojeando el libro y no me he podido resistir.

Los recién llegados se acercan a mí y me estrechan la mano.

—Carlos.

—Rebeca, agente de Eva.

—Y yo soy la famosa Eva. Encantada de conocerte —sonríe esta.

Tanto la escritora como su agente son bastante jóvenes. Cuando Tommy me dijo en qué consistiría el trabajo, ya me dejó entrever que iba a ser joven, pero lo último que pensé fue que tuviera mi edad, incluso menos. Rebeca parece un poco mayor, pero no demasiado.

—Eres Jacobo, ¿verdad?

En ese momento veo que Eva me mira y hace una mueca entre vacilona y cómplice. Sí, soy Jacobo, pero nadie me llama así. Era el nombre de mi abuelo y, aunque no le conocí, a mi madre le hacía ilusión ponérmelo. Como si al compartirlo con él se me fuese a pegar algo bueno. La realidad es que lo único que me trajo fueron cachondeos cuando era crío, aunque ahora me da bastante igual.

—Kobo, por favor.

—Claro. Sentaos donde queráis, poneos cómodos —dice Carlos a la vez que se coloca presidiendo la mesa.

Las chicas se sientan juntas y yo enfrente, dejando la chupa y el casco a mi lado.

—¿Queréis tomar algo?

—Ay, pues... ¿Kombucha tienes? O si no, una agüita con gas —responde Eva.

Empezamos bien. Kombucha dice, como si estuviéramos en Malasaña.

—Yo nada, gracias.

—Yo un agua, porfa. Gracias, Carlos —pide la agente.

El hombre va a buscar las bebidas, seguramente arrepintiéndose de haber preguntado, aunque por suerte Rebeca es más fácil.

Los tres nos quedamos solos. Me miran. Nos miramos. La representante rompe el hielo.

—¿Qué tal, Kobo?

Es de esas personas que tienen una presencia fuerte. Desde su forma de vestir hasta la manera en que se sienta hacen que te fijes en ella. Lleva el pelo largo recogido en una coleta alta, de las que dejan claro desde el principio que no se anda con chiquitas. Está buena, no nos vamos a engañar.

—Muy bien —carraspeo—. ¿Vosotras?

Cuando me va a contestar, Eva, que lleva un rato mirando el móvil, interrumpe como si no se hubiera dado cuenta de que estábamos hablando.

—Mira, tía. Algo así, ¿sabes? Este me gusta.

Rebeca me dedica una sonrisa cómplice y mira lo que le enseña Eva. En ese momento entra Carlos por la puerta con unas botellas de agua.

—Solo había agua normal, lo siento chicas. Toma, Kobo, te he traído una por si acaso.

Rebeca y yo se lo agradecemos, y Eva le sonríe amable, pero deja la botella al lado, sin tocarla. En dos movimientos ya veo un poco de qué pie cojea.

—Más o menos ya sabéis quién es quién, pero por si alguien está despistado: Eva es una de nuestras mejores escritoras, con una proyección espectacular. Rebeca, su agente, un hueso duro de roer —dice Carlos sonriendo, dejando caer el halago. Este tipo es perro viejo—, y Kobo, que por lo que tengo entendido es uno de los mejores escoltas del país.

Ninguno nos lanzamos a decir nada en relación con los piropos.

—Bueno, y un servidor, editor de Eva.

—El mejor —añade Rebeca con una sonrisa de oreja a oreja que provoca que Carlos se sonroje. Es lista.

—Me hubiera gustado que también viniese nuestro jefe de comunicación, pero está de viaje. El caso es que nos hemos encontrado con algunas situaciones que no son nada cómodas para Eva. Como sabrás, es una persona muy conocida, tiene muchos seguidores, y algunos están cruzando una línea un tanto preocupante.

—Situaciones que dan bastante mal rollo —aporta Rebeca.

—Efectivamente. A veces el exceso de amor, o el amor mal entendido, es casi peor que el odio.

—Deduzco entonces que es sobre todo un problema de acoso —intervengo.

—Más o menos...

—A ver, tampoco es para tanto. Por dos raros que han venido a mi casa no me voy a morir. —Eva, que hasta el momento se ha mantenido con la vista clavada en el móvil, adopta una actitud despreocupada, como si la cosa no fuera con ella.

—Eva, no han sido «dos raros», que yo estoy todo el día contigo y he visto cosas que telita —la reprende su agente.

—Sí, pero de ahí a ponerme un guardaespaldas... Creo que nos estamos pasando.

—Para nosotros lo primero es tu seguridad —dice Carlos.

—Claro, porque no sois vosotros los que tendréis que ir con niñera todo el día.

¿Niñera? Tócate los huevos.

—Eva... —Rebeca la mira como si ya hubieran tenido esta conversación.

—¿Qué?

—¿Nos disculpáis un segundo, chicos? —La agente se levanta y Eva la sigue con gesto abatido.

¿Qué clase de circo es este? Salen de la sala y se ponen a hablar en la puerta. Aunque están fuera, las veo perfectamente. El estor ese no tapa una mierda.

Carlos está tenso. Me doy cuenta de que empieza a sudar bajo la camisa blanca con raya diplomática y se recoloca un par de veces el reloj en la muñeca izquierda.

—Disculpa, Kobo, problemas del directo. —Típica frase de padre.

—No pasa nada.

—Al final, para alguien tan joven, todo esto... Se hace cuesta arriba.

La oficina está en silencio y ellas muy cerca de la puerta, así que, conforme la conversación se vuelve tensa y alzan la voz, las escuchamos con total claridad.

—Que no, tía...

—El chaval no tiene la culpa.

—Si no he dicho nada... Que me da igual, Rebeca...

—¿Y por qué me dijiste que sí?

—Te dije que ya veríamos... Todo el día con un pavo pegado...

Miran a través del cristal, se dan cuenta de que estamos siendo testigos de todo, como si estuviesen con nosotros, se callan y entran.

—Disculpadnos, teníamos que aclarar un par de cosas para no marearos mucho. —Rebeca se ríe para intentar suavizar un poco el ambiente.

—Si estás preocupada por perder tu privacidad, me encargaré de que no sea así. Entiendo que puedas pensar que voy a estar pegado a ti todo el día —ya le gustaría—, pero no tengo por qué.

—Te lo agradezco, pero de verdad que no creo que esto sea necesario. Además, no ayuda nada a mi imagen. En cuanto la peña me vea con un tío de seguridad, me va a poner fina.

—Eva, la gente tiene que entender que eres un personaje público y que eso conlleva unos riesgos —intenta convencer de nuevo a su representada.

—Que me da igual, que no quiero un guardaespaldas. No lo necesito. Lo siento mucho, Kobo. Me has caído bien, pero es que no lo necesito. Perdona por hacerte perder el tiempo.

—Eva, en serio... —Carlos intenta mediar, pero sin ninguna fuerza.

—Que no, que sé cómo van estas cosas. Ahora me vendéis que no va a cambiar mi vida y que voy a seguir con la misma libertad, pero luego...

—¿Prefieres que cualquier día te peguen un susto?

—Qué exagerada eres, Rebeca, hija, de verdad... Me estoy agobiando. Muchas gracias, Carlos, te escribo pronto. Y Kobo, encantada, en serio.

Según dice eso, se levanta y abandona la sala de reuniones. No sé si reírme aquí o esperar a llegar a la calle.

Rebeca está muy avergonzada. No sabe dónde meterse. Es evidente que su relación va más allá del ámbito profesional, pero no deja de ser curiosa la actitud que ha adoptado. Si habla así a su agente... ¿cómo nos tratará al resto?

—Carlos, perdóname. Entrará en razón, pero ya sabes cómo es. Se quiere hacer siempre la fuerte, y no se puede.

—Nada, tranquila. Lo siento más por Kobo, que le hemos hecho venir hasta aquí.

—Por mí no os preocupéis. Todos podemos tener un mal día —digo intentando quitar hierro al asunto.

—No está pasando por un buen momento, se le han juntado muchas cosas y bueno...

Esta no sabe lo que es no pasar por un buen momento. Lo que tiene son ganas de *show*.

—No pasa nada.

—Voy a hablar con ella y os digo algo, porque el tema es preocupante, aunque no lo admita. Además del acoso de los fans y prensa normales por su posición, ha empezado a recibir llamadas extrañas, regalos y flores en su casa —dice y coge el bolso—. Nos vemos pronto.

Me quedo solo con Carlos, al que le ha salido hasta un sarpullido de los nervios. Quizá para él sea de lo más tenso que ha vivido en sus casi cincuenta años. Va a necesitar por lo menos una semana de baja.

—Carlos, un placer —me despido—. Muchas gracias por contar conmigo.

—Nada, Kobo, una faena, mil disculpas por esta situación tan desagradable.

—En peores plazas hemos toreado.

Cualquiera pensaría que me voy decepcionado o jodido por lo que acaba de pasar, pero no. Está claro que hubiese preferido salir de aquí con curro y sabiendo que mi nueva clienta es cojonuda, pero ha sido tan surrealista que una parte de mí está ansiosa por contarle a Tommy y a los otros lo que ha pasado. Vaya película se ha montado la escritora.

25

Estoy saliendo del edificio cuando me suena el teléfono. La película de hoy no deja de mejorar.

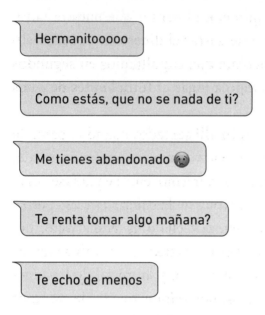

Se me escapa un suspiro. Chris. Rezo porque, por una vez en la vida, no sea otra de sus mierdas. Rezo porque en esta ocasión no tenga que sacarle del pozo.

Quedo con los chicos en el barrio, en el bar de José Luis, donde siempre. Las sillas de ese sitio podrían escribir la biografía de cada uno de nosotros el día que muramos. Íbamos en pañales cuando lo pisamos por primera vez, y nos hemos criado entre las mesas de este local. José Luis es la persona que más collejas nos ha dado en nuestra vida, y todas merecidas. Le queremos mucho, pero es verdad que durante años fue el foco de nuestras travesuras. La misión era robarle los bollos que tenía en el expositor todas las tardes al salir de clase, antes de ir al parque. Con los años me enteré de que luego mi madre pasaba todos los días a pagárselos. Nos sabían mejor al pensar que nuestra familia no se había tenido que gastar el dinero en aquella deliciosa palmera de chocolate que engullíamos en segundos para que nos diera tiempo a jugar al fútbol antes de irnos a casa.

Tommy y Mou ya están allí sentados cuando aparco la moto. Mike estará con su nuevo amor, porque mi colega es un clásico y siempre le pasa lo mismo: entra en la fase «cueva», cuando lo único que tienes en la cabeza es a esa persona y solo quieres encerrarte con ella a hacerle el amor durante todo el día, comer y dormir largas siestas abrazaditos. La cosa es que compartimos piso, y la mitad de las veces me toca ser testigo... Y sí, nos reímos de él y le picamos porque nos deja tirados, pero en el fondo todos queremos vivir algo así. Sentir el amor como él, al límite. Un amor de esos que paran el tiempo, de esos que hacen que todo lo demás desaparezca.

Me acerco a la mesa de siempre, casco en mano. La de siempre para los de siempre. Mou no es del barrio de toda la vida, pero cuando llegó lo adoptamos como uno más en el grupo. Tommy me mira sonriente mientras da un trago a su tercio, pero sé que está analizando cada uno de mis gestos para saber qué tal me ha ido. La realidad supera cualquier ficción que se esté montando en la cabeza.

—¡Vamos, guaperaaaaaas! —grita Mou mientras se levanta para aplastarme entre sus brazos—. Te he echado de menos, chiquitín.

Claro, a su lado cualquiera es chiquitín. El tío pasa de los dos metros y tiene la complexión de un armario empotrado.

—¿Qué tal, *bro*? ¿Cómo ha ido?

—Pues me han echado —me río.

Tommy se queda blanco y parece que se va a caer para atrás del susto.

—¿Cómo? Pero, cabrón, ¿qué has hecho? ¡Si solo tenías que ir a que te explicaran el curro!

Mou desvía la mirada para aguantarse la risa. Le miro y se esconde porque sabe que en cualquier momento va a estallar.

—Mamones, no os riais, que es mi empresa. A ver ahora qué me dicen. Joder, que tengo que pagar mil cosas. Te voy a matar, Kobo, tronco.

—Que yo no he hecho nada, ha sido la piba esa, que estaba loquísima —aclaro mientras le hago un gesto a José Luis para que me ponga una cerveza.

—¿Qué piba?

—Eva, la escritora.

—¿Qué ha hecho?

—Nada, que dice que no necesita un guardaespaldas y ya está.

—Joder, pues yo necesito que lo necesite —suspira mi colega.

Tommy decidió abrir su propia empresa después de trabajar varios años para otros. Es muy bueno en lo suyo, el cerebro le va a mil por hora y siempre encuentra la solución perfecta antes que nadie. Justo por eso es un trabajador horrible. Siempre acaba llegando a una conclusión mejor que sus jefes, y ser más listo que tus superiores —y que ellos lo sepan— no suele ser buena idea. Desde entonces va siempre agobiado por que la empresa crezca, por ir consiguiendo curros cada vez más especializados y por hacerse un nombre. ¿Qué le voy a decir, si lo entiendo? Para él todo esto es una movida. Pero lo bueno es que, igual que cuando boxea, no tira nunca la toalla. Tiene claro su objetivo y va a por él. Por eso sé que conseguirá todo lo que se proponga, aunque a veces la cosa pinte chunga.

—A ver, la agente, que parecía más normal, me ha dicho que intentaría que entrara en razón, pero vaya papelón.

—¿Y tú qué has hecho?

—Nada, observar y alucinar.

—¿Está buena? —interviene el grandullón.

—Mou, troco, que estamos con una cosa importante —le espeta Tommy.

—Es muy mona, la verdad, pero también un poco niñata.

Al final, según pasan los años, tengo cada vez más claro que lo de que el físico es lo de menos es una puta realidad. Es obvio que es lo que te llama de primeras, pero al final, por muy buena que estés, si eres imbécil no apetece tocarte ni con un palo. Eva es una chica mona, no es modelo, pero tiene cosas que la hacen atractiva. La cosa es que esos pequeños detalles han perdido la batalla contra sus tonterías. Y de un momento a otro pasas de la atracción al rechazo, y ya no hay vuelta atrás.

—Joder, qué marrón. Pues a ver si nos llaman, tío, que contaba con esa pasta.

Después de eso se relaja, se echa para atrás en la silla y se mesa una vez más esa perilla de dos o tres días que se ha empeñado en dejarse últimamente. Podría salir en un vídeo de Bad Bunny, el cabrón.

Quitando el temita de la autora rebelde, lo estamos pasando bien. Reunirse con los colegas a tomar unas birras es la mejor de las terapias. No paramos de reírnos hablando de las noticias de actualidad, como el nuevo ligue de Mike. Las tías se creen que los chicos no cotilleamos de esas cosas, pero se equivocan, lo hacemos igual que ellas. Me preguntan todos los detalles porque vivo con él y saben que soy el que más información tiene. Les cuento que aún no la conozco, pero que el otro día estaba saliendo de la ducha en pelotas cuando los oí en la puerta.

Tuve que correr para que no me pillaran y casi me abro la puta cabeza al resbalar por el parquet. Por suerte, pude cerrar la puerta antes. La putada fue que empezaron a montárselo como conejos en el salón y me había dejado el móvil en el baño.

—¿Y no viste si estaba buena?

—¡Eso solo te pasa a ti! Lo peor es que si te hubiesen pillado seguro que habrías salido bien parado —se ríe Tommy.

—Hombre, ten claro que la piba se habría puesto a desayunar con este cabrón. A desayunar «sanjaKobo».

Los chistes de Mou son una basura, pero siempre nos acaban provocando una carcajada. Probablemente porque se parte él solo.

Le mojo con las últimas gotas que quedan en mi botellín y me levanto a por otra ronda.

Me río mucho con estos cabrones, son mi sitio seguro, mi familia, pero esta vez no consigo despejar la cabeza del todo. El trabajo, lo de mi hermano... No estoy tranquilo cuando sé que tengo cosas que solucionar. Además, es raro, porque no me veo con fuerzas para hablarlo con ellos. Con el tema de Chris me pasa algo extraño: me duele escuchar de la boca de otros lo mismo que pienso yo. Es como que me siento el único ser humano con potestad para pensar y hablar mal de él.

No dejo de darle vueltas. ¿En qué estará ahora metido? Espero que no sea grave, porque no creo que mi madre pueda soportarlo otra vez...

Suspiro e intento dejar de lado el bucle en el que he entrado hasta que le vea mañana. No está siendo una buena temporada, la verdad, pero dicen que, cuando tocas fondo, solo puedes ir hacia arriba.

2

Cuando era pequeña soñaba con estar donde estoy ahora, con que mis historias llegaran a la gente y pudieran formar parte de sus vidas, pero no voy a ser hipócrita: también quería todo lo demás.

A todo el mundo le gusta que reconozcan su trabajo; quien diga lo contrario, miente. No sé si eso implica que te guste también la fama, pero que admiren lo que haces te facilita las cosas. Y cuando te das cuenta pasas de pringada con una vocación sin futuro a ser el centro de las miradas y halagos. Molas. Ya no eres una friki, te has convertido en una inspiración para el resto. Todo el que pasaba de ti y te ponía verde a tus espaldas ahora quiere invitarte a un café, que vayas a su fiesta o que le sigas en Instagram. De repente incluso parece que estás buena.

Dicen que el éxito cambia a las personas, pero creo que en la mayoría de los casos es la gente de tu alrededor la que te ve de otra forma. Y esa nueva percepción que los demás tienen de ti se llama «interés», y es asqueroso.

Soy la misma que cuando me leían tres personas, en vez de tres millones. Habré mejorado con la práctica, pero si antes te parecía ridícula, no sé por qué ahora, por el hecho de que me lea más gente, ibas a creer que soy la bomba. La cuestión es que al interesado no le causa ningún problema, pero para mí es una cruz.

Empiezas a desconfiar de todo el mundo, nace en ti una inseguridad que te hace sospechar de la gente que se te acerca. ¿Sabes lo duro que es conectar con alguien en cualquier sentido y dudar de sus intenciones? Intentas que todo te dé igual, que nada te afecte, hacer lo que se espera de ti, ser el modelo juvenil que quieren ver y del que dependen.

Me repito constantemente que no tengo nada de lo que quejarme y que soy una afortunada; porque sé que detrás de cada novela hay un gran esfuerzo, pero también un componente de suerte.

«Hay que soñar a lo grande y luchar por lo que quieres». Este es el discurso que nos venden desde niños. «Si quieres, puedes». Y sí, es importante ser perseverante, claro, pero también lo es enseñar que eso no es la clave de la felicidad. El éxito no es sinónimo de sentirte realizado, y mucho menos si es a cualquier precio. Yo soy el claro ejemplo.

Siempre pensé que, cuando lo consiguiera, desaparecerían todos mis problemas, miedos e inseguridades, pero no es así. Sigues siendo la misma, a diferencia de que ahora todo el mundo espera el doble de ti. Eres la misma, pero no habías pensado en todos los aspectos negativos de tu sueño.

—Eva, no te entiendo.

«Claro que no lo entiendes, solo yo sé lo que tengo encima».

—¿Qué no entiendes?

—Pues el numerito que has montado. Llevamos meses hablando de lo desagradable que se está volviendo esta situación y cuando estamos a punto de ponerle remedio parece que no pasa nada.

Suspiro para intentar serenarme. Quiero a Rebeca como si

fuese mi hermana. Es uno de esos puntos de suerte en mi carrera. Si no fuera por ella, me habrían timado a la primera de cambio. Pero llegó a mi vida y me explicó lo que estaba haciendo mal y cómo podía mejorarlo. No me dijo lo que quería escuchar, sino lo que necesitaba para salir adelante; el resto es historia. Por eso intento controlarme. Porque llevo un tiempo más susceptible de la cuenta y sé que detrás de ese carácter tosco y de los rapapolvos de madre solo está la preocupación de mi amiga.

—Sí que pasa, tía. El problema es que no entendéis que lo que pasa me pasa a mí.

—Si yo te entiendo, pero...

—Déjame terminar. —Necesito decirle lo que llevo dentro y no quiero que se me olvide nada—. Soy yo la que está bajo los focos, la que tiene que estar siempre a la altura, la que no puede permitirse días malos porque lo tiene todo. Un guardaespaldas es otro pasito más para que el trabajo invada mi vida personal. Por no hablar de que van a rajar, y lo sabes: «¿Quién se cree, Beyoncé?». Lo van a decir, tía, me van a tomar por una prepotente y una chula. A vosotros os da igual porque vuestra vida no va a cambiar, pero es que, en serio, no puedo más.

—Eva, me parece que estás exagerando —me interrumpe.

—¿Ves? A eso me refiero, Rebeca. Siempre soy yo la que exagera, la niñata, la chula, la diva... Es fácil opinar desde fuera.

—Yo no he dicho eso.

—Sí, siempre lo dices. Todos lo decís, todos me tratáis como si fuera una cría caprichosa.

—No es verdad. Sabes que respeto mucho todo lo que haces y que te admiro, pero mi trabajo es ayudarte. Igual que el tuyo es escribir, el mío es facilitarte la vida para que puedas dedicarte a lo que te gusta. A lo que quieres y debes hacer.

—Ya lo sé. Nunca he dicho que no me ayudes o que no te preocupes por mí. Solo pido que os pongáis en mi lugar. Tener a un tío al lado todo el día es perder mi vida.

—Perder tu vida es que en cualquier momento te den un susto.

—No va a pasar nada, nunca pasa nada —le aseguro.

—Eva, por favor. Saben dónde vives... Las llamadas, los e-mails, los DM, las fotos... ¡No es normal! Que vale, que te sigue mucha gente, que eres una figura pública, pero hay un límite, tía.

No sé qué decir. La situación me supera. En estos momentos querría volver atrás. Me gustaría cambiarme por cualquiera, preocuparme solo de acabar el máster y de decidir por dónde salir de fiesta este finde. Siento que vivo en una de esas películas en las que la protagonista hace un pacto con el diablo para conseguir sus sueños a cambio de su alma.

Rebeca me ve con la guardia baja y aprovecha para reducir la tensión.

—Venga, tía, que encima es monísimo —dice con su sonrisilla traviesa.

—Ay, Rebeca, de verdad, no digas bobadas.

—No está bueno, ¿no? Ahora, además de haber perdido el miedo, de repente también has perdido el gusto —me vacila.

—No me he fijado —musito haciéndome la tonta.

Rebeca suelta una carcajada.

—¡Venga! Esto ya sí que es lo último. Ahora resulta que eres ciega.

—Ciega no, profesional.

Se retuerce en el sillón de la risa. «Vale, igual hoy no ha sido mi día más profesional».

—Pues no sé de qué te ríes... —Intento aguantar, pero tiene una risa demasiado contagiosa.

—No me digas que no te acuerdas ni de cómo es. ¿No te has fijado en esos ojazos azules?

—Qué ojos azules, si eran marrones...

—¡Ves! No, qué va, no te has fijado nada.

He mordido el anzuelo como una boba.

Me río y me tapo la cara con uno de los cojines para ocultar mi vergüenza.

—Si te vi mirándole cuando se le levantó la camiseta al quitarse la chupa.

—Eso sí que es mentira, no sé de qué me hablas.

—Ya, claro...

—¡Pero que no me pases a mí el muerto! Si te pone, es tu problema. Suficiente tengo encima...

—A mí no me pone nadie últimamente, hija, ya lo sabes.

—Ay, pasa página, de verdad —le digo mientras me río.

—Shhhh...

—Fóllatelo, tía, seguro que te da un buen meneo.

—¡Serás burra!

—Lo digo en serio. Tiene las manos grandes, y con lo que te gusta a ti un buen...

—Cállate, anda. Me voy ya, que hoy me tienes...

—Quédate y vemos una peli —le digo mientras hago pucheros.

—No puedo, corazón, que mañana tengo mil cosas que hacer.

—Jo, te odio...

—Yo sí que te odio.

—¡Vale ya! Venga, vamos a querernos... —Tiro de ella para abrazarla.

—Si yo me casaba contigo, boba.

—Mentira, te pone más el guardaespaldas —rezongo con tono celoso mientras se levanta.

—A ver, es que está muy bueno.

—¡Oye!

—Adiós, guapa. Y no es por ser pesada, pero piénsalo bien, anda. No quiero que te pase nada. Podemos hablar con el chico y seguro que encontramos la forma de que estés protegida y te sientas libre. La gente que te critica no está en peligro, no puedes pensar siempre en ellos. Lo primero eres tú.

—Vaaaaale... —contesto cansada—. Prometo pensarlo un par de minutos.

Me mira con cara de desesperación mientras sale por la puerta.

—¡Y si no, hazlo por mí! Para alegrarme la vista —sonríe y mueve las cejas mientras cierra la puerta.

—Tira, anda, tira, que tienes más peligro... ¡Adiós, guapa, ten cuidado!

Y de repente, el silencio.

Se supone que debería ser fácil para mí, pero muchas veces no soy capaz de poner palabras a cómo me siento. Repaso lo que tengo en la cabeza, todas mis preocupaciones se acumulan y me llevo las manos a la frente como si quisiera sacarlas de ahí.

Respiro hondo. Tengo que relajarme, pero soy incapaz. Necesito llorar, aunque tampoco puedo. Lo intento, pero no hay manera. Estoy como llorando sin lágrimas. Me veo desde fuera y me da risa, qué dramática soy. Al menos reírme de mí misma me ayuda un poco, pero aun así todo sigue en mi cabeza.

Me tumbo en el sofá y me acurruco con la intención de desconectar un rato, pero soy consciente de lo que está pasando. ¿Sabes la sensación de cuando no estás bien y lo único que quieres es dormir? Ese punto en el que todo se hace un poco cuesta arriba y dices «Uf, qué pereza, voy a posponer la vida un rato más». No hay nada más peligroso que la sensación de no querer estar despierto, y ahora estoy un poquito así. Me siento pequeña y me siento sola, y pensarlo hace que por fin se me salten las lágrimas.

Llorar está subestimado. Es una forma buenísima de soltar, liberar tensión y relajarse. Nos dicen que llorar no es bueno, que nos hace débiles, pero siempre lo he visto como una depuradora de emociones. Las lágrimas sacan toda la mierda que tenemos dentro. De vez en cuando viene bien una limpieza para poder seguir. Poco a poco voy echándolo todo hasta quedarme dormida. Llorar también agota.

Abro los ojos después de lo que parece que han sido solo unos minutos de desconexión, pero ya ha oscurecido. El verano ha quedado atrás y los días son cada vez más cortos. El cuerpo me pide seguir durmiendo un rato más, pero si lo hago no pegaré ojo por la noche. Me siento un poco mejor.

Palpo el sofá en busca del móvil. Hace un tiempo, mi primer impulso hubiese sido abrir las redes sociales, ponerme al día con todo, contestar mil mensajes, leer todas las reseñas y, cuando me hubiese dado cuenta, habrían pasado un par de horas y no me acordaría de la mitad de lo que he leído. Ahora caigo en el hábito de abrir TikTok para evadirme. Deslizo por cientos de vídeos, algunos ni siquiera los termino. Es como un mecanismo: el pulgar va solo y pasa al siguiente, y al siguiente. Si te relajas, la aplicación lo hace por ti, no vaya a ser que en algún momento decidamos poner fin a ese bucle infinito de consumo de contenido basura. Y como hoy precisamente lo que quiero es no pensar, me doy un buen atracón en busca de la última tontería que se ha hecho tendencia.

La tarde se convierte en un cliché de joven deprimida, así que me dispongo a rematarla. Voy a la cocina, abro el congelador rezando por que siga habiendo y... ¡bingo! Gracias, Eva del pasado, por no ser ansias. Ahí está, la mitad de una deliciosa tarrina de *salted caramel brownie*. Cuchara sopera y a buscar alguna serie o *reality* malo que capte mi atención hasta que decida que es buena hora para irme a la cama. Solo me falta un poco de lluvia y que me deje el novio que no tengo para ser la *main character* de este dramita que me he montado yo sola.

Entonces pienso en que hace meses que no tengo una cita, que no quedo con nadie porque, de nuevo, tengo todas las alarmas activadas. Echo de menos algo que no me doy la oportunidad de conseguir, y pienso en cómo sería esta vida con alguien a mi lado. Quizá más fácil, quizá lo complicaría todo.

En medio de mi soliloquio depresivo, pienso en el chico de esta mañana. Parecía buen tío, y yo he sido un poco estúpida. Rebeca tiene razón, era guapo, pero no mi estilo. De hecho, creo que no es mi estilo porque es demasiado guapo, y además seguro que lo sabe y es un poco flipado. El típico que luego te cuesta unos mesecitos de psicólogo.

El móvil me quema en la mano; al final decido stalkearle. Mucho he tardado. ¿Cómo se llamaba? Tiro de WhatsApp, porque recuerdo que **Rebeca lo había escrito** en algún momento.

> **Acuérdate de que mañana hemos quedado con Kobo, el chico de seguridad** 😒

Me pongo a ello como si fuese un hacker cargándose la ciberseguridad de la Casa Blanca cuando en realidad solo soy cotilla. El nombre no es muy común, así que no debería ser difícil de encontrar, aunque quizá no compartamos muchos seguidores y eso lo complicará un poco todo con el algoritmo. Miro los resultados: en la primera cuenta no hay ni foto de perfil, o sea que, si es él, nos va a dar poco juego; la siguiente tiene fotos de jardines, tampoco le pega; y la tercera... Este sí. Sonrío con maldad mientras analizo hasta el último detalle. ¡No se me escapa nadie!

Mil quinientos seguidores, no está mal, sobre todo cuando solo tiene siete fotos, y la última es de hace año y medio. Interesante. Parece el típico tío que tiene Instagram por tenerlo. Le gustan las motos, boxea (bonitos abdominales), y como ese perro sea suyo voy a contratarle solo para que me lo enseñe. Qué bonito, por favor. Fotos con los amigos y poco más.

Vuelvo a fijarme en su aspecto. No es especialmente fotogénico, pero sería difícil que saliese mal teniendo en cuenta lo que he visto en persona. Me detengo en uno de los posts: está sentado en una terraza junto a otros chicos, con los ojos marrones achinados y riéndose de alguna broma a mandíbula batiente. El pelo oscuro revuelto, la cabeza un tanto inclinada hacia atrás, actitud relajada. Es evidente que es guapo, y es evidente que sabe que lo es (lo que es una mierda, porque los tíos así son unos flipados), pero tiene un aire sexy, un aura a su alrededor que lo hace atractivo al instante. Y mejor no me acuerdo de la voz rasgada de esta mañana, porque me entran escalofríos.

Sigo stalkeando un poco más y me quedo muerta al ver la cantidad de comentarios que tiene. Joder, son muchísimos, bastantes más que su número de seguidores. Me puede la curiosidad y empiezo a leer:

«¿Eres el guardaespaldas de Lil Cruz?».

Anda, trabajó con Lil. No veas, el tío tiene que ser bueno para acompañar a uno de los exitazos de la música urbana. Escucho sus canciones en todas partes hasta el aburrimiento, y no es que me guste mucho, pero con mi panorama actual me podía conseguir entradas, a ver si me animo.

«¡Te amo!».

«Estás buenísimo».

«Yo también quiero que me des duro».

Madre mía, las tiene locas. Pero ¿todo esto por salir en cuatro fotos con el cantante? Flipas. Voy a compartirle el perfil a Rebeca para cotillear en compañía, pero suena el teléfono.

—Hola, papi.

—Hola, mi niña. ¿Cómo estás?

Escucho el zumbido del coche. Siempre que sale pronto de trabajar me llama de camino a casa, y su voz, grave y profunda, tiene la capacidad de hacerme sentir de nuevo una niña, de llevarme a esa época en la que los problemas no existían y él era mi héroe.

—Bieeen, ¿tú? —le pregunto. En realidad, ese «bien» es un «bastante mal», pero a mi padre le cuesta pillarlo...

—Cansado, estas semanas están siendo duras, mucho trabajo. Pero bueno, hoy me he podido escapar antes.

Normalmente le habría preguntado por lo que sea que tiene entre manos, pero hoy no tengo fuerzas.

Me quedo callada.

—Cariño, ¿sigues ahí? —No puedo evitar poner los ojos en blanco y reírme—. Habla con tu padre un rato, anda. Cuéntame qué has hecho.

—Pues poca cosa...

—¿Has escrito algo? —Sabe que es un tema con el que suelo enrollarme, está tirando de artillería.

—Qué va.

—Eva, hija, ¿te pasa algo?

«Bien, papá, lo vas pillando».

—Nada, da igual, cansancio acumulado, supongo.

—Pues duérmete pronto, que no descansas bien. Y ya sabes lo que te diría tu madre: «A saber qué comes».

Aunque adoro a mis padres, nunca me ha resultado fácil abrirme con ellos. Quizá porque no estaban mucho en casa o quizá porque cuando estaban prefería aprovechar y convertir ese rato en un buen momento. Al final, mi mayor confidente siempre fue Fili. Durante mucho tiempo ella se encargó de llenar el hueco que dejaban mis padres; es la persona más bonita del mundo. Lo que ha hecho por mí y por mi familia todos estos años es...

Tanto mi madre como mi padre han dedicado infinidad de horas a su trabajo. No les culpo, de hecho les admiro, pero nunca han estado muy presentes en el día a día. Los horarios de un juez y de una cirujana no son los más flexibles del mundo. Cuando me despertaba por la mañana ya se habían marchado, y por la noche la mayoría de las veces cenaba y me acostaba con la única compañía de Fili. Muy de vez en cuando había días especiales que me parecían una fiesta, días en que amanecía con un beso de papá o mamá; días en los que estaba metida en la cama, se abría la puerta y aparecía uno de ellos para darme las buenas noches.

Por eso nunca quise manchar esos momentos con problemas o preocupaciones. Recuerdo la necesidad de que todo fuera perfecto. Para mí eran momentos tan mágicos como irreales, aunque con los años me di cuenta de que no era normal. Había idealizado la relación con mis padres, y me esforzaba tanto en cada encuentro con ellos, en ser la hija perfecta, que si no era así me hundía. A veces aparece esa niña sensible e insegura, y no soy capaz de confesarle a mi padre que todo esto me supera.

—No es eso...

—¿Entonces?

—Pues que estoy rayada, papá. No sé.

—¡Sabía que te pasaba algo!

A ver, me ha faltado contratar una avioneta de esas que pasan por la playa con un cartel enorme detrás en el que pusiera «Estoy mal».

—¿Tienes bloqueo creativo? —prueba. «Frío, frío».

—¡Qué bloqueo creativo ni bloqueo creativo!

—No sé, hija, ¿no lo llamáis así los escritores?

Mi padre ve dos entrevistas de Pérez Reverte y ya se pone a usar jerga de escritor. Que un poco de razón lleva, me está costando la vida entera escribir, pero eso no es lo principal.

—No, papá, no es eso. Es que tengo mil cosas en la cabeza, ya está.

—Pero ¿qué cosas? ¿Es un chico?

Me dan ganas de decirle «Papá, llevo seis meses sin follar», pero claro, tampoco quiero que al hombre le dé algo y se estampe del susto.

—Que no... —Madre mía, está perdidísimo, el pobre. Me armo de valor y ya voy con todo, que si no nos van a dar las uvas—: Es que últimamente siento que no soy feliz.

—Pero hija, si eres una afortunada.

—Ya lo sé, y eso es lo que me agobia. Me agobia estar mal porque sé que la mayoría de la gente se reiría si le contase mis problemas.

—Bueno, cariño, pero son tus problemas. Analízalos, solucionalos y ya está. Pero no te puedes agobiar. Todos tenemos derecho a días malos. Lo que no puedes hacer es quedarte estancada. La vida es así.

En momentos como este, en los que rompo todas las barreras que yo misma me impongo, me doy cuenta de lo mucho que quiero a mi padre. Le escucho hablar, darme consejos con esa calma tan suya, y otra vez me entran ganas de llorar. El problema es que no es tan simple.

—Pero es que no puedo. —La voz me sale con un hilillo, y él lo nota. Tengo un nudo en la garganta.

—Cariño, pero no llores...

Me rompo.

—No puedo, papá. Me siento responsable de todo. Me agobia que la gente espere algo de mí. No cumplir con las expectativas. No estar a la altura.

—Hija, no tienes que demostrar nada a nadie, te lo tienes que demostrar a ti.

—Es que a veces me da la sensación de que no tengo vida. No hago nada que no sea para la editorial o para mis lectores... —digo entre hipidos—. Ne-necesito, no sé... Respirar. Y-y ahora encima lo de los acosadores y el guardaespaldas.

—¿Cómo?

—Sí, por lo que te conté de las llamadas raras y lo de que sepan mi dirección. Pero es que no es para tanto.

—Eva, eso no es negociable. —Su tono se ha vuelto más duro, intransigente, ese que hacía que de pequeña no pudiese contener las lágrimas.

—Papá, no puedo ir todo el día con alguien pegado a mí. ¿No lo entiendes?

—Eva, con eso no juegues. No es negociable.

Cuando mi padre dice que algo no es negociable, no lo es, y hoy ya lo ha dicho dos veces. Se hace un silencio tenso entre nosotros. Empiezo a pensar que sacar el tema ha sido mala idea y que se va a enfadar conmigo.

—Pero, papá, que son cuatro locos...

—Eva —me corta—, solo hace falta uno para arruinarte la vida. A ti, a mí, a tu madre. Si te pasara algo...

—Pero...

—¡Basta! Ni pero ni nada. No puedes jugar con eso. ¿Qué pasa si vas sola y te cruzas con uno de ellos? ¿Y si te violan? ¿Y si te matan?

—Creo que estás...

De nuevo, no me deja seguir.

—Hay gente que no está bien, Eva. No paro de ver familias destruidas en cuestión de minutos por culpa de gente sin escrúpulos. Nunca estamos libres de que nos pase algo, pero hay que poner todos los medios a nuestro alcance para evitarlo. Eres una chica lista, sabes lo que tienes que hacer.

—Papá, por favor —le suplico.

—Es la última vez que hablamos de este tema. Si no le pones solución tú, te juro por la abuela que lo haré yo, y te va a gustar menos.

Con esto tengo claro que hablaría con sus contactos en la policía y que, además, me obligaría a volver a casa.

Me siento peor que antes de la llamada. Vuelvo a estar al borde de las lágrimas, y él se siente frustrado. Lo oigo suspirar al otro lado de la línea mientras pone el intermitente.

—Cariño, tengo que dejarte. Me está entrando una llamada del despacho. Ten cuidado, hija. Te quiero.

No me da tiempo a contestar y ya ha colgado. Otro clásico: los encuentros con mis padres siempre terminan con una llamada, un mail o un mensaje de trabajo. El trabajo ha sido como un hermano del que tengo celos.

Dejo caer el teléfono en el sofá y me quedo en silencio. Aunque se ponga así, sé que solo quiere lo mejor para mí y que, además, teme no poder protegerme. Es una mierda, pero tiene razón, y aunque me haga la dura no paro de dar vueltas al tema. Debo dejar el orgullo a un lado y hacer lo correcto. Por lo menos hasta que todo se tranquilice un poco.

Voy a llamar a Rebeca, pero al desbloquear el móvil vuelvo a la publicación del tal Kobo.

«Hiciste bien, ¡menudo cerdo!».

«Por tu culpa nos quedamos sin concierto, imbécil. Ojalá te mueras».

«Menudo bestia».

«Ojalá hubiera más como él».

¿Cómo? No estoy entendiendo nada. El tipo fue guardaespaldas del reguetonero ese y algunos le culpan de que haya cancelado un concierto. Igual alguien le agredió mientras estaba con él... No estaría mal saberlo si voy a tener que tomar una decisión.

Al final, no saco nada en claro de los comentarios y decido investigar por Google.

Tecleo «guardaespaldas Lil Cruz concierto» y al instante me salen mil enlaces a noticias relacionadas. Los titulares me dejan helada:

«El guardaespaldas de Lil Cruz le manda al hospital».

«Lil Cruz atacado por su propio guardaespaldas».

¿Perdón? ¿Este tío va pegando a sus clientes? Pincho en el primero para leer el artículo.

El cantante Lil Cruz ha tenido que suspender su gira de conciertos por Europa después de sufrir un altercado con uno de los miembros de su equipo de seguridad. El incidente se produjo en una famosa discoteca de Ibiza. Fuentes cercanas al artista afirman que la relación entre ambos no era buena últimamente, y que el escolta atacó sin motivos al cantante. Por las redes corre la teoría de que en realidad el reguetonero estaba abusando de una joven y su empleado salió en defensa de la chica. Varios vídeos se han viralizado. Pulsa el enlace para verlos.

Los vídeos son una mierda y no se ve bien qué pasa, solo gente a empujones. Estoy flipando. Escribo a Rebeca y se lo paso todo.

> Tía, mira lo que acabo de encontrar

A estas horas, mi amiga estará tirada en el sofá, igual que yo, quizá leyendo, pero con el móvil a pocos centímetros. Tic azul en cuestión de segundos.

> Vale, tía, está buenísimo, confirmamos

> Tía, céntrate. Que por lo visto era guardaespaldas de Lil Cruz y le pegó

> No jodas! Qué mal rollo... Qué pasó?

> Eso es lo que intento averiguar

Minutos después Rebeca me manda un vídeo. Se puede ver cómo nuestro amigo Kobo reparte a lo Jackie Chan en lo que parece ser el reservado de una discoteca, pero no solo a una persona. De hecho, Lil Cruz no aparece por ninguna parte. En el vídeo se distingue a Kobo y a cuatro gorilas con bastante mala pinta, y detrás de él hay una chica. Igual es un loco y se le fue la pinza, pero si lo hizo para defenderla me alegro de que le partiese la cara a ese gilipollas.

Estoy flipando, tía, vaya leches se dan

Seguro que no quieres que te defienda así?

Jajaja, no seas plasta, tía

Y obviamente no, preferiría que no tuviera que hacerlo

O sea que le vamos a llamar!

Que nooo!

3

La mañana empieza lenta, como todas últimamente. Me levanto temprano, antes de que el terrorista de Neo me la arme, y nos vamos a dar un paseo largo. Lo llevo al parque, que está tranquilo a esas horas y empieza a teñirse de naranja por momentos. Tiro cincuenta veces la pelota y no se cansa. Siempre acaba haciéndome correr con él, y me río a carcajadas mientras lía alguna. Hoy se ha ido directo a por una chica que hacía footing. No he ligado tanto en la vida como con este perro.

Un rato después decido ir a ver a la mujer de mi vida. Aprieto el puño de la moto más de lo que a ella le gustaría y me pierdo entre el tráfico de la mañana, escaso si lo comparo con el de cualquier día laborable. Podría ir caminando, pero rodar me despeja. Me permite pensar y ver las cosas con otra perspectiva, como si la velocidad le diera a todo una nueva dimensión.

Pienso en eso que dicen, que el mejor viaje es el de vuelta a casa. Hubo un tiempo en que lo único que quería era salir del barrio, alejarme de allí y empezar de cero. Pero al final las raíces pesan, y estar aquí me recarga. Cada calle, cada tienda, cada banco, cada rincón conserva algún recuerdo para mí. No siempre son buenos, pero todos me despiertan cierta nostalgia.

Aparco justo al lado de la placita donde solíamos jugar al fútbol. Mis mayores cicatrices no son por el boxeo, la moto o el trabajo, sino de esos partidos infinitos en el suelo de gravilla de al lado de mi casa. Nunca fuimos buenos, pero le poníamos empeño. Me cruzo con Benita, la vecina de arriba. La pobre ya está mayor, pero cuando éramos pequeños ella trabajaba en una fábrica de galletas y de vez en cuando nos traía. Es de las vecinas más queridas del barrio.

—Hola, Benita —la saludo mientras le sujeto la puerta.

—Ay, hijo. Cualquier día te quemo la moto esa. No sé cómo tu madre te deja montar en eso tan peligroso.

—No se preocupe, mujer, que voy con cuidado.

—Anda, anda, anda —refunfuña.

Subo por las escaleras hasta el tercero. Hay ascensor, pero si lo espero se me hace de noche. Toco a la puerta. Aún tengo las llaves, pero no he avisado a mi madre de que iba y quiero darle una sorpresa. Oigo sus pasos.

—¡Voy! —grita mientras se acerca.

Abre con ímpetu, sin mirar, como ha hecho toda la vida. Le tengo dicho que cualquier día le dan un susto, pero siempre me responde que el susto se lo llevará el otro si sale en bata.

—¡Mi niño!

Nos fundimos en un abrazo. Esto sí que es casa. Es de complexión menuda, y desde los quince años le saco más de dos cabezas. Siempre ha tenido una sonrisa preciosa y unos ojos vivos y alegres, marcados por el paso del tiempo con pequeñas arruguitas que no han hecho más que volverla aún más bonita a mis ojos.

—¿Qué haces aquí? ¡Qué sorpresa!

Entro y siento esa energía. Siempre que voy es como si mi cuerpo supiera que estoy en territorio familiar y se relaja. Esta casa son mañanas de leche con colacao antes de ir al cole, tardes de deberes en la mesa del comedor mientras mamá plancha, noches de hacer un fuerte con sábanas para jugar a la Play. Esta casa es media vida y huele a hogar.

—En un rato he quedado a tomar un café con Chris y me he dicho: «Voy a ver a la mujer más guapa del mundo».

—Calla, anda. A ver la cara.

Lo hace desde que empecé a boxear. Me coge por la barbilla y me analiza buscando golpes o desperfectos.

—No tengo nada.

—Bueno, la ceja la tienes hinchada.

—Mamá, no inventes —me río.

—Hombre que no, conoceré yo esta cara... ¡Si la he hecho yo!

Me aparto. Da igual los años que pasen, tu madre siempre tiene la capacidad de hacer que te sientas un bebé.

—Qué tontería más grande tienes con el puñetero boxeo... Ya te podía haber gustado el baloncesto.

—Mamá, no empecemos.

—Se te daba genial. Eras el mejor de tu equipo.

—Normal. ¿Viste a los que jugaban conmigo? —Recuerdo mi equipo. El día qué menos nos humillaron fue de veinticinco.

—Pues a mí me encantaba ir a verte.

—A boxeo jamás has venido.

—Porque te habría sacado del *ring* de los pelos. No es lo mismo ver cómo te meten una canasta que ver cómo te dan un puñetazo. La culpa es de tu padre...

—Bueno, tampoco es así.

—Sí. Sí es así. Ese hombre no ha tenido nunca una idea buena.

—Venga, mamá, vamos a dejarlo.

En realidad no sé por qué le defiendo. Seguramente porque dentro de mí queda algo de ese niño que miraba a su padre como si fuera su héroe. Poco a poco, la capa se le fue cayendo. De pequeño piensas que todo es perfecto. No existen los problemas. Es como lo de los Reyes Magos, te enteras cuando creces.

Mi madre siempre se esforzó para darnos una infancia feliz, pero tuvo mala suerte con su compañero de viaje. En vez de ser un apoyo, era un problema más del que preocuparse.

Cuando yo tenía diez años y mi hermano ocho, se separaron. Para nosotros no fue fácil. Nos quedamos con ella, y los fines de semana le veíamos a él. Los que se acordaba, claro. Los viernes íbamos al cole vestidos de fútbol, listos para jugar cuando viniera a buscarnos. Me duele recordar que la mayoría de las veces acababa viniendo mi madre y nos marchábamos a casa porque no aparecía. Ella fue la que peor lo pasó. A veces no aguantaba y se le saltaban las lágrimas. Siempre ha sido una leona. La pensión de mi padre llegaba mal y tarde, si es que lo hacía, así que ella se mataba a trabajar para que no nos faltase de nada. Ha luchado por nosotros sin descanso.

Cuando hablamos de mi padre, noto que sufre, así que cambio de tema.

—Entonces ¿dónde anda Chris?

—Trabajando.

—¿Trabajando? Esto sí que es una noticia. ¿De qué?

—Pues haciendo no sé qué de unas inversiones. El otro día le di dinero para comprarse una chaqueta porque tiene reuniones y no puede llevar siempre esas pintas.

¿Inversiones? Mentalmente cuento hasta diez e intento no estallar.

—Estás de coña, ¿no?

—Kobo, sabes que tu hermano lo ha pasado mal... Ahora parece centrado, por eso le ayudo.

Sé que, como yo, no se lo cree, pero lo necesita. Necesita pensar que su pequeño no ha vuelto a la mala vida.

—Sí, seguro que está centradísimo... Ya sé para qué quiere verme, necesitará otro inversor.

—Confía en tu hermano, anda —me suplica con la mirada.

En el fondo la entiendo. Ambos queremos a Chris y siempre lo hemos protegido, pero no por eso voy a hacerme el tonto con sus líos. No hemos tenido una vida fácil, y todo eso ha afectado a su forma de ser: un niño feliz y sensible que tuvo que ponerse una coraza para tirar adelante y acabó juntándose con gente que no le convenía. El resto... el resto es historia.

—Oye, ¿te preparo algo? ¿Quieres comer? Tengo que salir en nada, pero te hago algo rápido y te vas comido.

—He desayunado ya, mamá, gracias. Ahora me tomaré un café con este.

—El próximo día avisa antes y comemos. Te preparo lasaña —me tienta.

Es mi plato favorito. Nos lo hacía cuando nos notaba tristes. Siempre buscaba la manera de alegrarnos el día.

Me quedo con ella mientras se prepara. Es tan guapa... Ojalá ganase tanto dinero que no tuviera que trabajar nunca más. La veo metiendo las zapatillas y el uniforme en una bolsa. Me muero de vergüenza solo por haberme planteado no aceptar lo de la escritora. Por mucho que no sea el trabajo con el que soñaba al hacerme guardaespaldas, es mejor que deslomarse limpiando, y ella, en veinticinco años, no ha fallado un solo día.

—¿Quieres que te lleve?

—No me subo a la moto esa ni borracha.

Me hace gracia el arrebato de sinceridad, y observo divertido su cara de circunstancias. Creo que le pica la mano, que quiere darme una colleja por reírme de ella.

—Te acompaño a la parada.

Al salir, hay tres chavales haciendo el capullo en mi moto. Uno está subido, otro lo graba en vídeo y el último solo mira. Les silbo y echan a correr. Podríamos ser Richi, Mike y yo hace años. Los tres soñábamos con conducir la nuestra, teníamos la teoría de que una persona con moto es imposible que sea infeliz.

—Tío, piensa que, por muy jodido que estés, puedes cogerla y pirarte por ahí a toda hostia a dar una vuelta —decía Richi.

—Ya, pero si te deja la novia te jode igual. Aunque tengas cinco motos —le contestaba Mike. Siempre fue muy noviero.

—Vale, pues piénsalo al revés. ¿Qué prefieres: que te deje la novia y esperar el autobús o llorar en la moto?

—A ver, visto así...

—Que sí, tío, te lo juro, la moto es la clave. ¿Suspendes? Tienes la moto. ¿Te deja la novia? Tienes la moto. ¿Tu madre la palma? Tienes la moto...

—¡Cabrón! ¡No te pases! —nos reíamos.

—¡Pero dime que no mejora cualquier cosa!

Lo recuerdo como si fuera hoy. Nuestros primeros sueños, cuando nos creíamos mayores, cuando creíamos saber algo de la vida.

De camino a la parada, mi madre me pregunta por el trabajo. Le he provocado un buen dolor de cabeza, pero se queda tranquila cuando le digo que Tommy me ha metido en la empresa y que estamos esperando a que salga algo pronto.

La dejo sentada en el bus y voy dando un paseo al encuentro con Chris. Me pregunto qué será esta vez. Qué habrá hecho, en qué se habrá metido, qué habrá que solucionar... Siempre hay algo. No me diría de quedar tan de repente si no necesitara algo.

Nos llevamos un año y medio. Somos casi mellizos. Yo soy el mayor, pero él siempre ha ido por delante en todo. Fue el primero en dar un beso, en beber, en pelearse, en echarse novia, en fumar... Hasta me vacilaba con que había perdido la virginidad antes que yo.

Como no podía ser de otra manera, hemos quedado donde José Luis. Una vez más, Chris llega tarde, así que el hombre me sirve un café con leche y me cuenta que su sobrina se ha puesto muy guapa, que está muy mujer desde que vive en Londres. «Ay, José Luis, si tú supieras lo mujer que era ya cuando se liaba con Mike...».

Aparece media hora después de la acordada. Lleva una camiseta de tirantes que deja al descubierto unos brazos llenos de tatuajes. Me ve de lejos y sonríe. Sé que se alegra de verme, y yo también. A pesar de todo, Chris es mi otra mitad. Con su cuerpo espigado, pasa regateando las mesas de la terraza, me levanto y nos abrazamos. Me rodea con sus brazos finos pero fibrosos y durante un par de segundos me olvido de todos los problemas que me causa siempre.

—Te echaba de menos, hermanito —me dice mientras se separa y se deja caer en la silla de al lado. Es incapaz de estarse quieto un segundo. Siempre ha sido un fideo con la energía de un rabo de lagartija, así que empieza a mover la pierna y a toquetear todo lo que está en la mesa.

—Yo también, ya lo sabes. ¿A qué se debe este amor de hermano tan repentino?

Otra cosa importante que hay que tener en cuenta con Chris es que es muy inteligente. Sabe qué decir y cómo y cuándo hacerlo para conseguir lo que quiere. Richi siempre le llamaba «encantador de serpientes», como la que lleva tatuada alrededor del antebrazo.

—¿Qué pasa? ¿Que no puede querer uno tomar algo con su hermano mayor? —pregunta mientras se recoloca un mechón de pelo castaño, casi rubio.

—Pues, hombre...

—Tranquilo, no es porque ahora seas famoso —dice vacilándome.

—¿Qué dices, idiota? —le contesto a la defensiva, pero consigue sacarme una sonrisa.

—Cómo reparte mi hermanito.

Silba y levanta el brazo para llamar al camarero.

—¿Quieres algo? Me voy a pedir una birra.

Niego, apurando mi café y entro a matar:

—¿Cómo va tu negocio?

—¿Qué negocio?

—El tuyo. He ido a ver a mamá esta mañana.

Justo se acerca el camarero y le da unos segundos extra para pensar.

—Un doble porfa. —Me mira—. Tú nada, ¿no?

—No, gracias.

El camarero, un chaval que debe ser otro de los sobrinos de José Luis, se va y me quedo en silencio. Chris me ha oído perfectamente. Se vuelve a peinar y se toca la nariz, igual que cuando mi madre le preguntaba por las notas, y enciende un piti. Apura la calada al máximo antes de contestar.

—¿Mi negocio? Pues ahí va. Te quería hablar justo de eso.

—No sé por qué, pero me lo imaginaba.

—No empieces —me pide.

—No empieces no. ¿A que adivino lo siguiente?

—Ya está el listo...

—¿Cuánta pasta necesitas, a ver?

—Pues no necesito nada —suelta.

—¡Hostia! Eso sí que es una sorpresa. —Me río con amargura y pone cara de ofendido—. Venga va, Chris, no me hagas reír...

Le traen la cerveza y le pega tres tragos de golpe.

—Siempre igual. Intento ir de buenas y me tocas los huevos, tío.

—Hombre, es que te pones a venderme la moto...

—A venderte la moto no, joder. Me refiero...

—¿Me refiero qué, Christian? Tú sí que me llevas tocando los huevos por lo menos veinte años.

—¿Pero qué coño he hecho? Solo necesito ayuda con una cosa. ¿No te renta? Pues me lo dices y a chuparla.

—Venga, tío duro, no te calientes —le pido.

Me vienen a la mente las palabras de mi madre: «Confía en tu hermano». Qué difícil es cuando la confianza ya se ha roto muchas veces, cuando le he sacado de más líos de los que puedo recordar. «Lo siento, mamá, pero ya no me creo sus historias».

Y por si me quedaba un mínimo de paciencia, el tío se pone chulo:

—Kobo, te he dicho que no me toques los cojones.

Ya me está empezando a cabrear, con esa actitud de mierda. Sé que es un mecanismo de defensa, pero cuando se pone así me entran ganas de reventarle.

—Y yo te digo que te toco los cojones todo lo que me apetezca. Que además de gilipollas eres orgulloso. En vez de estar cada dos por tres pidiendo pasta como si fueras un puto inútil podrías empezar a tomar las riendas de tu vida y espabilar. Céntrate, hostia, y búscate un trabajo decente. Encima de delincuente, tonto, porque ni con esas ganas dinero.

—Te estás pasando, Kobo.

Tiene razón, pero la frustración y las semanas de mierda que llevo con lo del trabajo han sido el cóctel perfecto para convertirse en la diana de mi mala leche.

—Tú sí que te estás pasando, que llevas canteándote toda la vida. Que no te da vergüenza ir a tu madre, que está todo el día rompiéndose la espalda para ganar cuatro duros, y pedirle pasta para unas «inversiones». Tú eres gilipollas, chaval.

Chris me aparta la mirada llena de rabia. Sabe que cada una de las palabras que han salido por mi boca son ciertas, pero también que le amo y que todo lo que le digo es porque quiero que espabile. A cualquier persona que le hubiera dicho la mitad de lo que le he dicho yo, le habría partido la cara hasta dejarlo irreconocible.

—¿Qué inversiones? ¿Me lo explicas?

No puede afrontarlo, plantarme cara y decirme que esta vez no es como las demás, que ha cambiado. Es incapaz de mirarme y se concentra en la cerveza que tiene delante.

Observo sus facciones tensas, tan parecidas y tan diferentes a las que cada día me refleja el espejo: mandíbula fuerte, menos angulosa que la mía; nariz recta, en la que se empeñó en ponerse un aro con trece años y mamá casi se lo arranca de un guantazo; ojos oscuros y pequeños que hace tiempo perdieron la inocencia y que se empeña en tapar con un flequillo de rizos revueltos.

—¡Mírame! —le grito—. Mírame y afronta que eres el primero al que le da vergüenza la vida que llevas. Podrías conseguir lo que quisieras, pero te empeñas en conformarte con esta mierda.

Cuando le veo así, no puedo evitar que una parte de mí se sienta culpable. Muchas veces pienso que no estuve a la altura cuando nuestros padres se separaron, que no asumí el papel de hermano mayor. A él, en cambio, no le importó nunca ser el escudo de los dos.

Su móvil, apoyado en la mesa, empieza a sonar. Lo

mira, lo silencia y lo coloca boca abajo. Me ha dado tiempo de ver que era un número oculto.

—No sé qué quieres que te diga, Kobo —carraspea.

—La puta verdad.

—Ya te la he dicho.

—No me has dicho una mierda. ¿Para qué es el dinero?

Se queda en silencio mirando a la nada, probablemente debatiéndose entre si debe rendirse y contarme la verdad o no. En ese momento vuelve a sonar el teléfono, y sin darle la vuelta pulsa otra vez el botón del volumen para silenciarlo.

—¿No lo coges?

—Ya ves que no.

—Si no sabes quién es.

—Sí lo sé —asevera.

—¿Es la persona a la que le debes dinero?

—¿Qué dices?

Suspiro y decido dejar el papel del poli malo.

—Christian, que no soy mamá... ¿En qué andas metido esta vez?

Está perdido, solo. Veo a un niño con miedo detrás de esa apariencia de chico duro. Detrás de ese corte de pelo, detrás de esos tatuajes, hay temor e incertidumbre.

—Escúchame, voy a ayudarte, pero necesito saber la verdad.

Siento que mis palabras por fin consiguen atravesarle, siento que por fin decide coger mi mano una vez más.

—La he vuelto a cagar, hermanito. Debo pasta.

—¿A quién?

—A quién va a ser... —susurra con desánimo.

Y hasta aquí mi intento de mantener la calma.

—Joder, Chris. ¡Joder! ¿Otra vez? No aprendes, hostia.

No puedo evitar dar un golpe en la mesa.

—¡Tú también deberías saber que no es fácil salir de ahí! —Voy a intervenir de nuevo, a recordarle lo que implica juntarse con esa gente, pero no me da la oportunidad—. No te hagas el tonto, Kobo, tú sabes cómo funciona esto. ¡Solo te vas si te dejan!

—Hijos de puta...

Christian mira a su alrededor como si nos escucharan, bloqueado por la paranoia.

—Cuidado con lo que dices —me advierte entre dientes.

—Digo lo que me sale de la polla. Son una panda de hijos de la gran puta que se merecen que cualquier día les atropellen al salir de casa.

—¡Que te calles! —Veo miedo en sus ojos.

—¿Cuánto les debes?

—Necesito cinco.

—¿Cinco mil pavos? ¿Estás loco? ¿De dónde saco ahora cinco mil? ¿Para cuándo?

—Para ya.

—Joder, Christian... ¿Qué coño has hecho?

—Debía pasta, me pasaron «merca» para cubrirla y me la robaron antes de venderla.

¿Está de coña? ¡¿ESTÁ DE PUTA COÑA?!

—Te juro por Dios que te mataría... —suspiro, agotado.

No puedo más con esta historia. Mi hermano lleva años juntándose con gente que no debe. Al principio eran solo trapicheos para pagarse la fiesta, pero ahora veo a alguien perdido. Alguien que está metido en un bucle del que es muy difícil escapar. Si la historia es verdad o no, me da igual. Sinceramente, no sé si prefiero que me esté mintiendo o que no haya sido capaz ni de ser un buen camello.

—No pasa nada. Algo se me ocurrirá —dice, nervioso, revolviéndose en el asiento.

—¿Que no pasa nada? Valiente gilipollas estás hecho. Escúchame bien, vas a pagar lo que debes —le aseguro, imaginándome que me levanto y le arrastro del pelo como cuando éramos niños, hasta que mamá pone paz entre nosotros. Ojalá todo fuera tan fácil como entonces—. Pero vas a hacer lo que yo te diga.

Mientras hablamos, el teléfono no ha parado de sonar. Probablemente sean ellos para presionarle. Termina apagándolo.

—Te juro que te lo voy a devolver.

No sé cuántas veces he escuchado eso.

—Cuando saldes la deuda, te vas a ir de aquí.

Me duele el corazón al pronunciar esas palabras. Quiero a mi hermano cerca, pero no quiero despedirlo en una caja de pino. La única manera de que dé un giro a su vida es saliendo de ella. Necesita empezar de cero en cualquier lugar alejado de todo esto.

—¿A qué te refieres?

—Te vas a ir de Madrid. Piensa dónde, pero aquí no vas a quedarte.

—Pero ¿qué dices?

Me mira como nunca lo ha hecho, con un miedo y una angustia de la que nunca he sido responsable. Con la desesperación de quien piensa que lo está perdiendo todo y que no hay marcha atrás.

—Es la única condición si quieres el dinero.

—Pero, Kobo, ¿dónde me voy a ir? ¿Qué voy a hacer?

El nudo que siento en el estómago se intensifica. Me devora la pena. «Aguanta, joder. Es por su bien».

—Ya te he dicho que adonde quieras, pero lejos. Y lo que vas a hacer es empezar de cero. Buscarte un trabajo en condiciones, conocer gente que no sean delincuentes... Empezar una nueva vida.

—No me hagas esto, Kobo, por favor. Solo te tengo a ti y a mamá. Por favor. No puedo...

—Solo has dicho una cosa que es verdad, y es que no te van a dejar salir a no ser que desaparezcas. Es la única opción, Chris.

Veo como se le empañan los ojos, como contiene las lágrimas mientras medita sus opciones. Después de unos segundos, me tiende la mano.

—Te juro que no te voy a defraudar.

—Es la última vez que te ayudo con algo así, y también te lo juro.

Todas las veces que él me decía que no volvería a pasar yo le aseguraba que no le iba a sacar de ningún problema más. Lo de mentir viene de familia.

Nos despedimos minutos después. Le abrazo fuerte, revolviéndole el pelo una última vez mientras él me promete que va a cambiar, que esta es la de verdad. Palabras.

Suspiro mientras le veo marcharse. Mierda, esto matará a mamá... pero prefiero perderle un tiempo antes que perderle para siempre.

4

Otro despertar temprano. Llevo dos días sin pegar ojo pensando en lo de Chris, intentando encontrar una solución distinta.

Tampoco ha ayudado que, ayer a última hora, Tommy me escribiera para decirme que al final la escritora había aceptado. Estaba muy contento porque, al parecer, pagan bastante bien, pero a mí me ha sabido un poco agridulce.

Si bien ya no me planteo que el curro sea dar un paso atrás en mi carrera (me resuena lo que me diría mi madre si me oyera: «Para atrás ya has ido, que el que está sin trabajo y sin dinero eres tú. No te pongas exquisito, que no se te van a caer los anillos»), no deja de preocuparme lo que vendrá. En esta profesión es muy importante la relación con el cliente, el respeto mutuo, y sé por experiencia que, cuando no le soportas, es complicado que salga bien.

Aguantar todos los días a una chica como Eva, con sus caprichos y cambios de humor, no será fácil. Pero lo que de verdad me preocupa es que la hayan obligado. Este trabajo tiene muchos riesgos, y no hay nada tan peligroso como proteger a alguien que cree que no lo necesita, porque esa ligereza puede provocar consecuencias fatales e irreversibles.

Me estiro en la cama antes de que suene el despertador, con la sensación de haber dormido tres minutos. El cuerpo me pide más descanso, pero la cabeza no me deja. Esta mañana ni siquiera me ha hecho falta que Neo salte a la cama y me babee la cara. No es la imagen más agradable para empezar el día, pero este bicho me da un amor incondicional que no cambiaría por nada.

Con la testosterona en su punto más álgido, me levanto y voy al baño. En cuanto salgo de la habitación veo un rastro de ropa que va de la puerta de casa a la habitación de Mike: pantalones, camiseta, un calcetín, otro calcetín, otro más (este último de color rosa y más pequeño)... Neo me acompaña, parecemos una pareja de detectives. ¡Bingo! Un sujetador blanco a juego con una blusa y unos pantalones de campana. A mi amigo le gustan cada día más pijas. Voy a seguir mi rumbo, pero me doy cuenta de que el perro no viene detrás; malas noticias. Si Neo desaparece, hay dos opciones: o está liando alguna o lo va a hacer. La casa no es muy grande, y él ya no es un cachorro, así que no tardo en encontrarle. Está agazapado en una esquina jugando con algo blanco.

—¡Neo! ¡Trae eso!

Me mira sin intención de hacerme caso. Me acerco un par de pasos y se pone en alerta. No me jodas. Distingo lo que mordisquea: es un tanga de encaje. La madre que los parió. Para cuando llegaron a la habitación no les quedaba nada por quitarse. Neo se agacha y se pone a mover la cola. Es demasiado pronto para esto.

—No. Suelta. No pienso perseguirte.

Amago por la derecha y el tío intenta hacerme una finta, pero soy más rápido, y de un salto me tiro a su cuello. Le cojo la boca y le aprieto un poco, obligándole a abrirla. La mandíbula de un dóberman es de acero, pero por suerte se rinde fácil y consigo quitárselo. He ganado, y justo cuando voy a poner a salvo el trofeo, se abre la puerta de Mike y aparece una chica.

—Uy, hola. Pensaba que no había nadie —me dice sorprendida.

Es rubia, lleva el pelo recogido y solo una camiseta que le cubre hasta justo debajo del culo. Es guapa. Y la camiseta es mía. Hace mil años que la tengo. Es de Guns N' Roses y está bastante desgastada, pero le tengo cariño. No le queda mal, se adapta a la forma de su pecho, y las dos rosas parecen dibujadas a propósito justo en sus pezones.

—Buenos días. Te queda bien mi camiseta.

—Mierda, ¿es tuya? Me la dio Mike ayer, perdona.

—Sí, dámela, porfa. —Se queda paralizada, la pobre se pone roja—. ¡Es broma! Estás en tu casa.

Se relaja y suelta una carcajada.

—A ver, si quieres te la cambio por el tanga.

Mierda, no me he dado cuenta de que llevo todo el rato con su ropa interior en la mano. Se la devuelvo más rápido que si fuera la prueba de un delito de la que me quisiera deshacer.

—Perdona, ¿eh? Es que el perro...

—Sí, sí, claro, el perro... —me sonríe—. Seguro que eres de esos que pide a las chicas ropa interior usada o fotos de sus pies.

Esto me pasa por vacilón. Ahora soy yo el que no sabe dónde meterse.

—Shhhhhh.

Mike nos regaña desde la oscuridad de la habitación. Por las mañanas tampoco es la alegría de la huerta... Vaya, que mi colega, sin su café, es el anticristo. La chica me dedica una sonrisa angelical, cierra la puerta de la habitación con cuidado y se me adelanta entrando en el baño. Mi pis mañanero tendrá que esperar un poco más.

Conozco a Mike desde que nací y, aunque no hubiéramos querido, estábamos destinados a ser mejores amigos. Nuestras madres eran íntimas y se pasaban el día juntas, así que no nos quedó otra opción. Él y Richi han sido siempre mi mayor apoyo, aunque Mike sea un capullo reservado.

Continúo con mi mañana. Me preparo para mi primer día con la autora, y después de desayunar, pasear a Neo y hacer un poco de ejercicio, salgo de casa. Neo siempre se queda sentado delante de la puerta para hacerme sentir que le estoy abandonando.

—Lo siento, compañero, pero me tengo que ir. Pórtate bien, ¿vale? Tenemos una invitada en casa, sé un caballero.

Al salir del edificio me encuentro con Antonio, uno de los vecinos más veteranos; desde que se jubiló ha decidido dárselas de conserje. Es el típico de las películas españolas. Siempre lleva un bigote muy bien perfilado y una camisa de manga corta azul claro a la que no le pone un jersey encima hasta que no empieza a nevar. Da igual la hora, siempre le pillas en la puerta jugando con un manojo de llaves, preparado para ayudar a cualquiera con las bolsas de la compra.

—¡Buenos días, jefe! —le grito antes de que me vea.

—¡Buenos días, figura! ¡Miguel anoche llegó acompañado! —dice en tono pícaro.

Es el único que llama así a Mike. A Antonio no se le escapa nada ni nadie. Podría trabajar de analista de perfiles en la CIA.

—La he conocido esta mañana.

—Parecía guapa, la chica.

—Sí lo es, sí. ¡Que tenga buen día, Antonio!

—¡Gracias, majo! ¡Igualmente! Ten cuidado con la moto, que tiene mucho peligro.

Lo típico que te diría tu padre al salir de casa. Un padre normal, claro...

Me subo a la moto y arranco. Se me ha echado el tiempo encima, pero por suerte no estoy lejos. Tengo que ir a la calle O'Donnell nueve. Está en el barrio de Salamanca. Una de las zonas más pijas de Madrid. Allí la gente tiene mucha pasta. Uno de mis primeros trabajos fue cerca, protegiendo a la mujer de un empresario que al parecer andaba metido en mil líos. El piso de esa gente costaba más de lo que ganaré en toda mi vida.

Bajo la Castellana hasta Nuevos Ministerios y giro a la izquierda. Sorteo el tráfico cambiando el peso suavemente para inclinar la moto y coger otra curva. Justo antes del cruce con Menéndez Pelayo veo el número nueve a la izquierda. Es una calle de doble sentido, así que subo la moto a la acera de la derecha y cruzo andando. El edificio es impresionante. La fachada es de arquitectura antigua, pero está impecable, con ese porte regio y señorial que caracteriza esta ciudad. El tono blanquecino de la fachada destaca entre el asfalto y se extiende por lo menos seis plantas hasta el cielo. Me llama la atención la cantidad de balcones interiores, y proyecto en mi mente las vistas que debe tener, porque lo mejor es que delante está el Retiro. No me quiero imaginar lo que costará una casa aquí.

La puerta está abierta, así que decido entrar, y lo primero que veo es al conserje. Va vestido como si estuviera custodiando a la reina de Inglaterra. Si le viese mi Antonio...

—Buenos días, señor —saluda con tono pomposo.

—Hola, voy a casa de Eva Mun.

—Un segundo, por favor.

El hombre vestido de cascanueces levanta el teléfono para avisar de que he llegado, pero parece que no se lo cogen.

—Si quiere, puede esperar ahí.

Me señala con la mirada unos sofás de cuero negro que hay a mi espalda, pero antes de que pueda dirigirme a ellos suena el teléfono que acaba de dejar.

—Perfecto, señorita. Se lo digo... A usted. —Cuelga otra vez—. Puede subir, señor. Es el séptimo derecha.

Cojo el ascensor, que también es peculiar. Es un habitáculo de cristal con pinta moderna dentro de una estructura de metal que recorre el edificio de arriba abajo. Al llegar al séptimo, el ascensor da un pequeño respingo y se para. Salgo y ahí está, del contorno de la puerta del séptimo derecha sale un hilo de luz. Me acerco, toco para avisar y, como no hay respuesta, la empujo. De puta madre. Primer día con mi clienta y lo primero que hace es dejar la puerta abierta.

A esto me refería con que no hay nada peor que alguien que no es consciente de que corre peligro.

Entro y la verdad es que me quedo flipando.

A través de las ventanas que tengo delante veo el Retiro desde arriba. Siento que estoy en un piso de Nueva York con vistas a Central Park. Joder con la niña escritora. La casa es pequeña pero perfecta. La decoración no es mi estilo, pero todo está escogido con gusto. Según entras, hay dos cosas que llaman la atención: las ventanas con sus vistas y la altura del techo. Creo que nunca había estado en una casa con unos techos tan altos.

De frente hay un espacio que hace de salón, con un sofá verde en ele, una mesa de cristal con dos pilas de libros y una alfombra de cuadros blancos y negros bastante llamativa. La pared de detrás del sofá es la única que no es blanca, como el resto, sino de ladrillo visto con unos cuadros enormes de fotografías antiguas. Una de ellas parece una imagen de la época dorada de Hollywood, con una mujer preciosa encendiéndose un pitillo y las manos de varios hombres ofreciéndole fuego. Una diva como las de antaño, sexy, elegante y de aire melancólico, como si un suspiro le colgase constantemente de los labios. Al lado, algo más actual: una fotografía en el mismo tono de la anterior que representa a una pareja. Ella se apoya en su pecho, con la vista baja, fija en sus manos unidas. Él se inclina hacia delante, reposa la barbilla en el hombro de ella. Si alguien me preguntase, le diría que parece salido de la película *Ghost*, la más triste de la historia.

Me obligo a apartar los ojos de allí y me fijo en el mueble de delante; una tele enorme separa el salón de la cocina, con una barra americana de mármol blanco a juego con los armarios del mismo color y los grifos dorados.

Me adelanto un poco y, al darme la vuelta, veo otra altura sobre mi cabeza. Al lado de la cocina hay unas escaleras de color negro que suben hasta esta zona en la que puedo ver una cama, un escritorio con un Mac de sobremesa, muchos cuadros por la pared, alguna planta y una puerta desde la que sale el ruido de la ducha.

No puedo evitar imaginarme viviendo en un piso así. Estar tumbado en la cama por la mañana y despertar con esas vistas me parece de locos. Sigo soñando despierto cuando llaman al timbre. El rumor del agua en la ducha continúa y Eva no aparece, así que me digo que, si no voy yo, no irá nadie. Me acerco a la puerta y oigo como si estuvieran intentando meter la llave sin éxito. Miro por la mirilla y veo a Rebeca tratando de abrir. Lo hago yo antes, y casi se me cae encima.

Tan cerca, aprecio su olor. Es elegante, me gusta, pero al instante se mezcla con el aroma del café que lleva en la mano.

—Mierda, Kobo, lo siento.

—Culpa mía, tranquila. Tendría que haber avisado de que iba a abrir —digo tratando de romper el hielo.

—No te preocupes. Soy superpatosa... Siempre me pasan estas cosas, de verdad —me contesta con una sonrisa.

—Acabo de empezar y ya me han agredido —bromeo.

Rebeca se ríe y me vacila un poco:

—Espero que con los malos seas más rápido.

¡Qué cabrona! Nos reímos juntos una vez más hasta que vemos aparecer a Eva. Lleva un pantalón corto y un *crop top* con la inscripción Hopeless Romantic. No me la imaginaba así, tan informal, tan natural, sin rastro de maquillaje, descalza delante de nosotros mientras se seca el pelo.

—Veo que ya os estáis haciendo amiguitos —dice con sorna.

Tanto Rebeca como yo nos quedamos paralizados, conscientes de lo cerca que estamos el uno del otro y de cómo podría interpretarse eso. No sé ni qué decir, me quedo en blanco.

La agente me sonríe a la vez que fulmina a su clienta con la mirada.

—Calma, que era broma, tía. En fin, ya que estamos rompiendo el hielo... Te pido perdón por lo del otro día, Kobo.

Mientras se disculpa, Eva está muerta de vergüenza. Ni siquiera me sostiene la mirada; la esquiva y busca la de Rebeca, que me dedica una mueca pidiéndome compasión.

—No pasa nada. Todos podemos empezar con mal pie.

—Y tanto... —añade la agente, refiriéndose a nuestro encuentro de hoy.

Estallamos en carcajadas y Eva nos observa con curiosidad. Yo las miro a ellas y veo que se comunican sin palabras mientras entramos en la cocina. No hace falta más para entenderte con la gente que quieres.

—Kobo, ¿quieres un café? —me pregunta desde detrás de la barra americana.

Parece más tranquila, en su elemento, mientras rebusca en los cajones y se coloca un mechón mojado detrás de la oreja. Parece que su actitud no será como durante la reunión, quiero pensar que es porque se ha dado cuenta de que necesita esto y que lo contrario complicaría la situación.

—No hace falta, gracias.

—Oye, si vas a estar conmigo todo el día no quiero que parezcas un robot. Venga, ¿con leche? ¿Solo?

—Tienes pinta de solo —añade Rebeca.

—¿Y eso?

—No sé, a un tío duro como tú no le pega pedirse un café con leche de almendras y sacarina, la verdad.

—Pues es justo el que me gusta —bromeo.

Las chicas se ríen y empiezo a relajarme. No llevo ni diez minutos aquí y ya me he reído más que en todos los trabajos anteriores. Después del otro día es lo último que me habría esperado.

Nos sentamos, y Eva me pasa una taza de café mientras se prepara un té de algo que huele dulce. Al final me lo ha puesto con leche de almendras por gracioso, qué puto asco... Rebeca aprovecha el momento para ir a lo importante: la seguridad de Eva.

—El otro día ya lo hablamos un poco por encima, pero el principal problema que tiene Eva es de acoso.

—Sus fans, ¿no?

—No, mis fans no hacen eso —dice la escritora.

—Está claro que todo viene de un tipo obsesionado contigo. Y por mucho que nos pese, antes de llegar a eso sería un fan —media Rebeca.

—A eso me refería —aclaro.

—El tema es que lleva meses recibiendo llamadas raras, mensajes, regalos, flores, cartas... No tenemos claro si es un loco o varios, pero ya sabe dónde vive y los regalos son cada vez más frecuentes y atrevidos, por decirlo de algún modo. Está perdiendo el miedo.

La voz de Rebeca se ha vuelto seria, más profesional, teñida por la preocupación que le produce este asunto.

—Claro. El problema es que a esa persona o personas les empiecen a saber a poco esos gestos de amor y pasen a mayores —coincido.

Eva parece que no está del todo de acuerdo, pero Rebeca entra al cruce antes de que pueda dar su opinión.

—Exacto, y eso es lo que no podemos permitir, que un día llegues y haya alguien esperándote abajo y no sea una adolescente con el libro para que se lo firmes.

—Cualquier persona obsesionada contigo puede ser un peligro en cualquier sitio —le digo a Eva—. La obsesión es peligrosa.

—Para que te hagas una idea, puede recibir cientos de mensajes en un día. La mayoría son bienintencionados, aunque siempre está el típico hater. Eso es normal. El problema es que son tantos que es imposible diferenciar entre los fans y alguien con segundas intenciones. Por Instagram le mandan fotos y vídeos de ella misma saliendo por ahí. Ya no puede ni ir de compras tranquila porque alguien acaba subiéndolo a redes, y lo peor es que algunas marcas se aprovechan del tema porque, a la que se la ve con algo, las ventas se disparan.

Miro a nuestra clienta, que da vueltas al té con la cucharilla y parece perdida en sí misma. Me da lástima pensar en todo a lo que habrá tenido que renunciar para llegar adonde está.

—¿Alguna vez habéis sospechado de alguien raro? Quiero decir, ¿alguien que os estuviera grabando o haciendo fotos? —les pregunto.

—El problema es que puede ser cualquiera: una niña de

catorce años o un padre de cincuenta. Es muy difícil. Hasta ahora íbamos tranquilas, tampoco nos fijamos mucho.

—Vale, entonces lo principal es que no vayas a ningún sitio sola. Me dijo Tomás que habíais acordado aumentar las medidas de seguridad en casa para que así, mientras estés aquí, no tenga que estar molestándote. Pero cualquier salida, a la hora que sea, tendremos que acordarla, y te acompañaré en todo momento.

Su piso es un espacio seguro, así que en teoría mi trabajo termina cuando no va a salir. Sigo mirándola a los ojos y hablándole directamente a ella, pero no deja de observar el puñetero té como si le fuese a dar el número ganador de la lotería. Necesito que entienda que esto es por su bien, que tiene que confiar en mí e ir con cuidado.

—Sí, ahora está con su próximo libro. Necesita estar sola para escribir —continúa parloteando Rebeca.

—¿Eva? ¿Entiendes lo que estoy diciendo? Hasta que localicemos al acosador, no nos podemos arriesgar.

Eso consigue conectar con ella, y sus ojos se encuentran con los míos. Veo ansiedad y nervios en ellos, preocupación y también tristeza. Se me encoje un poco el pecho porque, aunque es una desconocida, consigo ponerme en su piel y entender que lo está pasando mal.

—Claro, lo comprendo —asiente al fin—. Gracias, Kobo.

Suspiro y le sonrío con empatía antes de decirle:

—Genial, porque el primer paso es que no dejes la puerta abierta mientras estás en la ducha.

Eso le arranca una risotada aguda que me hace sonreír aún más, y noto que al fin se relaja.

Después de eso dejo a las chicas en la cocina un rato más y repaso el piso con ojo clínico. La puerta de entrada está blindada y tiene alarma. Eso, junto con el portero y el sistema de seguridad del edificio, me deja un poco más tranquilo. Tommy tenía razón, no será el trabajo con más acción del mundo, pero hasta que no vea las primeras situaciones con los fans no quiero bajar la guardia.

Al terminar, Rebeca propone dar un paseo por la zona para que vea lo que implica un día relajado.

Las dos van delante, conmigo un paso por detrás de ellas. Mientras charlotean, observo a mi alrededor. Es lunes, así que la mayoría de la gente está en el trabajo o, en el caso de muchos de sus fans, en clase, pero aun así veo a varias personas que la reconocen, la señalan o la siguen con la mirada. Una señora se acerca con amabilidad y le pide si puede hacerle un vídeo para su hija, que ha leído todos sus libros y la adora.

Eva sonríe y lo graba, diciéndole que espera que haya disfrutado de su novela y verla en su próxima presentación. La mujer se va más contenta que unas castañuelas, pero ese parece ser el pistoletazo de salida para que más gente empiece a acercarse. Unas chicas salen de una cafetería y, al verla, le piden fotos entusiasmadas; un chico le dice que su novia le compró la novela y que no esperaba que le gustase, pero que ahora no puede parar de leer todo lo que escribe; y así, poco a poco, las cámaras salen a su encuentro. Cada dos pasos alguien la para e interrumpe la conversación que intenta mantener con Rebeca; su sonrisa se mantiene, pero no le llega a los ojos. Al final, el paseo rápido se convierte en una locura de más de una hora, y empiezo a entender cómo va la cosa.

De vuelta en el edificio, me presentan al cascanueces de la portería y le comento que, antes de marcharme, le haré un par de preguntas para coordinarnos. Rebeca se despide de nosotros y abraza a Eva antes de irse, diciéndole que la llamará esta noche, cuando termine una reunión con otro autor.

El silencio mientras subimos en el ascensor es un poco tenso, e intento no quedarme observándola mucho rato. Se ha cambiado de ropa antes de salir; lleva un vestido suelto de tela fina para aprovechar los últimos días de calor en Madrid. Unos mechones le caen sobre la cara, maquillada de manera tan sutil que, si no la hubiese visto un rato antes, pensaría que se ha levantado así.

Carraspeo, incómodo por el calor que noto treparme por la nuca, y eso parece hacerla aún más consciente de mi presencia.

«Muy bien, Kobo, di que sí», me digo con ironía.

Decido que no puedo seguir de este modo, que es mi trabajo, que me voy a pasar más de la mitad del día con esta chica y que nos tenemos que entender sí o sí.

—¿Tienes un segundo para hablar? —pregunto una vez entramos y deja el bolso en el salón.

—Sí, claro, dame un momento.

Sube corriendo las escaleras y, sentado en el sofá, oigo como abre y cierra cajones y armarios. Vuelve a bajar mucho más rápido de lo que esperaba, enfundada en unos pantalones de chándal grises y una camiseta grande de la Universidad de California. Coge ágilmente dos vasos de agua y viene a sentarse a mi lado. El pelo se le ha revuelto un poco, quizá por las prisas, pero le queda bien.

—¿Has estado en UCLA? —le pregunto para abrir la conversación.

—¡Sí! —dice con ilusión mientras deja los vasos en la mesa—. Pero solo un verano. Mis padres me mandaron a aprender inglés. —Otro síntoma de que la familia tiene pasta.

—Qué guay. Yo siempre he querido ir a Los Ángeles. —Se produce un pequeño silencio y sigo con lo que quería decirle—: Bueno, como te comentaba antes, lo último que quiero es invadir tu espacio o que sientas que no tienes privacidad, así que es importante que tengamos una buena comunicación.

—Esto parece una conversación de pareja...

Arruga la nariz y me quedo mirando las pequitas que la cubren como un cielo surcado de estrellas, las mismas en las que me fijé el otro día. Su comentario me hace reír, pero necesito que todo quede claro.

—Perdón por la chapa, pero es mejor hacerlo así, como una tirita. Cuanto antes nos quitemos este tema de en medio, mejor. —Carraspeo de nuevo y sonrío, intentando no parecer borde—. Mi trabajo es asegurarme de que no te pase nada, pero también entiendo que tu vida tiene que seguir siendo lo más normal posible.

—Te lo agradezco, pero mi vida dejó de ser normal hace mucho —dice con resignación.

Su mirada parece agotada. No deja de ser una chica un par de años más pequeña que yo que está hablando con el que va a ser su guardaespaldas porque no se siente segura. No es una situación normal. Las chicas que conozco siguen viviendo con sus padres y emborrachándose con sus colegas cada semana. Eva no tiene una vida normal, lo sabe, y está claro que eso la hace sufrir.

—Bueno, pues intentemos que sea lo más parecida a como ha sido hasta ahora. Si me haces caso en las pocas cosas que te pida, todo irá bien. Intentaré darte todo el espacio que necesites y me sea posible.

—Gracias, de verdad...

Nos quedamos en silencio una vez más y me pateo mentalmente. Me podría haber ahorrado la conversación, creo que solo he tensado más el ambiente. Fantástico.

—Creo que me voy a poner a currar, que hoy no he hecho nada —dice en voz baja.

Entiendo la despedida.

—Perfecto, te dejo entonces. Que te cunda.

«"¿Que te cunda?". Joder, Kobo, eres un paleto».

Me acompaña a la puerta y noto como duda en la despedida. Y como esta última media hora he decidido meterme la cabeza en el culo y no pensar, tomo la iniciativa y le doy dos besos.

—Hasta mañana —me despido, muerto de vergüenza.

—Hasta mañana, Kobo.

«Gilipollas, soy gilipollas».

5

Al salir de casa de Eva ya es casi de noche. Odio que los días sean cada vez más cortos, pero el cielo está precioso. A través de la Puerta de Alcalá, veo Madrid teñido de naranja. Esta ciudad es tan bonita que cualquier color le queda bien.

Observo caminar a la gente. Me imagino cómo serán sus vidas, quién les esperará en casa, qué tal les habrá ido el día... El mío ha sido rarísimo. Nada ha salido como esperaba, pero ha salido, que no es poco.

Todos los semáforos se ponen en verde, así que aprieto el puño y acelero. Esquivo los coches que bajan por la cuesta hasta Cibeles y freno un poco para hacer la rotonda. El viento lanza algunas gotas de la fuente contra mi visera. La abro para notar el aire en la cara. Es más incómodo, pero me hace sentir libre. Cuando me doy cuenta, me he dejado llevar y me he pasado la salida de Recoletos, así que decido seguir adelante y despejarme un rato. Subo Gran Vía y, a la altura de Callao, entro en la plaza de la Luna pegado a la comisaría, como siempre, hasta arriba de polis fumando en la puerta. Un par de giros a la izquierda y enfilo la calle Ballesta, donde recojo unos cuantos piropos de las prostitutas que esperan sentadas a su próximo cliente. Cruzo la Corredera Baja, paso por la calle Pez con su ambiente y me abandono al ruido de la noche en Malasaña. Las risas, los bares atestados y las calles estrechas de esta zona me apasionan. Si algún día me marchase del barrio, me vendría aquí. Miro la hora en un semáforo y decido volver a casa. Dejo atrás el Bernabéu, que esta noche descansa tranquilo sin partido, y paso por plaza de Castilla.

Justo cuando estoy entrando en mi calle veo a lo lejos, delante de mi portal, una silueta que me resulta familiar.

Me acerco y, poco a poco, se me revela su identidad. Está nervioso, se pasea ante la puerta mientras fuma con ansias. De pronto me ve y se le cambia la expresión, como si llevara horas esperándome.

—Necesito la pasta —me dice mi hermano sin saludarme.

—¿Llevas dos días sin contestar al teléfono y llegas así?

—Lo he tirado, no podía más. ¿La tienes o no?

Lo miro de arriba abajo prestando atención a sus gestos. Me bombardean recuerdos, imágenes que me gustaría olvidar, que ojalá no hubiesen existido, y hacen que frunza el ceño.

—Mírame. ¿Te has drogado?

—No, joder. Pero me han amenazado otra vez —confiesa nervioso.

Suspiro una vez más y le recuerdo nuestra conversación del sábado:

—Sabes cuál es la condición, ¿verdad?

—Sí. —Sé que solo me da la razón para conseguir lo que quiere, y esta vez no me vale.

—Te lo estoy diciendo en serio, Chris.

—Que sí.

Odio que me hable de ese modo. Está en la puerta de mi casa pidiéndome dinero y parece que el que me esté salvando la vida sea él. Pienso en la de veces que hemos estado en la misma situación, en las que no solo iba de billetes, sino también de partirse la cara. Siempre he estado ahí, pero ya no puedo más.

Me acerco a él, le agarro por el pecho de la camiseta y le digo:

—Voy a subir a por el puto dinero, lo vas a coger, vas a pagar lo que tengas que pagar y vas a desaparecer.

Al estar tan cerca me doy cuenta de que ha bebido. Le miro a los ojos y me entran ganas de llorar. Me acuerdo de ese niño que esperaba ilusionado a un padre que nunca llegaba. El que me miraba como si yo fuese su referente. Y ahora... Ahora esos ojos me piden que le salve.

—No puedo abandonar a mamá —me dice jugando su última carta.

—A mamá la abandonaste el día que te metiste en esta mierda.

—No puedo dejarla sola —me suplica, y se me parte el corazón.

—No está sola, está conmigo. Te vas a inventar que has conseguido un trabajo fuera de Madrid y te vas a ir un tiempo.

No me contesta; me aparta la mirada. Le zarandeo.

—¿Me has entendido? —le suelto entre dientes.

Finalmente agacha la cabeza, rendido, y asiente con un gesto. Ahí se esfuma la esperanza a la que se aferraba de convencerme de lo contrario.

En ese momento se abre el portal y sale Antonio. Mi hermano y yo nos hacemos a un lado, pero no aparto la mirada de él.

—Buenas noches —nos saluda el hombre.

—Buenas noches, Antonio.

—¿Todo bien, chavales?

—Todo en orden. Le presento a mi hermano Chris.

—Encantado, hombre, vaya familia de guaperas.

—Espérame aquí, ahora bajo —le digo, echándole una mirada de advertencia.

Les dejo hablando y subo a casa. Es un tercero, así que cojo las escaleras para no perder tiempo; antes de abrir la puerta oigo a los Black Keys. Mike está en casa, pero la pregunta es: ¿solo o acompañado? No me gustaría abrir y encontrarme algo que no tengo ganas de ver, así que aviso con el timbre y me tomo mi tiempo para entrar.

El primero que me recibe es Neo, que se lanza contra mí como un jugador de rugby.

—¡Eh, grandullón! Te echaba de menos.

Él continúa eufórico, me salta encima y hace que tenga que proteger la zona porque es un caballo, pero también el único que no me da problemas.

—¿Y a mí no? —grita Mike desde la cocina mientras saca algo parecido a una pizza del horno.

Digo «parecido» porque tiene tantas cosas encima que no se ve ni la base. Desde hace un tiempo le ha dado por experimentar con la comida... Cuando empezamos a vivir juntos el cabrón no sabía hacerse ni un huevo frito y ahora se cree *masterchef*.

—A ti al que más, tonto. ¿Estás solo? —me burlo mientras muevo las cejas de manera sugerente.

—Qué imbécil eres, tío. Venga, que llegas justo a tiempo para probar la mejor pizza de tu vida —dice imitando un pésimo acento italiano—. Siéntate y ve poniendo la pelea, si quieres.

Soy un desastre, habíamos dicho que hoy cenaríamos juntos viendo el boxeo y se me ha olvidado por completo. Últimamente tengo tantas cosas en la cabeza que no doy abasto. Fuera de mi familia, no hay nadie con quien tenga más confianza que con Mike, pero prefiero no avergonzar a Christian y no contarle nada por el momento.

—Al final has salido pronto, ¿no?

—Sí, es que como es escritora dice que necesita estar sola.

—Bueno, de puta madre, mejor para ti.

—Pues sí —le contesto ya desde mi habitación, rebuscando para encontrar el sobre con el dinero.

Desde pequeño me acostumbré a guardar parte de mis ahorros en efectivo. El sitio para esconderlo siempre ha sido el mismo: un agujero en un amplificador de guitarra que dejó de funcionar hace años. El viejo Marshall fue el regalo de un tío del barrio. Se ponía a tocar en un soportal al lado del parque en el que jugábamos. No era como los demás músicos callejeros: nadie le dejaba monedas, era él quien daba cosas a la gente que se le acercaba. Me solía sentar a su lado mientras esperaba a que llegasen los chicos y escuchaba esa mezcla de clásicos del rock con un rollo flamenco. Años después apareció Pitingo y lo petó haciendo lo mismo. Un día, en mitad de su concierto diario, vinieron dos policías y lo arrestaron. Mientras lo esposaban, me dijo que cogiera sus cosas, así que me las llevé a casa y se las guardé un tiempo, pero no volvió a aparecer por allí. Con los años entendí que mi estrella del rock agitanado era el camello del barrio.

Cuento algo más de la cantidad que necesita, enrollo los billetes y me los meto en el bolsillo. Mis reservas se quedan bajo mínimos, pero prefiero darle más y que pueda empezar de nuevo sin liarla.

—Voy a bajar a Neo y vuelvo en cero coma —le digo a Mike mientras busco la correa.

—Ya lo he sacado yo. —Joder, la ley de Murphy, no lo saca nunca y va hoy y se pone servicial.

—¿En serio? Qué grande.

Él se limita a encogerse de hombros y sigue a lo suyo, porque le da vergüenza reconocer sus buenas obras. Mientras, intento encontrar una excusa para salir y finalmente veo la basura. Por primera vez, me alegro de que las latas rebosen.

—Bajo la basura.

Mike me mira. Me conoce y sabe que estoy actuando raro, pero no le da mucha importancia.

—Venga, cabrón, que se enfría.

Corro por las escaleras con la bolsa y el dinero en el bolsillo me quema. Quiero deshacerme ya de ambos.

Salgo a la calle y le veo apoyado en la moto con las manos en los bolsillos y el cuerpo encogido. Empieza a hacer frío, y él sigue vistiendo como si fuera agosto.

Tiro la basura y le encaro. Saco el turulo con los billetes y lo mira con necesidad, pero, justo antes de que lo coja, lo retiro.

—La última vez, Christian.

—Sí —asegura con la mano extendida.

—Mírame —le digo serio, y lo hace de refilón—. La última.

Lo coge y se lo guarda mirando a los lados como si hubiera alguien esperando para robárselo. Odio ver así a mi hermano.

Sus ojos se posan en los míos y veo que los tiene llorosos. Los míos también se humedecen. Sin decir nada, nos abrazamos con fuerza. Le siento entre mis brazos. Mi hermanito. Mataría por él.

Me susurra un «Te quiero» que me salta las lágrimas. Hemos pasado por tanto juntos...

—Yo más, idiota, muchísimo más —susurro intentando disimular. Le aprieto fuerte contra mí una vez más y le dejo ir—. Cuídate, ¿vale? No hagas el gilipollas.

No quiero que me vea llorando, así que agacho un poco la cabeza.. Creo que es el momento de irme.

—Gracias —me dice mientras me alejo.

—Haz que nos sintamos orgullosos.

Hace un gesto con la cabeza para decirme que sí y me doy la vuelta. Le dejo atrás y entro en el portal. Espero que la próxima vez que le vea esto se haya quedado en un mal sueño. Que podamos llevar a mamá a cenar a un buen restaurante, charlar tranquilamente como una familia normal. Sin gritos, sin reproches, sin drogas.

Uso la manga para secarme las lágrimas y subo otra vez

saltando los escalones de dos en dos. Antes de abrir la puerta, respiro hondo para que Mike no note nada y entro.

Ya está sentado en el sofá, preparado para disfrutar. Voy directo a la cocina para ganar un poco de tiempo, porque este cabrón me conoce más que yo mismo.

—¿Quieres una birra? —digo desde la nevera.

—¿Qué clase de pregunta es esa?

Mi colega jamás rechaza una cerveza.

Nos sentamos en el sofá a disfrutar de nuestro planazo. Vivir con Mike es fácil. Nos complementamos bastante y, como dice mi madre, al menos no nos come la mierda, algo que valoro después de pasar por el piso de Mou. Nos hemos prohibido independizarnos el uno del otro. Hace un tiempo hicimos una apuesta, un poco tocados después de salir hasta tarde, pero es lo que hay: el primero que se pire tiene que tatuarse lo que quiera el que se queda tirado, y si encima es para irse con una chica, se lo tiene que hacer en el pecho. Sin preguntas, a apechugar.

Minutos después, con la pelea y la pizza ya empezadas y la cerveza calentándose sobre la mesa auxiliar, me obligo a disfrutar del momento, a no seguir pensando en Chris, aunque me duela el corazón. He hecho lo que debía, y si Dios quiere será el primer paso para que todo se solucione al fin.

El problema es que el combate es de Canelo, un boxeador mexicano de los mejores del mundo, el favorito de mi hermano.

—¡Vamos, Canelo! —grita Mike—. Oye, le podíamos haber dicho a tu hermano que se viniera.

Mucho estaba tardando.

—Seguro que lo vio en directo, ya sabes cómo es Chris. Estos combates siempre los echan de madrugada. Nosotros los vemos grabados, pero a Chris no le importa quedarse despierto hasta las cuatro o las cinco de la mañana.

—Oye, ¿qué tal le va? Últimamente está tranquilito, ¿no? —dice mientras coge un trozo de pizza y me acerca otro a mí.

Mi silencio habla por sí solo. Mike se vuelve hacia mí y me analiza. Tratar este tema es desagradable, pero no le voy a mentir. Nadie me entenderá mejor que él.

—¿Vuelve a estar metido en algo chungo o qué?

—Ha estado vendiendo otra vez... y debe pasta.

—¡¿Qué?! —Casi se atraganta con el trozo de pizza que estaba masticando—. ¡No me jodas!

Pone la tele en pausa y me doy cuenta de que no hay escapatoria. Querrá la historia completa.

—¿A los San Román? —Vuelvo a quedarme en silencio, lo que equivale a colocar un cartel de neón sobre mi cabeza—. Me cago en la puta, *bro*. Esa gente... Hijos de la gran puta...

Conozco el dolor de sus palabras y el odio en sus ojos.

De pronto, Mike ya no está ahí. Tiene la mirada perdida, y sé las imágenes que bombardean su cabeza, porque también lo hacen en la mía. No hay día que no piense en todo lo que pasó, en todo lo que hacen sin consecuencia alguna.

Nos quedamos un rato callados y al final me da una palmada en el hombro y me lo aprieta con fuerza. Sé que está aquí para mí, ahora y siempre.

Reanuda el combate, pero los dos estamos en otro sitio.

Chris, Richi... Decido salir de la oscuridad en la que nos hemos metido.

—Oye, cabrón, ¿y la chica del otro día? —Todavía no me ha contado nada sobre ella, y ya es hora.

—Es guapa, ¿eh?

—¿De dónde la has sacado?

—Va con Sandra a la uni —dice mientras le da un trago a la cerveza.

—¿Qué dices?

Sandra es la hermanastra pequeña de Mike. Tiene tres años menos que nosotros y mantienen una relación que va por épocas. En algunas son inseparables y en otras se matarían, un poco como yo con Chris, pero sin problemas de delincuencia.

—Sí, tío, es muy *top*, y lo de guapa es lo de menos.

Mi colega tiene ahora mismo una cara de tonto que no puede con ella, así que confirma lo que ya sabía: se ha vuelto a enchochar.

—Joooder, vaya sonrisita... Estás jodido, chaval —le vacilo.

—Qué va, qué va.

Pero el cabrón no deja de sonreír cada vez más.

—¡A tomar por culo! —grito exageradamente, y los dos nos descojonamos.

—Tío, es que lo tiene todo: es guapa, es lista que te cagas y encima te partes la polla con ella. Me mola mucho.

Seguiría riéndome de Mike y recordándole que durante este año ya se ha enamorado tres veces y todas eran la futura madre de sus hijos, pero la verdad es que me alegro mucho por él.

—¿Y a ella cómo la ves? —me intereso.

—A ver, creo que se lo pasa bien conmigo, pero nunca se sabe. O sea, todavía no hemos hablado de nada.

—Bueno, tío, tú fluye. Disfruta el momento y ya iréis viendo. No hay que ponerle nombre a todo.

—Justo, tampoco me quiero agobiar con eso. Ahora mismo estoy feliz conociéndola... Partido a partido.

—Oye, ¿y cómo se lo ha tomado Sandra?

Se echa para atrás y me lanza una mirada que anticipa lo que me va a decir.

—Pues se ha puesto tontísima. Que si cómo le hago esto otra vez, que es su amiga, que ya verás cuando luego la cague y ellas se distancien...

Me entra la risa, porque Mike no aprende, pero tampoco puede evitar ser como es, y mi amigo es un enamorado del amor.

—Dale tiempo. Ya sabes que al final siempre se le pasa. Y si a ti te compensa estar con esta chica, pues ya está.

—*Bro*, es que... ¿sabes esa sensación cuando conoces a alguien y te vuelves adicto a esa persona? ¿Que cambiarías cualquier planazo por estar con ella sin hacer nada? Es como que todo el rato quiero verla. Y quedamos, estamos de lujo y luego la dejó en su casa y me voy en la moto cantando a grito pelado. Te sientes vivo, tío.

Le miro sonriendo y siento un poco de envidia. Supongo que, por mucho que me meta con él, en el fondo anhelo esa sensación, sentirte así por alguien y que tu mundo cambie cuando la ves por primera vez.

—Suena bien, sí. Qué pena que no me haya pasado en la puta vida.

—¡Porque no quieres, cabrón!

Hacía tiempo que no le veía tan contento. Le brillan los ojos, parece más vivo que el resto.

—Bueno, ¿y tú qué? ¿Qué tal el curro nuevo?

—Bien, creo.

—¿Creo? —me responde mientras se levanta y va a la nevera a buscar más birra.

—No sé, tío. El primer día la chica me pareció imbécil, y que ya sabes que este no es mi rollo, que normalmente voy con gente... No sé, más...

—¿Más tocha? —me ayuda Mike.

—No era esa la palabra que estaba buscando, pero sí, supongo... El caso es que no lo tenía claro y me costó un cojón aceptar la oferta de Tommy... Pero como no voy sobrado de pasta, y con lo de mi hermano menos aún, decidí aceptarlo.

—Claro, tío, por lo menos hasta que encuentres otra cosa.

—Bueno, ya veremos, que después de lo del subnormal ese no está fácil. —Me estoy enrollando que flipas, así que vuelvo al tema—: El caso es que hoy me ha caído bien.

—¿Y por qué lo dices como si fuera malo? De puta madre, ¿no?

—No sé... Es raro.

—Ya estás, ya empiezas con tus paranoias. No seas rayado, anda. No te adelantes, que te conozco.

Es verdad que mi talón de Aquiles siempre ha sido anticiparlo todo. No sé si es defecto profesional, pero siempre intento controlar todo lo que viene, y eso es un imposible.

—Y oye, con lo de tu hermano... ¿Sabes que me tienes

para lo que necesites, verdad? —suelta mientras choca su rodilla con la mía.

—Lo sé.

—Todo va a salir bien.

Nos quedamos en silencio y volvemos a poner la pelea.

Muchas veces solo necesitamos eso, alguien que confíe en que todo va a salir bien, que estará ahí. Como dice Mike, tengo que pensar en el presente y dejar de agobiarme por lo que no puedo controlar, por lo que no puedo cambiar. Y este momento, el ahora, es lo que tengo que disfrutar. Un instante de paz dentro del caos que es mi vida: Neo, Mike, unas cervezas, pizza y boxeo. Justo lo que necesito.

Lo que venga mañana será problema del futuro.

6

Cuando iba al colegio siempre soñaba que caía una nevada que obligaba a todo el mundo a quedarse en casa, un día en que lo único que se pudiera hacer fuera jugar con amigos a pegar bolazos. Filomena fue ese sueño de niño que nunca se hizo realidad para mí, pero creo que la sensación debía asemejarse a la que he sentido esta mañana al ver el mensaje de Eva.

Hoy puedes venir más tarde? Quiero escribir un rato 🙊

Orgásmico.

He remoloneado un rato entre las sábanas, pero al final he acabado volviendo a ayer. Fue doloroso, pero en cierta manera me siento liberado. Me encantaría meterme en la piel de Chris y rehacer su vida, pero no puedo. Ahora le toca a él coger las riendas.

Viendo los derroteros de mi mente y que tengo la mañana libre, decido hacer lo único que puede sacarme de mi cabeza. Son las once y estoy entrando por la puerta del gimnasio. Llevo días sin entrenar y ya empiezo a encontrarme raro. Necesito el deporte para sentirme bien. Me libera, me despeja. Cuando no lo hago, me siento pesado física y mentalmente.

Entro y hay una chica de espaldas hablando con la de la entrada. Lleva unos *leggins* azules que madre mía.... Espero que si no está apuntada ya, lo esté haciendo. Saludo a Susana, la recepcionista, y aprovecho para dejarle el casco, que no cabe en las taquillas.

—Hola, guapo. Qué tarde hoy, ¿no? —comenta mientras deja mis cosas en la estantería que tiene detrás.

—Ya ves, horario de jubilado.

—¿Kobo? —dice la chica.

Tardo un par de segundos en reconocerla, pero esa mirada es inconfundible.

—¿Paulita?

—«Paulita» dice... Así me llamaba mi madre con trece años, pero creo que ya estoy crecidita.

«Crecidita es poco», pienso mientras me río con ella.

—Bueno, es que esa es la edad que creo que tenías la última vez que te vi.

—Puede ser, pero bueno, ya me quedo en España.

Paulita —o Paula, como ella quiera—, es la hermana pequeña de Tommy. Se llevan cuatro años y a diferencia de su hermano y sus amigos, entre los que me incluyo, sacaba muy buenas notas. Tan buenas que la becaron para estudiar fuera. Nunca fue fea, pero es que ahora es un pibón. Dicen que el agua de Madrid es la mejor del mundo, pero ojo...

—Me alegro. ¿Qué tal por Irlanda?

—Estaba en Inglaterra, pero bien. —Ahora es ella la que se ríe de mí.

Tiene la sonrisa perfecta. Durante años llevó brákets, como Tommy, solo que él usaba las gomas que le pusieron para hacer tirachinas en clase y no se le quedaron tan bien.

—¿Estás aquí apuntado?

«No, si te parece vengo de paseo».

—Paula, llevo entrenando aquí con tu hermano desde que eras Paulita...

Se ríe mientras se echa el pelo para atrás. Si su objetivo es que me fije en lo bien que le queda el *top*, lo ha conseguido. ¡Joder con Paulita!

—Perdonad por interrumpir el tonteo un segundito —nos corta Susana—. Te acabo de inscribir con la tarifa mensual. Si tienes cualquier duda, me dices. Y tú, Kobo, a ver si en vez de distraerme a la clientela me echas una mano y le enseñas las instalaciones.

—Si no hay más remedio... —bromeo mientras le echo una miradita y la acompaño dentro.

—Venga, va, no te hagas el duro. Además, me lo debes. Me jodiste un concierto.

¿De verdad? El puto Lil Cruz está hasta en la sopa.

—¿Ibas a ir a ver a ese panoli?

—Eh, un respeto. No te metas con mi crush —refunfuña mientras se hace la indignada.

Joder, lo de ese imbécil me va a perseguir toda la vida. La cosa es que no me arrepiento y que lo volvería a hacer mil veces. Si algo he aprendido en este curro es que da igual quién seas o la pasta que tengas, hay límites sagrados, y no me quedaré de brazos cruzados mientras un hijo de puta se pasa de listo. De todas maneras, sé que ella lo dice para vacilar, sin maldad, así que lo tomo de esa manera.

—Qué raro —le contesto.

—¿El qué?

—Que siempre había pensado que tu crush era yo.

Se ríe y se pone roja como un tomate. Joder, es la hermana pequeña de mi colega, voy a parar que al final se nos va de las manos.

Le enseño el gimnasio, que tampoco es muy grande, y cada uno nos ponemos a entrenar lo nuestro. Ella va a las máquinas y yo me quedo al lado del *ring* haciendo un poco de sombra y saco. Las dos zonas están cerca, así que no voy a negar que nuestras miradas se cruzan un par de veces. «Perdona, Tommy, pero no puedo sacarme los ojos».

Pegar al saco es como dar una paliza a mis problemas, como si los extrajera de mi cabeza, los metiera en la bolsa y los colgara del techo. Descargo sin parar. Necesito liberarme y aclarar las ideas. Pienso una vez más en Chris, todo va a salir bien. No paro hasta que me quedo sin fuerzas para sujetar los brazos. Estoy chorreando, y la camiseta se me pega al pecho. Me encanta, estoy exhausto pero tranquilo, como si me hubieran dado un masaje relajante.

El primer contacto con el agua de la ducha hace que tenga que contener la respiración un segundo, lo que tarda en trazar el primer camino por mi espalda. Después el frío es placentero. Los músculos que al principio se habían contraído por el contraste, empiezan a relajarse poco a poco. El mejor momento del entrenamiento es la ducha del final.

Me apoyo en la pared, pensando en que podría quedarme aquí el resto del día. Levanto la cabeza y la pongo debajo del chorro que masajea mi cuero cabelludo, provocándome un escalofrío. Siento como el agua cambia de dirección y ahora me cae por el pecho. Pienso en Paulita, que estará duchándose al otro lado, imagino el agua que se arremolina entre sus piernas, el calor de su cuerpo enfriándose poco a poco, las manos enjabonadas surcando su piel...

El sonido del móvil desde el interior de la taquilla me corta el subidón. Salgo corriendo de la ducha y voy a por él, esquivando a un par de tíos en pelotas durante el proceso. Estoy seguro de que van a colgar en cuanto lo coja, pero no es así. Es Eva.

—Hola —digo según pulso el verde.

—Hola, Kobo. ¿Qué tal? Oye, perdona que te maree... ¿Estás ocupado?

—No, para nada, estoy en casa.

Un señor entra en el vestuario y escucha mi mentira. Estoy completamente desnudo y empapado en medio del vestuario. El hombre sonríe y agita la cabeza.

—Genial, es por si puedes venir ya, que tengo que salir a hacer unas cosas.

—Claro, voy para allá.

Me da las gracias y en cuanto cuelga me visto a toda leche, todavía mojado. Estoy a punto de salir del gimnasio cuando me acuerdo del casco y del resto de mis cosas. Cuando me giro, Susana ya las tiene preparadas y me mira riéndose.

—Gracias, guapa. —Le guiño un ojo y salgo a la calle.

Ahora sí. Casco, gafas y me pongo en marcha. A estas

horas Madrid está tranquilo, así que en cuestión de minutos llego a casa de Eva. Saludo al conserje y a la mujer que barre a conciencia la entrada del portal. Mientras subo en el ascensor, pienso que podría ser mi madre.

—¡Voy! —grita Eva cuando llamo al timbre.

Oigo sus pasos acercándose a la puerta. Cuando abre se me queda mirando fijamente. Poco a poco, se le dibuja una sonrisa burlona.

—¿Pasa algo? —pregunto.

Eva se ríe, mordiéndose el labio antes de decir:

—¿Está lloviendo fuera o qué?

Me toco el pelo, está empapado. No quiero imaginar las pintas que tengo ahí parado, con cara de gilipollas. Joder, Kobo. Segundo día de trabajo y ya la estoy liando, pero no puedo evitar reírme mientras me peino para atrás con las manos.

La acompaño al interior de la casa y me fijo en que todo sigue como ayer, impoluto, a excepción de una taza de café vacía en la mesa del comedor y una manta mal doblada sobre el sofá.

—¿Quieres un café?

Me habla dándome la espalda mientras se pone unos pendientes. Lleva unos pantalones cargo y una camiseta ajustada color turquesa que resalta su piel. Se gira para mirarme, esperando algo, y entonces caigo en la cuenta de que no le he contestado.

—No, gracias.

—Ya está el chico correcto —me reprende con una sonrisa—. Si no quieres nada, cojo las cosas y nos vamos.

Me preparo para acompañarla a la puerta, pero veo que

duda, así que le doy unos segundos antes de volver a preguntarle si todo va bien.

—Perdona, es que... me siento rara. —La observo con atención mientras juguetea con los anillos que lleva, instándola a que elabore un poco más su respuesta—. No sé, tener que molestarte para ir a comprar cuatro tonterías. Es que me da hasta vergüenza.

En un primer momento me quedo en blanco, porque no es lo habitual. La gente con la que he trabajado era más distante, te trataba como si no estuvieras y ya está. Con Eva costará más, pero aún es pronto para saber si prefiero lo uno o lo otro.

—No te preocupes, es natural que al principio se te haga raro. Pero es mi trabajo, estoy aquí para eso. Lo único que necesito es que me digas adónde vamos para organizar la ruta.

—Uy, ni que fuera el presidente de Estados Unidos, por favor —se ríe.

—Es por tu seguridad, para evitar imprevistos.

—Ya irás descubriendo que a mí me encantan.

Va de un sitio a otro cogiendo cosas que van directas al bolso y yo la miro, esperando que siga la frase y acepte que su situación es la que es. Entiendo que no será así cuando se gira y sube las escaleras. Me ha dejado solo en el salón.

—A ver, Eva, no quiero ser pesado, pero necesito que pongas un poco de tu parte para que todo vaya bien —le digo desde abajo con el tono más condescendiente y amable que puedo.

Ella sigue a lo suyo. Veo cómo se echa perfume, se pone un poco de brillo de labios y se cala una gorra tipo beisbol.

Nada, que no hay manera. Suspiro de desesperación ante su pasotismo.

—Kobo, en serio, relájate. Necesito normalizar esto todo lo que pueda, ¿vale? —Me pone una sonrisa angelical justo cuando queda a mi altura, dos escalones por encima.

—Si por lo menos me dijeras adónde vamos...

—Es una sorpresa. —Me guiña el ojo antes de ponerse unas gafas de sol estilo retro y se dirige a la puerta—. Hay que mantener un poco la emoción.

La quiero matar. Quiero atarla a la silla y no dejarla salir de estas cuatro paredes hasta que me diga a qué está jugando, porque un minuto parece que va a ser la clienta modelo y al siguiente se convierte en mi peor pesadilla. Mi trabajo es evitar imprevistos, mantenerlo todo bajo control. Las sorpresas no me dan subidón, sino dolores de cabeza. Si quiero emoción, me voy con la moto o echo un polvo.

Casi tengo que correr para llegar al ascensor antes de que se cierre la puerta. Entonces caigo en la cuenta de que no ha echado la llave. «Respira, Kobo, res-pi-ra».

La miro, fulminándola, y me recuerdo que es solo su segundo día y que debo tener paciencia.

—¿Siempre vistes igual? —suelta de pronto mientras me hace un repaso de arriba abajo.

Carraspeo un segundo y miro mi reflejo en las puertas de acero. Pantalones negros, camiseta negra, un básico.

—Más o menos. Excepto cuando toca llevar traje.

—¿Y conmigo no toca? —sonríe, pícara.

Sus cambios de humor van a acabar conmigo, lo juro por Dios.

—¿Quieres?

—No, no, así estás guapo.

«Joder».

No sé qué contestar, así que decido hacer como si no lo hubiese oído.

Las puertas se abren y llegamos a un garaje enorme. Hay unos cochazos que si Mou los viese se le caería la baba y luego les sacaría brillo con ella. Me quedo empanado unos segundos pensando en la de pasta que debe tener la gente de este edificio.

—Te presento a mi pequeñín.

Me doy la vuelta para mirarla y la veo frente a un Fiat 500 blanco con la capota granate. Contengo el impulso de poner los ojos en blanco.

—Qué sorpresa, no me esperaba que tuvieras un coche así.

—¿Me estás vacilando? —pregunta sorprendida.

—La otra opción era un escarabajo rosa.

Se ríe.

—Eres idiota, pero ojalá... Me encanta el rosa.

Me coloco junto a la puerta del conductor y extiendo la mano.

—¿Qué?

—Para conducir necesito las llaves —le digo. La veo apretarlas con fuerza y dar un paso atrás—. No pretenderás que tu guardaespaldas vaya de copiloto...

Está teniendo una pelea interna ahora mismo y hasta me hace gracia. Me apoyo en la puerta y me cruzo los brazos, esperando a que se decida.

—Nadie toca a mi pequeñín —se envalentona.

Intenta quitarme de en medio, pero no puede con mi peso. La miro desde arriba y me entra la risa.

—Estás flipando —suelto con naturalidad, y ella continúa intentando moverme.

—¡Pero que es mi coche! ¡Quita! —Me empuja una vez más y decido dejarla hacer.

En algún momento se dará cuenta de que en este asalto tiene todas las de perder.

Cinco minutos después estoy agarrado al asidero del lado del copiloto como un auténtico pringado.

Lleva el Fiat que parece que está en la última de *Fast & Furious*. En cada curva tengo la sensación de que su pequeñín va a volcar. Conduce a una mano mientras saca el codo contrario por la ventana. Eso, sus gafas de estrella de Hollywood y el reguetón a todo volumen me hacen pensar que la pijita del barrio de Salamanca se ha transformado en una gánster.

—¡Cómo se sieeeente! ¡Cómo se sieeeenteeee! —canta mientras su pelo vuela como si estuviéramos en una peli mala americana.

Llevamos cinco minutos aquí dentro y ya siento que me van a estallar el corazón y la cabeza, así que bajo un poco el volumen.

—Eh, eh, eh, mi coche, mis normas. La música no se toca. —Ajusta de nuevo el volumen con los mandos del volante y ahora está incluso más alta.

Mira que me gusta escuchar la música a todo lo que da, pero esto... Por el rabillo del ojo la veo divertirse a mi costa. Ya se me ha pasado el cabreo porque es imposible hacerla entrar en razón, pero me apetece picarla un poco. A esto podemos jugar los dos.

—Si por lo menos fuera algo decente —le digo sin quitar la vista de la carretera.

—¿Cómo dices? —me contesta casi gritando.

—Que si por lo menos fuera buena música...

Tengo que subir el tono para que me escuche, y me devuelve una carcajada irónica.

—Lo que me faltaba, el crítico musical... ¿Qué pasa, que tú solo escuchas a Mozart?

—Hombre, no, pero unos mínimos. No te discuto que esto para bailar a las tres de la mañana me sirve, pero ahora...

—¿Bailar, tú? Me meo —se burla.

—¿Lo dudas?

El pelo revuelto bajo la gorra, las gafas, el sol rozándole la piel, su risa relajada... Mierda, quizá sí que estamos en una peli mala y no me he enterado.

—Tienes pinta de que, aparte de apoyarte en la barra con tu chaquetita de cuero y tu cara de guapo atormentado... poquita cosa.

—Segunda vez en el día que me llamas «guapo»... Al final me lo voy a creer.

—Pues no te lo creas tanto, soy educada.

En ese momento da un volantazo y mete el coche directamente en un hueco. Nunca había visto a alguien aparcar tan rápido.

—¡Primera parada!

Mientras me bajo, intento ubicarme. Estamos en una calle estrecha cerca de Moncloa, pero no sé bien a qué altura.

—Venga, Kobo, que llego tarde —me reclama sin girarse.

Es la primera vez que estamos solos fuera, y entiendo que le puede parecer incómodo que vaya detrás, así que me pongo a su lado para hacérselo un poco más fácil. Recorremos un par de manzanas llenas de comercios, y a pesar de que nos cruzamos con varios grupos de chicas que podrían ser lectoras de Eva, ninguna la intercepta. Ahora entiendo el look que ha escogido: va de incógnito.

—Aquí es. —Pone una sonrisa traviesa mientras abre la puerta de Uñas Mei.

No me jodas. Para lo que hemos quedado.

—Si quieres hacerte algo tú también, te invito —ofrece con cara de mala.

Sonrío con resignación, pero decido molestarla un poco más.

—Si hay algo con final feliz... —susurro junto a ella.

Se vuelve de golpe, con la boca abierta y el ceño fruncido. Es el típico comentario rancio que solo he dicho para reírme de ella y de su cara de indignación. Me fulmina con la mirada en cuanto ve que le estoy tomando el pelo y continúa como si nada.

En ese momento, alertada por la campanita que hay sobre la puerta, una chica con rasgos asiáticos que no debe tener más de veinte años recibe a Eva con un abrazo.

—¡Eva! Mi niña, ¿cómo estás?

—Muy bien, guapa, cuánto tiempo.

—Claro, como ahora eres famosa... —Mei me observa de arriba abajo y me saluda sin dejar de sonreír—. ¿Tu novio?

—Un amigo, más bien.

Eva me mira, instándome a que le siga el juego.

—Encantado. —Sonrío a la chica. Tiene cara de buena gente.

—Ya me dirás dónde encuentras a estos amigos, bonita —se ríe—. ¿Qué vamos a hacer hoy?

A partir de ese momento, empieza un ritual que no había visto en mi vida y que me deja alucinado. Es como ver un documental de La2. Eva le pide no sé qué de unas almendras, y le dice que quiere algo sencillo pero con diseño. ¿Qué cojones es eso? Empiezan a sacar un trillón de colores y los analizan como si no fuesen todos el mismo tono.

El sitio es curioso, el típico que en las pelis es una tapadera para una organización mafiosa. Las paredes están pintadas de un verde como el de los pijamas de los médicos en la serie esa a la que se enganchó mi madre en la que todos se lían con todos. La estancia está dividida en dos partes: por un lado, unos sillones de masaje como los de los centros comerciales en los que están sentadas unas señoras mayores con los pies en remojo, y por otro, una mesa larga con aparatos blancos que emiten una luz azulada a la que se han sentado Eva y otra chica. Todo el local huele como a plástico mezclado con colonia fuerte a un nivel que, si me dijeran que se están marcando un *Breaking Bad* en la trastienda, me lo creería.

—¿A ti cuál te gusta más? —escucho de fondo.

—¡Kobo!

Me giro y veo a Mei, que sostiene dos botes. Me he quedado empanado.

—¿Cuál te gusta? —repite.

Eva tiene cara de estar disfrutando con la situación y me mira con una sonrisita en los labios. Joder, desde aquí yo diría que son iguales, rojos.

—No sé, no entiendo mucho de pintura de uñas.

—Esmalte —me corrige Mei intentando disimular el cachondeo que se llevan a mi costa.

—No hay nada que entender. ¿Qué color te gusta más? —dice la escritora.

Me acerco y los cojo. Pongo uno al lado del otro y la diferencia es minúscula. Sonrío.

—No te atreves, ¿eh? —se ríe Mei.

—Este. —Le devuelvo uno y sueltan una carcajada.

«¿Qué coño?».

—El que te gustaba a ti —le dice la chica a mi clienta—. ¡Muy bien, chico! Prueba superada.

Suspiro aliviado, esperando que no vuelvan a necesitar mis criterios estilísticos y planteándome si soy daltónico. Entonces una de las chicas que sostiene el pie de una de las señoras dice algo en chino y las demás se ríen, incluida Mei, que nos traduce:

—¡Mucha compenetración!

Eva sonríe y agacha la cabeza ligeramente ruborizada.

Como no tiene pinta de que su acosador sea ninguna de las mujeres que están haciéndose las uñas, le digo que voy a salir a tomar un poco el aire. Desde la calle veo a Eva, que charla animadamente con Mei. Me cuesta pillarla. Siento que estoy todo el rato en tensión, aguardando una respuesta borde o una chulería. Espero a la Eva del primer día y me choca que de repente sea tan simpática, tan normal...

Como estamos cerca de la universidad, no paran de pasar estudiantes por delante de la puerta. Quién iba a decirle al Kobo de hace años que al actual le darían envidia... Y no por estudiar una carrera. No voy a ser falso y decir que es mi sueño frustrado, porque no lo es. Las clases nunca fueron para mí; era incapaz de sentarme quieto más de diez minutos sin perder la concentración. Así que sé que la universidad hubiese sido una tortura. No, les envidio por lo que implica este momento, porque la mayoría no son conscientes, pero están viviendo los mejores días de sus vidas. No importan las noches sin dormir, los madrugones o los exámenes que ahora les amargan la existencia: mañana mirarán atrás y pensarán en esta época con cariño.

«Joder, me hago viejo, tío. Parezco el abuelo batallitas».

En la calle de enfrente hay una chica que espera en la parada del autobús. Lleva unos cascos de diadema y está leyendo. Al verla pienso en Eva; deben ser más o menos de la misma edad. Pero mientras una lee tranquilamente antes de ir a la uni, la otra, por mucho pisazo, dinero o sueño que haya cumplido, tiene que ir con escolta hasta a hacerse las uñas. Me pregunto si se cambiaría por la chica del bus, si todo lo demás le merece la pena.

Dos chicas se detienen delante de la puerta y se me quedan mirando.

—¿Se puede pasar? —me dice una de ellas.

—Claro.

Me echo a un lado y las dejo entrar. Antes de que se cierre la puerta, las oigo cuchichear:

—¿Esa no es Eva Mun?

Se acabó el descanso. Paso detrás de ellas y, como ya no quedan sitios libres para esperar, me planto al lado de mi escritora, que al instante me nota en alerta.

—¿Todo bien? —pregunta.

—Todo en orden. —Le señalo a las chicas con la mirada.

—Ni te preocupes.

—Te puedes sentar ahí —dice Mei señalando el sofá rosa que está libre al lado de las señoras.

—No hace falta, tranquila.

—Queda un rato —insiste.

Me debato, pero veo que Eva me insta con un gesto a hacerle caso. Supongo que le parece más natural y, a la vez, estaré lo suficientemente cerca como para reaccionar si pasa algo.

Me siento y hago un barrido de la situación. De momento, las chicas solo cuchichean y miran a Eva con cara de ilusión. Parecen buena gente, pero uno nunca sabe.

—Ahora ya se hacen de todo... —escucho decir a una de las abuelas que tengo a mi derecha.

—Mi marido no usa ni champú porque dice que es de señora, y estos se hacen hasta las uñas.

—Pues me parece muy bien, que el mío a veces me traía unos mejillones...

Ven que las miro, y antes que avergonzarse porque las he pillado hablando de mí, deciden incluirme en la conversación.

—¿A que todos tus amigos se depilan y esas cosas? —me pregunta la que tengo más cerca.

—Bueno, hay de todo.

—Sí, hombre, sí, pero la mayoría harán como tú.

Esto sí que es una prueba de concentración y no las que tenía en la academia.

—¿A qué se refiere?

—Pues eso, que se hacen las uñas, se depilan...

—Lo que llevamos haciendo las mujeres toda la vida, vamos... —completa la de al lado.

—Sí, bueno, yo vengo a acompañarla.

—Anda, leche, que viene con la novia.

—¿Ves como no era gay?

Mi mirada se cruza con la de Eva, que está sentada delante. Se ha dado cuenta del debate y, como es normal, le hace gracia.

—Joder, tía, todavía no hay fecha para el concierto de Lil Cruz... —dice una de las chicas con las que me he cruzado en la entrada.

Al oír ese nombre me entra un escalofrío, y casi me da un infarto cuando veo que Eva me mira como si me hubiese nombrado a mí. ¿Lo sabe?

—Buah, tía, es verdad. Por la movida de la pelea esa, ¿no? —contesta la otra.

—Sí, tía. Que encima dicen que fue con su guardaespaldas... Una movida que flipas.

Estoy tenso. Y a esto se le suma que las señoras siguen discutiendo sobre las costumbres metrosexuales de los jóvenes de hoy. La mezcla de las conversaciones me está resultando mortal.

—Que no, Marisa, que lo hacen todos, da igual si son gais o no —reitera la que parece recién salida de *Las chicas de oro*.

Por suerte para mi salud mental, al ver que han conseguido llamar la atención de Eva, las universitarias interrumpen su charla para hacerse una foto con ella. Son muy educadas, así que no hago mucho más que ponerme de pie. Las señoras en cambio tienen para un rato, pero antes de que concluya el debate, Mei nos despide.

Ya en la calle, Eva continúa callada, y cada vez tengo

más claro que sabe algo de mi anécdota con el reguetone-ro. Mejor, supongo. No quiero reclamaciones ni sorpresas después.

Llegamos delante de su coche y, aunque yo me paro, ella pasa de largo.

—El coche está aquí.

«Capitán obvio ataca de nuevo».

—Ya lo sé, es que todavía no nos vamos.

Por el brillo en sus ojos sé que no me va a decir adónde nos dirigimos porque «es una sorpresa», así que me limito a seguirla.

Bajamos un par de calles y se para delante de un bar que podría ser el de José Luis.

—¿Preparado para probar el mejor mixto de Madrid?

El sitio es de los de toda la vida. Mesas de metal fuera y de madera dentro, señores tomando cañas mientras leen el periódico, y la barra con vitrina para ver las tapas. Tapas sin pijadas: ensaladilla rusa, tortilla de patata, anchoas, bo-querones, croquetas y albóndigas. Si te gusta, bien; si no, ya sabes dónde está la puerta.

Nos atiende una señora que trata a Eva casi con la mis-ma confianza que la chica de la manicura.

—Hacía tiempo que no te veía, cariño.

—Ya... —parece que Eva no sabe qué decirle o no le ape-tece dar muchas explicaciones, así que se limita a sonreír.

—¿Qué ponemos?

—Dos mixtos con huevo, porfa —contesta Eva por los dos.

Con una maestría increíble, la señora coloca un mantel de papel y lo fija con cuatro pinzas en los laterales de la mesa. Nos quedamos en silencio en cuanto se va. Por lo general no me incomoda, pero no sé por qué esta vez cada segundo que pasa se me hace eterno, así que suelto lo primero que me viene a la mente:

—No me esperaba que fueras a sitios así.

—¿Así cómo?

—No sé, poco pijos...

«Bravo, macho». Por lo menos Eva se lo toma bien y se ríe.

—«Poco pijos», dice, pero ¿quién te crees que soy? ¿La duquesa de Alba?

Me quedo callado y el silencio contesta por mí. Esta vez nos reímos los dos.

—¡Serás cabrón!

—A ver, Eva... Tampoco es que seas una chica de barrio.

Me estoy metiendo solito en un embolado del que luego no sé si sabré salir. He pasado de no relacionarme con un cliente más allá de preguntarle si el aire acondicionado del coche está bien, a picarla y reírme como si fuéramos colegas de toda la vida.

—No, es cierto. Pero soy polivalente.

Nos traen el sándwich, un mixto de toda la vida con un huevo encima, y pone cara de haber ganado la lotería. Cuando cojo los cubiertos para cortarlo se horroriza y me pone una mano en el brazo.

—¡¿Qué haces?! ¿Estás loco? —me increpa como si le fuera a dar un mordisco al plato—. ¡Con la mano, hombre! Luego la pija soy yo...

Su burla me hace gracia, pero decido seguirle la corriente, aunque sé que me voy a poner perdido. Justo cuando voy a hincarle el diente la miro y veo que me está enfocando con el móvil.

—No me grabes —digo serio.

Ya sabemos cómo acabó la última vez y paso de repetir.

—Venga, es para inmortalizar tu reacción, no seas tímido...

La observo a conciencia. Un brillo divertido en los ojos, una sonrisa colgando de los labios, las uñas rojas recién pintadas y los anillos en unas manos más bien pequeñas que sujetan un iPhone con una carcasa llena de dibujitos de color pastel y en el centro una frase en inglés: SORRY IF I LOOKED INTERESTED. I'M REALLY NOT.

—Va, hombre, que estoy salivando —me apremia.

Algo me dice que no se va a rendir, así que lo hago yo. Creo que me puedo fiar, solo espero no equivocarme. De todas maneras, es imposible que alguien saque algo de contexto en esta situación.

Le doy un mordisco y acerca el móvil a medio palmo de mi boca. Está muy rico, el pan sabe a mantequilla, crujiente pero tierno, perfecto para que el queso fundido no lo deje blandurrio y sea un buen contraste de texturas. Como había previsto, la yema se rompe y noto que empieza a caerme por los labios y sigue por los dedos. Voy a coger una servilleta y me las aparta riendo.

—Primero el veredicto.

Levanto los brazos mientras mastico en señal de desesperación. Se ríe más. Tiene una risa especial. Me doy cuenta de que todas y cada una de las veces que ha soltado una carcajada se me ha dibujado una sonrisa.

—*Riquishimo* —exagero con la boca aún llena.

Eva se ríe aún más y aprovecho para robarle las servilletas.

—¿Nunca has pensado en dedicarte a la interpretación?

—Me encanta el cine, pero el mundo está lleno de escritoras en apuros.

—¿Acabamos de empezar y ya estás pensando en otras? —me amonesta.

—Nunca se sabe...

Nos pasamos la comida bromeando. Durante un rato se me olvida que estoy trabajando, y la verdad que no sé si eso es bueno. Me cuenta que conoce estos sitios de cuando iba a la uni. Estudiaba Derecho, pero justo antes de empezar tercero, o sea hace un año, decidió pausar el grado para dedicarse a su carrera literaria, que le ocupaba cada vez más tiempo. Mientras parlotea sin descanso, la observo de nuevo. Me gusta verla comiendo... Es todo lo contrario a lo que me había imaginado. Se mancha, pero le da igual, disfruta del sándwich y se deja de delicadezas. Su naturalidad me parece sexy.

Al terminar se pide un café. Mientras se lo está tomando recibe una llamada.

—Genial. Sí... He ido a las uñas. Me ha ayudado Kobo a elegirlas. Sí. Adivina qué he comido. Ja, ja, ja, sí. Le he grabado, luego te lo enseño.

Me tenso un segundo y quiero decirle que no se lo enseñe a nadie, pero está ignorándome a conciencia.

—Pues no te creas, está menos serio. Tía, que estás en altavoz... —se ríe—. Es broma.

Me relajo un poco porque estoy seguro de que al otro

lado del teléfono está Rebeca. A saber lo que le habrá dicho...

—¿A qué hora vamos a eso? —Le cambia la cara y se pone seria—. Joder, tía... Sí que pasa, no tengo nada. —Silencio de nuevo, solo se oye un ligero murmullo que proviene de la voz de la agente—. Me va a odiar, va a dimitir por tu culpa, que lo sepas. Vale, te mando fotos, pero contesta al momento, Judas. Te quiero.

Cuelga y me mira con una sonrisita traviesa. Mierda. Empiezo a darme cuenta de que esos labios no vaticinan nada bueno.

7

Este sitio parece un templo budista. Su olor me recuerda a cuando nos llevaron de excursión de fin de curso a Santiago y la catedral olía al botafumeiro ese. Eso es, huele a catedral.

A Eva la recibe una chica muy amable que me pone bastante nervioso. La piba habla con la voz esta aguda que le pones a los niños pequeños y a los perros. Siempre que veo a alguien hablándoles así, me los imagino contestando algo tipo: «Deja de hablarme así, que no soy subnormal».

Es la tercera o cuarta tienda en la que entramos. La sorpresita de turno era una visita al peor sitio para que alguien famoso se deje ver: un centro comercial.

«Tranqui, no me voy a entretener mucho», ha dicho antes de llegar.

Nunca, repito, nunca jamás en la historia, una frase así ha sido cierta.

El viaje en coche ha sido igual de agradable que el anterior. El volumen de la música y la velocidad no han disminuido en absoluto. Creo que Eva ha desperdiciado una prometedora carrera como piloto de Fórmula 1. Mi futuro en cambio, entre la sesión de manicura y la tarde de compras, es convertirme en chico florero.

Por lo que me ha contado, mañana tiene un evento, una movida de esas de escritores, y supuestamente no tiene nada que ponerse. Por el momento, eso no ha cambiado. Llevamos ya media planta y aún no ha dado con algo que le encaje.

En cada tienda se mueve como pez en el agua, y yo la escolto como pollo sin cabeza. Tiene un *modus operandi* que sigue a rajatabla: primero hace una primera pasada y lo mira todo para hacerse un mapa mental, después vuelve y analiza con atención lo que ha captado su atención. Poco a poco va escogiendo prendas y, cuando se le acaban las manos, yo le hago de perchero. Las elegidas pasan a la ronda final, el probador, de la que, de momento, ninguna ha salido airosa. Y no será porque las dependientas no lo intenten, como la que habla ahora con voz de pitufo maquinero.

Mientras Eva intenta deshacerse de ella de manera educada, miro a mi alrededor, preguntándome en qué momento jodí tanto al karma como para que me lo devuelva de esta manera. Veo a otros panolis en mi misma situación, y por lo menos me contento con que a mí me pagan.

Cuando por fin salimos de la tienda, Eva parece un poco abatida.

—¿Probamos en otra? —le sugiero.

—Da igual, ya me apañaré. Tampoco es que sea mi boda. Además, estoy cansada y quiero escribir un poco.

Pese a que intenta ponerle toda la convicción que puede, me doy cuenta de que en realidad está agobiada por salir una y otra vez con las manos vacías y que, además, debe estar un poco rayada por no tener a Rebeca aquí para aconsejarle.

—¿Te rindes entonces? —digo para picarla.

No responde a mi pulla, signo evidente de que no está para coñas aunque intente disimular, así que dejo de hacerme el listo y la sigo en dirección al parking.

Me quedo pensando en si, además de Rebeca, tiene más amigas que puedan acompañarla cuando sale de compras. No sé, gente de la carrera o que haya estado ahí desde siempre, como Mike y Tommy para mí. La veo cabizbaja, tecleando sin parar en el móvil, quizá a su agente.

Mientras esperamos el ascensor que nos llevará al aparcamiento, veo de reojo un escaparate que me llama la atención. En este, entre un par de abrigos y modelitos de fiesta, destaca un vestido negro sobrio pero elegante. No tiene tirantes y luce un corte en el lateral, para revelar el muslo. Es sexy.

Me debato en si decirle algo o no. En cualquier otra circunstancia me habría quedado calladito, pero no sé si es por la nueva dinámica en la que hemos entrado o si en realidad me da pena que se sienta sola y frustrada, pero me decanto por el sí.

—¿Y ese?

Sus ojos van directamente al vestido que señalo. Lo repasa de arriba abajo durante unos instantes y después se vuelve hacia mí, riéndose.

—¿Sabes las piernas que hay que tener para no hacer el ridículo con una falda así?

Me quedo callado, pero mi cabeza va a cien por hora. ¿Qué les pasa a sus piernas? Pienso en que es mi jefa, en que debería huir de estos berenjenales, y en que soy experto en meterme donde no me llaman (y para muestra, Lil Cruz). Pero es que las redes y los filtros han hecho un flaco favor a la humanidad, y ahora tenemos una sociedad llena de complejos e inseguridades por cosas que ni siquiera existen. Está claro que nuestro peor enemigo somos nosotros mismos.

Eva me mira, esperando que suba en el ascensor con ella, pero me quedo clavado donde estoy.

—Va, sube.

Niego con la cabeza. No sé qué cojones estoy haciendo.

—A mí me parece que tienes unas piernas preciosas —suelto sin pensar.

«¡¿Qué coño haces, Kobo?! Que la conoces de hace dos días y es tu jefa, macho».

Ella me mira con los ojos como platos, incapaz de procesar lo que le acabo de decir. «Tranquila, no eres la única, Eva. Yo tampoco lo entiendo».

Un pequeño pitido empieza a salir del panel de control del ascensor. Una señora nos mira mal y ella baja rápidamente. Me fijo en que no sonríe, pero su rostro desprende una luz que antes no tenía y las mejillas se le han teñido de un tono escarlata.

—No hace falta que me hagas la pelota.

—¿Y por qué iba a hacértela?

—Porque trabajas para mí —dice desafiante.

—Pues dimito.

Estoy perdiendo la puta cabeza. Por Dios, que alguien tome las riendas, porque aquí no hay nadie al volante.

—Venga, deja de hacer el tonto, vámonos —insiste.

—No pienso hacerlo. Voy a aprovechar el resto de mi tarde libre.

Me doy la vuelta como si me fuera a ir y empiezo a caminar. Me estoy marcando un farol y es evidente, pero la oigo dar pasitos rápidos detrás de mí.

—No he aceptado tu dimisión.

La miro exasperado, dejándole claro que, si de verdad me quisiera ir, ya lo habría hecho. Ella se remueve inquieta, jugueteando una vez más con los anillos y recolocándose un mechón de pelo bajo la gorra.

—Solo pruébatelo. ¿Qué puedes perder?

—Es que no creo que sea para mí, de verdad. Es demasiado... atrevido.

No me entra en la cabeza que lo piense en serio. Eva es una chica guapísima, seguro que cualquier cosa le queda bien. Si me hubiera dicho que no le gusta no estaría siendo tan pesado, pero me jode que tenga esa percepción de sí misma. Ahora es personal.

—Si lo estás haciendo para que te siga piropeando, eso no va a pasar.

Sonríe y me da un golpe en el hombro.

—Venga, vámonos —insiste.

—No me pienso mover de aquí.

Finalmente, hace unos pucheros adorables y se encamina hacia el escaparate. Ni que la llevaran al matadero...

—Me gustaba más cuando eras un robot —la escucho murmurar.

Me río y la sigo por toda la tienda con una sonrisilla satisfecha mientras se dirige al probador con el vestido.

Una vez dentro, espero en la entrada, bajo la atenta mirada de una dependienta que no deja de observarme. Le doy la espalda porque me está poniendo nervioso con tanto gesto coqueto, e intento distraerme imaginándome a Eva con el vestido. El mero hecho de pensarlo hace que me ponga tonto y me muero de vergüenza.

—¿Kobo?

Su voz me llega atenuada, y miro a la chica del probador pidiendo permiso para entrar. Avanzo despacio, intentando localizarla y, sin querer, me topo con su imagen en el espejo, que veo por el espacio que deja libre la cortina mal cerrada.

Está increíble. Se mira y se recoloca la falda como si quisiera que le creciera un poco más de tela, pero en realidad está espectacular. No mentía cuando he dicho que tiene unas piernas preciosas.

—Estás guapísima —suelto, una vez más sin filtro, en cuanto abre la cortina.

—Cállate —sonríe y se pone roja otra vez.

Le cuesta mantenerme la mirada. Supongo que se siente incómoda.

Los ojos se me van de nuevo al espejo que tiene justo detrás y me doy cuenta de que lleva la cremallera de la espalda abierta. Creo que no he hecho muy buen trabajo intentando disimular, porque se pone aún más roja si cabe y me dice que no ha conseguido abrochárselo sola.

Trago saliva mientras se vuelve y da un paso hacia atrás que nos acerca. «Joder, joder, hostia puta». Recorro la longitud de su espalda en una caricia visual y me quedo hechizado por lo que encuentro durante mi investigación: el tatuaje de dos tigres enfrentados descansa en la parte baja de su espalda.

Se echa el pelo a un lado para dejar la espalda completamente libre, invitándome a ayudarla, mientras yo sigo hip-notizado.

Doy un paso hacia ella. Nunca habíamos estado tan juntos. Cojo la cremallera por debajo de los tigres, justo donde le empieza la espalda; o donde termina. Tiro de ella con delicadeza. Sube suave, como si estuviera hecho a su medida. Lo hago muy despacio. Una parte de mí no quiere llegar hasta arriba. Cada centímetro que avanzo la imagen de su espalda desnuda está más lejos.

Con la mano que tengo libre, sujeto la parte del vestido que queda por encima de la cremallera, y no puedo aguan-tar la tentación de sentir su piel, así que mis dedos la rozan un segundo y noto que se le eriza. Levanto la mirada y me topo con la suya en el espejo, pero la evito con agilidad. Carraspeo y me distancio un poco.

Está tan guapa que dimitir empieza a parecerme una idea increíble.

—¿Por qué te ríes? —me pregunta.

Ni siquiera me he dado cuenta de que estoy sonriendo.

—Porque yo tenía razón —digo para salir del paso.

—Bueno, esa es tu opinión.

—¿Y no te importa?

—La verdad es que no —me contesta.

—Pues eso es lo que tienes que hacer con las opiniones del resto. Si te gusta un vestido, lo coges y te lo pones.

Nos quedamos en silencio, como si mi respuesta le hu-biera afectado, y quiero patearme mentalmente cuando me dice que ahora sale mientras cierra la cortina.

Mi intención solo era animarla, pero puede que me haya pasado... Lo sabía. Sabía que al final la iba a cagar. No sé en qué momento se me ha olvidado con quién estoy y he empezado a comportarme como si nos conociéramos de toda la vida.

Dejo la zona de probadores. La dependienta me vuelve a recibir con una sonrisa, pero esta vez me cuesta devolvérsela. Eva no tarda mucho en salir con el pelo algo revuelto y la gorra en la mano. Según avanza hacia mí, analizo cada uno de sus gestos esperando descifrar sus pensamientos, pero no llego a nada. Cuando todo parece estar perdido, deja el vestido en el mostrador.

—Me lo llevo.

Me regala una mirada cómplice que contesto con una sonrisa. Habría sido un pecado que no se lo llevara. Dejará a todo el mundo con la boca abierta.

Detrás de ella, un grupo de chicas de unos dieciocho años se intercambian las prendas que llevan colgadas del brazo.

—Tía, pruébate este, que seguro que te favorece mazo.

—Qué va, tía. Ese rollo es muy *Isla de las tentaciones*. Yo paso.

Me entran ganas de reírme, porque la otra parece que se indigna y suelta una exclamación, pero cuando me quiero dar cuenta, el motivo es otro:

—Tía, me muero, ¡mira quién es!

Mierda. Una de ellas reconoce a Eva y la señala mientras la escritora sigue a lo suyo, pasando la tarjeta.

—No le había visto en mi vida, pero está bueno —dice su amiga.

—Idiota, la chica. Es Eva Mun, la escritora que me encanta.

—Anda, no seas friki. Venga, pruébate eso. —La despistada resulta ser también la líder.

Estaba convencido de que se iban a acercar, pero no ha sido así; las fans se han ido directas al probador. Disfruto de esa pequeña victoria en silencio, pero deseo salir de aquí.

—¿Estamos? —le pregunto mientras vamos hacia la entrada.

—Sí —dice tímidamente al tiempo que guarda el ticket en la cartera.

Avanzamos hacia el aparcamiento y nos cruzamos con otro grupo de chicas. Estas no fallan, le piden una foto a Eva, pero por suerte no montan mucho revuelo y podemos seguir poco después. Tengo una mala sensación, pero no quiero transmitirle mi inquietud, así que me quedo callado. Debería haberle pedido que volviera a ponerse la gorra.

«Quinientos metros. Nunca había tenido tantas ganas de ver el puto Fiat».

—¿No vas a decir nada? ¿Estás regodeándote? —me suelta de pronto.

Eso hace que durante unos segundos deje la tensión a un lado y me ría.

—A ver, no quería ser yo el que lo dijera, pero...

Se queda callada un instante y me mira fijamente. Sus ojos brillan con algo parecido a la ilusión.

—Gracias. Me ha ido bien tenerte aquí —reconoce—. A veces parece que vuelvo atrás y... En fin, eso, que gracias.

No hace falta ser un lince para saber que este tipo de inseguridades o complejos siempre tienen su origen en el pasado. A cualquiera le costaría encontrar en Eva razones para acomplejarse, pero desde fuera todo es fácil. Solo ella conoce las razones que la han llevado a pensar así. El día que decida contármelo, estaré encantado de escucharla.

—¡Eva!

Un grito agudo recorre el centro comercial, y al darme la vuelta veo a las chicas de la tienda, que corren hacia nosotros.

—Eva, perdona. ¿Nos podemos hacer una foto?

Ella me mira pidiéndome permiso y soy consciente del esfuerzo que está haciendo por facilitarme el trabajo. Sigo inquieto, pero sé que no tiene sentido negárselo cuando no hay peligro inminente, así que me limito a asentir y me aparto unos centímetros.

—¡Claro! —les responde con dulzura mientras me pasa la bolsa.

Me doy cuenta de que una me mira con el teléfono en la mano. Las otras dos ya están preparadas, una a cada lado de su autora favorita.

—¿Te importa?

Como suele pasar en estas situaciones, la foto hace que todo el mundo que pasa se fije en ella. Los que la conocen se acercan, y los que no, también, por si acaso. En pocos minutos estamos rodeados de un grupo de personas que va creciendo poco a poco.

Eva es muy cercana con todos y no tiene problema en hacerse las fotos y vídeos que haga falta, pero al ver que cada vez son más, decido cortar y salir de ahí.

—Hay mucha gente, tenemos que irnos. —La agarro del brazo con suavidad y la muevo ligeramente a la derecha.

—Les atiendo rápido y nos vamos.

—No, no te pares.

No me hace caso, y la gente se empieza a apelotonar otra vez. Algunos traen libros para que se los firme. No la suelto en ningún momento.

—¡Guapa!

—Eres la mejor.

—¿Para cuándo la segunda parte?

—¿Puedes hacer un vídeo para mi hermana?

La gente está cada vez más nerviosa. Saben que en cualquier instante nos podemos ir y no quieren quedarse sin su momento. Noto que nos cierran el espacio y que Eva se está agobiando. Hay que salir de aquí ya.

Le suelto el brazo y le agarro la mano aún más fuerte.

—Nos vamos —le digo mirándola a los ojos.

Estamos muy cerca. Sin soltarla, me abro hueco entre la gente sin importarme la fuerza que empleo. Vamos lentos, pero conseguimos atravesar la masa, y cuando lo hacemos, aceleramos el paso hasta correr para alejarnos cuanto antes. Las más jóvenes nos persiguen. Eva les sonríe y les dice que las verá en su próxima presentación.

Imagino que la sensación será muy extraña. Es bonito que la gente reconozca tu trabajo, te admire y sea feliz al verte, pero cuando todo se descontrola puede ser muy abrumador.

Por fin veo el coche al final del aparcamiento y suspiro aliviado. Parece que estamos a salvo.

Eva deja escapar una carcajada hasta arriba de adrenalina y yo le aprieto la mano, molesto por su actitud imprudente.

—No vuelvas a hacer eso —le digo muy serio.

Si tampoco me escucha en situaciones complicadas, nada de esto tiene sentido.

—Me daba pena dejarles ahí.

—Sabía que se iba a liar.

—No se ha liado tanto...

A mí no me engaña: cuando estábamos rodeados, su cara era un poema.

No me apetece ponerme a discutir, así que dejo que mi silencio sea la respuesta. Eva es suficientemente inteligente como para saber que no lo ha hecho bien. Le suelto la mano. Ya no hay nadie cerca, pero seguimos acelerados, y en lo único que puedo pensar es en salir de aquí cagando leches.

Caminamos algo más tranquilos, pero a buen ritmo, y atravesamos las hileras infinitas de coches aparcados sin decir una palabra. Solo se oyen nuestros pasos y el ruido de los neumáticos al rozar el pavimento. Me adelanto un poco cuando cruzamos el último sector. Estamos a menos de diez metros del coche, pero algo frena en seco a Eva. Me vuelvo *ipso facto* y veo que un señor de unos cuarenta años la sujeta por la muñeca. Tardo menos de una milésima de segundo en separar su mano de la escritora y colocarme entre los dos. La adrenalina llena cada célula de mi cuerpo. El tío es corpulento y más o menos de mi altura, pero retrocede tres pasos.

—¡Oye! ¡No te puedes ir así! Mi hija está llorando —le recrimina a Eva.

La miro y veo que pone cara de circunstancias. Una mezcla de angustia y vergüenza que pasa a un segundo plano cuando veo que se toca la zona de la que el hombre la ha agarrado. Está roja, le ha hecho daño, y eso hace que me hierva la sangre. Si me dejo llevar, le cruzo la cara a este gilipollas, pero respiro hondo e intento controlarme.

—¿Usted cree que tiene derecho a hacer lo que acaba de hacer?

—¡No he hecho nada! Es una sinvergüenza, ha dejado a las niñas hechas polvo.

Recorto la distancia entre los dos y nos quedamos cara a cara. Su gesto cambia. Quiero cogerle del pecho y que le pida perdón, quiero enseñarle modales a golpes. ¿Quién se cree este tío para hablarle así? Pero miro por detrás de su hombro y toda esa rabia se convierte en pena. Una chica que no tendrá más de doce años observa avergonzada mientras abraza un ejemplar de *Lo difícil de olvidar*. Ella no tiene la culpa de que su padre sea un maleducado.

—Ven —le digo.

Con mucho cariño, Eva abraza a la niña y le firma su ejemplar. Esta es la parte bonita, ver que sus lectoras se mueren por un instante con ella, pero entiendo que llegue a plantearse si compensa. Por cada momento así, tiene que lidiar con todo lo demás: con las fotos, con el acoso y, sobre todo, con gente como este hombre...

—Piense en el ejemplo que le quiere dar a su hija —le sugiero. Estoy convencido de que en realidad se avergüenza de su comportamiento.

Después de hacerse una foto, Eva se despide de la niña con otro abrazo y una sonrisa, y yo le coloco una mano en la espalda para encaminarnos al coche.

—¿Estás bien?

—Sí, no me ha apretado fuerte, pero me ha asustado.

—A ver. —Le cojo la muñeca y la exploro para asegurarme de que no tiene nada más allá del susto—. ¿Te duele?

—No...

—Menudo subnormal... —susurro sin poder contenerme.

De camino a casa Eva ni siquiera pone música. Esta vez no sufre su habitual transformación en piloto de carreras. Está apagada, pensativa, no dice nada en todo el trayecto. Podría parecer el viaje perfecto, la tranquilidad que necesitaba, pero no es así.

—¿No vas a poner un temita de esos tuyos? —intento animarla.

Gesticula una leve sonrisa.

—Es que me duele un poco la cabeza...

En el fondo, aunque haya sido un marrón, esta situación debería jugar en mi favor para hacerle entender que no estoy aquí para ser su amigo, que si me han contratado es porque está en peligro y que cualquiera podría ser una amenaza. No es así. Me sabe mal verla tan alicaída, y aunque sé que es tirar piedras en mi propio tejado, necesito consolarla.

—Venga, no le des más vueltas, ha sido un maleducado. Tú has actuado bien.

Suspira, pero no pronuncia palabra. Me atrevería a decir que si yo no estuviera en el coche, rompería a llorar.

—Piensa en todas las chicas a las que les has alegrado el día solo por verte un rato.

Sigue con la mirada triste en la carretera. No dice nada.

—Eso es un don, Eva, tienes el don de alegrar la vida a gente que no conoces.

Consigo otra leve sonrisa y esta vez, además, me mira

de reojo. Pero al momento está otra vez mustia. Voy a por la artillería pesada. Saco el móvil y lo enchufo a su auxiliar. Intenta cotillear lo que hago.

—No me mires, tú a la carretera.

—¿Qué haces? —me pregunta.

—Entretenerme, como tú estás en ese *mood*...

—¿Vas a torturarme con tu música?

—Correcto, voy a poner mi lista favorita. Una especie de terapia de choque.

Quiero algo que consiga hacerla reír. Algo que no se espere. Lo último que tendría en una de mis listas. Britney, te elijo a ti. Pongo *Toxic* y me quedo muy serio. Cuando suenan las primeras notas, Eva me mira con incredulidad, pero yo sigo tan normal. Suelta una carcajada.

—¡Eres idiota!

—¿Por qué? —le digo como si me ofendiera.

No para de reírse, y yo sigo serio, como si no entendiera nada.

—No sé de qué te ríes, es mi canción favorita para entrenar.

Estamos al lado de su casa cuando suenan las últimas notas y se detiene en un semáforo. Sigue sonriendo, y los ojos se le han teñido de diversión. Misión cumplida. Su gesto ha cambiado por completo y yo he acabado por contagiarme.

—Te juro que era lo último que me esperaba —reconoce.

—Pues no sé por qué, vaya prejuicios.

Nos reímos otra vez y, al terminar, nos miramos. No decimos nada. Sus ojos sonríen como si me quisiera dar las gracias por este rato de carcajadas. En realidad, me inquieta la sensación que me genera sacarle una sonrisa.

De repente aparta la mirada, desenchufa mi móvil y pone el suyo. La cara de niña traviesa ha vuelto.

—¿Qué vas a poner?

—Tu canción.

—¿Mi canción? —pregunto con sorpresa.

—Sí, esa sí que te representa.

No tengo ni idea de a qué se refiere, pero solo con buscarla ya se está riendo. Le da al *play* y sube el volumen sin pensárselo.

—*If I... Should stay...* —canta a la vez que Whitney Houston.

—¡Veeeeeengaaa ya! —le digo mientras me río.

Es *I will always love you*, la canción de *El guardaespaldas*, y la graciosa esta se está descojonando en mi cara.

—«¿Usted cree que tiene derecho a hacer lo que acaba de hacer?». —Pone voz grave y me imita mientras separa los brazos para parecer más grande.

Noto que me sonrojo y ella me da unas palmaditas en la pierna que siento como una caricia. Se me corta la respiración y se me acelera ligeramente el pulso.

—Tranqui, tipo duro, tus gustos musicales están a salvo conmigo —me asegura.

No es consciente de que me he puesto muy tenso y de que el corazón y la cabeza me van a mil por hora mientras mete primera y arranca de nuevo. Trago saliva con dificultad e intento centrarme en algo que no sea ella, en su boca, la forma de su garganta, el color de su pelo, el sonido de su risa o el olor de su piel.

«Joder. Se me está yendo de las manos».

8

—¡Muy bien! Solo quedan cuatro rondas más —dice la entrenadora de body pump del vídeo de YouTube que me he puesto.

No puedo más. Otra sentadilla y se me cae el culo.

Resoplo e intento seguir, pero no hay manera. Quiero sentarme en el suelo, pero me tengo que dejar caer porque las piernas me tiemblan como un flan. Estoy chorreando, qué asco. Odio el deporte, pero me he vuelto adicta a la sensación de después y a olvidarme de todo lo que no sea intentar seguir con vida tras cada ejercicio. Me permite distraerme y dejar de pensar, algo que no logro muy a menudo.

Me muero de calor, así que me quito la camiseta y la lanzo hacia atrás. Casualmente va a parar al sillón en el que he dejado el móvil antes de ponerme a entrenar.

Esta mañana, Rebeca me ha enviado un link y ese ha sido el pistoletazo de salida. En cuanto lo he leído, ya no he parado de ver el aluvión de noticias. «El misterioso novio de Eva Mun», rezaba el titular.

La joven escritora fue vista ayer en actitud muy cariñosa con un chico de identidad desconocida. ¿Estamos ante el inicio de una historia de amor para la novelista?

«Qué vergüenza, por favor».

El resultado de mi paseo de ayer con Kobo ha sido que la prensa y mis lectoras se han vuelto locas ante la posibilidad de que seamos pareja. El contenido ya es *trending topic* y han empezado a rular fotos de los dos cogidos de la mano mientras escapábamos de la masa que, sin saber el contexto, podría verse como lo que no es. La tontería se ha hecho viral, y yo quiero que me trague la tierra.

El móvil echa humo desde que me he despertado, pero solo puedo pensar en el visto que me he comido, porque he escrito a Kobo y me ha ignorado como un campeón. ¿Estará pensando en dimitir?

«Uf, joder, qué agobio».

No quiero pensarlo, no quiero ni imaginarlo, porque encima viene en un rato para acompañarme a la gala esa en la que Rebeca ha confirmado asistencia. Y por si fuera poco la tía sigue mala e iremos solos. Y además me tengo que meter en el vestidito de las narices... Que me dicen dos piropos y una ya se cree Hailey Bieber. Ay, me quiero morir.

Pauso a la entrenadora, que ha pasado a hacer ahora planchas sin despeinarse ni un poquito ni soltar una sola gota de sudor. «Maldita seas, Patry Jordan. Tú y tu genética de diosa griega», pienso mientras intento levantarme para empezar a arreglarme con la agilidad de una señora de noventa y siete años.

Me desnudo soltando la ropa a mi paso y me meto en la ducha. Dejar las cosas tiradas es uno de los pequeños placeres que me regalo de vez en cuando. Son ese tipo de licencias que te permites cuando vives sola y paladeas con gusto.

Dejo correr el agua y, mientras espero a que se caliente un poco, me echo un vistazo en el espejo. Tengo las mejillas sonrosadas y el pelo revuelto. No es mi mejor look, pero si mantuviera el rubor me ahorraría un pastizal en colorete, la verdad. Me observo los pechos, que tiran a pequeños y que cada vez me parecen más separados. Recorro mi estómago, y me fijo en la ligera redondez de mis caderas. Siempre he sido más bien recta, y me hubiese encantado tener esas curvas de infarto, la forma de un reloj de arena a lo Marilyn Monroe, pero me ha tocado el estilo tabla de surf.

Suspiro y veo mi reflejo perderse entre el vaho de la ducha. Regulo un poco la temperatura y me meto debajo. Qué placer, me quedaría aquí toda la vida.

Dejo que el agua recorra la piel y destense los músculos. Me pierdo en el aroma dulce del champú y en la sensación de estar completamente renovada. Los párpados se me cierran y mi mente comienza a conjurar imágenes reales y otras imaginadas. Le veo sonreír de lado, apoyado en la puerta con esos hombros anchos, el pelo mojado y mis dedos muriéndose por adentrarse entre sus mechones como lo hago ahora con el mío. Su lengua mientras se lame los labios y me mira. Su aliento, cada vez más cerca, su olor masculino y el calor de su mano en mi espalda...

«Uf, Eva...».

Después de hacer ejercicio mi libido siempre se multiplica, y aunque la alcachofa de la ducha me pone ojitos, ahora no tengo tiempo para entretenerme con estas cosas. Me enjabono el cuerpo con rapidez, pero cuando me paso la mano entre las piernas me recorre un escalofrío, y un nudo de placer empieza a formarse en la parte baja del vientre.

Basta que no quieras pensar en algo para que tu cerebro edite el mejor vídeo de la historia repleto de imágenes de esas cosas que no quieres ver. El agua caliente me acaricia los pechos y continúa hacia abajo, hasta la parte más sensible y erógena del cuerpo. Tengo la piel de gallina. Me digo que es mejor hacerlo y quitármelo de encima, que si no será imposible pasar la noche a su lado. Cojo la alcachofa y cambio la salida del agua. Concentro la presión en la parte interior de mi muslo para que la piel se acostumbre a ella, y poco a poco voy subiendo. Hago el recorrido despacio, ansiosa por que llegue, pero me torturo a esperar. Paso por la ingle y por fin siento un placer que recorre cada célula de mi cuerpo. Se me entrecorta la respiración. Cierro los ojos y vuelo. La imagen de su espalda regresa. Me imagino debajo de ella, encima de él, en la cama, en el coche, en la ducha, empapados, agachado entre mis piernas dándome placer con los labios. Esos que ya me he imaginado un par de veces besando. Calientes y suaves como el agua que vibra entre mis piernas. Contengo la respiración y siento que me voy de este mundo. Durante unos segundos todo se borra, la *petit mort*.

Tardo unos minutos en recuperarme, y me muevo a cámara lenta para cerrar el agua. Estoy tan relajada que me pesan hasta los párpados. Me envuelvo el pelo con una toalla, me enrollo en otra y me activo. Necesito un poco de música para arreglarme, así que pongo mi lista de reproducción predilecta para este momento: «*Glow up*».

—*Fuck you and your mom and your sister and your job...* —canturreo al son de GAYLE mientras me muevo por el baño.

Desempaño el espejo y me preparo para el ritual de *skincare*. Primero un poco de sérum y después hidratante. Mientras dejo que se absorba, saco la manteca de karité para echarme en las piernas y caigo en la cuenta de que me he olvidado de pasarme la cuchilla. Veo la depiladora en la estantería. No pienso usarla, es prácticamente un instrumento de tortura. Te digo yo que más de uno traicionaría hasta a su madre si se la pasaran un poquito por la pantorrilla. Tiramos de cuchilla y a correr.

Se corta la música. Me llaman.

—Hola, corazón —dice mi agente.

—Hola —contesto sin mucha efusividad. Sigo molesta con ella por dejarme tirada en un evento al que ni siquiera quiero ir.

—¿Cómo va mi princesa? Cógeme vídeo, que te vea...

—Me estoy depilando.

—¿Todavía?

—Sí, es que me he distraído un poco escribiendo —suelto. Estoy tan acostumbrada a mentir sobre esto que ya lo hago sin pestañear.

—Vale, pues luego mándame fotos.

—Okey. ¿Tú qué tal estás?

Vale que estoy cabreada porque me ha dado plantón, pero tampoco es culpa suya estar enferma.

—Bueno, desde esta mañana ya no tengo fiebre, así que mejor.

Vamos, que podría venir...

—Bueno, guay, vas mejorando.

—Oye, he llamado a esta gente para confirmar y, efectivamente, es solo entregar el premio y ya.

—¿Seguro?

—Segurísimo. Subes, sonríes, se lo das a quien le toque y listo.

—Qué coñazo, tía, de verdad, odio estas cosas.

—Lo sé, amor, pero no deja de ser exposición. Esta gente tiene much... —menos mal que estoy en manos libres, porque ese estornudo podría haberme dejado sorda— tiene muchos seguidores.

—¿Y a mí qué?

—Ay, Eva, no seas así, venga. Que te lo vas a pasar genial. Encima vas bien acompañada —se ríe.

Lleva un cachondeo encima con el temita de la prensa que es lo que me faltaba...

—Bien acompañada iría si no me hubieras dejado tirada, guapa. —La oigo reírse al otro lado de la línea, y mi baño se llena de una mezcla de carcajadas y toses—. Anda, descansa. Te dejo, que voy fatal.

—¡Espero tus fotos!

—Adióóós. —Cuelgo.

Si hay algo que odio de todo este mundillo son los eventos, y más si tengo que subirme a un escenario. De pequeña, cuando me hacían salir a la pizarra, no podía escribir de lo que me temblaban las manos. Con los años he ido mejorando lo del miedo escénico, pero aun así me sigue dando pánico. Y en estos casos todavía no lo asimilo. ¿Cómo he pasado de escribir en mi habitación de toda la vida para cuatro personas a esto? ¿Quién querrá que yo le presente? No me cabe en la cabeza.

Me peino y me maquillo antes de vestirme, y me lío un poco más de la cuenta porque me cuesta casi quince minutos igualarme el *eyeliner*. Cuando acabo en el baño, me pongo un conjunto de ropa interior de encaje y me enfundo el vestido. Me cuesta abrochármelo sin la ayuda de Kobo, pero lo consigo después de un poco de contorsionismo. Tengo un tacón ya puesto y el segundo en proceso cuando suena el timbre. Miro el reloj sobre la mesita de noche y veo la hora: las ocho, tan puntual como siempre.

—¡Voy! —grito mientras bajo las escaleras con cuidado.

Frente a la puerta, me recoloco por última vez el pelo y el escote antes de abrir. Que sea lo que Dios quiera...

Ahí está. Kobo ha cambiado su look de chico duro habitual por un traje negro que le queda tan perfecto que parece su propia piel. El sinvergüenza no ha contestado a mi mensaje, pero lo ha leído. Se lo ha puesto, como le he pedido y... Uf, qué tonta, estoy hasta nerviosa.

—Buenas noches, Eva.

—Hola, ¿qué tal?

Kobo me mira igual que cuando me lo probé en la tienda y yo me quedo como hipnotizada, sin saber qué decir o hacer. En mi cabeza se entremezclan los titulares, nuestras fotos juntos y las fantasías que me he montado en la ducha.

Da un paso adelante y me doy cuenta de que sigo con la puerta medio abierta, así que me aparto para dejarle entrar. Cuando pasa a mi lado, me llega su perfume, masculino, almizclado, y tengo que contenerme para no cerrar los ojos extasiada.

—Estás increíble —me dice repasándome de arriba abajo.

—Gracias, tú también.

Me voy directa a la cocina. No necesito nada, pero es por no quedarme quieta y disimular un poco. Me sirvo un vaso de agua.

—¿Quieres algo?

—No, gracias.

Le veo paseando por el salón con la mano metida en el bolsillo y parece que estoy viendo un anuncio. Madre mía, esta noche será larguísima. Cuando voy a beber, me doy cuenta de que me tiembla la mano y no me quiero estropear el pintalabios, así que dejo el vaso en la pila.

—Me ha dicho el conductor que estará aquí en cinco minutos, así que bajamos cuando quieras —me informa.

El evento nos pone transporte, y se ha organizado con ellos para coordinarlo todo.

—Pues ya.

—Guay, voy llamando al ascensor.

Cojo mis cosas y salgo. Bajamos en completo silencio. Su olor en un espacio tan pequeño es más intenso. Cuando se están abriendo las puertas levanta el brazo izquierdo para mirar la hora, y se coloca bien la manga de la camisa que le asoma lo justo por debajo de la chaqueta.

Estoy hecha un manojo de nervios, atacada por si saca el tema de la prensa. Hasta ahora no ha dicho nada, así que si él no lo comenta, yo tampoco pienso hacerlo.

Kobo se adelanta hasta el coche y se agacha al lado de la ventana del copiloto para saludar al conductor. Me fijo en que también lleva los pantalones perfectamente entallados, y debo quedarme empanada con la imagen, porque se da la vuelta sin que me dé cuenta y entro en pánico. ¿Me ha visto? ¿Piensa que le estaba mirando el paquete?

Mis ojos se topan con los suyos al tiempo que me abre la puerta como si fuese un caballero y yo una dama en una cita. Me estremezco y agacho la vista mientras entro.

—¿Tienes frío?

—Estoy bien —musito.

Él asiente y cierra con delicadeza. Espero que dé la vuelta al coche y se siente a mi lado, pero no lo hace. Se sienta delante.

—Estamos —le dice al conductor.

El coche arranca, y mis nervios no cesan. Solo pensar en tener que relacionarme con todas esas personas a las que no les importo y que lo único que van a hacer es juzgarme me provoca ganas de vomitar. Empiezo a imaginármelo. Me veo llegando, la gente que habrá, los cuchicheos... Pienso en que doy mal el premio y que añado una cagada a la colección.

Se celebra en un hotel de la Gran Vía, así que en nada estamos subiendo desde Cibeles, aunque el tráfico me da unos instantes más para pensar. Mi histeria va *in crescendo* y noto como el corazón me late rápido.

El coche para delante del hotel y, a través de la ventanilla, veo a los fotógrafos y un pequeño *photocall*. Qué pereza, Dios.

—Señorita —susurra la voz rasgada de Kobo mientras me abre.

Pongo los tacones en el suelo y no sé si es por los nervios o por los adoquines, pero me noto inestable. Él me ofrece su brazo para que me sujete y le sonrío con complicidad. Sin embargo, cuando nos acercamos a la entrada se queda a una distancia prudencial de mí mientras los focos estallan y me hacen posar unos segundos. Esto solo confirma que él también es consciente de la que se ha liado con las fotos.

En la entrada, una chica sostiene una lista y parlotea con dos tíos de tamaño armario empotrado que hacen que hasta Kobo parezca pequeño.

—Buenas noches —me saluda al llegar.

—Buenas noches, soy Eva Mun.

—Bienvenida. Alba ya está dentro.

Kobo viene detrás. Cuando paso, uno de los que custodian el acceso se le adelanta. Kobo le mira tranquilo.

—Está conmigo —le digo.

Sin pensarlo, le cojo de la mano y entramos. No soy muy consciente de lo que he hecho hasta que cruzamos media sala y me doy la vuelta para mirarle. Está tenso, con la mirada al frente y flexiona un poco los dedos. Pillo la indirecta. Le suelto con delicadeza, intentando disimular que el gesto, más que sentirme aliviada, hace que pierda un poco el coraje. Entonces caigo en que su presencia me insufla eso, coraje. Las dudas e inseguridades se disipan cuando estoy a su lado, camino con paso decidido y firme y me siento más yo y menos ese ser impostado en el que me he convertido.

—¡Madre mía! ¡Eva, vas guapísima!

Alba es la culpable de que esté aquí. Trabaja en el departamento de Comunicación de mi editorial y se encarga de organizar todo tipo de marrones que puedan ayudar a promocionarme. Ella es la que le mete el demonio dentro a Rebeca para que me líe y acepte estas pantomimas.

—Tú sí que vas guapa.

La saludo con un abrazo y sé que es de los pocos reales que daré esta noche. Alba es de esas personas con las que no te puedes enfadar. Lleva un vestido magenta, que resalta sus ojos azules, y el pelo en unas ondas suaves. Es como una muñeca: guapa, con un aire dulce, con estilo... Asquerosamente adorable.

—Hola, soy Kobo —saluda él.

Ella le da dos besos, encantada, y le sonríe.

—Lo sé, eres famoso en la oficina.

—Espero que por algo bueno.

Ambos charlan sobre Carlos y sobre cómo vivieron todo el tema de la seguridad y el contacto con el jefe de Kobo, Tomás. Aprovecho para echar un ojo a mi alrededor. Ya ha llegado bastante gente y, aunque la mayoría me suena, todavía no veo a nadie con el que tenga que fingir cordialidad.

—Bueno, entonces ¿qué tengo que hacer? —intervengo.

Alba nos conduce hasta una sala enorme repleta de mesas frente a un escenario. Me habían dicho que sería una gala íntima, y esto parece los Globos de Oro.

—Primero habrá un cóctel y luego será la entrega de premios. No quieren que se alargue mucho, así que no te preocupes demasiado.

Quiero matar a Rebeca. Quiero entregar el dichoso premio e irme.

—Vale, ¿y yo cuando tengo que subir? —le pregunto impaciente.

—Tranquila, minutos antes de que te toque se acercará Julián, que es ese muchacho de producción de ahí, el que va con los papeles. —Me señala a un chico que va de un sitio a otro con un *walkie* y un cuadernillo—. Él te llevará al *backstage* y ahí ya te dirán cuándo sales. Limítate a leer la tarjeta y ya está.

Mi cara de agobio debe ser significativa, porque me sonríe y me frota el brazo, intentando reconfortarme.

—De todas formas, sales con Fabio, así que igual no tienes ni que decir el nombre. Eso háblalo con él. Pero vamos, que ya sabes cómo es, le va a dar igual.

—¿Con Fabio?

—Sí. ¿No te lo dijo Rebeca?

«Qué hija de puta...».

Mi historia con Fabio Biani viene de largo. Es el autor de la trilogía *Árbol blanco* de la que forma parte *Savia,* un best seller internacional que encabeza la lista de éxitos desde su publicación, y uno de mis libros favoritos. Él es uno de los mejores autores de habla hispana con solo veinticuatro años, lo más parecido a una *rockstar* del mundo literario.

Nos conocimos hace un tiempo, cuando firmé con la editorial. Al principio le veía como alguien de otro mundo, pero poco a poco, a base de encontrarnos en eventos como este, estrechamos la relación. Es supersimpático conmigo, y Rebeca tiene la teoría de que le gusto, aunque nunca me ha insinuado nada. Alguna vez me ha propuesto tomar un café, pero siempre ha sido con fines profesionales. No me parece mal entregar el premio con él, hasta cierto punto me relaja, pero que sea uno de los escritores más famosos de mi generación no es algo que deba pasar por alto. A lo mejor Rebeca pensó que me pondría más nerviosa, o se le olvidó el detalle. Sea como fuere, febril o no, mañana me va a oír.

—Puede que me lo dijera y se me haya olvidado —la excuso—. Últimamente estoy un poco despistada.

—Bueno, ya sabes que es encantador.

Y tanto que lo es.

Alba nos acompaña hasta nuestro sitio y de camino comienzan los saludos y las conversaciones por compromiso. Es todo tan superficial, tan hipócrita, que contengo las ganas de poner los ojos en blanco. Nunca he sido el alma de la fiesta, pero si pudiera no pondría un pie en este tipo de eventos.

En cuanto llegamos, me llevo otra sorpresa de las que a Rebeca se le ha pasado comentarme. A mi lado se sienta nada más y nada menos que River Red. Me atrevo a decir que es una de las escritoras con más futuro de mi generación. Cada palabra de sus libros está escogida con una precisión que asusta. Son perfectos. Es una diosa escribiendo y, además, guapísima. Si tuviera que acostarme con una mujer, no tendría ninguna duda, la escogería a ella. Es una pena que, con todas esas cualidades, sea una auténtica imbécil. La escritora más imbécil que he conocido jamás. No la soporto.

—¡Eva! ¡Qué sorpresa!

Tan falsa como de costumbre.

—Hola, River. ¿Qué tal?

—Divinamente. —Una risita aflora entre sus labios rojos, a conjunto con el vestido de gala que ha escogido. Al instante se fija en Kobo y no duda en ignorarme para presentarse—: Hola, soy River.

—Kobo —la saluda él, estrechándole la mano. Tan educado como siempre.

—¿Es tu...?

Qué cotilla es y qué asco le tengo.

—Trabaja conmigo.

—Ah y... ¿Rocío?

—Rebeca —aclaro.

Sabe cómo se llama, porque lleva haciéndole la pelota desde que la conoció para que la represente. Una de las cosas que más me molestan de su actitud es que parece que quiera todo lo que consigo yo, como si estuviéramos compitiendo en una carrera para ver quién gana. Si voy a una cadena de radio o me hacen una entrevista en cualquier publicación, llama corriendo a la editorial para ir también ella. ¿Que me consiguen las pantallas de Callao? Ya está ella quejándose porque su libro no está ahí. Odio a la gente invasiva, y ella no sabe hacer otra cosa.

—Rebeca está mala.

—Pobre, la llamaré —me contesta con una cara de pena más falsa que la de Judas en la última cena.

«Cómo no, no vaya a ser que pierdas la ocasión, bonita».

—Kobo, ¿verdad? Me encanta tu nombre. No nos conocíamos, ¿no? —comenta mientras se recoloca su preciosa melena rubia—. No, me acordaría.

¿Está entrándole? ¿En serio? Ni siquiera sabe si es mi pareja y se pone a tontear. Vaya bicha.

—Vamos a por una copa antes de que empiece. Nos vemos en un rato —le digo mientras apoyo la mano en el brazo de Kobo para que empiece a moverse.

En cuanto nos damos la vuelta, me deshago de la sonrisa que llevo blandiendo desde que la he visto y que hace que me duelan las mejillas.

—La odias, ¿verdad? —me pregunta mientras nos alejamos.

El chico es observador.

—Con toda mi alma.

Se ríe y da unos pasos rápidos para interceptar a un chico que lleva una bandeja con bebidas.

—¿Tinto o blanco? —me pregunta Kobo.

—A ti está claro que te quiere comer —le digo refiriéndome a River mientras cojo la copa de blanco.

—Pues se va a quedar con hambre.

El camarero se marcha y él se queda sin bebida. ¿Qué hace?

—¿Y tú?

—¿Yo qué?

—¿Qué vas a beber?

—Agua. Estoy de servicio.

Suspiro y le doy un trago largo a mi copa que hace que Kobo me mire como si fuese un alien. A este paso voy a beber por los dos.

—¡Eva!

Alguien me coge del brazo, y por un instante entro en pánico. Entonces me vuelvo.

—¡Emma! ¡No sabía que estabas en Madrid! ¿Cómo no me has avisado?

Por fin una sorpresa de las buenas.

Emma es de lo mejorcito que me ha dado la profesión. También empezó en Wattpad y prácticamente crecimos a la vez. Ella vive en Galicia, y cuando nos conocimos éramos muy pequeñas para viajar y desvirtualizarnos, pero hablábamos siempre y era mi mayor apoyo. Pasábamos horas chateando, comentando nuestras publicaciones y todas las demás. Hubo una época que incluso empezamos a vernos por Skype para leer juntas. Guardo el recuerdo de ese tiempo con mucho cariño. Conocer a alguien con gustos tan parecidos a los míos hizo que me sintiera menos rara. Todo lo que ocultaba a los demás para que no me criticaran era precisamente lo que nos unía. Solo por verla ha merecido la pena estar aquí.

—Me voy mañana, solo he venido al evento. Sé que estás hasta arriba y no quería molestarte —reconoce vergonzosa.

—¿Cómo que molestar, tonta? Ya sabes que yo por ti lo cancelo todo.

Sonríe y nos liamos a hablar de esto y de aquello como si volviésemos a tener quince años. Ni siquiera me acuerdo de que Kobo está a mi lado y no se lo he presentado.

De pronto, las luces bajan y el DJ para la música, en la que ni siquiera me había fijado hasta ahora.

Me despido de Emma, que se sienta a unas mesas de la mía, y le prometo que la buscaré en cuanto termine la gala. Qué ilusión verla, menudo regalo. Ahora sí que puedo dejar de quejarme sobre esta noche.

En cuanto nos sentamos, el presentador aparece en escena y da la bienvenida a todo el mundo. Me suena un montón, pero no sé de qué. Creo que es actor. El chico es muy gracioso y hace que toda la parte meramente institucional sea amena. El director de la revista da un discurso y nos ponen los típicos vídeos de todas las cosas «increíbles» que han pasado este año.

Estamos en silencio, y aprovecho para lanzarle un par de miraditas cómplices a Emma. Kobo se ha dado cuenta un par de veces y me ha sonreído. Está tan guapo... Me encantaría saber qué piensa de estos eventos y de la gente que asiste. Apostaría a que le parecen lo más aburrido del mundo.

Una sombra se acerca con discreción: es Julián, que me avisa de que tengo que acercarme al *backstage*. Mierda. Con lo de Emma, ni me acordaba de que tenía que subir. Mis pulsaciones se aceleran de nuevo.

Kobo me mira, y cuando ve que hago el amago de levantarme, se pone de pie. Nuestra mesa está justo debajo del escenario y él es alto, así que bloquea el foco que apunta al presentador y queda él iluminado, pero le da igual. Solo me mira a mí.

—Espérame aquí, no te preocupes —le digo con confianza, mirándole a los ojos.

Se lo piensa un segundo y se acerca a mí, tanto que noto como sus labios rozan mi oreja.

—Suerte —me susurra.

Me levanto y sigo al chico. Al pasar entre las mesas, me siento observada. No me quiero imaginar dentro de unos minutos, cuando salga ahí arriba. Pasamos dos puertas de servicio y aparecemos en el *backstage*.

—¡Compañera! —dice Fabio, que ya está preparado.

—Shhh, silencio, chicos, por favor —dice la mujer con cascos que está a su lado.

—¡Fabio! —le susurro.

—Estás increíble —me dice al oído, a la misma distancia que lo ha hecho Kobo hace un momento. Me entra un pequeño escalofrío cuando noto su aliento en mi piel, y solo espero que no se haya dado cuenta.

Va hecho un pincel. Lleva un traje azul marino a rayas y una camisa blanca abierta por el pecho que le quedan como un guante. A un tío como él, con la espalda de un jugador de waterpolo, solo le puede quedar un traje así si es a medida. Es todo un *gentleman*, el pelo siempre impecable, peinado hacia atrás, y la barba perfectamente cuidada.

—Tú también vas muy guapo —le digo, ruborizándome por su gesto.

—He tenido que ponerme mis mejores galas para estar a tu altura. Me ha tocado la más guapa de la fiesta como acompañante.

A su fama de gran escritor le sigue la de ligón.

—Hablas tú, ¿eh? —le pido nerviosa, cambiando de tema.

—No seré yo quien les prive de una voz tan bonita.

—¡Fabio! —le recrimino un poco más alto de lo esperado.

—¡Shh! —nos regaña la chica otra vez.

Nos reímos en silencio y me fijo en el pequeño hoyuelo que se forma cuando sonríe.

—Tranquila —murmura.

La chica se acerca y le entrega el sobre. A mí me da el premio. El logo de la revista en dorado. Sencillo pero bonito. Pesa un poco, pero casi lo prefiero. Así no se nota si tiemblo.

Ya casi nos toca. Noto el corazón como si fuese a la carrera. Estamos entre las telas, a punto de salir. Puedo ver a Kobo, serio y concentrado en el escenario. Está muy mono. A su lado, River intenta entablar conversación. Pobrecito, a saber qué le está diciendo esa pesada.

—¡Un aplauso para Eva Mun y Fabio Biani!

La chica de la organización nos hace gestos para que salgamos, y Fabio me guiña un ojo antes de dar el primer paso. Me entra la risa nerviosa. Me quedo un segundo parada, pero la chica me toca la espalda y salgo al escenario como un resorte. Con los focos apuntándome en la cara, me cuesta ver al público.

Mi compañero se sitúa delante del atril y me pongo a su lado. He conseguido parar de reír, pero tengo la sensación de que en cualquier momento me troncharé. Soy tonta, de verdad. Estoy sudando. Tengo las manos cada vez más mojadas... Verás qué risa cuando se me resbale el premio. Imaginármelo me hace gracia. Consigo enfocar la vista y veo a Kobo. Me mira y sonríe. Creo que se ha dado cuenta de que estoy a punto de partirme el culo delante de toda esta gente. Espero que el resto no.

—Y el premio es para... —dice Fabio mientras abre el sobre.

Que *heavy*, no he escuchado nada hasta ahora. Me mira con una sonrisilla pícara y me deja el sobre delante. Lo miro. Será cabrón.

—¡Clara Loredo! —anuncio con los labios pegados al micro.

Creo que con los nervios lo he dicho demasiado fuerte. Todo el mundo empieza a aplaudir y una chica se levanta de la silla. Da un par de abrazos y sube. Mientras viene, aprovecho para mirar a Kobo, que aplaude y después levanta el pulgar en señal de aprobación. Emma también aplaude, River está mirando el móvil. Clara nos da dos besos a cada uno, le entrego el premio y la felicito.

Fabio me toca delicadamente el brazo. La chica de los cascos nos está indicando con gestos que salgamos del escenario.

—¡Muy bien! —me felicita Fabio en cuanto estamos fuera.

—¡Idiota!

Le doy un golpe en el hombro, pero creo que no soy demasiado convincente, porque se ríe y me rodea con los brazos, apretándome contra él. Su colonia es muy fuerte, pero huele bien.

—Hacemos un gran equipo —me dice.

Estoy contenta. Me siento tonta por haberme puesto tan nerviosa por esto.

—Luego nos vemos, compañera —me promete Fabio cuando nos despedimos.

Qué chico más majo. Si hace unos años me hubiesen dicho que estaría presentando un premio y bromeando con él, no me lo habría creído. Al final, me alegro de haber venido. De haberme atrevido a ponerme un vestido que me encanta y jamás me habría puesto solo por el qué dirán. De haberme subido al escenario con él y que me dé igual todo. Estoy feliz.

Al llegar a la mesa, Kobo me recibe con una sonrisa de oreja a oreja.

—Lo has hecho muy bien, pero...

—¿Pero?

—Estabas a punto de descojonarte, ¿a que sí?

Me parto.

—Pero te juro que no sé por qué, me ha costado aguantarme.

—Lo sé, te he visto la cara.

Se troncha, y lo hace con gusto. Me encanta la gente que se ríe sin contención. Su alegría es contagiosa, y yo ahora mismo estoy de subidón.

Nos pasamos así hasta que acaba la ceremonia y suben un poco las luces. El DJ vuelve a poner música. Ahora sí la escucho, es un *techno* bastante *chill*. Vuelven las bandejas de copas y empiezan a sacar canapés. Me apetece emborracharme.

Le hago un gesto a Kobo para que me acompañe a buscar otra copa e intercepto a Emma de camino.

—¿Te quedas? —le pregunto.

—No sé, mi avión sale mañana a primera hora.

Me da muchísima pena no haber tenido más tiempo para vernos, así que le hago prometer que esperará a que yo vuelva para irse.

Paso entre la gente con Kobo a mi lado. Estoy pletórica. Esperaba que esta noche fuese un desastre, pero hace mucho que no me lo pasaba tan bien. A veces me cuesta salir de mi burbuja, y eso no ayuda a que deje de sentirme sola. Hoy es un claro ejemplo de que, a veces, la zona de confort es solo un espejismo.

No puedo evitar moverme al son de la música mientras esperamos el vino al lado de la barra. Kobo me mira y se ríe mientras le cojo de las manos e intento que se mueva, aunque no hay manera. Me niego a pensar que no tenga ritmo.

Me topo con la mirada de Fabio, que me observa entre la gente. Levanta su copa y le saludo con la cabeza. Kobo está de espaldas a él y se vuelve para mirar hacia allí, pero en ese momento me sirven y es él quien se acerca al camarero.

Volvemos a la mesa, pero antes necesito hacer una pausa en el lavabo. Dejo a mi guardaespaldas (qué raro se me hace decirlo) en la puerta y entro en uno de los cubículos.

Cuando estoy a punto de salir, escucho la voz de Emma:

—No seas mala —dice mientras se ríe.

—Es la verdad, tía. La pasta que tendrá y se planta aquí con ese vestido —le contesta River.

—A ver, por mucha pasta que tengas, si lo que te falta es gusto... Qué quieres, si ya ves cómo son sus personajes.

Se me entrecorta la respiración. Durante una milésima de segundo cierro los ojos y rezo por no ser yo el objeto de su veneno.

—Pobre Fabio, vaya regalito le han hecho —añade River.

Emma me mata con una carcajada y las escucho marcharse mientras siento como me sobreviene un ataque de ansiedad. Soy incapaz de moverme.

La presión se me aferra al pecho. Los músculos no me responden y apoyo la mano en la pared de la derecha. La risa de mi «amiga» retumba por las paredes del baño y se hace infinita. No soy capaz de procesarlo. Solo siento dolor. Me quiero morir. Soy diminuta. Me veo de vuelta en el colegio; me veo sola, el bicho raro, la fea, la gorda, la friki, la empollona, la que no tiene padres, o lo que es peor, la que los tiene pero no la quieren porque nunca están. Me imagino a toda la gente que me dijo esas cosas y todos tienen la cara de Emma.

—¿Eva? —dice Kobo.

Oigo el ruido de las puertas de los otros cubículos al abrirse de golpe. Hasta que llega a mí.

—Eva, ¿estás ahí?

Golpea la puerta con suavidad, y es como si por primera vez desde que las he escuchado pudiese respirar. Cojo aire e intento tranquilizarme.

—Sí —contesto.

—¿Estás bien?

—Sí, sí, ya salgo.

Cojo un poco de papel y me limpio las lágrimas. Joder, a saber el estropicio. Me arreglo como puedo y salgo.

—¿Qué ha pasado?

Me mira preocupado, y veo mi reflejo en el espejo del lavamanos. Normal que lo esté. Parezco un puto oso panda.

—Me quiero ir —le pido.

—Pero ¿ha pasado algo?

—No, me quiero ir.

Una señora con porte estirado entra en el lavabo y nos mira mal. Kobo accede a mi petición y me acompaña a la puerta con la mano apoyada en mi espalda.

Por suerte, no me cruzo a ninguna de las chicas de camino a la calle, y Kobo para un taxi rápidamente. Esta vez se sienta a mi lado. Le da la dirección y nos ponemos en marcha.

Siento que me observa.

—No pasa nada, de verdad—le aseguro.

—Entiendo que no me lo quieras contar, pero hasta un tonto se daría cuenta de que ha pasado algo. Has estado veinte minutos en el baño y has salido llorando.

Veinte minutos. En mi cabeza han sido cinco.

—De hecho, perdona si me meto donde no me llaman, pero apostaría a que el problema ha sido con las chicas de antes. Has entrado con una sonrisa y, al rato de salir ellas, estabas así.

—Estaban hablando de mí. —Noto un nudo en la garganta, pero me lo trago. No quiero llorar delante de él—. Emma era de las pocas personas a las que pensaba que podía llamar «amiga».

No doy más detalles, y él se queda en silencio unos segundos antes de contestar:

—Entonces te ha hecho un favor.

—No sabes lo que dices. Yo la quería mucho y ella...

—Síguela queriendo.

Lo miro alucinando, no entiendo nada.

—Compadécete de ella —añade.

—No te entiendo.

—Compadécete de la envidia que te tiene.

Lo miro sin decir nada y decido dejarlo estar.

Me siento tonta. Engañada. Y me compadezco de mí misma por lo ilusa que soy al pensar que podría tener a alguien de verdad a mi lado, me compadezco como he hecho toda la vida. El nudo vuelve con más fuerza. Ahora no me lo puedo tragar. Las lágrimas caen en cascada.

Kobo me pasa un brazo por los hombros. Dejo caer mi peso sobre él. No tengo fuerzas para disimular. Estoy agotada.

—Todo el mundo hablaba de ti esta noche, Eva. Porque es imposible no hacerlo. Cuando has subido al escenario estabas radiante, eras luz. Que la gente hable de ti es algo que no podrás evitar, pero quédate con los buenos. Fíjate en los que disfrutan viéndote arriba, no en los que sueñan con verte abajo. De esos, compadécete.

Las palabras de Kobo hacen que se me sequen las lágrimas. Tiene razón, pero aunque estoy acostumbrada a que hablen mal de mí, cuando quien lo hace es alguien cercano... duele. Supongo que no me queda otra que aceptar que no todos son buenos, que algunos se nutren de apagar el brillo de otros.

No quiero que llegue el taxi. Ya me siento en casa.

9

El cursor parpadea detrás de la última letra. Paso el dedo por encima del avioncito. Una vez más, cometo el mismo error de siempre. Mi mente recorre todos los universos posibles, aquellos en los que mando el mensaje, y también aquellos en los que no pulso el botón azul. Universos creados por mi imaginación, sin ningún tipo de validez. Pienso cómo le afectará a Eva. Qué pensará de mí. Igual no es lo más profesional. Quizá crea que me estoy extralimitando. Analizo todas opciones y me vendo a mí mismo que su reacción es lo que me importa, cuando en realidad lo que me preocupa no es eso. Engañarse a uno mismo es la más difícil de las mentiras. Lo que hace que lleve diez minutos sentado en la moto dándole vueltas a un mensaje de dos palabras no está en ella. Está en mí. En que después de lo de anoche no dejo de pensar si estará bien, si seguirá triste, si se sentirá sola...

Pienso y me preocupo por alguien que ni siquiera he llegado a conocer.

Borro el mensaje y voy para dentro.

Como ayer en teoría íbamos a salir tarde del evento, Rebeca me dijo que me cogiera el sábado libre. Al final las cosas no salieron como esperábamos, y dejé a Eva en casa pronto. Estaba destrozada, intenté animarla como pude, pero me siento atado con ella. La relación profesional que nos une hace que no pueda ser yo al cien por cien. Desde el primer minuto, esas chicas no me transmitieron nada bueno, sobre todo la tal River. Cuando miraba a Eva, en sus ojos solo veía envidia y rabia. Es la típica que, para ser feliz, necesita validación constante de los que la rodean, y eso es muy peligroso. Empiezas a ver como enemigos a quienes captan la atención de los que te gustaría que se fijaran en ti. Si no eres la mejor de la fiesta, te dedicas a destrozar a los que ves como la competencia. Le dije a Eva que tenía que sentir compasión, y así lo pienso. Ella se fue a casa llorando, pero la gente como River obtiene un castigo peor, y es que nunca consigue ser feliz.

Lo que no sé es cómo he conseguido yo que me haga feliz madrugar un sábado por la mañana. No tendría sentido si no fuese para boxear. Luego hemos quedado todos para ir de ruta al mirador, así que me he venido a entrenar un rato. Y de esta manera Mike tiene más tiempo para recuperarse de su noche de ayer.

Voy a saludar a Susana, como todos los días, pero oigo revuelo.

—¿Pero este tío de qué cojones va? ¡Suéltame! ¡Suéltame, hostia!

Se oyen gritos en la sala. Entro para ver qué pasa y veo a Tommy con la boca y la nariz sangrando. Rafa, el entrenador, le sujeta. En el *ring* hay un tío que no había visto nunca. Está apoyado en las cuerdas, sonriendo.

—¡Me cago en tu puta madre! ¡Te voy a saltar la sonrisita esa!

Rafa da un empujón a Tommy y lo mete en los vestuarios. En la zona de los sacos están el resto de los chicos, que han parado y observan la situación. Me acerco.

—¿Qué ha pasado?

—El nuevo, que se ha puesto chulo y le ha dado sin venir a cuento —me explica Dani.

—¿Quién es?

—Por lo visto, es del grupito de los San Román, un flipado.

Pienso en Chris.

—Joder.

—¡Venga, Kobo, que llegas tarde, cojones! ¡Ponte a calentar, que como verás los demás ya lo están! —me chilla Rafa en cuanto me ve—. Y tú, novato, a ver si entiendes cuándo estamos dándonos de hostias y cuándo estamos haciendo ejercicio, coño.

—Mucho llorica veo yo aquí —suelta el tío.

Respiro hondo e intento calmarme. Quiero subir y partirle la cara. Se la reventaría a él y a todos sus amiguitos, uno a uno.

Me coloco las vendas más rápido que nunca y me pongo a saltar a la comba. Cuando llevo un minuto, el flipado dice:

—Entonces nadie le va a echar cojones, ¿no? Para eso apuntaos a ballet.

Bocazas. El tío es un bocazas, y yo le voy a hacer una cara nueva.

—Yo subo.

—Kobo, déjate de tonterías y calienta —escucho que me dice alguien, pero ya no entro en razón.

—Que sí, que subo. Tiene razón el nuevo, se aprende así.

El entrenador se lo piensa unos segundos y me hace un gesto de aprobación con la cabeza. Llevamos desde los quince años entrenando con él. Sé que en el fondo también quiere castigarle por lo de Tommy. De las ganas que tengo de subir, me recorre un escalofrío. Rafa me ata los guantes, les doy un golpe entre sí y me deslizo entre las cuerdas. El tío es bastante grande; lleva el pelo rapado por los lados con una línea hortera dibujada. Tiene la cara fina, la piel tostada, los ojos muy negros, y me sonríe con una hilera de dientes cubiertos por un bucal blanco. Me coloco el mío y me pongo a mover las piernas en el sitio.

—Vais a hacer un asalto de tres minutos y a correr. A ver si os desfogáis un poco y se acaba el espectáculo de gallitos de pelea.

Miro a la izquierda y veo que Paula está en la puerta del vestuario con su hermano. Les guiño un ojo mientras el entrenador continúa hablando.

—No quiero guarradas. *Sparring* suave, que sois compañeros. Quiero técnica. Venga, diez y empezamos.

Antes de comenzar, uno ya ve cosas en el contrario, y este tío no se mueve mal. No es la primera vez que se sube a un *ring*. Suena la campana y viene como un loco. Está motivado después de la que le ha soltado a Tommy. Subo la guardia y me suelta dos golpes en los guantes. Pega duro y se encarga de que me dé cuenta.

Le dejo que me enseñe lo que tiene. A ver cuánto aguanta.

Me muevo y me sigue, le suelto un directo con la izquierda que le golpea en la mejilla. No le alcanzo fuerte, pero le espabila. Se pica.

Suelta un *crochet* con la izquierda, me agacho y me muevo hacia su derecha. Error. No calculo bien la distancia y me como su derecha directamente en la nariz. Oigo quejarse a los chavales, que empiezan a animar. Me toco la nariz con el guante y el color blanco impoluto se tiñe de rojo. Sangro un poco.

—Venga, hostia, Kobo, espabila.

Tommy está más nervioso que si estuviese él encima del *ring*. Paula se tapa la cara con las manos, no quiere mirar.

El tío se viene arriba y me suelta varios golpes. Esquivo dos, pero el tercero me entra directo en el hígado. Está disfrutando. Sonríe y viene a soltar más antes de que me recupere, pero me muevo y pongo distancia. Necesito recuperarme un poco y replantear mi ataque o mis colegas verán cómo me tumban.

Empiezo a hacer un buen juego de piernas. Solo llevamos minuto y medio, queda la mitad del asalto. El tío suelta golpes como un loco, pero los esquivo todos. Poco a poco veo como se desgasta y empiezo a contestar. Estoy dentro de la pelea. Esquivo su derecha y le doy con la izquierda en la ceja. La cabeza se le va un poco hacia atrás y aprovecho para soltarle un directo a la nariz. Empieza a caerle sangre, y no poca. Veo que se asusta, pero viene hacia mí. Suelta tres golpes, se los esquivo por abajo y al subir le doy con un gancho en la barbilla.

—¡Vamos, hostia! ¡Eso es! —grita Tommy.

Observo como se tambalea y voy a por él. Le suelto otros dos que no consigue esquivar, directos a la cara. Uno le abre la ceja. Su espalda toca las cuerdas e intenta cubrirse, pero pronto busco su hígado y lo encuentro. Es como apretar el botón que hace que tus pulmones empiecen a trabajar a un veinte por ciento. Se retuerce, pero le lanzo un derechazo que hace que se tambalee y se apoye sobre una rodilla.

Suena la campana. Fin del asalto.

—Ya está, se acabó. No quiero más gilipolleces. Abajo los dos —nos amonesta Rafa.

El nuevo, del que todavía no sé ni el nombre, sigue de rodillas justo a mis pies. Parece que le vaya a nombrar caballero. Le coloco el guante en la cabeza y me lo quita con rabia.

—Bienvenido, compañero.

Me mira desde abajo con los ojos llenos de odio, y ese es el mejor trofeo. En cuanto consigue reponerse, se va directo al vestuario, pasando por delante de Paula y Tommy, que sonríen y murmuran entre ellos.

Termino el entrenamiento con la adrenalina por las nubes, así que me doy una ducha para bajar las pulsaciones y ya estoy preparado para seguir con el día.

Al salir, Mike y Tommy me esperan sentados en sus motos mientras charlan con Paulita, que también ha salido. Mike lleva unas Ray-Ban Wayfarer para ocultar su resaca. Llegó de fiesta a las cuatro de la mañana. Lo sé porque no dejó ningún mueble sin chocar antes de meterse en la cama.

Tommy ya está más tranquilo y tiene la cara de felicidad que pone siempre que se sube en la moto. Me acerco a él para chocarle, y al hacerlo tira de mí y me abraza.

—Gracias, hermano —me dice al oído y me da un beso en el cuello.

—Por ti me peleo con un león.

—Lo sé. —Me da un cachete cariñoso en la cara.

—Sois los dos igual de idiotas. Vaya caras os ha dejado el tío ese... Verás mamá cuando te vea, Tomás —nos riñe Paula.

Mi colega la mira con pereza y a mí me entra la risa. Siempre están igual.

—Me jode habérmelo perdido —me dice Mike mientras le abrazo.

—Joder, tronco, apestas a whisky.

—No jodas, pues me he duchado dos veces —se defiende.

—¿Dos veces? —le pregunto extrañado.

—¿Cómo me voy a duchar dos veces, tío? Era para hacerme el finolis delante de Paulita —dice con tono vacilón.

Tommy está lo suficientemente cerca como para darle un golpe en el hombro que, no sé si por fuerza de uno o mala colocación del otro, le desestabiliza y casi se cae.

—Cabrón, que me tiras.

Nos reímos los cuatro.

—¿Tú qué tal, Paulita?

—Y dale con Paulita, ¿eh? —me dice con una sonrisa sarcástica—. Oye, no sabía que tenías novia.

Me quedo con cara de no entender nada.

—Ni yo.

—El otro día te vi en Instagram con Eva Mun.

—El empleado del mes —dice Tommy, que ya ha dejado de pelear con Mike.

—Ya sabes que en internet hay más chorradas que otra cosa. —Me subo a la moto, pero al pasar a su lado le froto la cabeza como si fuera un niño. Pone cara de asco y le regalo una sonrisa.

Desde hace más de cinco años, subimos cada mes a nuestro mirador favorito. Es una tradición innegociable, algo que hacemos solos. Es nuestra forma de estar todos, de no olvidar.

Empezamos tranquilos, pero según nos alejamos de Madrid la velocidad aumenta. Cuando vas a casi doscientos kilómetros por hora en una moto, la sangre corre a toda velocidad, la adrenalina fluye por cada célula de tu cuerpo y tus sentidos son más sensibles que nunca. Un pequeño descuido, un fallo al tomar una decisión y todo puede acabar. La moto se convierte en una extensión del cuerpo, funcionan como uno solo, no piensas, no hay tiempo, solo estás. La cabeza se libera, todo aquello que te preocupaba desaparece, todo se reduce a lo más importante, al instinto más primario del ser humano, el de supervivencia.

Desde fuera, una moto a esa velocidad es algo ruidoso, pero el que va agarrado al manillar, el que aprieta el puño, se siente en paz. Es lo más cercano que he estado en mi vida a la meditación. Es mi momento de mayor conexión con el ahora.

Paramos donde siempre. Un bar de toda la vida que hay a mitad del puerto de montaña. Es un punto de reunión para toda la gente que monta en Madrid y alrededores, así que está hasta arriba de motos.

El primer sorbo de cerveza es un placer de otro mundo, saboreo cada partícula de la deliciosa bebida ancestral mientras cada uno cuenta sus cosas, sus problemas, sus alegrías...

Estamos en el sitio perfecto para sentarte al aire libre mientras disfrutas de tus colegas y unas buenas vistas. No solemos beber cuando vamos en moto, pero esto es religión. Una y seguimos.

Mike saca el móvil cada diez minutos para hablar con su chica y le manda una foto. Tommy y yo nos entendemos con solo mirarnos. Le hemos perdido. Eva vuelve a mi cabeza, saco el teléfono, no hay mensajes. No los esperaba, pero quién sabe. Seguro que se ha puesto a escribir y ha conseguido evadirse un rato. Seguro que está bien. Guardo el móvil.

Nos acabamos la cerveza, Tommy se levanta con el último trago. No puede aguantar quieto un minuto más.

—Voy a mear y nos piramos —anuncia.

Mike está concentrado en el móvil y no contesta, así que, al pasar por su lado, Tommy le da una colleja suave y le dice:

—Mándale una foto de esto, a ver qué opina. —Se baja un poco el pantalón y le enseña el tatuaje que tiene de la boca de Mike en su nalga.

Me parto de la risa, y Tommy hace lo mismo.

—Qué puto asco —le dice Mike mientras intenta alcanzarle con una patada.

Tommy se hizo ese tatuaje en Ámsterdam, la anécdota es histórica. El verano que acabamos el colegio estuvo trabajando en un chiringuito de Marbella. La verdad que el cabrón se lo pasó que te cagas, nos contaba que se tiraba el día entero ligando con guiris de todas partes. Una tarde conoció a una italiana bastante mona y estuvieron varias semanas follando. Tommy, que en el fondo siempre ha sido un romanticón, se pilló de ella, y como todas las historias de verano, llegó el final. Él se volvió a Madrid y ella a estudiar a Ámsterdam. Continuaron hablando varias semanas y él cada vez se pillaba más. Entonces, como somos los mejores amigos del mundo y también los más desequilibrados, decidimos pillar billetes de avión un finde que estaban baratos para que pudiera darle una sorpresa a la italiana. No nos vamos a engañar, también nos motivaba bastante pensar que tendría amigas.

Nos plantamos allí Tommy, Richi, Mike y yo hablando menos inglés que la Botella y su «*relaxing cup of* café con leche *in* plaza Mayor» y fuimos a buscarla. Tommy estaba bastante nervioso y lo único que sabía era a qué universidad iba, así que aparecimos allí, nos separamos y nos pusimos a preguntar por ella a todo el mundo, como si fuéramos inspectores de policía. Por capricho del destino, Tommy preguntó a un chaval que tenía pinta de Zac Efron.

—*It's my girlfriend* —le dijo Tommy.

Era el único que se defendía un poco con el inglés, pero vamos, que su acento no era precisamente de Londres, y de gramática poco.

El caso es que al sucedáneo de Zac no pareció hacerle mucha gracia, y se puso a soltar cosas por la boca a toda velocidad que Tommy no conseguía entender. Yo volvía de preguntar a unas chicas que parecían bastante simpáticas y recuerdo ver al tío fuera de sí.

—Colega, no entiendo un nardo. *Spanish, please* —le pidió Tommy.

El chaval le empujó y mi amigo, que es de mecha corta, no tardó en soltarle un puño directo a la boca a modo de respuesta.

Fui corriendo a separarles, pero ya era imposible. Cuando estaban tirados en el suelo forcejeando, llegaron Richi y Mike.

—¿Qué coño hacen? —me preguntó Richi mientras les observábamos como si fuéramos árbitros.

—Por lo poco que he entendido, creo que el pijo es el novio de la italiana —le contesté con los brazos cruzados.

La gente del campus se empezó a amontonar alrededor de ellos. No hay nada que le guste más al ser humano que ver a dos dándose de hostias.

De pronto aparecieron unos chavales que se parecían a nuestro Zac. Tommy le tenía sujeto por el cuello contra su pecho; el pringado se retorcía y cada vez estaba más rojo.

—*Stop*! Gilipollas, estate quieto, que al final verás... —le decía nuestro amigo mientras el otro no paraba de soltar improperios—. *Your mother*, por si acaso.

Era evidente que el guiri no iba a poder soltarse, pero no tiraba la toalla. Los tres toláis hicieron el amago de meterse en la pelea, pero en cuanto vieron que nos poníamos en posición de alerta se lo pensaron mejor. Cuando dos se pelean, es de cobarde meterse, así que siguieron retorciéndose unos minutos y resultó ser el cebo perfecto. La italiana entró en escena.

Supimos que era ella por las fotos que nos había estado enseñando Tommy todos los días.

—*Ma che cazzo*! ¡Tomás, basta! ¡Andrea! —les gritaba mientras intentaba separarles.

Entre que a nuestro amigo solo le llamaba así su madre, y que el otro tenía nombre de tía, nos partimos el culo.

Resulta que Silvia, la no novia de Tommy, llevaba siete años con el otro. Estaban tan enamorados que hasta se habían ido de Erasmus juntos. ¿Quién coño se va de Erasmus con su pareja? Se supone que es una beca que te dan para irte por Europa a mamarte, no para jugar a las casitas. El caso es que cuando le puso los cuernos dos semanas durante sus vacaciones en la Costa del Sol, no pensó que existiera una mínima posibilidad de que se le juntara el ganado de esa forma.

Ya estábamos allí, no había vuelta atrás, así que decidimos buscar otro grupo de chicas por ahí y quemar la noche de Ámsterdam para animar a nuestro colega, pero la cosa se nos fue un poco de las manos y acabamos a las diez de la mañana en un estudio de tatuajes borrachos y fumados como ratas. A Mike y Tommy les pareció divertido echar un piedra, papel o tijera. El perdedor se tenía que tatuar un beso en el culo del otro. La verdad, no sé qué es peor, si tatuarte el beso de un colega en el culo o lo que hizo Mike, pintarse los labios y darle un beso al culo blanco de Tommy, que se durmió mientras se lo tatuaban.

Echo de menos ese tipo de viajes improvisados. Esa época es difícil de superar e imposible de repetir.

Después de otro rato de curvas, llegamos al mirador. Es un sitio precioso, y las vistas son inmejorables. Huele a leña, a campo, a libertad. Es el olor que todos asociamos con las ganas de vivir. Aquí nos hemos hecho hombres, nos hemos roto y hemos seguido adelante, juntos. Aquí nos permitíamos ser, y ahora este sitio se ha convertido en un mausoleo, un sitio al que venimos a pensar, a rezarle a lo que de verdad nos importa. Nos limitamos a respirar esto, a vivirlo como si fuese una reunión familiar. Porque eso son ellos para mí, familia.

Horas después volvemos a Madrid pensativos, como siempre después de visitar el mirador. La vida pesa un poco menos, pero el cerebro te funciona más.

Estoy tirado en el sofá de casa mientras Neo mordisquea su cuerda tumbado a mis pies. De fondo suena Santino Le Saint; la música de este tío me pone la piel de gallina. Me debato entre ver una peli o ponerme a leer antes de irme a sobar. No tengo mucho sueño y no me apetece nada pasarme una hora dando vueltas en la cama.

Suena el teléfono. Me asusta y me incorporo rápidamente para cogerlo de la mesa. Son las once. No esperaba una llamada a estas horas, y mucho menos de Eva. Me asusto, y durante un par de segundos no sé cómo reaccionar. Pienso en cuáles pueden ser los motivos de la llamada antes de pulsar el verde.

—Hola —digo aparentando normalidad.

—Kobo, soy Eva. Perdona por llamarte a estas horas.

Su voz no suena como siempre, está alterada, y eso me pone en alerta.

—Tranquila, ¿todo bien?

—No.

No se lo piensa, no duda. Hay urgencia en su voz, y eso es suficiente para hacerme saltar del sillón e ir a la habitación para vestirme a toda leche.

—¿Qué ha pasado?

Intento parecer tranquilo, pero el corazón me va a mil por hora.

—Kobo... —La voz se le entrecorta, está llorando—. Necesito que vengas, por favor.

Se me para la respiración.

—Voy para allá.

10

Huele a lluvia y hace viento. Se avecina tormenta. El buen tiempo está a punto de terminar.

El otoño es la lucha del verano y el invierno intentando quedarse.

Es imposible ir más rápido. Las calles de Madrid están completamente vacías. Empieza a llover. Las gotas me dificultan la visión, pero la velocidad las empuja hasta volar por detrás de mi cabeza y caen sobre el asfalto formando una capa de agua que podría mandarme al suelo con facilidad. Las líneas se convierten en una pista de patinaje, las esquivo como si fueran cuchillos a mi paso. Pienso en Eva. Estoy preparado para todo. El otro día, cuando la dejé en casa, estaba rota, pero no creo que lo que pasó en la fiesta sea el motivo de su llamada. Tenía la voz distinta, no parecía tristeza, sino miedo.

Voy tan deprisa que la rueda derrapa al frenar delante de su puerta. Entro corriendo en el portal. El ascensor se me hace eterno, y no puedo evitar pulsar varias veces el botón, como si eso fuera a hacer que aumentara la velocidad.

Llego al séptimo y la puerta de su piso está abierta. Entro sin pensar, sin mirar. Los nervios me delatan y cometo errores de novato. Hago un repaso rápido y voy hacia su habitación. Sé que está encerrada en el baño.

—¿Eva?

Estoy tan pegado a la puerta que mi aliento humedece la madera.

El pestillo da varias vueltas dentro de la cerradura y por fin la veo. Tiene los ojos hinchados y no deja de llorar.

—¿Qué ha pasado? ¿Estás bien? —le pregunto preocupado, pero no me contesta.

Intento tranquilizarla pero no hay manera. Pasan unos minutos antes de que consiga convencerla para que baje al salón.

Estoy en alerta, en tensión, analizo cada detalle buscando el motivo por el que estoy aquí. Hago un repaso rápido de la estancia. Todo parece en su sitio, nada ha cambiado, salvo unas flores sobre la mesa. Escaneo a Eva de arriba abajo con urgencia, necesito saber qué pasa. Espero una mala noticia.

Nos miramos y vuelvo a ver el miedo que he escuchado hace un rato por teléfono. Se acerca hasta quedarse a un paso de mí; parece estar conteniendo las lágrimas.

—¿Puedo abrazarte? —dice extendiendo los brazos.

Algo dentro de mí grita y me pide abrazarla como si fuera la última persona en el mundo. No espero más y lo hago sin decir nada.

Noto como se apoya en mi pecho. Es raro. Es un abrazo torpe, como si lleváramos tiempo sin hacerlo, pero lo hubiéramos hecho cientos de veces. Me pasa las manos por la espalda; coloco la mía en su nuca y acomodo su cabeza contra mí. Huele bien, pero no es perfume, huele dulce, a limpio. Huele a ella. Su respiración cambia y exhala aire de forma brusca. Comienza a llorar y la aprieto contra mí como si pudiera frenar sus sollozos mientras su llanto humedece mi camiseta.

—¿Qué ha pasado? Déjame ayudarte, habla conmigo.

—Busco su mirada, pero se esconde en mi pecho.

Sus sollozos se intensifican y la oigo pelear contra ellos, intentando disculparse. La separo y acaricio su mandíbula con delicadeza, sosteniendo su cara, ligeramente inclinada hacia mí.

—Por favor, Eva, dime algo.

Sus ojos rebosan lágrimas que, en el momento en que cierre los párpados, caerán por sus mejillas con la misma velocidad con la que he llegado yo hasta aquí. En un último intento de que no la vea llorar, baja la mirada y con sus manos aparta las mías.

Se aleja de mí, diminuta dentro de un chándal que le queda gigante y la hace ver adorable. El pelo sobre el rostro, los últimos sollozos muriéndole en la boca. Se sienta en el sofá abrazándose las rodillas. No lo dudo un segundo: me siento a su lado y la tomo de la mano, intentando transmitirle un poco de tranquilidad para que pueda abrirse.

—Han venido a casa —dice al fin.

—¿Cómo? ¿Quién?

—No lo sé.

—¿Cómo que no lo sabes? ¿Pero aquí? ¿Dentro? —le pregunto desconcertado.

Intento no perder el control, pero me doy cuenta de que

he subido el tono más de la cuenta. Lo último que necesita es que la ponga más nerviosa, así que me tranquilizo y dejo que continúe:

—He oído ruidos en la puerta. He pensado que era Rebeca, que igual venía a animarme un poco, pero... —Tiene la mirada perdida, enfocada en sus recuerdos—. He esperado a escuchar su voz o a que entrase con su llave, pero no ha pasado.

—¿Quién era? —interrumpo.

Una sensación horrible me recorre la nuca, y el corazón, que no ha parado de bombear como un loco desde que he recibido su llamada, se me encoge en el pecho al verla temblar.

—He ido a la puerta sin hacer ruido y... —Se lleva las manos a la cabeza y empieza a llorar otra vez. Me acerco a ella, le echo el brazo por encima y se deja caer sobre mí.

—Tranquila —le susurro, nunca me he esforzado tanto por mantener la calma.

Entre sollozos, consigue sacar fuerzas y dice:

—Te juro que casi me da un infarto. Justo cuando he puesto el ojo en la mirilla, la han tapado por fuera.

El cuerpo me pide salir corriendo a buscar a quien le haya hecho pasar por eso. Los músculos se me tensan y aprieto la mandíbula.

Eva no consigue decir más de dos frases seguidas sin que el llanto la frene.

—Del susto, se me ha escapado un grito. He entrado en pánico. Tenía tanto miedo, Kobo... Me notaba el corazón en la garganta. No sabía qué hacer, así que he salido corriendo y me he encerrado en el baño de mi habitación.

—Joder.

No dejo salir ni una palabra más porque sé que no podré contener las barbaridades acerca de lo que le haría a quien haya sido.

Respiro hondo.

¿Dónde cojones está el Kobo capaz de mantenerse frío pase lo que pase? No consigo dejar los sentimientos fuera, ceñirme al guion, trabajar y punto. Como escolta, no puedo reaccionar como si fuera alguien de mi familia que tiene un problema. No debería estar acariciando a mi clienta mientras llora. Tengo que parar, esto se me está yendo de las manos.

—¿Has conseguido ver algo? —le pregunto.

—No, solo he oído como entraban, unos pasos acelerados y luego la puerta que se cerraba otra vez.

Le tiembla el labio e intenta contener las lágrimas de nuevo mientras se acurruca en mí.

«No me jodas. Han entrado. ¡Han forzado la puerta y han entrado en su puta casa!».

Siento que, si tuviera delante a la persona que ha provocado esto, que la ha hecho sufrir así, sería capaz de matarla. Le acaricio la nuca en el nacimiento del pelo y noto como se le eriza la piel. Apoya la mano en mi muslo y siento un nudo en el estómago. Me doy cuenta de que estoy apretándola demasiado fuerte y suelto, pero al segundo ella empuja su cabeza contra mi pecho.

Ya no llora, estamos en silencio.

La miro y recuerdo el día que la conocí, hace menos de una semana. Es alucinante cómo cambia todo. Quién me iba a decir en ese momento que sufriría por verla mal. Estos días me he dado cuenta de que la chica prepotente de la editorial es solo una coraza. Sin pensarlo, le doy un beso en la cabeza, y según lo hago me arrepiento, pero se vuelve hacia mí y me mira. Sus brillantes ojos ya no tienen lágrimas. Se incorpora y se pone a mi altura. Esta guapísima. Tiene el pelo revuelto y me fijo en esas pequeñas pecas alrededor de su nariz, preciosas.

Su mirada pasa de mis ojos a mis labios, y sé lo que eso significa. No puedo pensar, no me permito imaginarlo, porque ahora mismo me comería los suyos. El brazo que tenía apoyado en ella se ha caído hasta su cadera al moverse. No me resisto a empujarla un poco hacia mí. Quiero besarla. Le aparto el pelo de la cara y, al hacerlo, percibo su aroma con nitidez. Siento su respiración. Cada vez nos acercamos más, mi mirada ya está fija en su boca. Las pulsaciones suben.

Y como si fuera una alarma sacándote del sueño más plácido, le suena el teléfono. Deseo que lo ignore. Veo que duda, pero se aparta y va a por él. El hechizo se rompe y la tensión del momento hace que me ponga de pie.

—Hola, guapa. Sí, ya estoy con él —me sonríe—. Bueno, mejor...

Deduzco que es Rebeca. Me acuerdo de que no he avisado a Tommy. No he hecho nada de lo que debería. Aprovecho que está ocupada para empezar a hacer mi trabajo.

Es tarde para Tommy. Desde que es un emprendedor lleva horarios de abuelo, pero la situación es suficientemente importante como para avisarle. Suenan varios tonos, y lo coge cuando estoy a punto de colgar.

—¿Hola? —carraspea.

—¿Te he despertado? —pregunto sabiendo con certeza la respuesta.

—No, no, dime. —Intenta que no se note que estaba en el quinto sueño.

—Alguien se ha colado en el edificio de Eva y ha entrado en su casa.

—¿Qué? ¿Es coña? —dice asustado. Ahora sí que está despierto.

—Por desgracia no, estoy aquí con ella. Está bastante asustada.

Observo a Eva, que sigue hablando por teléfono. Parece más entera. Habla muy bajito, no consigo adivinar qué dice.

—No me jodas, vaya marrón.

—Voy a hablar con el conserje, por si puedo ver las cámaras.

—Vale, ahora voy para allá. Mándame la dirección, que no la tengo. Habría que avisar a la policía para que estén al tanto.

—No, no te preocupes, yo me encargo, descansa, que es tarde. Mañana hablamos —le tranquilizo.

—¿Seguro?

—Sí. Si hubiesen querido hacerle daño, ya se lo habrían hecho. Se han marchado. Voy a bajar a hablar con el conserje y el resto lo solucionamos mañana.

—¿No crees que habría que avisar a la poli?

—Ya sabes como son. Solo vendrán a agobiar a Eva con mil preguntas para no hacer absolutamente nada.

—No sé, Kobo. Pienso que deberían estar informados, por lo que pudiera pasar en un futuro.

—Bueno, lo hacemos mañana, si quieres. Creo que lo mejor para ella ahora mismo es descansar. —Parece que la quiero solo para mí, pero es que creo que la policía lo único que hará en este momento será estorbar. No es la primera vez que me veo en una de estas.

—Vale, quedamos allí a primera hora.

—Vale, jefe —me río para quitar hierro al asunto, pero él no me sigue.

—¿Vas a quedarte ahí con ella o te vas a casa?

Hasta este momento no me lo he planteado, pero tampoco se me ha pasado por la cabeza dejarla sola.

—Tú mandas, no me importa quedarme.

—Bueno, lo que ella quiera. Sé que es tu día libre, pero...

Tommy me empieza a dar explicaciones para convencerme de algo de lo que ya estoy convencido, así que decido cortarle:

—De verdad, no me importa, haré lo que haga falta.

Nos despedimos rápido, cuelgo y vuelvo a centrarme en Eva. La miro, y en ese momento sonríe por algo que le ha dicho Rebeca.

Voy a bajar a hablar con el de la puerta, no sé cómo cojones alguien consigue llegar hasta aquí.

Con un gesto le informo de que voy a salir.

—Espera un segundo —dice al teléfono—. ¿Te vas?

Su cara de preocupación es como un mazazo en el pecho, pero sonrío. Me hace gracia que piense que pretendo dejarla sola.

—No, voy a bajar a hablar con el portero, a ver si averiguo algo.

—Vale. —Vuelve a sonreírme con ternura antes de seguir hablando con Rebeca—. Nada, que Kobo va a...

Estoy yendo hacia la puerta cuando oigo que me llama. Busca algo en la mesa del salón y me dice:

—Ciérrame. —Me lanza unas llaves y las cojo al vuelo.

Tienen un llavero con el dibujo de una naranja y un exprimidor en el que pone «Vamos a exprimir la vida». Lo dejo colgar de mis dedos mientras me río delante de ella. Frunce el ceño y gesticula para que me vaya.

Cuando llego al portal, el cascanueces de seguridad está sentado como si nada. No es el que estaba los días anteriores. No recuerdo haberle visto nunca. De hecho, creo que ni siquiera le he visto cuando he entrado.

Al verme, se comporta como si yo fuera su jefe o como si no estuviese haciendo lo que debería. Veo que toquetea algo debajo del mostrador. Soy consciente de que ese tipo de trabajos implican muchísimas horas de aburrimiento y soledad en las que tienes que luchar para no quedarte dormido, pero si eso hace que se te cuele alguien... No hay excusa. Me entran ganas de cogerlo por la cabeza y sacarlo por encima del mostrador.

El problema es que es un chavalín que tiene pinta de llevar poco currando, así que me apiado de él.

—Buenas noches, señor.

Está nervioso, no creo que esperase visita.

—Buenas noches. No te había visto por aquí nunca —le digo serio.

—Solo estoy de noche, señor, quizá es por eso —me dice más tranquilo.

Lleva un rapadito degradado como todos en mi barrio. Tendrá unos dieciocho años justitos. El uniforme le queda bastante grande, y veo que le asoman tatuajes por debajo de los puños de la camisa.

—Soy escolta de Eva Mun, la chica del séptimo. —Se

pone de pie, como si le hubiese dicho que soy el presidente de España.

—Dígame, ¿necesita algo?

—Sí, no sé si esta noche ha pasado alguien que no sea vecino, aparte de mí. —Siempre saludo al segurata habitual, que no me dice nada porque ya me conoce, pero la primera vez llamó a Eva para preguntarle si yo podía subir. Es muy raro que alguien llegue hasta arriba tan fácil.

—No, señor, hoy ha estado todo tranquilo —dice con aparente seguridad.

—Cuando viene alguien que no es vecino, ¿cuál es el protocolo?

—Llamamos al piso para informar y lo apuntamos en esta lista —me informa mientras saca un cuaderno.

—¿Y a mí me has apuntado?

Sé que no, solo le estoy dando unos segundos para que se dé cuenta de que estoy seguro de que no ha estado haciendo su trabajo.

El chaval mira de reojo la lista de hoy, en la que solo aparecen apuntadas dos personas, y ninguna soy yo. Me mira, vuelve a posar los ojos en esas dos líneas.

—No, señor. ¿A qué hora ha llegado? Igual lo ha hecho mi compañero.

—¿Tú a qué hora empiezas?

Le oigo tragar saliva, nervioso. Lo siento, chaval.

—A las ocho. De ocho a ocho, señor.

—Pues yo estoy aquí desde hace menos de una hora y no me has apuntado.

Veo como los dedos aprietan el cuaderno, le tiemblan

ligeramente. Un rubor avergonzado le tiñe las mejillas y al fin dice:

—Igual estaba de ronda.

—Necesito ver los vídeos de hoy, y esto.

Le cojo la lista de asistencia y fotografío las tres últimas hojas. Rodeo el mostrador y entro donde está él. Veo que tiene bolsas de chuches, patatas y un plástico de sándwich. Hace el amago de quejarse, de decirme que no puedo estar ahí, pero se lo piensa y empieza a recoger toda la porquería que tiene esparcida por la mesa. Hace una bola con agilidad y la lanza a la papelera mientras me dice que no puedo entrar ahí.

Me siento delante de la televisión con las cámaras y empiezo a buscar. Una vez trabajé para un empresario que tenía una casa tan grande que había más seguridad que en el Banco de España.

Lo intento un rato, y descubro que no hay vídeos guardados. ¿Qué coño? Le pregunto, pero según lo hago me doy cuenta de que es una pérdida de tiempo, no tiene ni pajolera idea.

—Creo que es porque no tenemos los permisos. Las grabaciones hay que solicitarlas.

No tengo mucha fe en sus palabras, pero bueno, tampoco más opción que confiar en lo que me cuenta.

—Vale, pues solicítalas —le ordeno mientras me levanto.

—De acuerdo, señor.

Al ver que ya me voy, se relaja. Seguro que el pobre está pensando que se ha librado de una buena.

—Alguien ha entrado en el apartamento de la señorita

Mun. Mañana por la mañana a primera hora pondremos una denuncia, así que imagino que la policía vendrá por aquí y también querrá verlas. Avisa a tu jefe.

Su cara cambia totalmente a una expresión de pánico. Ya no le hará falta seguir viendo vídeos en TikTok para no quedarse dormido. Estará tan rayado con la que se le viene encima que no pegará ojo en tres días.

Me da pena, pero así espabila. Si le llega a pasar algo a Eva, no sé qué habría hecho con él.

En el ascensor me doy cuenta de que sigo muy acelerado, nervioso, ansioso, no soy capaz de pensar con claridad. No estoy concentrado, pienso más en lo que ha estado a punto de pasar con Eva que en lo que estoy haciendo.

Llamo al timbre y recuerdo que llevo llaves. Abro. En el salón no hay nadie. Oigo el agua. Se está duchando.

—Eva, ya estoy aquí —grito como si fuera a escucharme.

Lo último que quiero es asustarla otra vez.

Doy vueltas como un animal enjaulado, aprovechando que no está para descargar la tensión e intentar relajarme. Entonces caigo en las flores. Junto a ellas hay un sobre cerrado. Por fuera solo hay dibujado un corazón con rotulador rojo.

Un escalofrío me recorre la espalda. Sé lo que es. Ahora entiendo eso que decía Rebeca de las flores y los regalos. No es la primera vez que le envían estas cosas, pero hasta ahora no habían tenido los cojones de irrumpir en su casa.

Lo cojo sin pensar que ya la estoy cagando, y que si la policía quisiera extraer huellas (cosa que no harán porque no ha habido heridos y para qué van a molestarse...), estaría bien jodido. También pienso que debería esperar a que me lo enseñase ella, pero no puedo.

Lo abro sin dudar y una cascada de fotos cae sobre la mesa. Son de Eva. Aparece paseando, tomando café, en una firma, subiendo al coche, con sus amigas en lo que parece una discoteca, con Rebeca, incluso hay una en la que salgo yo. Qué puto mal rollo. Detrás de cada una está escrito el día y la hora.

Inspecciono el sobre y veo que dentro hay un papel. El corazón se me acelera mientras lo saco.

Querida Eva:

Te paso las fotos que te he estado haciendo estos meses. ¿Crees en el destino? La gente cree que actúa de forma mágica. Pero no. Cuando uno quiere algo, hay que luchar hasta conseguirlo. Una vez soñé que compartíamos una vida, y estoy seguro de que pronto se hará realidad. Siempre estaré ahí para protegerte. No pararé hasta hacerte mía. Te quiero. Siempre juntos.

Se me eriza la piel al leerlo. No me quiero imaginar lo que sentirá Eva.

El agua deja de caer. No puedo evitar visualizarla. Su cuerpo empapado, sus piernas, su cuello, su pelo.

«No la cagues, Kobo, piensa con la cabeza por una vez en tu vida».

La llamada de Rebeca ha sido una señal, una ayuda para que recapacite. Iba a besarla. Es mi clienta. No puedo cagarla con Tommy. Con el trabajo no se juega, pero joder, lo que he sentido antes era imposible de controlar. En ese momento no pensaba en ninguna de las consecuencias que podría tener.

La puerta del baño de arriba se abre.

—¿Kobo? —escucho su voz, todavía pequeñita.

—Aquí estoy, ¿todo bien? —pregunto.

—Me seco el pelo y bajo, perdona.

Sigo dando vueltas por el piso, intentando ordenar mis pensamientos.

—¿Has averiguado algo? —dice por encima del ruido del secador antes de pararlo.

—Poca cosa, mañana podremos ver los vídeos de las cámaras. Pero vamos, todo bajo control.

Intento tranquilizarla y, de paso, hacerlo yo también. Me centro en el libro que descansa sobre la mesa. Es bonito, de un color azul verdoso y detalles con flores. Está claro que es una romántica; quiero darle la vuelta y leer la sinopsis, pero la oigo salir del baño.

Me giro y la veo. Se ha cambiado el chándal por una camiseta ancha y un pantalón de algodón corto. Me quedo atontado con el movimiento de sus piernas cuando baja las escaleras.

«Trabajo. Céntrate».

—¿Estás mejor?

Se encoge de hombros y se acerca a mí.

Nos quedamos callados, mirándonos a los ojos. Son de un marrón totalmente hipnótico, tan penetrantes que me siento desnudo. Tengo la sensación de que, de un vistazo, sería capaz de descubrir todos mis secretos. Sus labios se mueven para formar una media sonrisa que me desarma. Consigue ponerme nervioso.

Llegados a este punto, solo hay dos caminos: besarla o huir.

Carraspeo y me remuevo, incómodo.

—Bueno, te dejo descansar.

Quiero quedarme con ella, pero me siento incapaz de resistirme a besarla, y si lo hago podría mandarlo todo a la mierda.

—¿Te vas? —dice rozándome el brazo con la yema de los dedos.

«Lo último que quiero es irme, no quiero dejarte sola, pero es lo mejor para los dos».

Asiento, le aprieto la mano a modo de despedida y voy hacia la puerta. Noto en el cuello el calor de las ganas que estoy conteniendo.

—Buenas noches, Eva.

—Buenas noches.

Abro la puerta y me vuelvo una última vez, como esperando un milagro. No tiene sentido, deseo caer en la tentación que estoy tratando de evitar.

Me mira con ojos tristes, pero de repente su cara cambia de golpe y sonríe. Le devuelvo el gesto y se le escapa una risita, que intenta disimular llevándose las manos a la boca.

—¿De qué te ríes? —pregunto desconcertado, al tiempo que me contagia su repentino cambio de humor.

—Nada, nada. Es que has puesto una cara de pena... casi parece que te esté abandonando yo a ti.

—¿Qué dices? —contesto avergonzado y noto que me pongo rojo—. Además, no te estoy abandonando.

Creo que nota mi nerviosismo, porque estalla en carcajadas.

Joder, no tengo ni idea de qué está pasando. Después de todo lo que ha sucedido, terminar así es lo último que me esperaba.

—Qué mono eres.

«Mono». No hay peor insulto que ese. Cuando una tía te llama «mono», solo hay dos opciones: o eres un cardo pero eres majo y le haces gracia, o te está vacilando. Y tengo muy claro el tono de Eva.

—No me llames «mono».

—Vale, perdón, pero es que si te pones nervioso estás más mono aún.

—Que no me digas eso —le repito riéndome mientras me alejo de la puerta y vuelvo hacia ella.

—No te enfades.

Me da un golpe en el hombro y me sonríe con cara traviesa. Sus ojos brillan más que nunca.

—¿No te ibas? —me dice de repente.

—Paso de ti.

Me doy la vuelta y estoy a punto de salir cuando me agarra del brazo.

—¡Para! —me grita.

Nos quedamos callados un segundo, ambos absortos en el contacto.

—No te vayas —susurra.

Deja de apretarme el antebrazo y desliza su mano hasta la mía, entrelazando los dedos. Un escalofrío me recorre el cuerpo y aprieto.

—No quiero que te vayas —vuelve a susurrarme.

La cojo de las caderas y la atraigo hacia mí. De nuevo, su mirada se posa en mi boca. Me resisto a caer, pero me flaquean las fuerzas. Doy un paso y nos pegamos hasta el límite de que nuestras bocas se toquen. Me quita la cara, sonríe y se aleja un poco.

Pongo la mano en su espalda y de nuevo la acerco hacia mí con suavidad. Noto su aliento. Respiramos cada vez más fuerte. Los dos queremos hacerlo, pero la tensión es tan *heavy* que ninguno queremos liberarla.

Percibo el calor de su cuerpo. Llevo mi mano a su mejilla y cierra los ojos un segundo. Acaricio cada poro de su piel. Se roza contra mí y se muerde el labio igual que estoy deseando hacerle yo. Bajo la mano hasta el final de su espalda y la meto por dentro de la camiseta para tocar su piel, que se eriza al tacto. Suelta un suspiro que me hace caer. No puedo más. La beso.

11

Acaricia mis labios con los suyos de una manera que no había experimentado jamás. Cierro los ojos para no recibir ningún estímulo que no sea él. Quiero saborear cada instante. Siento su calor y me arde todo el cuerpo. Estamos tan cerca que puedo hacerme un mapa mental de cada uno de sus músculos, de cada centímetro de su piel. La noto. Está excitado, y al pensarlo me recorre un escalofrío. Busco su lengua con la mía. Al principio solo se rozan suavemente, pero todo contacto parece poco. Subimos la intensidad hasta que nuestras bocas parecen una. Los dos respiramos con fuerza. Me suben las pulsaciones. Me siento mojada.

La mano que antes solo me acariciaba la nuca ahora me agarra como si no quisiera dejarme ir jamás. Meto las manos por debajo de su camiseta. Su piel está caliente. La acaricio despacio. Noto el suave relieve, los planos y valles de su estómago, y no puedo evitar recorrerlo de arriba abajo con las uñas. Exhala y me aprieta aún más. Sentir su fuerza hace que se me escape un gemido.

Empieza a andar y me guía hacia atrás con pasos suaves en

dirección al sillón. Mientras avanzamos, se quita la chaqueta y la camiseta. Solo deja de besarme la milésima de segundo que tarda en pasar la tela por su cara. Mi talón choca con el sofá, y justo cuando me voy a dejar caer de espaldas me agarra por el culo, me levanta como si fuera una pluma y me engancho con las piernas a su cadera. Ahora la siento mucho más, y como si ese contacto activase algo en nuestro interior, perdemos el control. Le agarro del pelo y me muerde el labio. Me contoneo un poco, haciendo más pronunciado el contacto de nuestro centro. Se le escapa un gemido ronco y se mece conmigo, lo que me genera una corriente de placer que me recorre todo el cuerpo.

Se me va a salir el corazón. Madre de Dios. Se sienta conmigo encima. Muevo las caderas para crear fricción con él, como si fuera una necesidad de vida o muerte. Ahora es él quien deja volar sus manos. Sube y baja sin parar hasta que posa una mano en mi nuca y con la otra me agarra de la cadera para apretarme hacia él y guiar mi movimiento. Cada vez me siento más mojada. La noto tan dura que solo puedo pensar en que desaparezcan las prendas que nos separan y sentirlo del todo. Intento desabrocharle el cinturón, pero los movimientos acelerados, impacientes, me lo impiden. Se da cuenta y me ayuda, sonriendo contra mi piel. Mientras lo hace, me echa el aliento en la oreja y me retuerzo al sentirlo.

Me levanta otra vez, gira sobre sí mismo y me tumba en el sofá. Él se separa, y sin dejar de mirarme a los ojos, comienza a quitarse los pantalones. La impaciencia me puede, así que me pongo de rodillas y le beso los abdominales. Siento su olor como una droga y me pierdo en la sensación de su piel. Voy bajando, saboreando cada centímetro. Sus manos se enredan en mi pelo cuando llego a los calzoncillos y le miro mientras bajo poco a poco hasta que se la rozo con la cara. Su mirada transmite que desea que lo haga, lo necesita. Me gusta verle así, y sonrío cuando aprieta la mandíbula y me tumba de nuevo, decidido a no cederme el control. Se coloca encima y me pasa la lengua por los labios antes de besarme como nunca me han besado. Dentro siento algo que soy incapaz de controlar, una mezcla entre deseo y rabia que lucha por hacerme enloquecer. Le muerdo el labio tan fuerte que me aparta, pero luego me sujeta del cuello contra el sofá y con la otra mano me tira de los pantalones. Me acaricia el vientre y me quedo sin respiración un segundo ante la promesa de que continúe hacia abajo. Se da cuenta, sonríe y me besa mientras sigue acariciándome todo el cuerpo en dirección contraria. Sube hasta el pecho y me lo aprieta. Quiero quitarme la camiseta, eliminar las barreras que nos separan, pero no puedo. Se da cuenta, me suelta y me desnuda ansioso. Noto el frío en los pezones y se me pone la piel de gallina; acto seguido los calienta con la boca, los besa con delicadeza. Su mano llena de caricias la parte interna de mis muslos. Me abre las piernas. Sube de mis pechos a mi boca y seguimos besándonos mientras continúa acercándose a mi centro.

Me acaricia por encima del tanga empapado y jadeo contra sus labios. Antes de darme cuenta, lo está apartando. Se me cierran los ojos y un gemido ronco se me escapa mientras tiro la cabeza hacia atrás. Joder. No puedo más. El placer, el contacto de sus dedos contra mi sexo, me vuelve loca. Estoy empapada, y si sigue el recorrido que creo que va a seguir... Susurro su nombre mientras intento cerrar las piernas como acto reflejo cuando me acaricia el clítoris, pero se coloca en medio y me sujeta por las rodillas con una mano para que me abra más mientras sigue con su asalto.

Estoy a punto de correrme cuando se separa de mí. Se levanta despacio y acaba de desnudarse. Parece un Dios griego, todo músculos y belleza. Me excito aún más cuando recorro su cuerpo sin prendas de por medio. Sé lo que está por venir, y promete.

Me mira serio, con la excitación brillándole en los ojos, cuando me desliza el tanga por las piernas para acariciarlas de nuevo, masajeándome los muslos y abriéndolos durante el proceso. En otro momento habría sentido vergüenza, pero la situación me supera y solo quiero que acabe de romper la distancia entre nosotros, sentirlo dentro.

La noto contra mí caliente, grande, dura. Intento acariciarle, pero me coge las manos y me las sube por encima de la cabeza. Me besa y mece las caderas, provocando el primer contacto que nos hace gemir a la vez. Necesito que entre ya. Arqueo la espalda, los pezones contra su pecho, las caderas rozándole una vez más, invitándole de nuevo a conseguir el alivio que ambos necesitamos.

Se aparta un segundo y nuestras miradas conectan mientras se desliza en mi interior. Gimo. Le clavo las uñas en la espalda y durante un segundo él apoya la frente en mi hombro, intentando mantener el control. Noto su respiración entrecortada sobre mi piel, el movimiento agitado de sus costillas bajo mis manos, el calor de su cuerpo sobre el mío. Inicia un ritmo castigador que hace que me arquee debajo de él. Lo noto profundo, pero no lo suficiente, mientras sigo gimiendo, cada vez más alto.

Mueve la cadera, y lentamente la saca para volver a meterla. Cada vez que lo hace es como si fuegos artificiales estallaran en mi interior, como si estuviera en una montaña rusa justo antes de caer, de la que no quiero bajar. Poco a poco aumenta la velocidad y oigo el sonido de su pelvis al chocar contra mí. Apoya un brazo en el sofá y me coge las nalgas con el otro, guiándome, haciendo que entre aún más. Estoy a punto de correrme, me tiemblan las piernas y sé que el orgasmo es inminente.

Entonces se detiene. Y no lo entiendo. Quiero que reaccione, que siga. Gimo desesperada cuando noto que el placer se aleja; me remuevo intentando recuperarlo. Abro los ojos y...

No me lo puedo creer. El despertador suena a lo lejos, y mi habitación, mi cama, está vacía. Joder. Me siento estúpida y estoy mojada, eso es lo único real. Voy a mirar el teléfono, a parar la dichosa alarma que me ha jodido la mañana, pero no sé dónde lo dejé anoche.

Todas las imágenes de lo que pasó me dan la bienvenida a un nuevo día. Me llevo las manos a la cara. Tengo ganas de llorar, pero ni siquiera me puedo permitir ese lujo. Ayer me quedé vacía. De pronto recuerdo que Kobo me dijo que se quedaba a dormir. Estaba tan desconcertada por lo que acababa de pasar que ni le contesté. Menudo gilipollas. Y encima voy y sueño con él. Lo que me faltaba. De verdad, ¿por qué soy tan pringada? Casi ocho mil millones de personas en el mundo, la mitad de ellos hombres, y a mí se me ocurre generar una situación incómoda con el único que tengo que ver a diario.

No quiero salir de la habitación. No quiero que me vea con los ojos hinchados tras pasar horas llorando. Me muero de la vergüenza. Y seguro que él se ha despertado como un pincel después de dormir en mi sofá. Porque, claro, en el único sitio en el que un tío como él se tiraría a una tía como yo es en sueños, y ha pasado la noche en la planta de abajo, como un caballero. Joder, y ni siquiera puedo tocarme, porque... ¿y si me oye? Mierda, ¿me habrá oído ya si he gemido mientras dormía?

Me quiero morir. Quiero que me trague la tierra. Quiero despedirle y no saber nada más de él en la vida... ¡¿Dónde coño está mi móvil y por qué sigue sonando la alarma?!

Estoy a punto de levantarme cuando para de golpe. Por fin. Suspiro y me pongo boca arriba en la cama, cual estrella de mar.

Han sido unos días de mierda. Parece que, por más que intento hacer las cosas bien, salen peor que nunca. Ni siquiera eso que jamás me ha dado la espalda parece fluir. Llevo unas semanas de escritura horribles. Tengo un bloqueo impresionante que no consigo derribar. Otras veces, cuando me ha pasado, no ha durado más de un par de días y se ha solucionado con largas sesiones de lectura y desconexión. Pero ahora es diferente: parece que el bloqueo no es solo con las palabras, creo que es vital. Me siento perdida, subida a una nave que no sé controlar, y cada vez el suelo se acerca más. De un tiempo a esta parte todo lo que me pasa demuestra que estoy a punto de estrellarme.

Lo de Emma me ha dejado tocada, y eso que me he pasado media vida siendo el bicho raro. Sentí como si sus palabras entraran dentro de mí y se clavaran en todos y cada uno de mis órganos vitales. Es increíble el efecto físico de las palabras y el poco cuidado que tenemos al usarlas. Son capaces de destrozar a alguien en un instante, pero también de curar, y eso es lo que hicieron las de Kobo cuando me encontró. Me curó. Sanaron todas las heridas que había provocado Emma. Hizo que me diera cuenta de que la opinión que la gente tiene de ti es solo eso, una opinión. Que no puedes pretender agradar a todo el mundo, y que mucha gente, por muy buena que seas con ella, no verá nada de valor en ti. Lo único que importa es lo que opinamos de nosotros mismos.

Kobo tiene la capacidad de hacer que me sienta segura, de calmar esa ansiedad que me atenaza el pecho en los momentos más complicados, y ayer lo repitió.

Llevaba todo el día intentando distraerme para no pensar en lo que había sucedido. Hice bastante trabajo mental para convencerme de que esa fiesta me había hecho un favor, porque no había perdido a una amiga, sino que había descubierto a alguien que en realidad no me quería. Intenté ponerme a escribir, pero no fluía, así que decidí aprovechar el tiempo leyendo. Me tiré el día pasando de una cosa a otra, esperando el clic en la cabeza que me hiciera avanzar, pero concentrarse con todo lo que había ocurrido estaba siendo imposible. Acabé tirada en el sofá con el móvil, en el bucle del *scroll* una vez más, hasta que me quedé dormida.

Lo siguiente que recuerdo es despertarme con un golpe. Al principio no me asusté porque pensé que sería la puerta del vecino, pero seguí oyendo ruidos raros y, como si no hubiese visto suficientes pelis de miedo para saber que estaba tomando la decisión equivocada, me acerqué a la puerta.

—¿Rebeca? —pregunté con miedo.

Nadie contestó.

Quería pensar que se trataba de ella. Horas antes le había contado lo del evento y me aseguró que podía venir, pero le dije que prefería estar sola. De todas formas, como es una cabezota y la única que tiene llaves, seguía esperando escuchar su voz detrás de la puerta.

—¿Rebeca? ¿Eres tú? —susurré.

Durante unos segundos que me parecieron eternos se hizo el silencio, así que intenté echar un vistazo por la mirilla con el corazón encogido. Un movimiento rápido bloqueó la vista del pasillo y de la persona apostada frente a la puerta, y un grito de terror inundó el piso.

No recuerdo bien ese momento, solo sé que salí corriendo

escaleras arriba y me encerré en el cuarto de baño mientras me entraba un ataque de pánico. El corazón se me iba a salir del pecho. Me pitaban los oídos, pero era más que consciente de los pasos que se escuchaban en la planta de abajo, y solo podía pensar en que habían entrado en mi casa, en mi sitio seguro, y estaban merodeando entre mis cosas con impunidad. Lo único que les separaba de mí era una puerta y un cerrojo enclenque que, si habían forzado la de entrada, no les sería complicado romper. Las piernas dejaron de sostenerme y acabé sentada en el suelo del baño, intentando controlar la respiración y sobrevivir.

Dicen que no te mueres de un ataque de pánico, pero me sentía como si aquel fuera mi último aliento. No podía creer que eso me estuviera pasando. Quería despertarme y que todo hubiese sido un mal sueño. No sabía qué hacer. Estaba paralizada. No sé cuánto tiempo tardé en ver que llevaba el móvil en el bolsillo, pero cuando me di cuenta solo pude pensar en pedir ayuda.

Un tono, dos tonos.

«Voy para allá».

El tiempo se estiró eternamente mientras esperaba, rezando para que quien fuese que hubiera entrado en mi casa ya no estuviera allí. Entonces le escuché a lo lejos.

—¿Eva?

Me llamaban sin parar, cada vez más cerca, y de nuevo creí que me iba a morir.

El alivio me embargó y conseguí abrir la puerta entre lágrimas. Kobo estaba al otro lado.

Sollozando, intenté explicarle sin palabras que tenía miedo, pero que con él allí me sentía segura. Que su olor, su manera de mirarme, la delicadeza de sus gestos, su forma de tratarme... parecían ir más allá del deber y me hacían sentir bien.

Ahora dudo de todo eso. No sé hasta qué punto la niña de los sueños ha vuelto a hacerse ideas equivocadas. De nuevo una historia irreal, perfecta para el papel pero imposible, propia de un universo paralelo. No dejo de repasar mentalmente lo que sucedió anoche, y me mortifico con la idea de haberme montado una película.

Suspiro una última vez y me levanto. Puedo seguir escondiéndome aquí o enfrentarme a la situación como una persona adulta.

Con sigilo, bajo las escaleras y encuentro el sofá vacío. No hay ni rastro de Kobo. Me acerco a la cocina y cojo el teléfono. Mi mente juguetea con la idea de subir corriendo a la habitación, aprovechando que no está.

No caerá esa breva.

Se oye la llave en la cerradura y aparece mi guardaespaldas. Lleva la misma ropa que ayer; si necesitaba una confirmación más de que lo que pasó fue real, ahí está.

—Buenos días —dice serio.

—Buenos días.

—¿Estás mejor? —me pregunta.

Pienso a qué se refiere: si a lo del evento, a que hayan entrado en mi casa o a lo que pasó anoche. Vaya temporadita de mierda llevo. Sinceramente, con la que tengo encima, prefiero acabar esta conversación cuanto antes; ya tendré tiempo de reproducirla y analizarla en mi cabeza.

—Sí.

—Te he traído un par de cosas para desayunar por si tienes hambre.

Contengo las ganas de poner los ojos en blanco. ¿En serio? ¿Después de todo eso es lo que se le ocurre decirme?

—Gracias, pero no tengo hambre —digo mientras miro el móvil.

—Bueno, te lo dejo aquí por si te apetece más tarde.

Pasa a mi lado y deja la bolsa en la cocina. Estamos a unos cinco metros. Me llega su olor fresco y masculino, como si acabase de salir de uno de esos anuncios de perfume en los que el chico va medio en pelotas. Entonces recuerdo su sabor, su respiración en mi piel, sus labios contra los míos. Le besaría otra vez si no supiese que lo más probable es que se comportase como ayer.

—Gracias de todas formas.

Me doy la vuelta, dispuesta a poner la máxima distancia posible entre los dos. Estoy subiendo el primer escalón cuando escucho su voz de nuevo.

—Oye, Eva. —Me giro para mirarle, deseando que acabe lo antes posible y que no vaya por donde creo que irá—. ¿Quieres que hablemos de lo de ayer?

La pregunta me incomoda y comienzo a ruborizarme. Tengo claro que nada de lo que diga me hará sentir mejor. Casi prefiero esconder la cabeza bajo el suelo, como los avestruces, y olvidarme del tema.

—Da igual, fue una tontería.

—Creo que deberíamos.

Lo dice más serio, y se me remueve algo dentro. No soy capaz de contestarle, así que añade:

—No quiero que te sientas mal, no tiene nada que ver contigo. Fue algo que quería hacer y que sentía, pero...

¿Qué hace? ¿Por qué dice algo así pero luego me frena? Pienso que me besó porque me puse pesada y estuve provocándole. El beso fue... bueno, material para los sueños que he tenido. Pero de repente se separó, y cuando quise volver a besarle y me lancé, me frenó. Así, sin más. Me dijo que creía que estábamos cometiendo un error, que teníamos una relación profesional y que deberíamos respetar los límites.

En ese momento no supe qué hacer. No es que sea muy hábil con los chicos, y menos en situaciones como esas, así que le di la razón y me fui a mi cuarto muerta de la vergüenza, mientras él se quedaba a dormir en el sofá porque «así se quedaba más tranquilo».

Por eso no entiendo a qué viene este rollito de «quería hacerlo, pero no debemos porque soy superprofesional». Si lo que le preocupa es quedarse sin curro, puede darle las gracias al tarado que entró en mi casa, porque ahora soy más consciente que nunca de que necesito seguridad.

—¿No vas a decir nada?

—Es que no sé qué decirte —le contesto.

—Lo que piensas.

—Pienso que a lo mejor deberías haberlo pensado antes.

No sé cómo he sido capaz de soltarle eso, pero me siento orgullosa.

—¿Cómo dices? —pregunta con el ceño fruncido.

Creo que está bastante claro.

—Pues que podrías haber pensado que estaba mal comerme la boca antes de hacerlo.

Joder, hoy me he despertado y he escogido la violencia. Voy a saco.

—Tampoco es que estuviese pensado mucho en ese momento... No pude evitarlo, fue un impulso.

—Pues qué pena que no esperaras un poco más, porque un minuto después fuiste muy capaz.

Kobo está desconcertado. Me mira como si no me conociera. Es evidente que no esperaba que la niñata le fuera a decir todo tan clarito. Eso me cabrea aún más, porque es él el que está jugando conmigo, cambiando de opinión en segundos; si me pregunta, no pienso pasar de puntillas por el tema.

—No quería joderlo todo —me confiesa.

—Demasiado tarde, ya lo habías jodido. ¿Entiendes?

—Eva, yo...

Estoy harta. Ya tengo suficiente como para aguantar esto también. Paso. Paso de Kobo, de sus rayadas y de sus movidas. Han entrado en mi piso mientras estaba dentro. Debería centrarse en eso y dejarse de historias. Si quiere hablar del tema, tendrá que ser en otro momento, no la mañana después de que me entre un tío en casa.

—Da igual, Kobo, todo está bien. Voy a intentar dormir un rato, que no he pegado ojo en toda la noche.

12

Todo es distinto desde aquella noche. Mi relación con Eva ha cambiado por completo, y cada día que pasa veo más difícil que vuelva a ser como antes.

Ahora el contacto se ciñe a lo estrictamente profesional. Mi manera de actuar con ella no ha cambiado, pero el trato es mucho más frío, sobre todo por su parte. Nos estamos comportando como en el resto de mis trabajos, pero me siento más incómodo que nunca.

Es impresionante: al principio era yo quien quería mantener la distancia, y ahora me parece una tortura que nos tratemos como extraños.

Eva despierta en mí algo que soy incapaz de racionalizar. Algo increíble que me hace sentir vulnerable y muy vivo a la vez. A pesar de pertenecer a mundos distintos, ambos hemos pasado por situaciones duras, de esas que marcan cómo eres y cómo te muestras a los demás. Su vida y la mía no podrían ser más dispares, pero siento una conexión con ella que no había experimentado antes.

Por eso me jode tanto esta situación. Me jode que no me

entienda, que no me crea, que piense que para mí besarla fue un juego, un capricho del momento porque estaba de calentón. Si decidí parar fue, precisamente, por lo contrario. Porque no quiero complicarlo con algo que ni yo mismo entiendo aún. No quiero alimentar una situación que nos explotará en la cara. Creo que no tengo derecho a estropear una relación laboral de la que no solo dependo yo.

Cuando Tommy montó la empresa, se endeudó hasta el punto de poner la casa de sus padres como aval para conseguir el dinero. El contrato con la editorial es su salvavidas, su único cliente importante, y perderlo no es una puta opción. Así que Eva está en lo cierto, tendría que haberlo pensado antes, tendría que haber echado el freno y pensar con la cabeza en lugar de dejarme llevar, pero no pude. El allanamiento, su llanto, tenerla tan cerca... Joder, soy humano.

Aunque no dejo de repetirme el discursito de la profesionalidad y el deber, muchos días estoy a punto de enviarlo todo a tomar por culo. El Kobo impulsivo me tienta a mandarlo a la mierda y a hacer lo que realmente quiero. Pero creo que eso solo nos complicaría la vida aún más.

Eva no está pasando por un buen momento. La veo apagada, triste, y ha perdido el brillo de los primeros días, como si se estuviese consumiendo poco a poco. No quiere salir, no quiere hablar, no quiere... fin. Los pocos momentos en que no puede evitarme los pasa con el móvil, perdida en su mundo. Se esfuerza por ser simpática con la gente que tiene que serlo, y luego otra vez vuelta a empezar.

Creo que se le han juntado muchas cosas difíciles de asimilar que no consigue sacarse de la cabeza.

El tema del acosador sigue siendo un misterio, y la seguridad del edificio resultó ser de chiste. A la mañana siguiente descubrimos que las cámaras no estaban grabando y no conseguimos ninguna imagen. Cuando nos enteramos, quise matar al conserje. ¿Cómo es posible que un tío logre acceder a un edificio de estas características, suba y entre en uno de los apartamentos como si nada? En teoría, la policía lo está investigando, pero tenemos pocas esperanzas de que hagan algo más que marear la perdiz. El mejor consejo que le dieron fue que se buscara un piso en otro sitio, donde no la tuvieran localizada. Seguro que pensaron que, con un poco de suerte, no tendrían que buscar al culpable. Como es lógico, a Eva no le pareció la opción más adecuada, así que reforzamos la seguridad instalando cámaras en el piso, por si deciden repetir la jugada.

Por lo general, cuando volvemos a casa, espera un rato antes de decirme que puedo irme. Pero hoy ni siquiera he llegado a entrar.

Hemos llegado de una tarde de reuniones en la editorial que, por el tono de Eva hablando al teléfono con Rebeca, no ha debido ir muy bien. La he acompañado hasta la puerta y, cuando he ido a entrar, se ha dado la vuelta y me ha despachado.

—No hace falta que te quedes, no voy a salir más.

—¿Seguro? Puedo quedarme un rato —le ofrezco.

—No, tranquilo. Me voy a poner a escribir.

No me deja opción, quiere perderme de vista y, antes de que pueda decir nada, me cierra la puerta en la cara.

Sé que debería controlarme, si así es como lo quiere. Tengo que respetarla porque es mi clienta y punto. Pero mi cuerpo tiene otras intenciones y mi mano sale disparada, frenándola.

—¿Qué pasa? —pregunta, parapetada detrás de la madera.

—¿Podemos hablar un segundo?

El ambiente está tan raro que en cualquier momento puede estallar. No sé si es mi idea más brillante, pero quizá lo mejor sea hablar y aclararlo todo de una vez. Al fin y al cabo, se ha emperrado en no dejar que me explique.

Eva desvía la mirada y veo que se plantea si quiere mantener esa conversación y si realmente puede evitarla después de este tiempo. Cuando creo que por fin va a entrar en razón, me dice:

—Es que estoy un poco agobiada y me quiero poner ya en el ordenador. Así que si no te importa hablarlo en otro momento, lo prefiero.

Me han entrado ganas de mandarla a la mierda. Estoy cansado de pasarme el día intentando ponerle las cosas fáciles, sacarle una sonrisa y quedar como un payaso, empatizar con ella. Procuro ponerme en la piel de una chica que lo tiene todo, pero siente que no tiene a nadie. Una chica que soporta presiones que no corresponden a su edad. Eva me da pena. Es una persona increíble. Pero ya estoy harto. Si las cosas no se hablan, es imposible que se solucionen. Así que me dedicaré a hacer mi trabajo lo mejor que pueda hasta que la tensión sea tan grande que decida cambiarme por otro.

«Es lo que hay. No puedo más».

Después de darle las buenas noches, me piro. Mientras voy en la moto no puedo dejar de pensar en Tommy, si por un beso tonto y la actitud inmadura de Eva voy a hacerle perder el curro más importante de su vida.

Sigo cabreado cuando entro en casa, pero oigo voces, aparte de la de Mike.

—¡Hombre! Hablando del rey de Roma.

Mike pasa por delante de la puerta con tres cervezas en las manos. En el sofá hay dos chicas vestidas de deporte. Una está jugando con Neo, que le pide atención sentado entre sus piernas. La única ocasión en la que no viene a recibirme a la puerta es cuando está de ligoteo.

La otra es la que durmió con Mike el otro día, la que me vio como un pasmarote sujetando su tanga.

—Holaaa —dicen a la vez.

Las saludo y me presento dándoles dos besos.

La que se puso mi camiseta de los Guns se llama Adri. Por como mira a Mike, tiene pinta de que va en serio. Aún no sé si es su novia, un rollo o qué, pero creo que la voy a ver bastante por casa. Su amiga —y por lo visto compañera de piso— se llama Clau. Es guapa, y se nota que lo de ir con un conjunto deportivo no es casual. Ese cuerpazo no se consigue solo con buena genética. Tiene el pelo rubio pero más oscuro que Adri, los labios gruesos, la piel muy morena y unos espectaculares ojos verdes. Es una combinación brutal que le da un aire exótico. Parece la hermana pequeña de Mila Kunis.

—Las he tenido que rescatar... —comenta Mike mientras se sienta en el sofá y le pasa un brazo por detrás a su chica.

Las dos se miran y se ríen.

—¿Y eso?

—Hemos ido a entrenar y ninguna llevaba llaves...
—Clau tiene la voz un tanto ronca, pero es sexy.

—O sea, que os toca llamar al cerrajero, ¿no? Vaya putada.

—Hemos llamado, pero nos pedía una fortuna —reconoce Adri. Se le escapa una sonrisilla traviesa y una mirada cómplice hacia mi colega. Ya veo por dónde va a salir la jugada—. Como nuestra otra compi llega mañana por la mañana...

—Les he dicho que pueden quedarse aquí, y así no se dejan la pasta... Si no te importa, claro —ataja Mike.

¿Me apetece? No. ¿Tengo alternativa? Tampoco.

Después de la situación de mierda con Eva, lo único que me apetece es tirarme en la cama con Neo y ponerme *Californication*. O leer hasta quedarme dormido, una de dos.

—Sin problema. Estáis en vuestra casa.

Las chicas lo celebran entre risas, como si hubieran temido mi respuesta, y me pregunto si mi cara era de tan pocos amigos cuando he entrado en casa.

Poco después estamos sentados todos juntos, charlando y riéndonos. Parece que el destino, Dios o quien sea que se encargue de estas cosas, me ha preparado el plan que no sabía que necesitara: música, cervezas, mi colega más feliz que nunca y unas chicas que por ahora parecen muy majas.

Hablamos de todo y de nada, nos reímos hasta que a Mike se le sale la birra por la nariz, pedimos unas hamburguesas para cenar y poco a poco nos vamos soltando.

Al principio Mike y Adri intentan no ser muy empalagosos, pero cuando las cervezas empiezan a hacer efecto sucumben al magreo, los besitos y tocamientos que cada vez son más asquerosos. Clau me echa una mirada cómplice y nos apartamos un poco, lo justo para no oír cómo chapotean sus lenguas. Dejamos que el amor fluya.

Hablamos de todo. De la vida, de política, de cine, de amor... La lleves por donde la lleves no le falta conversación, y si a eso le sumas lo atractiva que es y los días que llevo, empiezo a valorar seriamente la posibilidad de lanzarme. Cada vez estamos más cerca. Con cada carcajada, parece que ganamos unos centímetros. Estoy relajado, y hacía tiempo que no me sentía así.

Y eso, cómo no, me lleva al origen de mis rayadas. Al puto dolor de cabeza en que se ha convertido pensar en Eva las veinticuatro horas del día. Algo en mí quiere escapar de ahí, pero me debato intentando averiguar qué es el «ahí»: Clau, su boca de infarto y su sonrisa, o Eva y los problemas que lleva como apellido.

—Joder, casi son las dos —suelto mientras intento aclararme para no parecer un completo imbécil.

Se ríe de mí, me dice que soy un abuelo y que no tengo aguante, pero también veo que se abraza a sí misma. No sé si es la reacción frente a la posibilidad del rechazo, aunque la atracción entre los dos es evidente, o que quizá tenga frío. No es que vaya muy abrigada, con ese top de runner, y en cuanto hace un poco de rasca mi piso se convierte en un iglú... Me vuelvo para mirar a los otros dos; con el calentón que llevan no se habrán dado ni cuenta de la rasca que hace.

—Vente anda, que te dejo algo. Si no te vas a congelar.

Clau ve en esto una invitación, y en el fondo no sé qué estoy haciendo. Me sigue con una sonrisa colgada en los labios y cara de no haber roto un plato, a pesar de que tengo muy claro que es de las que podría romper una vajilla entera con una mirada.

—Vaya, sí que te gustan los vinilos... —dice en cuanto entra en mi habitación.

—Sí, bueno, empecé de pequeño y es un vicio del que me ha costado quitarme.

—¿Tocas? —me pregunta señalando la guitarra del rincón con el botellín. Mientras busco una sudadera para dejarle, ella cotillea sin vergüenza.

—Llevo tiempo sin hacerlo.

—Me encantaría aprender.

Al final escojo una al azar, negra, sin más, una de las que no me importaría perder, y se la lanzo.

Se la pone y da una vuelta sobre sí misma; espera un cumplido. La verdad es que le queda de puta madre. Grande pero sexy. Me recuerda a Eva.

«Joder, Kobo. Para ya».

Por primera vez en semanas me he pasado dos horas riéndome, sin pensar en mis problemas. La situación es la que es, y estoy harto de darle vueltas a todo: a lo que hice, a lo que dije, a lo que no debería haber hecho y a lo que tendría que haberme callado. No puedo pasarme los días sintiéndome mal por algo que he hecho pensando que era lo mejor para los dos.

—¿Cómo me ves? —me pregunta con ojos brillantes, probablemente por las cervezas, pero también por el reto.

A la mierda.

—Lejos.

Me tiro a la piscina. Me siento como si estuviera surfeando una ola. Me apetece disfrutar, pasármelo bien. Clau es cojonuda, y quiero pasar el resto de la noche con ella. Me siento libre. Sin rayadas ni mierdas.

—Acércate un poco, a ver.

Me quedo quieto. Sonrío. Replica el gesto y le da un trago a la cerveza que he dejado apoyada en el mueble, junto a la guitarra.

—Es mía —le digo.

—Ya no, igual que la sudadera.

No hay nada que le guste más a una chica que robar una sudadera.

—¿No te dan asco mis babas?

—Qué más da ahora que dentro de cinco minutos.

Me acerco a ella poco a poco y entro a matar:

—¿Tanto vas a tardar?

—Depende de lo lento que seas —responde coqueta.

Me gusta. Me apetece. Eva vuelve a cruzar por mi cabeza durante un segundo, pero bloqueo ese pensamiento. Qué coño. Ni que fuera mi novia, joder. Solo quiero volver a ser yo, pasármelo bien con Clau, quitarle la sudadera y todo lo demás.

Me mira con ganas, se humedece los labios. Estamos pegados. Me recorre el brazo con las uñas y yo la rodeo por la cintura. Estamos a punto, a centímetros de distancia... pero Mike entra en la habitación como un elefante en una cacharrería y nos interrumpe.

—Buah, ya lo siento, tío —dice cuando se da cuenta de que nos íbamos a poner al tema—. Toma, no para de sonar.

Me pasa el móvil, que se me debe de haber caído en el

sofá, y se vuelve al salón para seguir por donde lo había dejado.

Clau se me queda mirando, esperando que lo ignore y vuelva a centrarme en ella, pero ya no puedo.

Hay cuatro llamadas perdidas, la primera de Chris. Desde que nos vimos aquel día, no había vuelto a saber de él. Mi corazón se pone a bombear a toda hostia, el pedo se me baja de golpe y Clau desaparece para mí. Después de la de mi hermano, hay otras tres de un número desconocido. Esto huele mal.

—¿Todo bien? —me pregunta; mi cara debe de ser un poema.

—Sí, perdona. Tengo que hacer una llamada.

Llamo a Chris, pero no me lo coge. Lo intento tres veces. Nada. Llamo al otro número porque, por el tiempo que ha pasado entre las llamadas, entiendo que es de alguien que estaba con él. Me lo cogen al primer tono.

—Buenas noches.

Es una voz familiar a la que no consigo poner cara. Oigo música de fondo, parece una discoteca, y me temo lo peor.

—¿Quién eres?

—Un amigo de tu hermano, tan amigo que he decidido llamarte antes de partirle las piernas.

La habitación empieza a dar vueltas, como si acabasen de golpearme en la cabeza. La adrenalina me acelera, el cuerpo se me tensa y mis manos se transforman en puños.

«Lo sabía, joder».

—Tócale y te arruino la vida a ti y a tu familia.

Oigo movimiento al otro lado de la línea y, de pronto,

una carcajada inconfundible, esa risa que he escuchado tantas veces y que me resulta tan amarga. Al teléfono está Jaime San Román, el puto diablo, el hijo mimado de Manuel San Román, el dueño y señor de los grandes negocios ilegales de la ciudad.

—Tu hermanito está en problemas y ha utilizado el comodín de la llamada.

—¿Qué pasa?

Intento sonar tranquilo, que no me tiemble la voz de la rabia, no ponerme a gritar como un puto energúmeno porque eso no servirá de nada.

—Vente y charlamos un ratito. Ya sabes dónde estamos.

Cuelga, y durante unos segundos siento que estoy en otro planeta. Tengo la cabeza embotada, me cuesta respirar. Intento situarme, tomar aire y recomponerme.

Mi cerebro trabajaba a su máxima capacidad, analizándolo todo.

Voy a matar a mi hermano. No aguanto más. Después de todo lo que pasó, no solo no lo ha solucionado, sino que está peor. Porque no hay nada peor que esa gente. Si conseguimos salir ilesos, seré yo el que lo mande al hospital.

—Tengo que irme —le digo a Clau, que me observa con cara de preocupación, sentada en mi cama.

Paso por el salón, cojo el casco y salgo corriendo por la puerta.

—¡Kobo! —Oigo la voz de Mike pero ya estoy bajando las escaleras. No hay tiempo que perder.

Voy a toda hostia, llevo la moto al límite, mi vida al límite. Siento mi cuerpo de acero, pesado, tenso, mientras la rabia me corroe. Una vez más, esta gentuza está a punto de arruinarme la vida. Ya me han quitado demasiado, a los míos. No pienso dejar que toquen un pelo a mi hermano. Si alguien le pone una mano encima, seré yo.

Tardo menos de diez minutos en recorrer un trayecto que normalmente haría en el doble de tiempo. Y ahí estoy otra vez. Flame es la discoteca más grande de Madrid. Los mejores DJ del mundo vienen cada fin de semana a pinchar, las entradas se agotan con meses de antelación, y a pesar de todo es la menor fuente de ingresos de sus dueños.

Flame es solo su local de distribución, un sitio para hacer negocios grandes, el centro neurálgico de la droga de la ciudad. La cola es, como siempre, kilométrica. Todo el mundo está preparado para disfrutar, reírse, beber, drogarse, follar... No soy el único que no sabe qué se va a encontrar dentro, pero en mi caso es diferente.

El acceso del Flame es más parecido al de un parque de atracciones que al de una discoteca. La cola pasa primero por un control en el que se comprueba si está el nombre en una lista o se pide la entrada, y luego se divide en seis tornos donde los seguratas te cachean y te dejan pasar. Hace años trabajé aquí y escuché cosas del resto de los puertas como para pasar un par de vidas en prisión.

Por supuesto, no pienso hacer cola. Avanzo hasta el principio y me pongo al lado de los primeros para pasar por la lista. Los que van detrás se ponen nerviosos, y uno decide hacerse el chulito y tocarme los cojones. Le fulmino con la mirada, no estoy para gilipolleces. Lo que me pide el cuerpo es partirle la cara, pero antes de que pueda dejarle echo un cromo aparece Savic, el jefe de seguridad de este antro de mierda.

—No te reviento tu carita guapa porque el jefe quiere verte —dice con su marcado acento ruso—. Os tengo unas ganas a las hermanitas de los cojones...

Me acerco a él hasta que mi pecho choca con el suyo. En este momento no pienso, y la adrenalina me lleva a las cagadas del pasado. Un tío tatuado hasta los dientes me agarra del brazo y su jefe le hace un gesto para que se tranquilice. Tanto músculo seguro que le hace lento; con dos combinaciones le tendría en el suelo.

—¡Eh, gilipollas! Ponte a la cola como el resto —me grita el chulito de antes, que se ha venido arriba al ver que me rodean los de seguridad.

—Así no entras, chaval; vuelve cuando no lleves estas pintas —le dice Savic a la vez que uno de sus machacas le saca de la fila.

El ruso me hace un gesto con la cabeza para que le siga, y en cuanto entramos, nos recibe techno del más oscuro. Esta vez es a mí a quien escoltan. La gente me mira, pero yo solo puedo pensar en lo de siempre. Este sitio me trae tantos recuerdos, tantas sensaciones... La mayoría negativas. El olor, las luces, la gente... No tengo miedo, sino rabia y adrenalina para llenar la nave.

Lo primero que se ve al entrar es la gran pista principal, coronada por el escenario donde pincha el DJ, y encima de él, el vip más vip de todos, el de los San Román. Desde ahí arriba mueven los hilos mientras sacian todo tipo de vicios y observan a la plebe disfrutar de su castillo. Vamos por un lateral hasta que llegamos a la puerta que da acceso a las escaleras que suben al reservado.

Le sigo. Me recuerdo que tengo que tranquilizarme e

intentar no liarla más de lo que ya lo está. No sé qué me voy a encontrar, pero por la fuerza no voy a ganar, así que tengo que ser rápido.

A nuestros pies, la masa de gente salta y vibra con la música unos metros por debajo. El techno rebota por todas partes, como un corazón gigante que domina todos los demás, que marca el ritmo como un director de orquesta.

—¡Mi chico!

Laura, la hermana de Jaime. Una de las chicas más guapas y sexys que he visto en mi vida, pero toda esa belleza es directamente proporcional a su locura. Debe ser genético. Los San Román no saben lo que es un «no», no saben lo que es el rechazo. Se han criado con eso de que lo que quieren lo tienen y, si no, son capaces de hacer lo que sea para conseguirlo.

Hubo una época en la que eso no me importó, en la que Laura era una chica mona con la que quedaba a ratos, salíamos juntos de fiesta y terminábamos follando. Desde que pasó lo de Richi, solo pensar en esta familia hace que me entren ganas de vomitar.

Lleva un vestido ceñido hasta mitad del muslo que deja ver parte del dragón que tiene tatuado y la espalda al aire, que libera el resto de sus tatuajes. Físicamente es impresionante... Qué pena que la cabeza no la acompañe y que su familia sea repugnante.

—¿Dónde está mi hermano? —le grito por encima de la música.

Según se acerca a mí, los gorilas se apartan un poco para dejar espacio a la reina.

—Tranquilo, bombón.

Su voz melosa me pone los pelos de punta, y tener sus manos encima solo consigue que me aparte.

—¡Laura, hostia! ¿Qué cojones pasa? ¿Dónde está Chris?

Se muerde el labio, se ríe y empieza a moverse con sensualidad cerca de mí.

—Ya sabes que no hay nada que me ponga más que verte cabreado.

En ese momento aparece Jaime caminando tranquilo, moviéndose entre la gente como si fuera el puto Dios del universo, como si nada pasara. Lleva una camisa blanca abrochada solo por un par de botones, y según se acerca veo que está manchada de algo.

—¡Hermanitaaaaa! —exclama cuando llega hasta nosotros.

Los dos se ponen a bailar al ritmo de la música; quiero estrangularlo. Me fijo de nuevo en su ropa. Es sangre. Me abalanzo sobre él y le agarro por el cuello antes de procesar que es una puta locura.

—¿Dónde está mi hermano? —Pone las manos en alto, como si tuviera miedo de que le fuera a partir la cara.

Savic me aparta, me coge por detrás y me pega un puñetazo en el estómago. Me quedo sin aire unos segundos y me agacho para intentar recuperarlo. Jaime se ríe.

—Tranquilo, hombre.

Laura pone los ojos en blanco, se da la vuelta y se va contoneando las caderas mientras farfulla algo que no logro escuchar.

—Como esa sangre sea de mi hermano, te juro por Dios...

El gilipollas se echa a reír mientras se coge la camisa y la observa. Va borracho, drogado o ambas cosas.

—¿Esto? Tranquilo, tigre. Es mío. Me ha sangrado la nariz. Ya sabes, demasiados esfuerzos.

Sin más explicación, se da la vuelta y dos de los chicos de Savic que estaban a mi espalda me empujan. Voy detrás de Jaime, que se tambalea y baila de la forma más grimosa posible. Pasamos al lado de un par de mesas con los típicos pintas que se están poniendo unas rayas sin pudor y le ofrecen al jefe, que apenas les dedica una mirada. Bastante puesto va ya.

Llegamos a la puerta de «la oficina». Es el reservado del reservado, la habitación presidencial, donde el círculo de privacidad se cierra aún más. El nombre le viene al pelo, puesto que es el lugar en el que se cierran todos los negocios.

No es muy grande. Hay espacio para unas diez personas. Si no ha cambiado, es una sala roja con las paredes cubiertas de espejos, un sofá que da la vuelta entera con una barra de *pole dance* en medio, y otra barra con un camarero al fondo. Nos abre uno de los dos *puertas* que protegen el acceso. Huele a humo y alcohol, a cachimba, a sudor mezclado con colonia fuerte, a sexo, a vicio. Hay dos gogós bailando en la barra, que solo llevan un tanga, tacones vertiginosos y *body paint*. Cuando entramos están pegadas, pero al separarse veo a mi hermano al otro lado. El culpable de la mitad de mis dolores de cabeza y por el que estoy entrando en este sitio sin saber qué pasará. Pero también la mitad de mi vida y la persona por la que lo daría todo.

No sé cómo acabará la noche, pero ahora mismo siento que todo saldrá bien, porque no puede haber otra solución, porque querer te hace fuerte, poderoso; saber que lo darías todo por alguien te hace invencible.

A su lado se sientan dos de los chicos de Jaime. A uno últimamente lo tengo muy visto: es el subnormal al que dejé rezando a la virgen en el gimnasio. Con esta gentuza no se puede ser condescendiente: si no cortas la mala hierba de raíz, crece con más fuerza. El otro tiene la misma pinta de mierdas que ellos.

—Todo el mundo a tomar por culo de aquí —dice San Román a unas chicas que están en un lateral fumando una cachimba con unos tíos que les doblan la edad. Qué asco.

Jaime hace un gesto despectivo al camarero, y este apaga la música de dentro. Solo se oye el zumbido de la de fuera, que rebota contra las paredes como si fueran bombas y estuviésemos resguardándonos en un búnker. La peña desaloja en dos segundos, conscientes de las consecuencias si no acatan las palabras del señor. Nos quedamos Chris, Jaime, sus dos perros de presa y yo. Para esto no se fía ni de los puertas, el muy cabrón.

—Siéntate, Kobo, vamos a charlar tranquilos.

Me siento tenso como nunca. Los dos que estaban a los lados de Chris se acercan a mí. Jaime se queda de pie junto a mi hermano, que no es capaz ni de mirarme a la cara. Tiene un pómulo un poco hinchado, pero nada más, y no levanta la vista del suelo.

—Cuéntale a tu hermanito qué has hecho, gilipollas —dice con desprecio el que en otro tiempo fue mi amigo mientras le coge del pelo, y vuelvo a cometer el mismo error que hace unos minutos.

Instintivamente me levanto a por él, pero esta vez el puñetazo no va al estómago. Veo que uno de los tíos me lanza uno por la izquierda, pero me agacho para esquivarlo, y cuando creo que me he librado, un golpe me cae desde el lado derecho y me sienta de nuevo. Por un segundo no oigo nada, pero eso no impide que vaya a por más.

—¡Ya está! —grita Jaime—. Vamos a tranquilizarnos y a hablar como personas adultas.

Durante unos instantes se hace el silencio. Solo se oye mi respiración agitada mientras intento recuperar el aliento.

—Tu hermano es experto en cagarla, pero eso ya lo sabes, ¿verdad? Le he pillado otra vez vendiendo la mierda esa rara aquí sin mi permiso.

Fulmino a Chris, que sigue callado. Tiene que estar de puta coña. Tiene que ser un malentendido porque, si no, el que le entierra hoy soy yo.

—¡Habla, hostia! —le grito, ya que continúa mirando al suelo.

Nada. Su traición me rompe el alma.

—Pues mira, no le sirvió con perder mi coca, sino que decidió hacerse el listo y le pillaron vendiendo aquí la mierda esa rosa.

Últimamente se ha puesto de moda la cocaína rosa, una mezcla entre LSD y MDMA que le ha dado por meterse a todo el mundo. La movida es que genera euforia pero también puede provocar alucinaciones.

Este mundo —la gente, las drogas— me da asco. Y no puedo evitar avergonzarme de mi hermano, pero ahora tengo que pensar rápido. Esta gente no perdona dos veces.

—Todo en la vida tiene consecuencias, Kobo. He dejado que salvara el culo un par de veces porque es tu hermano, pero se me ha agotado la paciencia —dice mientras saca un bate de *baseball*—. Vamos a asegurarnos de que no vuelva a hacerlo.

En ese momento, todo se detiene, los acontecimientos se suceden a cámara lenta. Chris levanta la cabeza, ve el bate e intenta incorporarse. Miro a la derecha, a la izquierda; esta vez no puedo fallar. Le doy un codazo en la nariz al primero, que cae hacia atrás, y me levanto rápido para tener la ventaja de la altura con el otro, al que casi no le da tiempo a reaccionar y le alcanzo de lleno en la mandíbula. Llego a Jaime sin saber bien cómo, le arranco el bate como si fuera un niño y lo cojo del cuello, estampándolo contra el espejo. En ese momento mi adrenalina está por las nubes; casi por instinto, vuelvo a golpearle la cabeza contra el cristal. Siento que se me nubla el juicio y solo pienso en destrozarle, en vengarme por fin de todo lo que ha hecho sufrir a mi gente, a todo el mundo que se cruza con él o con su padre. Pero noto algo en la nuca, un metal frío apretando contra mi cuello.

—¡Eh, eh! ¡Estás loco! ¡Tranquilo, joder! —grita Chris.

Miro a través del espejo y veo al tío que no conocía apuntándome con una pistola. Es la segunda vez en mi vida que me pasa; la otra era un entrenamiento. No tengo miedo, no siento más que desprecio por este mundo, porque si este tiene que ser mi final que así sea, en esta habitación, con este olor, con esta gentuza y por un motivo ridículo. Una vez oí decir a un soldado que lo que le gusta de las armas al ser humano es el momento antes de disparar, ese instante en el que te crees Dios. Mi vida está en manos de un tío que ni siquiera sé cómo se llama. Tiene mi vida a una bala de distancia y sabe que, si aprieta el gatillo, un simple clic pondrá punto final a mi historia. Todo lo que he hecho desde que nací tendrá como fin este momento. Todo lo que habría hecho nunca existirá. Con una mano sujeta el arma y, con la otra, se limpia la sangre. Veo rabia en sus ojos a través del espejo, pero también miedo, y entonces me doy cuenta de que no va a disparar.

—¡Joder! ¡Baja la pipa, tío! ¡Me cago en la puta! —sigue Chris, histérico.

—No vuelvas a tocar a mi hermano en tu puta vida —le digo a San Román tan cerca que siento su aliento asqueroso.

Se ríe.

—Sigues vivo porque no le he dicho que te mate.

—Y porque sabes que todos hablarían —le aclaro.

—Me la suda.

Le vuelvo a golpear contra el cristal y le agarro por la cara.

—¡Kobo! —Chris está desesperado y se revuelve en el agarre del subnormal del gimnasio.

La pistola se me clava con más fuerza, pero sigo.

—Mi hermano no volverá a molestarte porque, si lo hace, seré yo el que le parta las piernas, pero tú le vas a dejar en paz o te juro que voy a hablar y voy a convencer a todos los chicos de que hagan lo mismo.

—No tienes huevos —espeta.

—A ver qué opina Laurita de que seas un puto asesino... Sabes que ella le adoraba, no te lo perdonaría en la vida.

Le cambia la cara, palidece y deja de forcejear. Todo el

mundo tiene un punto débil, incluso esta gentuza. El suyo es el mismo que el de su padre, Laura. Es su niña. La tienen en el negocio, pero solo en la parte legal. Lo último que quieren es que se entere de cómo son realmente.

Nos miramos a los ojos. Sé que los dos pensamos en lo mismo. En todo lo que hizo y en que el karma es un hijo de la gran puta, pero aún no le ha llegado el momento. Le odio con cada poro de mi ser y, si pudiera, el que sostendría esa pistola contra su cabeza sería yo.

—Os vais a ir de aquí, y a tu hermano no le volveré a ver en la vida. Baja eso —ordena Jaime a su gorila, y yo le suelto despacio—. Tus amenazas me comen la polla. Esta oportunidad va a cuenta de la amistad que un día tuvimos.

Le dedico una última mirada mientras me recoloco la chupa y hago un gesto a Chris para que salga por la puerta. Le oigo respirar como si le estuviera dando un ataque de ansiedad de los gordos, aunque probablemente es solo la adrenalina del momento.

—Puta rata... No te quiero ver más por aquí o te mato —le amenaza Jaime mientras le señala.

Los otros nos miran como una manada de lobos a su presa, pero sin poder comernos. Salimos y la música vuelve a golpearnos. Bajamos las escaleras a toda hostia y nos mezclamos entre la gente, aunque no puedo evitar detenerme y coger a Chris por el pecho.

—¡Eres un hijo de puta! —grito mientras le zarandeo.

—Esos cabrones...

Intenta hablar, pero no puede. Mi mirada se lo impide, y sé que por primera vez no tengo filtro. Solo siento desprecio hacia mi otra mitad, hacia el niño pequeño que fue y que no pude cuidar, hacia aquello en lo que se ha convertido. Miro sus ojos, del mismo tono que los míos, y pienso en mi madre. Quiero matarle por todo lo que nos hace, decirle que se acabó, que a partir de aquí vuela solo... Le suelto y le empujo hacia la salida. Pero lo que quiero de verdad es largarme de aquí cuanto antes.

La pista está hasta arriba y nos cuesta abrirnos paso. Toda esta gente no tiene ni idea de lo que acaba de pasar; ojalá yo tampoco la tuviera. Chris va delante. Le pone la mano en el hombro a una chica para que nos deje pasar.

Y me detengo. En seco.

No.

Ese pelo, esa espalda... Lleva un vestido parecido al de Laura, pero más elegante. Y pum, lo veo como si fuera otro golpe: negro, con las garras en posición de ataque, mirada felina... El tatuaje de los tigres en el que intento no pensar desde hace días. Se vuelve y nuestras miradas se cruzan otra vez a cámara lenta. Su pelo se recompone después del vuelo que ha cogido por un salto al ritmo de la música.

No me jodas.

—¡Mierda! —dice Eva.

—¿Qué cojones haces aquí?

—Lo que me da la gana —contesta sin dejar de moverse, riendo.

Va borracha. La mirada perdida, los gestos relajados, el baile desinhibido. Ahora estoy en *shock*.

«Preciosa», pienso, y me abofeteo mentalmente. «¡Céntrate, hostias! Mira dónde está».

Me ha mentido. Me ha tratado como a un imbécil y se ha puesto en peligro.

¿Qué está pasando esta noche? Siento que nadie me respeta. Que nadie me hace caso. Y luego soy yo el que tiene que recoger los platos rotos.

Y encima después de lo de su casa. Ese tío podría estar por aquí. ¿Para qué coño me paso el día con ella si lo más peligroso lo hace sola?

«Puta niñata...».

—Vámonos. —Le cojo la mano y tiro de ella hacia la puerta.

—¿Qué haces, tío?

Se zafa de mi agarre y se gira para continuar bailando con un feo con mechas amarillas y cara de drogado que se pone entre los dos.

—¿Tú qué miras?

—Ni caso —contesta Eva al tolái que está a su lado.

El tío la coge por la cintura para seguir bailando y tiene los cojones de decirme:

—Oye, ¿por qué no te vas a tomar por culo?

Respiro, le miro, pienso que lo mandaría a dormir ahora mismo, y vuelvo a respirar. Eva le da la espalda y se pega a él para seguir moviéndose al ritmo de la canción mientras me dedica una sonrisa. Todo vuelve a pararse y escucho la música igual que se oía desde la sala.

Miro a mi alrededor y, como si me hubiesen metido en una peli mala de ciencia ficción en la que el tiempo avanza a cámara lenta, veo que todo el mundo sonríe, todos menos yo. Un golpe en la espalda me trae de nuevo a la realidad.

—¿Estás bien? —me pregunta Chris.

Me vuelvo aún atontado por lo que acaba de pasar, y

sigo a mi hermano hasta la puerta de salida. Pero mi cabeza se ha quedado atrás.

Pienso en ella, en que si le pasa algo nunca me lo perdonaré. Es su responsabilidad, es mayorcita para saber lo que hace, pero, una vez más, lo que me impulsa va más allá de lo profesional.

—Espérame fuera.

—¿Adónde vas? —grita.

Pero yo ya no escucho.

13

Sé que no estoy siendo responsable, pero necesitaba dejar de serlo, aunque solo fuera por una noche. Sentía que la cabeza me iba a explotar. Todo esto es una mierda. Si ya es jodido pasar página cuando te gusta alguien y sabes que no eres correspondida o que no puede ser, imagínate si estás obligada a estar con él desde que te levantas hasta que te acuestas, y que encima te siga tratando, cuidando y protegiendo como nadie lo ha hecho nunca.

No puedo quedar con nadie sin él, no puedo poner distancia, no puedo olvidarme. La única manera de poner tierra de por medio sería buscando otro escolta, pero incluso así, cada vez que lo mirara, también pensaría en Kobo.

Sigo bailando. Intento hacer como que no ha pasado nada, soltarme más que antes de que apareciera.

¿Cuánta gente habrá aquí? Probablemente, más de cuatro mil personas. Es imposible moverse sin restregarse con todo el mundo. Si te despistas, puedes perder a tus amigos para toda la noche, pero Kobo ha tenido que pasar justo a mi lado. ¿Qué estaría haciendo? No parecía borracho, ni siquiera parecía que lo estuviera pasando bien. Iba como con prisas, seguía a un chico que me recordaba a alguien. No sé. Necesito despejarme.

Me pego al amigo de Vanesa, del que no recuerdo su nombre.

Vanesa es amiga mía desde hace muchos años. Nuestra relación siempre ha sido rara, pero creo que nos queremos. Al menos para mí es una persona importante, tanto que muchas veces me rayo porque siento que no cuido suficiente la relación.

Nos conocimos en el instituto y nos unimos por pura necesidad. Igual más por mi parte que por la suya. Llegó nueva en la ESO y siempre deseé que lo hubiera hecho antes, porque me habría ahorrado mucho sufrimiento.

Recuerdo el día que apareció por la puerta. Era el inicio de curso en uno de los colegios más pijos y clasistas de Madrid. El deporte favorito de la gente era criticar. Si ya no me molestaban era solo por aburrimiento. Se habían pasado años jodiéndome y ya no tenía gracia. Necesitaban nuevas víctimas.

Nuestra tutora, Mercedes, estaba dándonos la bienvenida, toda remilgada ella. Iba de buena y de que te ayudaba cuando lo necesitabas, pero era consciente de todo lo que pasaba y no movía un dedo. Seguro que le daba miedo convertirse en el centro de las putadas, o peor aún, que la echaran por señalar a uno de esos «hijos de...».

La puerta se abrió de golpe y apareció Vanesa. Sin llamar ni nada.

Nunca se me olvidará: llevaba una minifalda rojo chillón a juego con sus Converse, y una camisa blanca con un nudo que dejaba ver el *piercing* del ombligo. Fue como ver a una extraterrestre. Todo el mundo empezó a cuchichear y a reírse en silencio, pero a mí me fascinó. Me quedé embobada, tuve una sensación difícil de describir. Es como cuando estás leyendo un libro y de repente la prota da el golpe en la mesa que llevas esperando toda la historia y piensas: «Jodeos, cabrones». Ese subidón de adrenalina. Mercedes alucinaba, abría mucho los ojos, pero como era una floja no le dijo nada, solo que se sentara donde pudiera. Y ¿dónde había hueco? Donde nadie quería sentarse: a mi lado.

Se presentó muy tranquila mientras sacaba una carpeta forrada con fotos de gente que no había visto en mi vida, y que supuse que debían de ser cantantes y actores, además de personajes de *anime* con pelos raros; de los últimos había muchos. Me encantaba: su pelo, sus uñas, su cuerpo, su ropa, su forma de expresarse... Y que era inmune al cuchicheo que se generó a su alrededor.

Siempre iba con el pelo cortito y flequillo, parecía una muñeca. No empezamos muy bien, porque sin querer me quedé atontada mirándola. Llegué a pensar que me había enamorado, pero me di cuenta de que lo que me hipnotizaba era que veía en ella todo lo que yo no me atrevía a hacer. Era una marginada *cool*. Se podía no tener muchos amigos en clase y molar.

—Como me sigas mirando así, te voy a comer la boca —me regañaba de buen rollo.

Le daba igual todo. Hacía lo que quería en cada momento sin que le importase lo que pensaban los demás. Poco a poco empezamos a hablar; cada conversación con ella era como un máster. Los lunes deseaba que me contara todo lo que había hecho el finde. Acostumbrada a estar más sola que acompañada, alucinaba con esas historias que me hacían volar la cabeza, historias que me parecían de gente mayor. Con el paso del tiempo me di cuenta de que eran de la vida real.

Fue la primera persona a la que dejé leer mis cosas. Bueno, quizá eso sea un eufemismo. Yo escribía, pero nunca se lo enseñaba a nadie. Un día en clase me arrancó una hoja de las manos y empezó a leerla. Pensaba que se reiría o me vacilaría, pero hizo todo lo contrario.

—Tía, ¡es buenísimo! Me he emocionado, eres una escritora de la leche.

A partir de ese momento empecé a pasarle textos. Me aconsejaba, me hacía críticas constructivas y me enseñó el placer de llegar a la gente con tu arte. Escribir para mí era una forma de evadirme, algo que me llenaba y me divertía, pero jamás había pensado que podría compartirlo con el mundo, y menos aún que se convirtiese en mi profesión. Tenía en la cabeza que no era una buena salida, que la única manera de ser alguien en esta vida era estudiando Derecho, Económicas o un grado con futuro. Vane es el ejemplo de lo contrario: su padre es director de fotografía de cine, y toda su familia tiene un respeto y un gusto por el arte que en aquel momento era nuevo para mí. Me enseñó que algunas personas hemos venido al mundo para expresarnos artísticamente, y que eso es igual de válido que cualquier otra profesión.

Muchas veces pienso que sin ella no hubiera llegado adonde estoy ahora, no me habría atrevido a publicar, a ser quien soy. Me enseñó que una frase en el momento correcto puede hacer que luches por tus sueños y los alcances. Si ese día ella se hubiera reído de mí o se hubiese puesto a criticarme, quién sabe si hubiera dejado de escribir para siempre.

Lo malo fue que en el cole no duró mucho. No hizo bachillerato allí porque quería ser actriz y no había el artístico. Cuando se fue me dio mucha pena, pero estaba orgullosa de ella y de que luchase por sus sueños, como me había animado a hacer. Y sin querer, sin darnos cuenta, fuimos perdiendo el contacto. Ella tenía su grupo de amigos actores y nos veíamos muy de vez en cuando, y yo me encerré en mi habitación a escribir y los únicos amigos que tenía estaban al otro lado de la pantalla.

Es cierto, y no me siento orgullosa de ello, que solemos vernos cuando estoy de bajón. Pero es como si me liberara. Casi siempre consigue pegarme algo de su forma de ser que me hace tirar para adelante. Quizá es que su felicidad es contagiosa, o que es una de las pocas personas que conozco que realmente lo es.

Hoy me ha dicho que iba a quedar con un actor que se quería tirar y con su amigo. He aceptado porque necesitaba desconectar por unas horas, apagar y disfrutar de la vida.

Cierro los ojos, me concentro en la música. La siento, estoy sudando, noto el alcohol. Mi cuerpo se relaja, al menos más que mi cabeza, intento disfrutar. Me pego al amigo de Vane, que se pone detrás. Noto su calor en mi espalda, en mi piel. Coloca la mano en la parte baja. La imagen de Kobo vuelve a mi mente. Sus labios, su lengua, su olor. Solo imaginármelo me excita y me pego más al chaval. Estoy haciendo lo peor que podría hacer: imaginar que es él. Me agarra por las caderas y me aprieta contra las suyas. Me gusta. Poco a poco, consigo relajarme. Me vuelvo hacia él, abro los ojos. MI-ER-DA.

Justo detrás, la gente se aparta como si le empujara un león. Es Kobo.

—Vámonos —me dice metiéndose entre los dos una vez más.

¿Es que no puede dejarme tranquila? ¿No se da cuenta de lo que me cuesta estar cerca de él? ¿Que mi vida es una mierda y que lo único que hago es desear lo que no puedo tener?

—Que me dejes te he dicho. —Intento ponerme firme, pero si ya es difícil cuando estoy sobria, borracha es imposible. Veo sus ojos y me siento estúpida. La tonta soy yo por hacerme ilusiones con un tío así. Y lo soy mucho más por volver a sentir esa tentación. Me avergüenza querer besarlo. Me avergüenza planteármelo aunque me aparte otra vez.

—No te voy a dejar aquí sola, Eva —dice con voz grave.

—No estoy sola.

El amigo de Vanesa lo oye y le da por hacerse el machote. Se coloca delante de Kobo dándome la espalda y le espeta:

—Oye, tío, ¿no te lo ha dejado claro? ¿Además de pesado eres subnormal?

Kobo ni le mira, tiene los ojos fijos en mí. Suspira y los cierra dos segundos. Intenta no perder el control, y lo odio por ello. Odio que lo haga todo bien, que no se deje llevar, que sea tan estúpidamente perfecto, que no me quiera.

—Eva, por favor —me ruega con una mirada cansada, casi suplicando.

—¡Que te pires!

El tío este, que lleva toda la noche siendo un baboso y que hasta ahora no me ha importado, le empuja, pero no lo mueve ni medio metro.

Kobo le da una última oportunidad, exhala con fuerza y le coge por el pecho, acercándose a su cara hasta casi rozarle.

—Vuelve a tocarme o a dirigirte a mí y te estampo contra la mesa del DJ.

Cuando le suelta, el amigo de Vane se aparta y nos deja solos, cara a cara.

—Por favor —me repite.

No quiero irme con él. No quiero estar cerca de él. No quiero querer más, quiero odiarle. Por hacerme sentir especial, por rechazarme y por trazar una rígida línea entre los dos. Porque le veo cada vez que cierro los ojos, y saber que no podré quitármelo de la cabeza me llena de rabia. ¿Quieres que seamos amigos? ¿Quieres ser profesional? Haberlo pensado antes, joder.

Sin decirle una palabra, niego con la cabeza, y acto seguido tengo a Kobo pegado a mí. Me mira con frialdad mientras siento su calor en mi piel; sopesa algo que no llego a comprender. Me impone. Intento apartarme, pero se agacha y se queda a la altura de mis caderas. Le miro desde arriba y todo va a cámara lenta. ¿Qué está pasando? No lo sé, pero no puedo evitar quedarme quieta. Me excita. Pongo las manos en sus hombros, noto las suyas que aprietan mis muslos por detrás, y vuelo. Pero vuelo literal. Me levanta y me coge en brazos. Tardo en reaccionar, pero cuando lo hago empiezo a golpearle. Todo me da vueltas.

—¿Qué coño haces? —le grito, pero no me contesta—. ¡Bájame!

Le miro. Está tan cerca... Me sujeta como si no pesara. Me llega ese olor que tanto me gusta y me fijo en la fuente que lo emite, su cuello. Quiero morderle, quiero agarrarme de su nuca mientras me... Joder, qué borracha estoy.

La gente se nos queda mirando y se ríe, y yo me muero de la vergüenza.

—¡Que me bajes, joder! —Le golpeo el pecho, pero sigue sin soltarme.

Ni caso. Ni siquiera se digna a contestarme. Noto que avanzamos cada vez más rápido... Me mareo, creo que voy a vomitar. Recuerdo las copas en el aparcamiento, los chupitos de Jagger, la ginebra... Es pensarlo y me entran más ganas de vomitar. La cabeza me da vueltas. Las luces y la música son ahora una tortura. Por fin noto el aire fresco. El ritmo machacón del techno queda atrás. La piel de las piernas se me eriza en contacto con el frío de la noche, y como si él también lo hubiera sentido, me las agarra y me desliza por su cuerpo con delicadeza. Nuestras cabezas se acercan. Mis tacones tocan el suelo, pero no me suelta del todo hasta que me ve estable.

Estamos pegados. Le miro. Me mira. Le odio y le deseo. Así que decido expresarle las dos cosas. Le doy un beso que me sabe a gloria. Y automáticamente, le cruzó la cara.

—¡Estás despedido!

Qué gusto. Ha sido el resultado de toda la acumulación de estas semanas. Tanto que quiere hacer las cosas bien... ¡Pues que lo hubiera pensado antes! La mano me palpita por el golpe, y poco a poco, como si fuera un tatuaje, empiezan a aparecer mis dedos dibujados en su mejilla. Se queda mirando a un lado. Oigo una risa detrás de mí.

—*It's aaaaaall over!!* —grita un chaval.

Está apoyado en la moto de Kobo y aplaude mi bofetón. Es el chico que iba con él cuando nos hemos visto. Es raro pero guapo. Delgado, alto y tiene todo el cuerpo lleno de tatuajes que le suben hasta el cuello. Me recuerda a alguien, pero no caigo a quién. Mi guardaespaldas —exguardaespaldas desde este momento— está serio y le fulmina con la mirada mientras respira como un toro a punto de embestir.

—¡Vaya hostia! ¡Y encima a la cola del paro! —dice mientras se parte de la risa.

Kobo centra su atención en mí. La mirada seria se ha teñido de decepción, y de pronto tengo unas ganas muy tontas de llorar.

—Haz lo que quieras.

Se va y me deja ahí. Veo que se dirige al otro chico.

Me siento mal. Noto los ojos llenos de lágrimas y solo puedo pensar en que sé que ha hecho todo esto porque quiere protegerme. Eso es lo que más rabia me da. Que me trate así. Así de bien.

—Espera —le pido.

No me hace caso y continúa alejándose. El otro chico me dedica una sonrisa vacilona.

—Perdóname —le suplico.

—Haz lo que te dé la gana. Tienes razón, soy tu empleado, no tu padre.

Joder, pero eso es justo lo que no quiero. O sea, sí. No me entiendo ni yo. Soy tonta, lo sé, pero es que... Ufff, ¿por qué todo es tan difícil?

Se sube a la moto y se pone el casco. El otro se sitúa detrás y sigue sonriendo. Ya no sé si se ríe de Kobo o de mí. Me lanza un beso. Lo miro con cara de asco. Kobo arranca. Soy idiota. Solo quería cuidarme, y por mi maldito orgullo ahora estoy aquí muriéndome de frío y con dos opciones: pillar el coche borracha (porque también la he cagado con eso y lo he traído) o entrar y liarme con el tío ese que en realidad me la suda para evadirme un rato más.

Kobo avanza tres metros y se detiene delante de mí. Veo la lucha interior que mantiene antes de preguntarme:

—¿Qué vas a hacer?

—Irme a casa —susurro.

—¿Te paro un taxi?

—No, tengo aquí el coche.

En ese instante apaga la moto, se quita el casco y me dice:

—Estás de coña, ¿no?

—Joder. ¡Vámonos ya! —dice el otro. Kobo le mira desafiante y recula—. Vale, vale, tranquilo.

Se bajan de la moto y le pide al chaval que la aparque.

—Dame las llaves.

—No.

Suspira con desesperación. Creo que estoy llegando al límite de su paciencia y no sé de dónde me sale este venazo. Estoy siendo una niñata de manual.

—Perdón, toma —murmuro cuando las saco del bolso y las coge con brusquedad.

—¿Dónde está?

La verdad es que no lo tengo muy claro, pero me pongo a andar y me siguen. Vamos en silencio. El clima es tenso y yo cada vez estoy más borracha. Uf, me está subiendo todo de golpe.

—Vaya nochecita —dice el otro chico—. ¿Y cómo dices que te llamas, Rocky?

Sigue riéndose solo. Kobo ni le mira.

—Oye, ¿no me vais a poner al día o qué?

Anda detrás de mí, y me está poniendo de los nervios que no pare de hablar y, por supuesto, de mirarme.

—Bonito tatu...

Kobo estalla. Se para en seco y le coge por el cuello de la camiseta blanca que lleva y que deja entrever un pecho lleno de tatuajes.

—¡Cállate! Ya la has cagado suficiente, así que cierra la boca o te la cierro yo, imbécil. ¡Vamos, Eva!

Nos pasamos un rato dando vueltas por el parking del Flame hasta encontrar el coche. Más que un aparcamiento parece un decorado de *The Walking Dead*. Está lleno de gente de botellón, escuchando música en los coches, drogándose o vendiendo droga, y lo único que pienso es que no me habría hecho gracia pasar por aquí sola horas después... Aunque seguramente el chico ese habría venido conmigo.

Ahora voy en el asiento del copiloto. Kobo conduce y el otro va detrás. Desde que le ha callado la boca, ninguno ha vuelto a decir nada. Kobo va serio, tenso, parece que solo quiere llegar a su casa y olvidarse de los dos. El otro no sé muy bien qué ha hecho, pero parece no tenerle muy contento.

—Kobo siempre ha sido el más serio de los dos —dice el chico, como si me estuviera leyendo el pensamiento—. Soy Chris, por cierto.

Noto su mano pegada a mí, esperando que la estreche con la mía y, como no sé bien dónde estoy ni qué hago, le sigo la gracia.

—El hermano guapo —termina.

Por supuesto que me recordaba a alguien: tiene los ojos y la boca de Kobo. No sabía que tenía un hermano. En realidad, me doy cuenta de que no sé casi nada sobre él.

Me fijo en la mano que me aferra y en la calavera tatuada en el dorso antes de que me suelte.

—Eva.

Kobo le mira a través del retrovisor.

—Bueno, entonces, por el despido que he presenciado en directo, debes de ser la escritora.

No contesto, pero no le hace falta para seguir desarrollando sus teorías. Nos detenemos en un semáforo, lo que hace que la conversación, o monólogo mejor dicho, sea aún más incómodo.

—Aunque claro, por la tensión que se respira aquí dentro y la escenita del Flame, apostaría que hay algo más que trabajo. O habéis follado o vais a follar, pero vamos...

Seguimos sin contestar. Miro por la ventana intentando esconderme de su mirada. No quiero ofrecerle un gesto que pueda interpretar, pero eso ya es suficiente.

—¡Eso es! ¡Habéis follado! Y queréis volver a hacerlo. Y probablemente alguno se está pillando... ¡Soy un puto genio!

Vuelve su risa y yo creo que me voy a morir de vergüenza.

—¿A que sí, hermanito? Siempre has ido de duro, pero en el fondo eres muy tierno...

—Bájate —dice Kobo de golpe.

—Vale, vale, ya paro. —Pero sigue riéndose a mandíbula batiente.

—Que te bajes.

—No me jodas, tío, era una broma.

Ya no se ríe. Yo alucino con la situación.

El semáforo se pone en verde, pero Kobo no avanza. Un coche que hay detrás pita, pero le da igual. Chris se queda callado y sin moverse, en un pulso por ver quién aguanta más. El coche vuelve a pitar. Kobo ni se inmuta.

—¡Joder! —Chris se rinde y abre la puerta—. ¡Ya está, gilipollas! —le dice al del coche de atrás.

Se asoma por la puerta antes de cerrar y me dice:

—Buenas noches, cuñada. Nos vemos en la cena de Navidad. ¡Adiós, hermanito!

Cierra de un portazo y nos ponemos en marcha.

Nos quedamos en silencio. No está la cosa para chistes. Después de unos minutos enciendo la radio. Joder, justo suena Snow Patrol, *Run*, para darle más dramatismo al viaje.

Los pies me están matando. Me quito las botas de tacón, y contengo un gemido de placer. Tengo frío, así que enciendo la calefacción, y empiezo a serenarme. Poco a poco la noche se pone triste. Pequeñas gotas empiezan a caer sobre el parabrisas. De pequeña me encantaba ver cómo corrían por el cristal como si hicieran una carrera.

Pienso en Chris, se estará mojando. ¿Qué habrá hecho? Es gracioso. Sus palabras resuenan en mi cabeza. Puede que me esté engañando, puede que no sea un calentón tonto, puede que

Kobo me guste de verdad. La situación es surrealista. Todo se ha complicado de una forma exagerada.

Llegamos a casa y, como siempre, deja el coche en el parking y subimos. No decimos ni una palabra hasta que llegamos a la puerta. Normalmente espera a que me despida de él, pero en cuanto ve que abro se da la vuelta para irse. Me siento mal por lo que le he dicho, por mi actitud estos días, por haber sido una ni-ñata...

—Oye, Kobo.

Se da la vuelta.

—Lo que te he dicho antes...

Quiero y debo disculparme, pero no me da tiempo.

—Trabajo para ti, pero no eres mi jefa. Si tienes alguna queja, habla con Rebeca.

14

Cuando Rebeca se enfada no grita ni insulta ni nada por el estilo, se pone a hablar como una auténtica cotorra. A veces preferiría que fuese de las que te hacen el vacío, porque es con lo que he lidiado siempre; pero no, ella suelta tanta información que cuando te toca defenderte no sabes ni por dónde empezar. Es una tortura, y si a eso le sumas que la cabeza me iba a explotar por la resaca... Desde luego, no fue uno de los mejores despertares de mi vida. Así que opté por lo más fácil: huir.

—¡Eva! Te estoy hablando.

Quizá levantarme corriendo y encerrarme en el baño no fue lo más inteligente. Quizá sí. Porque cuando me puse de pie el estómago decidió recordarme todo lo que había bebido la noche anterior y dejarme claro que no estaba muy contento conmigo. Así que en cuanto cerré la puerta acabé abrazada a la taza del váter y eché hasta la primera papilla.

—¡Joder, Eva! ¡Ábreme! ¡Si no, no te puedo ayudar!

Mientras vomitaba, le daba vueltas a todo lo que había hecho la noche anterior. Vaciaba el estómago y me llenaba de culpa. ¿Cómo iba a mirar a Kobo a la cara? Otra vez la misma cagada de siempre.

Si esto me hubiera pasado con cualquier otro tío, hubiese intentado no cruzarme con él los próximos meses, años o vidas, y ya está, fin del problema. Pero en este caso no tenía escapatoria.

¿No podrían haberme buscado un guardaespaldas mayor, calvo y sudoroso? No. Me tenían que poner al que parecía salido de una puñeta peli de Hollywood para complicarme la existencia y, por si no fuese suficiente, voy yo y me pillo.

—Eva, solo dime si estás bien. —La voz de mi agente me llegó apagada tras la puerta.

A ver, bien no estaba, creo que las arcadas lo evidenciaban. Pero tampoco me encontraba a un paso de la muerte, aunque en ese momento me pareciese lo contrario.

—Sí —contesté con la cara apoyada en la taza del váter.

—¿Sí qué? ¿Estás bien o quieres que llame a una ambulancia?

Mi respuesta fue un gruñido.

«No-vuelvo-a-beber». No sé la de veces que lo habré repetido a lo largo de mi vida. Pero esa, igual que todas las demás, estaba claro que era mentira.

El caso es que, después de una ducha fría y siendo un poco más persona, acabé por aceptar mi destino y enfrentarme a Rebeca. Mientras bajaba, la oí hablar con alguien, y parecía alterada. Recé por que fuese una llamada, pero no. La voz grave y áspera de Kobo se expandió por todo el salón como una avalancha hasta que llegó a mis oídos. Recuerdo pararme en mitad de las escaleras y plantearme volver a subir, pero no tenía mucho sentido escapar del ridículo haciéndolo más grande aún. En algún momento tendría que asumirlo y superarlo.

—... si hubiera sido otra persona, no lo habría hecho —decía Kobo.

—Lo sé, y de verdad que te lo agradezco muchísimo. Hablaré con ella, pero...

Correcto, estaban hablando de mí. Y ahí estaba yo, plantada en medio del salón y sin tener ni idea de cómo iba a defender este desastre.

—Hola —fue lo único que me atreví a pronunciar.

Los dos se me quedaron mirando sin decir nada hasta que Kobo se levantó.

—Os dejo. Cualquier cosa, me avisas —le pidió a Rebeca, ignorándome por completo.

—Gracias otra vez. Hablamos para mañana.

Kobo pasó a mi lado como si no existiera. Como si no pintara nada. Y volví a sentirme como en el colegio. Un fantasma al que no valía la pena ni dedicarle una mirada.

El piso se quedó en completo silencio cuando salió por la puerta. Esperé a que Rebeca explotara. Que empezase a parlotear sin parar. Pero no. Solo silencio. Ya dicen bien eso de «cuidado con lo que deseas, que se puede hacer realidad».

—¿No vas a decir nada? —pregunté mientras me sentaba a su lado.

—Es que no sé qué decir, la verdad.

Los ojos se me arrasaron, pero no quise soltarlo porque sabía que, si lo hacía, no habría manera de parar.

—Te juro que intento ponerme en tu lugar, pero no comprendo en qué pensabas para irte de fiesta sola después de todo lo que ha pasado.

Es cierto. Mentí. Salí sin decir nada porque sabía que, si no, me lo impedirían, pero ¿en serio no comprendía por qué lo había hecho? ¿En serio no podía ponerse en mi lugar y entender que solo quiero vivir como una chica normal de mi edad? Pensarlo me hizo sentir aún más sola, y el nudo que llevaba formándoseme en el estómago desde hacía días, ese que siempre precede al llanto, el que aparece cuando no puedo más, se tensó del todo hasta romperse. Hasta romperme.

Una vez el llanto escapó, ya no hubo forma de contenerlo.

—Eva —murmuró con tono dulce mientras me acogía en sus brazos—, no llores, amor. Si todo esto te lo digo por tu bien...

—Lo sé, y te lo agradezco, pero no puedo más —sollocé.

—Mi niña, pero no llores. Se va a solucionar...

—Me supera, tía. Ya no sé si compensa.

—A ti no te supera nada ni nadie.

Esa es la imagen que intento proyectar. Pero está lejos de la realidad.

—No puedo más. No soy feliz.

Rebeca se incorpora y me acaricia el pelo, intenta reconfortarme sin éxito.

—No soy feliz —repetí llena de angustia.

—No digas eso, cielo. Es solo una mala racha. Eres muy afortunada.

—Tener dinero y una casa bonita no es ser afortunada. Siento que todo esto se ha convertido en un cascarón de lujos y que cada vez estoy más vacía. No puedo más, de verdad, la situación del acosador se ha convertido en el menor de mis problemas.

—Eva...

—Me siento tan sola, tía...

Fue un momento triste, pero necesitaba quitarme la careta de superheroína. Siempre me ha costado pedir ayuda, quizá por alguna vieja herida que todavía supura en los días malos, pero pensé que Rebeca sería la persona adecuada. Estaba al tanto de todo lo que había pasado, y aunque yo no hubiese exteriorizado cuánto me afectaba hasta ese instante, decidí que había llegado la hora y me abrí en canal. Saqué todo lo que llevaba meses guardando, me vacié de lágrimas, pero también de tensiones y problemas. Ella me sostuvo y lloró conmigo hasta que no quedó nada por decir. Me sentí arropada por primera vez en mucho tiempo.

Rebeca se quedó en casa un par de días. Hablamos durante horas, nos reímos hasta que nos dolió la barriga, cotilleamos de esto y de aquello, comimos y bebimos como si no hubiese un mañana, vimos pelis moñas y alguna de miedo, y leímos a placer. Fue como un retiro espiritual. No toqué el teclado porque pensé que me vendría bien desconectar para volver a conectar. Las charlas con mi amiga me devolvieron la motivación y la sonrisa.

Todo parecía estar en orden, hasta que la rutina regresó.

Con ella llegó de nuevo el agobio y el bloqueo al escribir. Mi frustración rozaba límites imposibles, y con la sombra de la entrega planeando sobre mi cabeza, sentía que algo no estaba funcionando. Nunca había pasado por algo así. Siempre he sido una escritora brújula: una idea llega a mi cabeza y soy incapaz de parar hasta que lo reflejo en palabras. Jamás había sentido tanta angustia ante una página en blanco, ante el cursor parpadeando, recordándome que quizá no era buena, que el éxito de mis novelas había sido casualidad.

Ya no sabía qué hacer, así que, aprovechando que nos escribíamos de vez en cuando, hablé con Fabio y le conté lo que me pasaba. Me dio buenos consejos, se ofreció a betearme para que me quedase más tranquila y me dijo que, si lo necesitaba, podíamos vernos y hablarlo todo más detenidamente. Sentí que me entendía y eso me reconfortó bastante, pero el bloqueo seguía ahí.

Es como si hubiese llegado a un callejón sin salida, una vía muerta de la que no sé salir. Y así está la cosa con Kobo también. Parece una persona distinta, ni me dirige la palabra. Hace lo que tiene que hacer y, cuando acaba, se va. Y lo peor es que sé que no está enfadado, sino decepcionado. Se me hace bola, igual que el tema del acosador.

Pensaba que después de entrar en casa, de que la policía pasase por aquí y de que doblasen las medidas de seguridad, se habría asustado y quizá me dejaría en paz. Las flores, los paquetes y los mensajes habían desaparecido, y eso me hacía respirar un poco más tranquila... Hasta que me enteré de que sí llegaban, pero Kobo había dado orden de que no me informaran y que se deshiciesen de ello en cuanto se recibieran (después de examinar que no hubiese nada que pudiese identificarle, claro).

Así que sigo en bucle, y lo único que puedo hacer es pensar eso de «al mal tiempo, buena cara».

Hoy estoy mejor gracias a mi gente. La editorial ha organizado una firma en el centro y aunque al principio no me apetecía, ver a mis lectoras siempre me levanta el ánimo y me impulsa a esforzarme para ofrecerles historias que sigan emocionándolas. Han venido un montón de chicas, y sus sonrisas cuando me traen los libros para que se los firme son un chute de energía. Pensar que lo que he escrito puede ayudarlas en momentos difíciles me llena de orgullo y me hace sentir más cerca de ellas. Siempre uso las novelas como vía de escape a mis problemas, por eso estoy en deuda con la literatura y, sobre todo, con ellas.

Mientras firmo, Kobo y Rebeca charlan a mi lado sin parar. Su relación no solo no ha cambiado, sino que ha mejorado. No me parece mal. Siempre se han llevado bien, y lógicamente el tiempo estrecha las relaciones, pero me siento excluida.

Sonrío para una foto con una lectora y le agradezco que haya venido antes de esperar a la siguiente en la cola. Mientras, una pareja pasa cerca de donde estamos firmando.

—¿Quién es? —pregunta la mujer.

Hago como que no me he enterado y sigo atendiendo a una chica que acaba de entregarme el libro lleno de pósits.

—Será una influencer de esas —dice el hombre—. Una youtuber. Le habrán tenido que escribir el libro porque esa gente solo sabe hacer el tonto...

Tengo que decir que no es la primera vez que oigo un comentario de este tipo, pero sí la que más me molesta. Ya estamos con los prejuicios de mierda. ¿Qué sabrá ese tío de si yo sé escribir o no?

Al escucharlo, Rebeca y Kobo me miran y se ríen. Por mucho que no se lo tomen en serio y les parezca gracioso, me jode. Me jode estar trabajando y que ellos lleven dos horas de risitas, y eso no ayuda en nada a mi mal humor.

—Pues a mí no me hace ni puta gracia —les digo.

En ese instante se les borra la sonrisa y se miran. Me doy la vuelta y me cuesta disimular. Me paso el resto de la firma pensando en ellos. Los oigo cuchichear, reírse de vez en cuando de manera mal disimulada. Me entran ganas de levantarme y pirarme. No les pago para que estén como si se hubieran ido de cañas. Si son tan amiguitos, que queden a contarse sus vidas en su tiempo libre.

La última persona se va a las cuatro horas de empezar. Nunca había venido tanta gente a una de mis firmas, y saber que la novela ha llegado a esa cantidad de lectoras debería ser razón suficiente para salir contenta. Pero ni siquiera eso consigue levantarme el ánimo.

En el coche, estos dos siguen sin parar de hablar. Me siento detrás y me dedico a mirar por la ventana. Intento distraerme, pero no puedo. Bromean, se ríen. Me dejan fuera.

Recuerdo el día que le puse la canción de *El guardaespaldas* a Kobo. De cómo nos reímos juntos. Parecía que nos conocíamos de toda la vida, y ahora no cruzamos más de dos palabras. Le echo de menos.

Al llegar a casa, Rebeca le dice que se quedará a dormir conmigo, así que puede irse, si quiere. Allí estamos las dos, pero habría preferido quedarme sola. Total, llevo todo el día como si lo estuviera...

—Qué guay, ¿no? —me pregunta tirándose en el sofá.

—Sí —contesto seca.

—¿Estás contenta?

—Mucho.

Rebeca se ríe por el contraste entre mis palabras y mis actos, pero creo que por fin pilla mi expresión mustia.

—¿Te pasa algo?

—No.

—Vale, tía, pues nada. Vaya humor...

—Si quieres risas, ya sabes.

—¿Qué?

—Que si quieres risas, ya sabes —le repito más lento y vocalizando en exceso.

Rebeca me mira sin entender nada, pero he empezado a sacar mierda y ya no puedo parar:

—Y a ver si en la próxima firma estáis un poco más a lo que hay que estar, que os habéis pasado las cuatro horas dando por saco.

—¿Cómo dices?

Odio cuando se hace la tonta.

—Lo que has oído, Rebeca —le digo con bordería.

—Oye, a mí no me hables así.

—No te estoy hablando de ninguna manera.

—No sé qué bicho te ha picado, pero si tienes algún problema no la tomes conmigo.

—Ya sabes los problemas que tengo —le digo con retintín.

—¿Y qué quieres que haga, tía?

—Pues si no vas a ayudar, por lo menos no jodas más.

Las palabras me salen con rabia. Mi amiga se queda en silencio, ofendida. Empiezo a cansarme de tener que ir de puntillas para que nadie se tome a mal lo que digo. Después soy yo la que tiene la piel fina.

—¿Todo esto es por Kobo? —suelta de pronto.

—Para nada. ¿Qué tiene que ver?

—Pues que parece que te moleste que me lleve bien con él.

Suspiro, hastiada por el rumbo que empieza a tomar la conversación.

—Rebeca, que no tenemos diez años. Como si te quieres casar con él. Ahora hay problemas más importantes...

—Pues a veces parece que los tienes —me corta.

Me muerdo la lengua; me da miedo envenenarme. Respiro. ¿De qué coño va?

—Tampoco te pases.

—No te pases tú, guapa, que siempre haces lo mismo. Atacas a los que nos preocupamos por ti.

—¿A quién he atacado? —espeto con rabia.

—Pues a todos los que intentamos ayudarte. A Kobo, a mí...

—Pero ¿qué me estás contando?

—Tienes que dejar de pensar que eres la única persona del

mundo con problemas, y que los demás también tenemos los tuyos, porque no es así. Por mucho que me dedique a facilitarte la vida, yo también tengo la mía. Como todos los que trabajamos para ti.

Sus palabras me hacen mucho daño. Se me clavan como un puñal en el pecho. Y tiene razón: cuando me pongo así, no mido, y cuando me siento acorralada, arraso.

—¿Sabes? No seré la única con problemas, pero los míos os dan de comer, así que no me lo pintes como un favor. Os preocupáis por mí porque os pago.

Vuelve a quedarse callada, y todos mis demonios, todas las inseguridades y las dudas de que la gente que está a mi alrededor es por interés, porque soy un puto negocio, me cierran la garganta. Me cuesta respirar. Tengo la sensación de haberme convertido en piedra porque, cuando me mira con ojos dolidos, no hago nada.

Tengo tan interiorizado el discurso, la traición, que la coraza ha vuelto para no dejar a nadie entrar. Ya no siento, estoy adormecida, deseando quedarme sola para que acabe el día.

Rebeca coge sus cosas y se dirige a la puerta, pero decide tener la última palabra:

—Si solo hiciera mi trabajo —dice con tono tranquilo— no estaría aquí ahora mismo, ni dedicaría las veinticuatro horas del día en pensar cómo mejorar la tuya. Ni yo ni nadie de tu equipo. Incluido Kobo. Entiendo que estás pasando por un mal momento, pero eso no te da derecho a comportarte como una niñata. Cuando decidas dejar de hacerlo, ya sabes dónde encontrarme.

Me quedo sola. Otra vez.

15

Eva nunca suele tardar tanto en arreglarse. No sé con quién será la cena, pero imagino que es importante. Lo único que tengo es la dirección del lugar, un restaurante de lo más pijo de Madrid con una lista de espera de meses, así que igual es con alguien de la editorial.

Desde lo del Flame, me limito a cumplir con mi obligación, así que, si antes preguntaba poco, ahora nada. Esa noche aprendí que no se puede ayudar a quien no se deja. La vida es corta y bastante más difícil de lo que nos gustaría, así que no podemos perder el tiempo ni complicarnos con problemas ajenos. Me ha costado entenderlo, pero no puedo echármelo todo a la espalda y cargar con el peso del mundo.

Esa noche me rendí con mi hermano. Me duele pensarlo, pero si hay alguna solución a sus problemas, un mínimo de esperanza a la que intento no aferrarme, está en él. No puedo continuar en ese bucle. Si sigo así, conseguirá arrastrarme a esa oscuridad de la que intento sacarle. Cometeré un error, o peor, una locura, y acabaré jodiéndome la vida. Entonces mi madre ya no tendrá solo un hijo al que llorar.

Y como las desgracias nunca vienen solas, después está Eva.

Lo suyo fue otra decepción. Me sentí engañado. Por más de un motivo. Primero, podría haberse cargado mi carrera (y la de Tommy, para qué mentir) en un abrir y cerrar de ojos. Si le pasa algo estando bajo nuestra supervisión, adiós a la empresa y adiós a lo que nos da de comer. Nadie volverá a contratarnos. Y suficiente tengo ya con el imbécil de Lil Cruz. Pero lo que más me jode, lo que de verdad me duele, es que me tomó por gilipollas. Me utilizó como le dio la gana, haciéndome sentir culpable por lo que había pasado, cuando ella no es mucho mejor. Recordé todos los momentos que había pasado a su lado, tanto los de antes de besarnos como los de después. Por mucho que nos hubiéramos distanciado, siempre la he tratado con el mismo cariño. Y ella se rio en mi puta cara.

«Eres tontísimo, Kobo. No aprendes», me digo.

Aun así, creo que actué bien. ¿Cómo iba a dejarla allí? ¿Y cómo iba a permitir que condujese? Cada vez que lo pienso me pongo de mala hostia, pero ya está, es lo que hay. Hice lo que creía que tenía que hacer. Incluso después de que me cruzara la cara. No pienso fustigarme más por ello.

Suspiro, agotado con toda esta situación de mierda, y me recuesto aún más en el sofá. Ya van casi dos horas esperando y se me ha acabado la imaginación. Miro el móvil como un autómata, intentando que los minutos pasen más rápido, pero el reloj me va a la contra.

Entonces oigo sus tacones bajando por las escaleras y trago saliva.

Vale, estoy cabreado y sí, fui yo el que decidió poner límites y mantenerse en un plano profesional. Pero no fue por falta de ganas. Joder, soy un tío y tengo ojos. Y ahora mismo solo puedo pensar en que está increíble.

Viste unos pantalones de cuero negro muy ceñidos que le quedan como un guante. Para ser tan bajita, sus piernas parecen kilométricas, el lugar perfecto para perderse. Lleva una camiseta ajustada del mismo color que deja desnuda su espalda y se ata en la parte de atrás del cuello.

Nunca la había visto con los labios pintados de rojo y... uf.

«Piensa en las bragas de Benita, Kobo, cabeza fría joder».

El trayecto en coche, para variar, lo hacemos en completo silencio. Me ahogo entre mis pensamientos, alentados por cada vistazo que echo al retrovisor (sí, la señorita ahora se sienta atrás, como si fuese su chófer) y por su perfume, que me intoxica y no permite que mantenga mis fantasías lo que se dice castas.

La observo una vez más: parece nerviosa y no para de wasapear con alguien.

Lo lógico sería pensar que es Rebeca, aunque llevan un par de días sin verse. No sé qué habrá pasado, pero pinta a marrón. La verdad, en este momento paso de preguntar.

Al llegar, le dejamos el coche al *aparca* y me sitúo a su lado. Por primera vez en toda la noche me mira y se me escapa un gesto afable, una media sonrisa que se desdibuja en cuanto soy consciente de lo que estoy haciendo. ¿Por qué coño siempre acabo cediendo cuando la veo vulnerable?

Estamos enfilando la puerta del restaurante cuando una voz que me resulta familiar grita su nombre desde atrás.

Nos giramos a la vez: ella con una sonrisa en los labios, yo con una ceja arqueada.

Es el hortera ese que entregó el premio con Eva. El tío va repeinado y lleva un conjunto gris de pantalón de pinza y americana y un jersey de cuello alto negro. Parece que vaya a hacer la primera comunión. Es un pijo de manual. Conforme se acerca se me abren las carnes al pensar en comerme una reunión de escritores.

—Qué guapa estás —le susurra mientras la coge por la cintura y le da un beso en la mejilla, entreteniéndose más de la cuenta.

Menudo babas...

Y por si fuera poco, el imbécil ni me mira cuando voy a saludarle. Pone la mano en la espalda de Eva y entran en el local. Ella se limita a mirarme de reojo, en silencio, y sigue andando como si nada.

El asco que me da la peña que se cree superior a los demás por tener éxito o pasta... Inspiro y me digo que estoy trabajando antes de seguirles al interior del restaurante.

Según entramos, nos recibe el metre.

—¡Fabio, amigo! ¡Qué *piacere* tenerte aquí! —exclama el hombre mientras le abraza como si fueran íntimos.

—Leo, el gusto es mío.

—Veo que vienes bien acompañado. *Bellissima*, tu chica.

Los dos se ríen mientras el italiano la saluda con galantería, pero no le corrigen. ¿Cómo que «tu chica»? Ya le gustaría al Fabricio este tener una chica como Eva.

—Os he preparado una mesa perfecta. Venid conmigo —les indica.

Los otros le siguen mientras charlan tranquilamente,

comentando el ambiente tan íntimo y elegante que se respira allí. Me contengo para no poner los ojos en blanco. Sin embargo, cuando Leo ve que voy detrás de ellos, me dedica una mirada ceñuda que hace que los dos escritores se den la vuelta. Fabio me mira como si no me hubiese visto en su vida, el muy subnormal.

—Está conmigo —dice Eva.

Fabio me echa un repaso de arriba abajo, como si fuese una mierda pegada a la suela de su zapato, y con una sonrisa falsa dirige la mirada a mi cliente, extrañado.

—Es mi escolta —le aclara ella.

—¡Ah, sí! Perdona, se me olvidaba la locura esa de tu casa...

¿Se lo ha contado? ¿Qué cojones?

Fabio, ahora sí, me extiende la mano y estrecha la mía con fuerza.

—Perdóname. No sabía que venías con ella. Soy Fabio, encantado.

—Kobo.

Puede que sea verdad o puede que no. Lo que tengo claro es que hay algo en él —su actitud de superioridad, su pinta elitista o esa actitud de remilgado— que no termina de convencerme.

Leo les acomoda en una mesa para dos de un reservado muy íntimo, el mejor sitio del restaurante. La decoración es muy parecida a la de las *trattorias* italianas, esas de las pelis de la mafia, pero como si la hubiesen tuneado hasta convertirla en un local para pijos. Todo el mundo va emperifollado. ¿Qué se pone esta gente cuando va de boda?

El ambiente huele a pasta, y no es por los platos.

Por si no me sintiese ya suficientemente fuera de lugar, lo que pensaba que sería una reunión de escritores insoportables compartiendo su ego un rato es una cita.

«¿En serio? Ahora me toca hacer de sujetavelas».

Estaba tan centrado en los acontecimientos que no me había planteado que esta situación pudiese darse. Nunca me habría imaginado pasar por algo así. Tener que acompañar a una persona que te gusta a sus citas con otro.

Soy un mero espectador de una película a la que no pertenezco ni podré pertenecer jamás.

Si lo pienso, es lógico que Eva esté con alguien así. Un escritor importante, alguien a quien admira, alguien que puede llevarla a cenar a restaurantes de moda con sillas de terciopelo.

Es lo normal. Lo raro sería que saliera con alguien como yo, un simple guardaespaldas, un chaval de barrio que no ha visto más mundo que el que le ofrecen la pantalla o las páginas de un libro.

Eva merece mucho más, pero eso no quita que me quiera sacar los ojos cada vez que la veo sonreír o acariciarse el cuello. El mismo que me encantaría haber besado esa noche.

Les observo desde una barra a pocos metros de donde están sentados. El camarero, bastante simpático, me ha traído una Coca-Cola; solo me faltan las palomitas. No puedo mirar, pero hacerlo es mi trabajo. Forma parte de la tortura.

Durante las últimas semanas, Eva ha estado recibiendo llamadas de este tío de vez en cuando y, aunque intento no cotillear, siempre le cuenta que está bloqueada, que no consigue dar sentido a lo que está escribiendo y le agobia acercarse cada vez más a la fecha de entrega y no tener nada claro. Acaba la conversación riéndose y cuelga más contenta de lo que lo estaba al coger el teléfono.

Es raro. Antes siempre sonreía, estaba lista para bromear en cualquier momento y compartir conmigo lo que se le pasara por la cabeza. Ahora cuesta verla feliz, esos momentos son cada vez más fugaces.

No puedo evitar sentirme estúpido.

No me duele verla feliz con otro, sino saber que conmigo podría serlo, y el destino, la vida, o como queramos llamarlo, no nos lo permite.

Desde donde estoy no oigo la conversación, pero el lenguaje corporal de los dos me deja claro que no hablan de bloqueos.

Eva no para de tocarse el pelo, coqueta, y él le sonríe sin parar, aprovechando la más mínima oportunidad para que sus manos se rocen sobre la mesa. Piden vino. Les traen la botella y, antes de servirla, dejan que Fabio lo pruebe. Mueve la copa, lo huele y le da un trago minúsculo. Este ha visto muchas películas.

Ya con las copas llenas, le propone un brindis al que ella responde con una sonrisa preciosa, una que antes me dirigía a mí. Sin embargo, cuando brindan, nuestras miradas se cruzan y aprecio en sus ojos un rastro de pena que refleja el mío. Es como si los dos estuviésemos pensando lo mismo, torturándonos con lo que no pudo ser. Como si también hubiera entendido que pertenecemos a mundos distintos.

Intento parecer tranquilo, aparentar normalidad, hacer

como que es una noche más para mí. Pero sé que es imposible.

Fabio nota que se ha ido y le toca de nuevo la mano para llamar su atención. Eva vuelve a su cita y yo, a la soledad de mi barra. Me gustaría ir, levantar a ese tío del pecho y sentarme en su silla. Reírme con ella toda la noche y acabar haciéndolo en cualquier sitio porque no nos aguantemos las ganas.

En cambio, la miro y cuento los minutos para que esto termine.

16

—Aquí estás a salvo, ¿eh? —dice Fabio.

Me acaricia la mano y me sobresalto. Intento buscar el sentido a sus palabras, pero no lo encuentro. Tampoco el coraje para apartar la mano.

—Lo sé. ¿Por qué lo dices? —le pregunto con la mejor de mis sonrisas.

—No paras de mirarle desde que nos hemos sentado.

Me lo dice sin quitarme los ojos de encima, sin aclarar a quién se refiere, pero no hace falta.

Ha sido la primera vez en toda la noche que me he rendido a observarle, y Fabio no ha necesitado ni un segundo para darse cuenta, y lo que es peor, decírmelo. Es como si hubiera escuchado mis pensamientos... Me hace sentir completamente desnuda, vulnerable. Es el comentario de alguien molesto, pero sonríe y me sigue acariciando. Me desconcierta, e intento no pensar en ello.

Cuando estoy con Kobo, siento un deseo irrefrenable de mirarle, de observar sus facciones duras y sus gestos firmes pero llenos de delicadeza y sensibilidad. Intento evitar esos momentos sádicos en los que encuentro placer en la tortura de observar algo que sé que no puedo tener. Es adictivo y a la vez muy tóxico. Además, hoy tengo la curiosidad constante de saber cómo reacciona a mis gestos con Fabio.

Kobo tiene el poder de hacerme sentir su mirada como si fuera un láser. Es una energía que flota en el aire y llega hasta mi piel, la eriza sin tocarme. Lo noto siempre que estamos juntos, y hoy no ha sido distinto. Al bajar las escaleras, en el ascensor, en el coche, en la entrada del restaurante cuando Fabio me ha acariciado la espalda... Ahí estaba, un pequeño escalofrío que me recorre como un relámpago.

—Perdona, es que no acabo de acostumbrarme a tener a alguien mirándome sin parar —me disculpo entre risas, sintiéndome culpable por hablar así de Kobo, como si fuese un estorbo.

—Es normal. Lo que estás pasando no es fácil. Me siento tan reflejado en ti...

Fabio parece salido de un cuento. Es la clase de chico con la que soñaba mi yo adolescente: escribe como los ángeles, es inteligente, elegante, guapo, detallista... Lo tiene todo. Es la personificación de mis gustos, un chico de diez que desde el primer momento me ha hecho sentir escuchada y, sobre todo, comprendida.

Hemos pasado por situaciones muy parecidas. Fabio tiene solo cuatro años más que yo, y su vida también dio un vuelco cuando publicó sus primeros libros. Sabe lo que es la presión, el síndrome del impostor, el bloqueo, la relación con los lectores y con la gente de tu alrededor. No tiene que esforzarse por empatizar conmigo, no le hace falta, sabe por lo que estoy pasando y por eso siento que puedo desahogarme con él.

—Lo tenemos claro —le dice al camarero cuando nos ofrece la carta.

Muestra una sonrisa de oreja a oreja y me asegura que voy a probar la mejor pasta de Madrid.

El restaurante es precioso, y él parece el dueño. Habla con los camareros como si fueran amigos de toda la vida, y a la vez mantiene con ellos una educación y un respeto exquisitos en todo momento.

Hasta ahora nuestra relación no ha ido más allá de charlar un rato si coincidíamos en algún acto de trabajo, pero a raíz de presentar el premio, empezó a escribirme. Al principio solo de vez en cuando, luego casi a diario... y aquí estamos. Lo que iba a ser tomar un café para hablar de nuestro proceso creativo se ha transformado en una cita con todas las letras, y no puedo evitar pensar en qué jardín me estoy metiendo.

Nos traen unos *tagliolini* al tartufo con láminas de trufa fresca de temporada. Solo olerlos es una experiencia. Me apasiona la trufa, y debo admitir que Fabio se anota un tanto al recordar esa llamada en la que se lo confesé semanas atrás.

Se me hace la boca agua y estoy lista para degustarlos, pero me observa fijamente, con los antebrazos apoyados en la mesa. Estoy nerviosa, y solo tengo que probar unos tallarines.

—No me mires así —le pido muerta de vergüenza, a lo que contesta con una sonrisa masculina mientras se lleva la copa a los labios.

Al enrollar la pasta, mis manos tiemblan como si estuviera manejando material explosivo. No quiero mancharme, e intento coger la cantidad justa para metérmela en la boca. No hay nada más ridículo que cuando los tallarines se te quedan colgando y no puedes hacer más que cortarlos de un mordisco. Menos mal que el pintalabios es permanente.

Fabio maneja los cubiertos como un chef con estrella Michelín. En un segundo ya tiene preparado el tenedor con una dosis perfecta, y espera paciente a que yo haga lo propio para probarlos juntos.

Se me cierran los ojos de placer cuando por fin los saboreo. Están espectaculares. Asiento mientras sonrío y me limpio los labios con la servilleta.

Instintivamente, recuerdo el día que lleve a Kobo a probar mi sándwich favorito. La yema de huevo chorreaba por mis manos y me daba exactamente igual. Eso me hace darme cuenta de que casi desde el primer momento me transmitió una confianza que nadie me había transmitido antes. Desde que tengo uso de razón, me ha resultado complicado relacionarme con otros seres humanos, pero con él ha sido tan fácil que ni siquiera me he parado a pensarlo.

«Basta», me digo con rabia.

Cualquier chica daría lo que fuera por tener una cita con alguien como Fabio, pero yo no soy capaz de disfrutar.

Hasta el último momento, he dudado en quedar esta noche. Desde que dijimos de vernos, he estado varias veces a punto de darle plantón. Abría su conversación y escribía cualquier excusa, pero al final he cedido. Una parte de mí, la que insiste en que me quite la coraza y deje entrar a los demás, me ha convencido de que somos amigos y que podemos disfrutar de un rato juntos sin hablar de libros, conociéndonos. La otra me ha susurrado que no sea tonta, que puede ser una oportunidad, el momento adecuado para dar el paso tras meses sin quedar con nadie. Sin embargo, mi cabeza está en otro sitio y no puedo evitar sentirme rara. Encorsetada. Tengo la sensación de estar interpretando un papel, de no ser del todo yo.

Por alguna razón, no consigo conectar con él, y quizá esa

razón esté sentada en la barra, mirándome con cara de pocos amigos.

Intento dejarlo de lado, centrarme en esta mesa y en mi acompañante, que me ofrece una conversación agradable y una mirada cálida.

Al principio hablamos del mundo editorial, criticamos lo que no nos parece bien, lo que nos preocupa, y nos deleitamos en el placer de coincidir en temas que pensaba que solo me preocupaban a mí. La vida del escritor es muy solitaria, y por eso estos momentos son raros y preciados.

Hablamos también de su vida, de la mía y de todas esas cosas que se comentan en una primera cita. Si tuviese que poner una pega al chico perfecto, diría que a veces se pasa de condescendiente, pero también es verdad que lleva más tiempo que yo en esto y que su visión me ofrece una perspectiva nueva, más experimentada.

Hasta cierto punto, me tranquiliza: tanta perfección empezaba a preocuparme. La perfección es utópica: por mucho que la busquemos, no existe, y encontrarla sería bastante aburrido. Así que, como todos tenemos una cara B, prefiero que aflore la condescendencia y el rollito paternalista que descubrir algún tipo de filia rara.

Me desinhibo a la par que se vacía la botella de tinto, pero no como me gustaría. Cada vez me cuesta más mantener la atención en la conversación de Fabio, y mis pensamientos se dirigen a mi escolta.

Los ojos de Kobo siguen fijos en nosotros. Aunque es su trabajo, no deja de sorprenderme su manera de mirarnos. Una mezcla de odio y deseo, anhelo y rechazo, que vuelve a hacerme sentir culpable. No por estar cenando con un chico delante de sus narices, sino porque me gusta que me mire así.

De reojo, veo su silueta. Impasible, serio, rígido.

Su mirada se parece a la de aquel día en mi casa, segundos antes de que me besara.

Fabio sigue hablando, pero hace un rato que he desconectado. Le miro a los ojos y también veo deseo. Me siento poderosa. El vino hace que me suba la temperatura. Mi cita no deja de hablar. Me fijo en sus labios, que al moverse dejan entrever una sonrisa perfecta, y ese hoyuelo que se asoma de vez en cuando, como si jugase al escondite. Después veo a Kobo, con un brazo apoyado en la barra; intenta parecer relajado, aunque en realidad está tenso. El puño apretado le delata.

Un movimiento brusco de Fabio me saca del trance. Levanta la mano para que le traigan la cuenta. Creo que se ha percatado de que no estoy muy atenta a la conversación.

—¿Vamos a tomar una copa? —me pregunta mientras sigue con la mirada al camarero que se acerca.

—Vale, como quieras.

Al segundo me arrepiento. Voy ligeramente achispada y no me apetece acabar como el día del Flame. Tendría que haberle puesto alguna excusa.

—Pago yo —digo mientras cojo la cuenta.

—Sí, claro, trae.

Fabio pone la mano sobre las mías y por un segundo me quedo paralizada, consciente del tacto de su piel.

—O pago yo o no vuelvo a aceptarte una cena —le digo con decisión cuando me recompongo.

Al final se rinde, me acaricia la mano una última vez y deja que le invite, aunque me asegura que la próxima corre de su cuenta.

Kobo se pone en marcha en cuanto ve que nos levantamos, y pronto los dos me siguen de cerca.

Una brisa nos recibe en el exterior y se me eriza la piel. Antes de que pueda quejarme por el frío, tengo la americana de Fabio en los hombros. De reojo, veo que Kobo vuelve a ponerse la chupa de cuero, y no puedo evitar sonreír. La Eva de catorce años no cabría en sí de gozo.

Los observo a ambos, los dos de pie delante de mí, esperando mi próximo movimiento. Tan guapos. Tan diferentes.

Fabio sonríe sin perder detalle. Kobo está serio, con las manos en los bolsillos. Intenta mirar a cualquier parte salvo a mí.

—¿Vamos a por la última entonces? —propone el escritor, y sé exactamente cómo continuará la frase—. Podemos ir a mi casa, si quieres.

Bingo. Hasta el más interesante de los hombres es más predecible que el paso del tiempo. Al oír esa frase, Kobo se aparta y avanza hasta el aparcacoches de forma automática.

—Vale —contesto sin estar muy convencida.

—Si no quieres, no, ¿eh? —dice riéndose.

Lo pienso un segundo y miro a mi guardaespaldas. Cuando alguien te gusta, te gusta y punto, sin dudas ni esfuerzo...

—No es que no quiera, pero mañana tengo que ponerme pronto a trabajar —resuelvo en tono de disculpa.

A Fabio le cambia la cara. Por un segundo parece decepcionado, pero al instante me sonríe de nuevo.

—Bueno, lo dejamos para la siguiente, no te preocupes.

Me sabe mal cortarle así, pero no puedo hacer más. No quiero seguir alimentando algo que sé que no va a ninguna parte.

—Hecho —le sonrío.

—Muchas gracias por la cena, Eva, ha sido un placer.

—Igualmente. Y gracias por tus consejos, de verdad.

—Para eso estamos. Cualquier cosa, ya sabes.

Fabio se lanza a darme dos besos y recuerdo que no ha venido en coche.

—Oye, ¿quieres que te acerquemos?

Sé que no es como esperaba terminar la noche, pero es mi manera de calmar mi culpabilidad por cortarle el rollo.

—No te preocupes, cojo un taxi. —Echa un vistazo a Kobo, que espera junto al coche.

—No me cuesta nada —insisto.

—Bueno, gracias.

Nos sentamos los dos en la parte de atrás y, tras indicar a Kobo su dirección, nos ponemos en marcha.

De camino, Fabio sigue bromeando. Tiene sentido del humor y me hace reír. Sin embargo, la vista se me va más que a menudo al retrovisor, desde el que veo el ceño fruncido de Kobo. Me gustaría saber qué está pensando.

Noto la mano de Fabio en el muslo, está fría. Me estremezco. Siento el impulso de apartarme, pero me resisto para evitar un momento violento. Prefiero no mirar y hacer como que no pasa nada. Me acaricia e intento evadirme observando las calles de Madrid, la poca gente que todavía pasea a estas horas, y en lo único que puedo pensar es en llegar a casa y meterme en la cama. No sé dónde estamos, pero hay unos chalets inmensos.

—Aquí a la derecha —dice Fabio—, un poco más adelante.

El coche frena poco a poco hasta detenerse delante de una preciosa casa de construcción moderna.

—¿Seguro que no quieres pasar a tomar algo? —intenta Fabio una última vez.

—Otro día que tengamos más tiempo.

Creo que no he elegido bien la respuesta. ¿Puede interpretarse con segundas? Dios, me estoy agobiando.

—Bueno, tenía que intentarlo —bromea.

Nos quedamos en silencio. Parece que va a salir, pero la mano del muslo vuelve a acariciarme de una forma mucho menos sutil. Algo dentro de mí se revuelve y empiezo a sentirme incómoda. Le miro. Se acerca mucho. Me quedo paralizada. Noto su aliento y su mano sube por mi pierna poco a poco. El corazón se me acelera, pero no en el buen sentido. No estoy excitada. Con la otra mano me retira el pelo de la cara. Le veo venir. Cuando está a punto de besarme, reacciono por instinto y pongo la mejilla.

Mi mirada se cruza en ese instante con la de Kobo, que me observaba a través del retrovisor. Veo sus ojos y me doy cuenta de que me estoy engañando. Los sentimientos no se eligen. No puedo borrar de golpe lo que siento por una persona ni obligarme a sentir por otra. Por mucho que Fabio esté hecho a mi medida, la conexión va mucho más allá de bellezas y prototipos.

—Perdona —se disculpa mi cita—. Pensaba que...

Me incomoda haberle incomodado y, sin que tenga mucho sentido, suelto lo primero que se me pasa por la cabeza para intentar que no se sienta mal:

—Es que con él no me siento muy cómoda. —Señalo a Kobo con la cabeza, que vuelve a mirar por el espejo.

¿Por qué he dicho esa gilipollez? ¿Por qué tengo que justificarme por no querer besarle? Me odio, de verdad.

—Entiendo... —dice condescendiente.

Vuelve a acariciarme, esta vez la cara, antes de darme dos besos y despedirse. Respiro tranquila cuando la puerta se cierra y el coche arranca.

De camino a casa no decimos ni una palabra. El ambiente es muy tenso, y aunque intento pensar en algo para relajarme, mi cerebro no es capaz. Las acusaciones se agolpan en mi cabeza.

¿Por qué tengo que gestionarlo todo tan mal? ¿Por qué no puedo dejar de pensar y simplemente dejarme llevar? ¿Por qué tengo que analizarlo todo una y otra vez? ¿Acaso no puedo dejar de martirizarme con lo que quiero pero no puedo tener?

Cuando llegamos, Kobo me acompaña hasta la puerta, como siempre. En el ascensor no cruzamos ni una mirada. El silencio me pesa como si el techo me cayera sobre los hombros.

Abro la puerta y entro sin mirar atrás, como si huyera de él. Tengo la sensación de que me juzga, y no soy capaz de enfrentarme a eso, así que, mientras cruzo el salón en dirección a la cocina, le digo:

—Gracias, Kobo. Si quieres, ya puedes irte.

Utilizo un tono dulce para que no suene como si le estuviera echando, pero sé que no sirve de nada cuando asiente y me da las buenas noches con voz seca.

En cuanto se da la vuelta, me permito mirarle una vez más. Los hombros anchos, las piernas largas, los brazos delgados pero definidos y el pelo algo revuelto... Avanza despacio hacia la puerta y de pronto, se para en seco. Se queda dos segundos quieto, preguntándose si decir o hacer eso que le está pasando por la cabeza. Al fin, se vuelve y me dice:

—Por cierto, la próxima vez, si te apetece liarte con alguien conmigo delante, puedes hacerlo. Habría salido del coche para dejaros privacidad. Soy tu guardaespaldas, no tu padre.

Sus palabras me pillan por sorpresa. No me las esperaba, aunque es la segunda vez que me lo recuerda, pero me duele la frialdad con la que lo dice. Ya sé que no soy nada para él, pero de ahí a que se la sude ver que me beso con otro tío...

—Eres libre de hacer con tu vida lo que quieras y de estar con quien te dé la gana —termina.

Se me forma un nudo en la garganta, pero me fuerzo a contestar:

—Ya lo sé.

Me mira una última vez, como si esperara algo más. Estoy bloqueada, y el nudo es cada vez más grande. No soy capaz de expresarme. Se da cuenta de que la respuesta que espera no llegará y se da la vuelta de nuevo para irse.

«¿De mi casa o de mi vida?», me planteo.

Como si ese pensamiento avivara un fuego que lleva toda la noche en ascuas, encuentro la voz que había perdido y me enfrento a él:

—Sabes perfectamente con quién quiero estar.

Se vuelve de nuevo, el infierno que siento dentro encerrado en su mirada.

—No, no lo sé.

—Sí lo sabes, pero eres un cobarde —le acuso.

—No tienes ni puta idea.

Se da la vuelta otra vez. Estoy tan harta... De que no se me escuche. De que se me pase por alto.

—¿Ves? —le digo—. Solo huyes, como el día que me besaste.

—Eva, de verdad, déjalo. No quiero ni puedo discutir contigo.

—¿Por qué no? ¿Porque soy tu jefa? ¿Por eso? ¿Por si pierdes el trabajo? —le espeto—. Estoy harta de esto.

—¿Me vas a despedir otra vez?

—No, pero quiero que hagas lo mismo que el día que fuimos de compras y que me digas lo que piensas de mí. Que seas sincero de una vez.

—¿Ahora quieres hablar? ¿Ya te has cansado de tratarme como si fuera una mierda?

Valiente gilipollas... Lo único que he hecho es respetar su decisión. ¿Qué quiere que haga si no puedo disimular lo que siento por él?

—Yo no he hecho eso —me defiendo.

—Sí lo has hecho. Llevas semanas tratándome como si fuera invisible, haciéndome sentir culpable por hacer lo que pensé que era mejor para los dos.

—Lo mejor para ti, dirás.

—No, Eva, para los dos. Frené algo que no tiene sentido antes de que nos hiciera más daño.

Contengo el aliento y siento como si me acabasen de clavar una daga en el corazón.

Tendré mil inseguridades, mil defectos, pero si algo he aprendido en estos años, si hay algo de lo que esté orgullosa, es de no reprimir lo que siento, de validar las emociones que me embargan. Que diga eso solo minimiza la conexión que tenemos, y me niego a permitírselo. Si él quiere engañarse, estupendo, pero lo que siento es mío, y no tiene derecho a empequeñecerlo.

—¿No tiene sentido?

—Joder, Eva, míranos. Pertenecemos a mundos completamente distintos. Tú estás en el mundo de Fabio, te mereces a alguien que esté a tu altura, no a un guardaespaldas.

—¿Qué tontería estás diciendo?

—La verdad. Solo intenté frenar antes de llegar al precipicio. Me hiciste sentir cosas que no podía controlar, y eso me asusta. No quiero que esto nos estalle en la cara. No quiero joderlo todo.

Sus palabras me emocionan. Me recomponen, llenan mi corazón y me confirman lo que llevo tiempo pensando: que esto que me pasa, lo que me atenaza el pecho cada vez que le veo, es real. Y que, como una idiota, me estoy enamorando.

Me acerco a él sin decir nada, sin dejar de mirarle. Todo lo que tengo dentro me empuja, pero estoy tranquila. Sé lo que quiero hacer y no voy a reprimirme.

Pego mi cuerpo al suyo y lo miro a los ojos. Sé que me desea, sé que esto le frustra tanto como a mí y que se muere por cerrar la distancia entre nosotros; si no es así, quiero que me rechace. Estoy harta. Si los dos queremos hacerlo, ¿por qué darle tantas vueltas?

Me mira. Noto que su respiración se agita poco a poco, la oigo y la siento en su pecho, bajo mis manos. Me quedo quieta, expectante. Poco a poco, se inclina y nos acercamos cada vez más. Solo ver cómo me hace suspirar... De pronto, el oxígeno que nos rodea me parece escaso y necesito inhalar y exhalar con más fuerza. Nuestras bocas están tan cerca que noto la humedad de su aliento en los labios. Sus manos recorren mi piel, me acarician los brazos, me suben por el cuello y me cogen la cara con delicadeza. Su contacto me hace cerrar los ojos y entreabrir los labios. En ese momento imagino, sueño, suplico que me bese sin decirlo y me acerco tanto que no cabe un átomo entre los dos.

Entonces siento sus labios sobre los míos. Un alivio inmenso me baila en el pecho y en el estómago, y el fuego se reaviva en la parte baja de mi vientre. Me besa. Me besa con ganas, lento, con ansias, pero con delicadeza. Un placer indescriptible invade mi cerebro; por un momento desconecta de todo lo que me preocupa y desaparecen todos los problemas. Se aferra a mi nuca, pegándonos más, como si quisiera que nuestras bocas se fusionaran. Siento su olor, su cuerpo, sus labios, su lengua entrando y saliendo de mi boca.

Doy dos pasos hacia atrás y me apoyo en la encimera. No deja de besarme cuando me coge en brazos y me sienta encima, agarrándome del culo mientras se mete entre mis piernas, deján-dolas abiertas del todo. Lo siento entero, y solo puedo pensar que, si estoy soñando, Dios, no quiero despertar. Tenerle así me provoca un cosquilleo que me recorre todo el cuerpo, y la urgencia de que esté dentro de mí es cada vez más fuerte.

Sus besos descienden por mi cuello mientras sus manos trazan el mismo camino por mis muslos. Me acaricia las ingles sobre los pantalones y pasea los dedos por la frontera de mi ropa interior, al tiempo que sus labios me recorren los pechos. Jadeo cuando deshace el nudo del top y noto sus besos en la piel. No llevo sujetador. Muerde, lame, respira sobre mi pezón mientras masajea el otro con la mano y hace que mi espalda se arquee. No puedo más. Su tacto, su calor, su olor me vuelven loca. Ya no queda ni rastro de esos primeros contactos pausados, delibera-dos. Ahora es todo acelerado, pura necesidad.

Le aparto y le agarro el bajo de la camiseta para quitársela. En algún momento su chaqueta ha terminado en el suelo; el resto de su ropa correrá la misma suerte. La necesidad es tan fuerte que creo que no podré aguantar. Sin parar de besarme, me arranca los pantalones mientras me quito los tacones de un puntapié. Solo queda la barrera del tanga. Lo siento contra mí. Se frota, me arranca un gemido que grita su nombre y me recorre todo el cuerpo como si quisiera aprendérselo. Estoy empapada. Le desabrocho el botón del pantalón y meto la mano. Noto su calor, está ardiendo. La agarro y me lame la boca mientras exhala con fuerza.

Muevo la mano arriba y abajo, mirándole a los ojos para ver cómo se consume, cómo se deja ir por fin cuando echa la cabeza hacia atrás, jadeante, y me permite morderle el cuello. El tacto de su piel es suave pero firme, y me pierdo en sus reacciones, en cómo se le acelera la respiración, en cómo apoya la frente en mi hombro y lo besa, en cómo mece las caderas al ritmo de mi mano. Sin embargo, no pasa mucho tiempo hasta que se aparta. Me junta las piernas y me quita la ropa interior mientras me mira como si quisiera matarme, como si no quedase una brizna de control en su cuerpo. Es justo lo que quiero. Le observo: su cuerpo musculado, su pubis marcado... Se quita los pantalones, y si hasta ahora creía que estaba excitada, esto es otra liga. Necesito sentirle dentro, necesito que no quede espacio entre nosotros, ni siquiera para las dudas.

Me sonríe y me doy cuenta de que he abierto más las piernas, invitación silenciosa para lo que deseo. Sus ojos se oscurecen aún más cuando me muerdo el labio y empiezo a acariciarme. Se acerca y me besa las piernas con suavidad. Noto su lengua y jadeo sorprendida, extasiada por el camino que está a punto de tomar. Se acerca poco a poco, hasta que besa mi sexo. Su boca me produce un placer que soy incapaz de describir con palabras. Le agarro del pelo con fuerza y sale de mí un gemido que recorre cada esquina de la casa, mientras él sigue moviendo la lengua. El calor se extiende por todo mi cuerpo y me recuesto sobre el mármol dejándome ir, rindiéndome a él. Juega conmigo durante más tiempo del que soy capaz de controlar, haciéndome perder la respiración varias veces, hasta que una energía brutal me recorre el cuerpo de arriba abajo, me agita y me hace morir durante unos segundos en los que me retuerzo de placer.

Cuando vuelvo de ese paraíso, Kobo se ha puesto un condón y se mete entre mis piernas. Me besa con la mayor delicadeza del mundo y me hace el amor como no me lo han hecho jamás.

17

Si algo he aprendido de todo esto es a no guardarme lo que siento. En cuanto le dije a Kobo lo que pensaba, todo cambió.

Aquella noche fue mágica. No podíamos parar de hacerlo, y cada vez era más intenso, más íntimo, más bonito. No dijimos ni una palabra durante horas porque no hacía falta hablar. Con cada beso, cada caricia, cada abrazo, cada gemido, nos decíamos todo lo que habíamos callado durante meses hasta que nos quedamos dormidos, exhaustos por tal explosión de sensaciones.

A la mañana siguiente recuerdo abrir los ojos con el sol calentándome los párpados. La luz comenzó a activar el resto de los sentidos, que poco a poco me fueron situando en un despertar maravilloso.

Lo primero que percibí fue su olor, que me hizo recordar todo lo que había pasado antes de quedarme dormida. Estábamos completamente desnudos, y él me abrazaba desde atrás. Sentía su piel y su respiración calmada en mi espalda. Todo contacto me parecía insuficiente, así que me acurruqué entre sus brazos y, al hacerlo, se me dibujó una sonrisa infinita.

Kobo inhaló y exhaló con fuerza, y asumí que se había despertado, pero por si acaso decidí no moverme. Al instante, noté primero su aliento y después sus labios besándome la nuca.

—Me gusta despertarme así —me susurró.

—¿Así cómo?

—Tan cerca de ti.

Nunca me había sentido tan completa como en ese momento. Jamás había estado tan cómoda, y recuerdo darme la vuelta buscando de nuevo el calor de sus labios para volver a empezar a sentirnos como si las horas anteriores solo fuesen un recuerdo.

Ese fue el primero de los mejores despertares de mi vida. De los mejores días.

De repente parece que todo fluye, todo funciona. El bloqueo ha desaparecido, y siento que me falta tiempo para plasmar todo lo que tengo en la cabeza. Las lunas, que antes parecían eternas, pasan ahora como un relámpago, e incluso a veces me da la sensación de que los colores son más vivos y las luces, más brillantes.

Me arrepiento del tiempo que he perdido, de haber sido tan niñata, y me flagelo a veces pensando que podríamos haber llegado aquí mucho antes si no me hubiese cerrado en banda y hubiéramos hablado las cosas desde el principio.

Fui una egoísta al ni siquiera intentar empatizar con sus sentimientos y su situación. Mis complejos hicieron que no quisiera hablar con él por miedo a escuchar algo que me doliera. Los fantasmas del pasado de aquella chica que resultaba indiferente para todo el mundo me hicieron alejarme de él para sufrir lo menos posible, lo que resultó ser bastante contraproducente.

Cuando me rechazó justo después de besarme, me sentí estúpida por haberme hecho ilusiones con un chico así. Creía que no era para mí, que no me lo merecía. Otra broma de la vida para reírse de mí. Pero contra todo pronóstico, parece que esta vez todo está saliendo bien.

Estas semanas he descubierto en él la forma más pura de demostrar el amor. Aún no ha salido de su boca un «te quiero», pero en tan poco tiempo me lo ha dicho mil veces cada día.

Mientras escribo, aparece sigilosamente con una taza de té, me la deja en la mesa sin decir nada y, cuando ve esa sonrisa que no puedo evitar, me rodea con los brazos y me besa de una manera que recarga mis fuerzas para seguir las horas que hagan falta.

Con detalles así hace que mi corazón se derrita sin necesidad de palabras.

Todo lo que hacemos juntos es apasionante. Muchas veces pienso que me he colado en un libro y que los momentos que vivo no son reales.

Nunca pensé que desearía tanto que los semáforos se pusieran en rojo. Que suceda cualquier cosa para pasar más tiempo a solas con él.

El otro día me entrevistaron en la radio. Había quedado allí con Rebeca. De camino, cada vez que nos parábamos en un semáforo, exprimíamos hasta el último momento de la pausa para besarnos. Le tocaba, me tocaba y nos moríamos por más, capaces de haberlo hecho ahí en medio, sin importarnos nada. Cuando llegamos, salimos del coche y avanzamos hasta la puerta como si nada. Rebeca nos miraba sonriendo, ajena a cualquier acercamiento entre los dos. Subimos en el ascensor los tres, y mientras hablaba con ella y me explicaba cómo iba a ir la entrevista, Kobo me dio la mano a su espalda. El gesto me sorprendió, y mientras sus dedos se entrelazaban con los míos a escondidas, como niños que guardan un secreto, me entró la risa sin querer.

—¿De qué te ríes? —me preguntó Rebeca cortando su *speech*.

—De nada, ¿por? —le dije con una sonrisa de oreja a oreja.

—Cada día estás más rara...

Después de todo lo que había pasado entre nosotras, la llamé para disculparme. Le dije que había estado muy agobiada con la novela, pero que ahora que fluía había podido sentarme a pensar y me había dado cuenta de lo mal que me había portado. Ella, en cambio, me dijo que ni siquiera estaba enfadada, que me entendía y que solo quería que supiera que siempre estaría ahí para mí, incluso cuando yo la echase de mi lado. La quiero tanto y he tenido tanta suerte con ella... Total, que acabé llorando como una imbécil y diciéndole lo mucho que la quería y lo afortunada que era por que hubiese aparecido en mi vida. Hemos vuelto a ser las de siempre, y solo espero que no me mate si llega a enterarse de lo de Kobo.

Yo no tengo ningún problema en hablarle a todo el mundo de lo nuestro, pero en una de nuestras eternas conversaciones él me pidió que, de momento, fuéramos discretos. No voy a mentir, al principio me pareció innecesario, pero es cierto que a nivel laboral es algo que puede parecerle extraño a la gente que trabaja con nosotros. En el caso de Kobo es más grave: por lo visto, el amigo para el que trabaja arriesgó mucho al montar la empresa, y podría ser incómodo para él. Quiere buscar un buen momento para explicárselo, y lo respeto.

Cuando se abrieron las puertas del ascensor y salió mi agente, aproveché para reprender a Kobo con una mirada, y él me contestó con una sonrisa pícara. Uf, me mata.

Durante la entrevista se quedó en la pecera con el técnico de sonido, justo delante de donde estábamos grabando, pero no le miré en todo el rato porque me entraba la risa cada vez que lo hacía.

Al terminar, nos despedimos de todo el mundo, y cuando estábamos entrando en el coche, Rebeca nos pidió que la esperáramos mientras corría hacia nosotros.

Miré a Kobo por encima del techo del coche, quien, al igual que yo, no entendía nada. ¿Se habría dado cuenta?

—¿Me acercáis a casa? —nos pidió.

—Claro, tía, qué susto.

Se sentó detrás y nos fue contando todas sus experiencias con chicos con los que había estado quedando. Por lo visto, se había hecho Tinder, y se había pasado toda la semana anterior teniendo citas, a cada cual más extraña.

—Tía, que no es normal, que cualquier día me levanto y se me ha cerrado. Estoy a punto de recuperar mi virginidad.

Nos reímos a carcajadas porque, con todo lo fina que es en el trabajo, mi amiga es más bruta que un arado.

—Pero ¿cómo se te ocurre quedar con gente que no conoces? —le pregunté.

—A ver, es que los que conozco son igual de raros. El problema no es de Tinder, es de los tíos, que no hay ninguno normal.

Estuvo todo el camino quejándose de su vida amorosa y sexual hasta que nos detuvimos delante de su puerta.

—Adiós, guapos, muchas gracias —se despidió y nos dio un beso a cada uno desde atrás—. Y tú, a ver si me presentas a algún amigo, hijo.

—Cuando quieras —le respondió él, riéndose.

—Ya, quiero ya. Y te traes otro para mi hermana —dijo refiriéndose a mí—, que entre las dos al final vamos a montar un monasterio.

Kobo y yo cruzamos miradas y empezamos a reírnos a carcajadas.

—Oye, ¿y a vosotros qué os pasa? —No podíamos parar, y cada vez nos miraba con mayor suspicacia—. Sois idiotas, no es tan gracioso. Además, ¿vosotros no estabais enfadados? —Se quedó pensativa unos instantes y, cómo no, soltó una de las suyas—: Oye, no estaréis follando, ¿no?

Cada palabra nos hacía más gracia, así que, al ver que no parábamos, se rindió:

—Hala, que os den, que sois más bobos... Eva, te lo advierto, como me entere de que te lo estás tirando y no me has dicho nada, dimito.

Para cuando entró en el portal, estaba a punto de darnos algo, pero con Rebeca fuera de juego hice lo que llevaba horas deseando: besarle. Me apoyé en el reposabrazos y jugué con sus labios, saboreando lo que tanto había echado de menos. Kobo enredó los dedos en mi pelo y me regaló pequeños mordiscos que me provocaron corrientes de placer que se extendieron por mi cuerpo.

—Vamos a casa —le susurré al oído.

Corrimos como si nos hubieran llamado para apagar un incendio, aunque en realidad íbamos a apagar el nuestro.

Empezamos en el ascensor, incapaces de aguantarnos. No dejamos de besarnos ni cuando tuve que atinar con la llave. Al entrar en casa, íbamos riéndonos al tiempo que nos desnudábamos de camino a la cama.

Ya arriba, con las respiraciones entrecortadas y solo la ropa interior como barrera, nos quedamos de pie junto a la cama, separados por apenas unos pasos. Le vi quitarse los calzoncillos y lanzarlos sin dejar de sonreírme. Me comía con la mirada, y yo a él. La visión de su cuerpo desnudo me traía recuerdos de horas de placer, de gemidos en mitad de la noche y abrazos cálidos en el sofá. Conseguía excitarme con solo rozarme, y me llevaba al orgasmo con la misma facilidad. A un lugar que estaba deseando explorar de nuevo. Me bajé el tanga y, con movimientos lentos, me llevé las manos a la espalda, abrí el cierre del sujetador y dejé deslizar los tirantes por los hombros hasta que acabó en el suelo.

Me tumbé y no le hizo falta más invitación. Se tiró encima de mí, me arropó con su cuerpo y nos perdimos entre las sábanas de la cama, aún deshecha. Nos miramos a los ojos y no dejamos de hacerlo ni un segundo. Le sentía como si formase parte de mí: nuestras respiraciones y latidos estaban sincronizados, y cada vez que entraba y salía sentía que moría y resucitaba. Fue una experiencia extrasensorial en la que me di cuenta de que nunca antes había hecho el amor.

Ha pasado un día de eso y no dejo de pensarlo. Ese momento me revisita de pronto, sin esperarlo, y me llena de una calidez que no puedo explicar. Todavía me cuesta creer que esto me esté pasando a mí.

Le observo desde arriba. Está cocinando algo que me ha dicho que es sorpresa. También he descubierto que Kobo es un gran chef. Me sorprende con unos platos que ríete tú de las estrellas Michelín.

Debería estar escribiendo, pero cada cinco minutos hace algo que me obliga a mirarle y pierdo la concentración. Creo que me voy a comprar un babero para estar por casa.

Estoy lista para poner punto final a un capítulo al que llevo dándole vueltas unos días, pero a los cinco minutos de ponerme, suena el timbre.

—¡Voy! —grita Kobo.

Le oigo abrir la puerta y saludar al conserje. Después le da las gracias y cierra.

—Un paquete para la señorita —anuncia mientras sube las escaleras en tres saltos.

Se acerca a donde estoy sentada y se coloca a mi espalda. Me da un beso en el cuello y deja en el escritorio un paquete pequeño y rectangular.

—¿No habías prometido que nada de autorregalos hasta acabar la novela?

Suelto una carcajada y le beso mientras le digo que no he pedido nada, que debe ser un envío de la editorial. Seguro que es un libro.

—¡Mierda, la cena! —suelta él, y se va abajo corriendo después de un último beso.

Ansiosa, abro el sobre acolchado. Es un ejemplar de *El gran Gatsby*, mi libro favorito, en la edición más exquisita que he visto jamás. No hay tarjeta.

Una edición así, y un libro tan concreto... Si fuera de la editorial me habrían avisado.

«Qué raro».

Acaricio el lomo y la portada, maravillada con la encuadernación y los acabados, que son preciosos, y abro la primera página.

Allí, una dedicatoria resuelve todas mis dudas:

> Para Eva.
> Cada página de este libro me ha recordado a ti.
> Con cariño,
>
> FABIO

18

Cambio el peso de nuevo y la moto se inclina; cojo una curva, después otra. Tiene que haber el equilibrio justo entre
inclinación y velocidad para poder dibujar la curva perfecta. Eso es la vida, ¿no? Equilibrio. De vez en cuando se
desestabiliza y tienes que corregir, a veces cambiando el
lugar donde pones el peso, otras modificando el rumbo y
en algunos casos quizá es necesario frenar un poco para
rectificar la dirección antes de volver a acelerar a tope.

Y ahí estoy yo. Con el puño a fondo y sus brazos agarrándome. Han sido meses complicados, pero ahora encaro
la recta con más ganas que nunca. Me apetece gritar y lo
hago, y al segundo su voz me sigue; lo hacemos porque nos
sentimos libres.

Como dijo un gran artista «La vida solo sirve para dos
cosas, para enamorarse y para morirse, y "nos" dan miedo
las dos». Cuánta razón.

Siempre he sido impulsivo. Si sentía algo, lo hacía sin
pensar en las consecuencias, iba como un toro a por lo que
quería, pero cuando decidí cambiar, cuando tomé la deci-

sión de ordenar mi vida y hacer las cosas con cabeza, empecé con lo único imposible, el amor.

El amor no tiene sentido. No entiende de estrategias, gustos, trabajos, edades ni dinero... El amor llega, te golpea y nada más importa. En cuanto esa chispa genera la explosión, ya no hay vuelta atrás.

Es una locura, es imposible. ¿Cómo vas a racionalizar algo que es completamente irracional? ¿Cómo vas a tratar con frialdad algo que arde? Es como echar cubos de agua al sol para que se apague. Antes de que puedas acercarte, te quema.

Un día como hoy, hace un año, vine solo al mirador de Richi. Le echaba de menos. ¿Quién me iba a decir que doce meses después iba a estar aquí con ella?

La gente dice que la Navidad son fechas para la familia, para el amor, y no mienten, pero con el paso de los años me he dado cuenta de que eso es solo una parte. Es el momento de las cosas importantes. Sí, del amor y de la familia, pero también de los amigos, los reencuentros, las reconciliaciones y de recordar a los que no están y que dejaron un hueco irremplazable.

Si tuviera que definir a Richi con una sola palabra sería, sin duda, libertad. Era pura energía y ganas de vivir. Siempre nos decía que todo es una experiencia que hay que disfrutar, incluso lo malo. Su vida no fue fácil. Asumió responsabilidades que le hicieron madurar muy pronto, y aunque tenía nuestra edad, parecía mucho más mayor. A veces nos reíamos de él y decíamos que lo suyo era «voz de vieja», pero nos enseñó las lecciones más importantes de nuestras vidas. Por eso cuando se fue no solo perdimos a nuestro mejor amigo:

perdimos a un hermano. Y es quizá esa libertad que habitaba en él, esas ansias de vivir, una de las causas por las que ya no está aquí.

Quiero contárselo todo a Eva, pero tengo miedo. Al fin y al cabo, podría alejarla de mí. Fue Richi, pero podría haber sido yo. Es una parte oscura de mi vida, una de la que no estoy orgulloso y por la que he perdido demasiado, pero es necesario que lo sepa para poder seguir.

Últimamente no paro de darle vueltas a algo que llevo tiempo pensando: veo en Eva a la persona con la que quiero envejecer. Quiero tenerla a mi lado todo lo que sea posible, y por eso necesito contárselo, sacarme este peso de encima.

Coloco el caballete y la ayudo a bajarse. Nos quitamos los cascos y veo que se queda ensimismada con las vistas, están más bonitas que nunca ahora que ella está aquí.

—Es precioso —me dice.

Respiro nervioso, y decido que, después de llegar hasta aquí, no es el momento de echarse atrás.

«No seas cagado macho, ¡échale un par de huevos!», me habría dicho Richi.

—Este sitio es muy importante para mí.

Me mira esperando que le diga por qué. Tiene las mejillas sonrosadas, la punta de la nariz a juego y el pelo alborotado por el casco. Está monísima. Tanto que, antes de seguir, le doy un beso para que me infunda el coraje que me falta.

—No sé si te he hablado alguna vez de Richi.

—Me has contado alguna historia en la que estaba, pero poco más.

Le cuento que Richi, Mike, Tommy y yo nos hemos criado juntos. Que éramos unos locos, pero buena gente.

Que íbamos de un sitio a otro con las motos, haciendo sufrir un poco a nuestras madres porque nada nos gustaba más que hacer kilómetros sin un destino fijo. Le digo que Richi era el tío más gracioso y más bestia que te podías echar a la cara, y que él se la partía por cualquiera de los suyos. Le cuento que, aunque pareciera un chulo, era el único con el que podía abrirme del todo, al que le conté la primera vez que follé, pero también la primera que me rompieron el corazón. Richi era mi mitad, la pieza que me falta.

—Creo que me caería bien —me dice mientras se ríe.

Yo también lo hago, aunque mi risa esté teñida de pena.

—Estoy seguro de que tú a él también, pero... —Se me rompe la voz y tengo que carraspear antes de seguir—: Por desgracia, murió hace cuatro años.

Veo el cambio en su expresión, cómo la sonrisa se le desliza por los labios y me mira con esos preciosos ojos almendrados antes de pegarse a mí.

—¡Mi amor! —exclama mientras me coge la cara entre las manos heladas—. Lo siento mucho.

Le sonrío de nuevo con tristeza y le beso los dedos, que siguen acariciándome en un intento dulce de reconfortarme. No sabe que solo con estar aquí, escuchándome hablar sobre el momento más duro de mi vida, ya es suficiente.

—Siempre veníamos aquí los cuatro. Nos encantaba mirar lejos, no hacer nada, solo estar, cada uno pensando en sus movidas, pero juntos.

—¿Qué le pasó?

—Tuvo un accidente con la moto —confieso, y sé que ahora viene la parte dura.

—Joder, Kobo, qué miedo.

—Sí, pero en realidad hay mucho más detrás.

Se lo cuento todo. Por entonces éramos amigos del asqueroso de Jaime San Román, que estaba empezando a meter mano en los negocios turbios de su padre. Él sabía que ninguno íbamos sobrados de pasta, así que a veces, cuando salíamos de fiesta, se traía algo de maría y nos la daba para que la vendiéramos por ahí. Eran cantidades ridículas, creo que lo máximo que ganamos en una noche fueron cien euros para repartir entre todos, pero bueno, nos daba para unas copas.

Richi en ese momento no estaba muy centrado: una chica le había roto el corazón, no sabía qué quería hacer con su vida, salía más de la cuenta y de vez en cuando se pillaba un ciego con San Román y compañía con la excusa del «invita la casa». Entonces Jaime, que no es tonto, se aprovechó de eso. Empezó a tirar de él y poco a poco le fue metiendo en ese mundo de mierda.

Cada vez movía cantidades más grandes, y ya no solo drogas blandas. Richi era un hermano para mí, y desde el primer momento le dije que todo aquello no me parecía bien, hasta el punto de pelearnos varias veces. Un día tuvimos una discusión más fuerte de lo normal porque intenté que mandara a Jaime a la mierda y casi llegamos a las manos. Aquel fue el último día que hablé con él. Y eso me persigue cada día.

Al darse cuenta de que se había pasado, Richi intentó hacer las paces conmigo, pero yo fui un puto orgulloso. Me llamó en incontables ocasiones y me puso mil mensajes, pero no le contesté.

Una semana después recibí la peor noticia de mi vida:

Richi había muerto esa madrugada. Tuvo un accidente en la M-30, a ciento cincuenta kilómetros por hora. Transportaba un par de kilos de coca. Llevaba meses entregando paquetes con la moto. Ese día alguien dio un chivatazo y la poli le estaba esperando a la vuelta de la esquina. Escapó, pero durante la persecución perdió el control y se fue contra un quitamiedos. Con el tiempo me enteré de que estaban metiendo cinco veces más por otro sitio. Siempre supe quién había sido. Ese día, los San Román me quitaron a un hermano. Por eso cuando veo a Chris metido en todo esto me da tanto miedo. No me gustaría perder a otro.

Cuando termino, Eva me acaricia, me besa y me dice:

—Estoy segura de que él está aquí contigo.

Solo puedo observarla, ver cómo se emociona por la pérdida de alguien que ni conoció, absorber su calor y el apoyo que me brinda su contacto, saber que está aquí y que intenta decirme que no se irá. No lo esperaba, pero es justo lo que necesito, y entonces sucede... pasa lo que llevo cuatro años sin poder hacer. Lo que hice el día que murió Richi y he sido incapaz de repetir por mucho que me esté ahogando: lloro.

La abrazo, porque no me salen las palabras, pero sí el llanto, y lloro contra su hombro como llevaba años sin hacer. Y le siento. Por un instante siento que en ese abrazo hay algo de Richi.

Es un momento amargo: estoy feliz de tenerla, pero le echo de menos como nunca. Me hubiese encantado que la conociese, que viese lo bonita que es por dentro y por fuera, que escuchara su risa contagiosa después de un chiste malo, esos que se le daban tan bien a Richi. Dicen que las personas solo mueren cuando se olvidan, y a pesar de que no hay día que pase sin que hablemos de él o le pensemos, siempre me faltará una parte de mí.

Sin embargo, cuando nos vamos estoy feliz, contento por haber confirmado una vez más que Eva es especial. Y que Richi, a su manera, también lo sabe. Que él está ahí, como siempre, como mi ángel de la guarda. Y teniéndoles a mi lado me siento invencible.

Ayer fue el último día del año, y también el mejor. Eva cenó con nosotros. Pensaba que mi madre estaría sola, pero me guardaba una sorpresa.

—Qué nervios —dijo Eva cuando llamé al timbre mientras se colocaba el pelo y el vestido una última vez.

Estaba resplandeciente y yo sonreía como un imbécil. Quise calmarla, decirle que era imposible que mi madre no la adorase, pero justo en ese instante se abrió la puerta de golpe. No era ella.

No veía a Chris desde el día del Flame, ni había hablado con él. La poca información que me llegaba era la que me daba mi madre y, teniendo en cuenta que llevaba años mintiéndole, tampoco estaba claro que fuese de fiar. Hacía días le había preguntado por él y me había dicho que le tocaba hacer guardia en su nuevo trabajo y que no podría venir a cenar. No le dije nada porque no creo que supiese lo que había sucedido unos meses atrás, al menos no por mí, pero en el fondo me daba pena por todo lo que había pasado entre nosotros.

Cuando le tuve delante, se me acumularon las palabras y las emociones de tal forma que ninguna podía salir: alegría, dolor, ilusión, rabia... Él tampoco dijo nada hasta que nos fundimos en un abrazo que duró unos segundos. Mientras le apretaba contra mí, pensé que, por mucho que la liara, por mucho que me llevase siempre al límite con sus cagadas, no me arrepentía de dar la cara por él. Que lo único que quería era que pudiese rehacer su vida y ser el chico que había sido, el que había dejado sepultado entre un montón de tatuajes y delincuencia.

Nos separamos con una sonrisa y le revolví el pelo, algo que odia. Acabamos riéndonos y forcejeando como niños que juegan a lo bruto, rodeados de esa sensación a hogar y del olor de la cocina de mamá, porque, aunque nunca ha habido grandes cenas con marisco en estas fechas, siempre inventa algo especial en lo que trabaja todo el día.

La vi aparecer por encima del hombro de Chris. Iba guapísima. Se había puesto un vestido precioso que protegía con el delantal de siempre.

Me recibió con un abrazo y un beso en la frente antes de decirme que me notaba más delgado y preguntarme si estaba comiendo bien.

Una risilla tímida inundó la habitación y mi familia se percató de la presencia de Eva.

—¡Eva! Qué alegría conocerte por fin, me han hablado mucho de ti —dijo mi madre mientras se quitaba el delantal y le daba un abrazo.

Por supuesto, no perdió la oportunidad de vocalizar un «¡Qué guapa, por favor!» mientras ella no la veía. Chris las miraba con una sonrisa, apoyado en la pared de la entrada, y yo los observaba a los tres, como si de una fotografía se tratase. Si pudiese capturar ese instante, hacerlo eterno, habría encontrado la fórmula para ser feliz. Sin embargo, el momento no duró mucho porque mi madre salió corriendo a la cocina, gritando que se le quemaba el pollo... No sería la primera vez.

Cuando le dije que llevaría a Eva a cenar se puso nerviosa. Empezó a organizarlo todo, planeando qué podía preparar y cómo iba a poner la mesa para causarle la mejor impresión. Lo que ella no sabía es que justo eso, la naturalidad con la que la recibió, hizo que se enamorara de ellos. Y que yo lo hiciese aún más de ella.

Me pasé la noche ensimismado, disfrutando de la estampa y de sentir a Eva tan en casa. Al principio pensé que sonreía por nervios, porque es tímida y le cuesta abrirse con la gente que no conoce, pero desde el primer momento parecía una más. La pobre aguantó el interrogatorio de mi madre con una sonrisa; solo le faltó preguntarle por los invitados de su primera comunión. Y se interesó por mi hermano y por mi madre: escuchó sus anécdotas y se rio con ellos. Verlos disfrutar juntos, hablar como si se conociesen de toda la vida, era suficiente.

Chris nos contó que había empezado a currar como guardia de seguridad nocturno en una fábrica y que había pedido el día libre para darle una sorpresa a mi madre. No era el trabajo de sus sueños, pero por lo visto por las tardes había retomado el módulo de informática al que se había apuntado años atrás. Verle tan tranquilo, centrado, me relajó. No era el momento de hablar de amenazas y drogas, pero tuve un buen presentimiento. Quiero pensar que la vida también me sonríe con esto.

Después de cenar había que hacer tiempo hasta la hora

de las campanadas, así que mi madre, siguiendo el protocolo de suegra, aprovechó para sacar el álbum de fotos con sus respectivas anécdotas vergonzosas. Eva se partía y me miraba con todas ellas, cuchicheando con mi madre por lo bajini.

Entonces pensé en lo *random* que es todo, en las vueltas que da la vida y en la cantidad de momentos o casualidades que tienen que darse para que dos personas acaben juntas. Si el día que fui a la editorial y salí despotricando de aquella niñata creída y caprichosa me hubiesen contado todo esto, me habría caído para atrás.

Esto que tenemos es bonito, pero también me asusta. Igual que todo cambia tan rápido para bien, puede hacerlo para mal y que se vaya todo a la mierda. Y eso es lo que me acojona. No veo el momento ni la forma de contárselo a Tommy porque no sé cómo se lo va a tomar. Sé lo que supone este curro para él y no quiero joderlo, pero, sobre todo, no quiero cargarme nuestra amistad... Tengo que darme prisa, porque cualquier día podría enterarse y eso sí que sería demoledor.

Mi madre y mi hermano no dirán nada, ya he hablado con ellos, pero el padre de Eva... No parecía muy contento. ¿Y si un día se lo cuenta a Rebeca y ella habla con Tommy? Joder, no quiero ni pensarlo.

Hace un par de semanas, Eva y yo bajábamos en el ascensor de su casa para ir a dar un paseo. Ella se apoyó en el espejo y me echó una sonrisa que no podía dejar escapar, así que me pegué a ella y la besé. Como de costumbre, lo que empezó como un roce inocente prácticamente escaló a más y pronto tenía las manos dentro de su camiseta y mis labios en su cuello.

Cuando la puerta se abrió, Eva emitió un sonido ahogado. Rápidamente, se bajó la camiseta mientras yo veía en el cristal el reflejo de un hombre ante las puertas del ascensor.

—¿Papá?

En mi vida se me había bajado todo tan deprisa.

Al darme la vuelta, el hombre, grande y con el pelo canoso, parecía totalmente desorientado por lo que acababa de ver. Llevaba una caja bajo el brazo, envuelta en papel de regalo dorado.

—¿Eva?

Su hija le abrazó, como si no acabase de pillarnos en pleno tema, mientras él mantenía la mirada fija en mí y el ceño fruncido.

—Papá, este es Kobo, mi escolta. Y bueno, mi novio.

Toma ya.

Me estrechó la mano, pero era como si aquel hombre hubiese visto un fantasma. Al parecer, había ido a llevarle un regalo porque se iban a esquiar y no volverían hasta después de Reyes. Creo que mencionó algo de Suiza y le preguntó si estaba segura de que no quería ir, pero Eva le contestó que prefería quedarse en Madrid.

Cuando el pobre hombre se marchó, todavía intentando procesar que un quinqui como yo estuviese con su hija, la invité a la cena de Nochevieja. No me lo pensé mucho porque no quería que pasara el fin de año sola, aunque luego llegaron las dudas por si era demasiado pronto. Pero ¿de qué habría servido negarme a algo que me salía hacer? ¿Debería actuar teniendo solo en cuenta lo que es y no es «normal»? Lo único que habría conseguido es perderme un momento precioso junto a mi familia.

La normalidad está sobrevalorada, y el tiempo es finito. Y yo quiero pasar todo el que pueda a su lado.

19

Ya ha llegado. Oigo el golpe de la puerta de casa mientras siento cómo cae el agua. Cierro los ojos y espero, le espero. Mis sentidos se aguzan y noto cada gota por mi piel como si fuera una cascada: me caen por la cabeza, me masajean el cuero cabelludo, me acarician los párpados, pasan por mis labios y se precipitaban por el cuello hasta los pezones. Después oigo la puerta del baño y veo su silueta a través del cristal empañado de la ducha; sé que solo tengo que esperar un poco más. Se me queda mirando sin pronunciar palabra, e intuyo que esa figura se desnuda. La anticipación me acelera la respiración, las pulsaciones subiendo junto a mi deseo. Me dejo ir de nuevo, acunada por el vapor, mientras pienso en lo que pasará, en lo que quiero que pase, como si eso le empujara a entrar más deprisa y me vuelvo hacia la pared. Segundos después noto su presencia detrás, el calor que emana su cuerpo y las ganas bailando entre nosotros.

Se acerca poco a poco hasta que su piel por fin se pega a la mía y activa todas y cada una de mis terminaciones nerviosas. Su boca se posa en mi nuca, me aparta el pelo a un lado, su respiración caliente sobre mi piel antes de besarla. Lo hace sin parar, y me aprieta las caderas, pegándome a él. La noto dura, y me mezo unos segundos, arrancándole un jadeo que me sabe a poco. Me vuelvo buscando su boca y le acaricio con firmeza. Me agarra los pechos y juega con ellos mientras el agua cae por nuestras bocas y se cuela en nuestro beso.

Gimo contra sus labios, con la anticipación convirtiéndose en realidad mientras me sujeta con fuerza y se desliza en mi interior. Llena el vacío que sentía hace un instante, y escucho mi voz retumbar contra los cristales, cegada por el placer. Mueve su cuerpo contra el mío, cada vez más fuerte. Me recorre entera, y llevo su mano a mi cuello para que me sujete con fuerza. Me apoyo en la pared para aguantar sus placenteras arremetidas mientras me agarro a su espalda. El sonido de nuestras respiraciones aceleradas, el agua que cae y nuestras caderas que entrechocan: la banda sonora del momento.

Me siento suya, completa, mientras acelera el ritmo y gime su placer contra mi boca. Nos besamos con ansia. Kobo decide que no es suficiente, nunca es suficiente. Le rodeo con los brazos y me levanta, haciendo que le abrace con las piernas. Llega más profundo, más dentro, y continúa a un ritmo enloquecedor hasta que nos perdemos en el acto.

Antes de que pueda acabar, para y sale de mí. Empapados, todavía abrazados y besándonos, llegamos a la habitación y nos tiramos sobre la cama. Espero que retome lo que hemos dejado a medias, pero algo cambia. Me lo hace lento, disfrutando de cada milímetro de piel, del movimiento, entra y sale con una calma demencial. Me aferro a su espalda, hundo las uñas en su piel y en las sábanas, deseando fundirnos con la cama y no salir de ahí.

Pronto las gotas de ducha se trasforman en sudor, y nuestros movimientos se vuelven erráticos, marcados por la necesidad.

—Mírame —me susurra.

Nuestras miradas chocan en una batalla de sentimientos sin palabras, y siento que todo se intensifica, que nada es suficiente, que le necesito más cerca.

—Bésame —le ruego.

En ese momento, siendo uno y con el corazón bombeando como loco, me recorre un cosquilleo para lanzarme al vacío. Me estremezco y me retuerzo hasta perder el control, me desvanezco y vuelvo a caer en ese placer que parece infinito. Él hace lo mismo segundos después, sin dejar de mirarme, con un grito ronco colgando de los labios, y cae exhausto encima de mi pecho.

Cuando abro los ojos ya es de noche; observo su figura dormida encima de mí. Me rodea con los brazos, la cabeza entre mis pechos mientras me acuna uno con la mano. Enredo los dedos en su pelo, perdiéndome en él. Ahora lo tiene más largo. Suspira en sueños y me hace sonreír. Recorro su piel con los dedos y trazo su espalda con la misma dedicación que un niño sigue las letras cuando aprende a leer. Me pierdo un poco en él, en su calidez, como me perdería en la mejor de las historias. Entonces pienso que quizá estoy trazando la nuestra, que es un poco loca, un giro inesperado en la trama, pero me siento en casa. Me siento como nunca. No estoy lista para el epílogo, para el punto final, porque no quiero que esto termine jamás.

Pienso en fin de año, en la cena con su familia y en que no esperaba que me invitase. Pienso en el vértigo que sentí, en el miedo a no encajar, a no gustarle a su madre o algo así. Después pienso en la suerte que tuve, en lo mucho que me cuidaron y en qué hubiera pasado la noche sola si no llega a ser por ellos.

Suspiro y no puedo evitar compararlos con mis padres. Nuestra relación nunca ha sido tan cercana, por mucho que nos queramos. Estas Navidades han sido un ejemplo de ello: decidieron que, para reavivar su matrimonio, lo mejor era irse a esquiar a Zermatt y pasar el fin de año en Suiza. No pensaron en que quizá yo también querría pasar tiempo con ellos, en que hacía meses que no cenábamos los tres juntos o en si iba a estar sola hasta que ya lo habían organizado. Después llegaron las preguntas por compromiso, los «¿Estás segura de que no quieres venir?». Y ¿qué iba a decir? Y más con Kobo delante.

—Esquiar no es mi pasión, ya lo sabes. Además, voy fatal con la novela, tengo que espabilar —le dije a mi padre.

Dios, mi padre. Vaya manera de conocer al suegro. Fue tan inesperado que ni siquiera fue incómodo, aunque jamás había visto a Kobo tan nervioso, ni cuando tiene que enfrentarse a hordas de adolescentes. Estaba completamente rojo y le temblaba la voz. Monísimo.

La noche que pasé con su familia me hizo entender muchas cosas: su manera de cuidarme, su capacidad para empatizar y darse cuenta de que algo no va bien, su instinto protector... Kobo me cuida de una forma que no había sentido jamás, y aquel día, al verle con su madre y su hermano, entendí que así trata a las personas que quiere. Así se tratan entre ellos.

Mis padres me adoran y yo les adoro, pero una familia es más que eso. Algo más potente que el ADN, la genética, el padrón o cuatro paredes; el amor nos mantiene juntos, pase lo que pase. Verlos profesarse ese amor incondicional me emocionaba y me dolía a partes iguales, porque solo ponía de relieve lo que me ha faltado toda la vida. Es *heavy* darte cuenta de algo así a los veintidós años. De repente el dinero, la casa, los coches y las vacaciones en Suiza te parecen algo tan vacío y superficial que te da hasta vergüenza.

Con su humildad y nobleza, Kobo me está enseñando a querer, estoy aprendiendo a disfrutar cada día como si fuera un regalo, a ocuparme de las cosas, pero a preocuparme solo de las importantes. Siempre me dice que lo único necesario para ser feliz es que la gente a la que quieres lo sea.

—Tuve que perder a un amigo para darme cuenta. Vamos siempre con mierdas en la cabeza que nos hacen verlo todo negro, pero de repente te llaman para darte una noticia realmente jodida y todo eso no solo te deja de preocupar, sino que se te olvida —me dijo días después de ir al mirador.

Cuando pienso en el camino que hemos recorrido para llegar hasta aquí, en lo que he cambiado y aprendido junto a él, me entran ganas de hacerlo público, contarlo a los cuatro vientos sin importarme la opinión de nadie, y que todo el mundo se entere de que por fin soy feliz.

Por primera vez en mi vida todo funciona, e incluso se ha calmado el tema del acoso. Llevo semanas sin recibir cosas extrañas, sin sentirme observada o perseguida, y tengo claro que estar las veinticuatro horas pegada a Kobo tiene mucho que ver.

Todo estaba yendo bien hasta que apareció.

Era la primera presentación del libro que terminé hace meses; acababa de salir. Estos eventos siempre me ponen nerviosa, pero ahora solo tenía que mirar a la derecha y verle para relajarme.

Lo habían organizado en el Capitol, en Gran Vía, uno de los cines más míticos de Madrid. Todos los grandes estrenos se hacen ahí. Y aunque mis personajes no han llegado a la gran pantalla, sueño con el día en que eso suceda, con estar en esa sala y que cobren vida, salgan del papel y lleguen a más gente todavía.

Sin embargo, aunque no ha pasado, que no quede ni una butaca libre de este lugar tan emblemático para una presentación es algo que no se me olvidará jamás.

Estaba muy emocionada y tenía muchísimas ganas de ver cómo reaccionaban las lectoras a todo lo que habíamos preparado.

Cuando llegamos, fuimos directos al camerino. Rebeca y Carlos Pérez iban delante, hablando con la gente del teatro mientras subíamos las escaleras. Kobo estaba detrás de mí, y aprovechó para pellizcarme el muslo, justo debajo del culo, sin que se dieran cuenta. Di un respingo y le miré intentando parecer enfadada.

—Guapa —leí en sus labios, que no emitían sonido alguno.

Sonreí y seguí subiendo. Entonces me encontré con la primera sorpresa del día: Fabio, elegante e impoluto como siempre, estaba apoyado en el marco de la puerta que rezaba mi nombre. Lo primero que hice al verle fue mirar a Rebeca, pero ella tampoco parecía saber qué hacía allí. Preferí no mirar a Kobo.

—¡Fabio! —dije con entusiasmo.

Me rodeó con los brazos y le abracé todo lo fuerte que la tensión que tenía dentro me permitió. Es un buen amigo y seguimos hablando muchísimo, pero sé que para él no es solo eso, y además es un poco raro relacionarme con él delante de Kobo después de aquella cita. Sabía que podía sentirse incómodo y no quería molestarle.

—Hola, Kobo —dijo Fabio al separarnos.

Mi novio, que estaba mucho más cerca de lo que esperaba, le estrechó la mano y le sonrió. En ese momento, cualquier otro hubiera aprovechado para hacer algún gesto de machito, para marcar terreno y dejar claro quién manda, pero no fue así. Kobo le dedicó una sonrisa sin ironía, sin maldad. Era noble y segura. De alguien que sabe lo que hay y no tiene ninguna duda.

Estuvimos unos minutos hablando y después se marchó, deseándome suerte.

Aunque Kobo le dio la misma importancia que a todo lo demás y se puso a repasar con los del Capitol los protocolos de seguridad, me quedé algo inquieta. Durante aquellos meses habíamos hablado mucho, y lo último que quería era que se rayase. Aunque claro, para eso ya estaba yo.

Rebeca, en cambio, no estaba dispuesta a dejarlo pasar:

—Ese tío es un puto dios griego.

Sonreí y curioseé los montaditos que nos habían dejado los del catering, pero no se dio por aludida y continuó:

—O sea, qué detallazo que haya venido, ¿no? De verdad, con las ganas que te tiene, no sé cómo no te lo has follado ya. Yo pagaría por hacerlo.

Ante ese comentario, Kobo se volvió, y a través del espejo vi cómo miraba a Rebeca con una sonrisilla irónica mientras yo me quería morir. Por suerte, conseguí distraer a mi amiga y representante con un canapé de salmón y acabó con el temita de Fabio.

Al poco tuve que salir al escenario con mi editor, y Kobo nos acompañó. Entre las telas, mientras Carlos entraba y hacía la introducción antes de mi señal, los nervios se me subieron a la garganta y sentí que el corazón se me iba a salir por la boca. La gente empezó a aplaudir y supe que me tocaba. Respiré hondo antes de dar el primer paso, pero Kobo me cogió de la mano y tiró hacia él. Antes de dejarme ir, me dio un beso y me dijo:

—Todo va a salir bien, eres la mejor.

Con ese simple gesto consiguió que los nervios desaparecieran, y desde ese momento todo fue rodado. Proyectamos un *teaser* del libro, hubo una lectura de un capítulo, charlé un rato con mi editor, contesté a preguntas del público y firmé a los asistentes que habían traído un ejemplar. Fabio estuvo la hora y media sentado en primera fila con una sonrisa de oreja a oreja, y aprovechó mientras yo firmaba para hablar con los de la editorial. Eso me tranquilizó un poco y me reprendí por ser tan paranoica. Fabio era mi amigo, y aunque hubiésemos tenido una cita, no quería decir que mostrarme su apoyo fuese con segundas.

Todas las chicas parecían superemocionadas con lo que se venía, y eso me dio mucha fuerza. Eran un montón, y cuando quise darme cuenta habían pasado varias horas y solo quedaban un par de personas. Me despedí de una de ellas con un abrazo mientras la organización dejaba pasar a la última fan. Cuando me volví hacia ella, me pareció estar viendo a uno de mis personajes. Era monísima. Llevaba un ejemplar de *Lo difícil de olvidar* y una sonrisa que iluminaba la sala. Parecía una princesa Disney, con la piel clarita, melena rubia y rasgos dulces. Sin embargo, lo que me sorprendió fue que no me miraba a mí, sino a Kobo, que en ese momento charlaba con Carlos, probablemente sobre cómo el acoso había disminuido los últimos meses, hasta el punto de que ya solo recibía los típicos mensajes de *haters* que dudo mucho que vayan a desaparecer nunca.

—¿Kobo? —dijo ella con una voz delicada y un tanto aguda.

Él se volvió, entornando los párpados por la dureza de los focos que apuntaban al escenario, y se llevó la mano a la frente para resguardarse de su brillo. En ese momento todo cambió. Lo vi en su cara, en sus ojos, en su manera de sonreír. Noté algo extraño en mi interior, algo que me atenazó el estómago y me hizo sentir desubicada.

—¿Lu? ¡No me lo puedo creer! —gritó Kobo emocionado.

En un par de zancadas, se acercó a ella y se fundieron en un abrazo sincero que hizo que se me entrecortase la respiración.

—¡Qué ilusión verte! —respondió ella.

—Pero... ¿Qué haces aquí? ¿Cómo va todo? ¿Estás de visita o te quedas?

—Me quedo, me quedo —se rio.

«Genial. Qué ilusión, hija», pensé.

Se miraban con cariño, demasiado cerca, para mi gusto. Y yo solo podía quedarme ahí, la espectadora del reencuentro del año.

—¡Qué guay! ¿Y por qué no has avisado a nadie?

—¿Cómo? Ya no tengo vuestros contactos y además me daba un poco de palo después de tanto tiempo. Encima, en el barrio ya no queda nadie de mi familia.

—¿Cómo que no? ¡Nosotros!

«Así que encima es la vecinita de al lado».

Todo iba mejorando por minutos, y como si mi mal humor hubiese osado interrumpir su momento, la chica se volvió hacia mí y, al ver que yo seguía esperando como un pasmarote con el boli, le tocó el brazo a Kobo, como diciéndole que esperara y vino hacia mí con una sonrisa.

—Ay, perdona, Eva. Qué ilusión conocerte, te admiro muchísimo —me dijo.

Nunca un cumplido así me había llenado tan poco.

Me quedé hipnotizada con sus enormes ojos grises y su carácter afable. Me sentí tóxica, porque no tenía motivo para reaccionar así, pero a la vez había algo innegable entre los dos. En ese momento no sabía qué, pero mi instinto me decía que esos pensamientos no eran infundados.

Kobo también se acercó, y no hizo amago de presentarme

como su novia, algo obvio porque nadie lo sabía y habíamos quedado en eso. Sin embargo, fue la primera vez que me molestó que fuera así. No dejaba de mirarla y sonreír, como si al tío le hubiese tocado la lotería. Solo estaba ahí, sin decir nada, haciéndome sentir incomoda.

—¿Cómo te llamabas, perdona? —le pregunté de la manera más cordial posible con su libro abierto entre las manos, listo para firmarlo.

—Lu... Bueno, Lucía mejor.

Lo dediqué lo más rápido posible y se lo entregué con una sonrisa, recordándome que era una lectora y que tenía que dar buena imagen.

—¿Os hago una foto? —preguntó Kobo.

—Si a Eva no le importa... —dijo ella sin quitarme sus preciosos ojos de encima.

—¿Cómo me va a importar?

Como ya era la última, en lugar de quedarme en el taburete alto en el que estaba sentada, me levanté para ponerme a su lado. No fue buena idea. Al momento me sentí enana, y de manera instintiva empecé a compararnos: me sacaba más de una cabeza y se movía con la elegancia de alguien que es preciosa pero no lo sabe, alguien a quien no se le ha subido la tontería a la cabeza. Se me olvidó hasta sonreír para la foto.

—Estoy deseando leer tu próximo libro. Me encanta todo lo que escribes y cómo lo transmites —confesó mientras me miraba desde arriba con la emoción brillándole en los ojos.

La situación parecía sacada de una comedia mala. Durante los siguientes minutos, Kobo estuvo charlando sin parar con la tal Lucía, mientras Rebeca y Carlos pululaban de un sitio a otro, probablemente enfrascados en alguna negociación extraoficial, tanteando el terreno para un nuevo acuerdo. Yo los miraba, conteniéndome para no gritar «¡Cambio de pareja!» y quedar como una loca. Por lo menos Fabio aprovechó para sacarme conversación:

—Has estado genial. No sé cómo puedes seguir poniéndote nerviosa si tienes unas tablas que muchos quisieran.

Le sonreí y me distraje un poco hablando con él de los últimos capítulos que había escrito y que le había pedido leer la semana anterior.

—Necesitas retocar un poco las líneas de él en el conflicto principal, pero por lo demás, increíble. Tengo ganas de seguir leyendo.

La posibilidad de compartir lo que estaba escribiendo y tener su *feedback* me daba una tranquilidad que no había experimentado hasta ese momento. Le sonreí con sinceridad y me interesé por su último trabajo, que estaba en corrección y saldría en apenas unos meses.

Estaba consiguiendo dejar mis demonios encerrados cuando volví a mirar hacia ellos. Entonces vi a Kobo dictando su número mientras la princesa tecleaba en su móvil, y se me cayó el alma a los pies. Los diez minutos que tardamos en despedirnos de todo el mundo parecieron dos horas. Cuando nos quedamos solos, como lo último que quería era parecer una novia tóxica, me tragué todas mis mierdas e hice como si no hubiese pasado nada, o al menos lo intenté. Me forcé a hablar con normalidad y a sonreír, aunque, viéndolo con perspectiva, quizá fue eso lo que me delató.

—¿Qué te pasa? —me preguntó Kobo mientras conducía.

—¿A mí? Nada, ¿por?

Si me dieran todos los Óscar que me merezco, tendría más que Meryl Streep.

—No sé, estás rara —dijo entre risas—. Como acelerada.

Estaba claro que me había pasado de frenada y tenía que salir del apuro.

—Porque estoy contenta. Todo ha salido bien.

—Pues claro, ¿lo dudabas? —respondió. Me cogió la mano y la besó justo antes de cambiar de marcha.

De camino a casa no podía parar de darle vueltas a todo. Pensaba en la presentación y siempre aparecía la imagen de Lucía, como cuando tienes una pesadilla que luego te persigue todo el día. Necesitaba saber quién era esa chica y por qué se alegraba tanto de verla.

No voy a ser hipócrita, seguramente si hubiera sido menos agraciada, aunque hubiese reaccionado de la misma forma, me habría molestado menos. Me jode pensar de esa manera porque, ya sea por mi educación, por la sociedad o por las redes sociales, es cierto que estoy teniendo pensamientos tóxicos, y odio que sea así. Pero no pude evitarlo. Era imposible quitarme su imagen de la cabeza: veía sus ojos, su sonrisa, y lo que es peor, la de Kobo. Aun así, seguí intentando aparentar normalidad. Él conducía pletórico y yo me retorcía por dentro.

Hemos llegado a casa ahora y he subido a cambiarme. La intriga me arde en el estómago, tanto que sé que en cualquier momento no podré resistirme y acabaré preguntándoselo. Cuando bajo está sentado en el sofá, con la mirada perdida y una sonrisa que ya parece permanente. Me siento a su lado y me apoyo en su hombro mientras él me besa la frente. Me dejo acunar por su calidez y por la sensación de su mano recorriendo mi espalda, pero no puedo evitarlo un segundo más.

—Qué mona la chica de antes, ¿no?

—¿Lu? Sí, es monísima. Pero eso es lo de menos...

«Genial, encima la tía es la hostia...».

—¿De qué la conoces?

—Uf, es una historia muy larga.

Espero a que empiece, pero pasado medio minuto asumo que no lo hará y me mosqueo.

—Ah... —le digo, haciendo que se dé la vuelta de golpe, riéndose y dejando caer otro beso en mi pelo.

—No seas tonta, es una amiga. Es que no quiero aburrirte con penas.

—No, si me da igual —le contesto separándome un poco.

—Pero no te piques, boba.

—No me pico, pero qué misterio, hijo.

Vuelvo a dejar unos segunditos de silencio, dándole margen, pero una vez más no reacciona, y al ver que no tiene ninguna intención de hablar, me levanto.

—¿Adónde vas? —No le contesto y la carcajada que sigue me jode bastante, porque siento que se está riendo de mí—. ¡Mira cómo se pica!

Eso hace que pare en seco en mitad del salón y me vuelva para mirarle y espetar:

—A ver, Kobo, que me da igual. Madura, chico.

Estalla de nuevo en risas, pero se levanta y me abraza, meciéndome entre sus brazos y dándome besos hasta que no puedo evitar sonreír.

—Ven, siéntate.

Nos ponemos en el sofá, muy juntos, con las piernas entrelazadas, buscando el contacto del otro.

—Para mí significa mucho contarte esto —añade, y me da miedo.

Después de lo de Richi, toda esta parafernalia para hablarme de una chica... Trago saliva mientras suspira y se prepara para empezar:

—A ver, yo no he sido siempre así, y no me refiero físicamente —aclara cuando le miro extrañada—. Hubo un tiempo en que era todo lo contrario: inseguro, miedoso, triste, débil... y sí, tampoco es que fuese el más agraciado de la clase. La separación de mis padres puso mi vida patas arriba. Mi padre nunca había sido un modelo, pero era el que teníamos y le queríamos. Sin embargo, hasta el final no fui consciente de lo mal que trataba a mi madre, que acabó en una depresión que casi la lleva al límite. Sufrió mucho, y yo no quería ser una carga más en ese momento de dolor, así que durante un tiempo me quedé solo, o por lo menos así me sentía. Recuerdo que cuando llegaba a casa me tiraba en la cama y ponía la música muy alta para no oírla llorar mientras le gritaba a mi padre por teléfono. A veces se abría la puerta, entraba Christian y se sentaba a mi lado. No decíamos nada, pero estábamos juntos y nos sentíamos menos solos.

Se le entrecorta la voz y tiene que parar unos segundos que aprovecho para acariciarle la mano y entrelazar mis dedos con los suyos.

—Yo solo tenía diez años. A esa edad los niños son unos hijos de puta, así que pensaron que el gordito depresivo que llevaba años jugando con ellos se había convertido en una carga y decidieron hacerme el vacío. No se metían conmigo directamente, pero la indiferencia también es *bullying*, y muchas veces duele más que un puñetazo.

»Me pasaba los recreos solo, sentado en un murito mientras los veía jugar al fútbol delante de las chicas, vacilar con ellas, reírse... Y cada día era peor. Entonces apareció Lu.

»Yo pensaba que no sabía ni que existía, como los demás. Pero a ella era imposible no reconocerla: siempre sonreía, sacaba las mejores notas, era buenísima en los deportes y se llevaba bien con todo el mundo. Siempre fue muy sociable, y pasaba de un grupo a otro sin problema, saludando a todo el mundo en el patio, pero acababa tumbada en un banco, leyendo hasta que sonaba el timbre.

»Un día yo estaba especialmente jodido. La noche anterior no había podido dormir pensando en mi padre y en todo lo que nos estaba haciendo. Estaba harto. Cada noche me atormentaba con aquello a lo que no me quería enfrentar al día siguiente, no quería ir a clase ni ver a los chicos, y llegué a pensar incluso en desaparecer. Pero ese día Lu se detuvo delante de mí, me miró y de un salto ágil se sentó a mi lado en el muro.

»—¿Por qué siempre estás aquí solo? —me preguntó.

»No supe qué contestar. Estaba solo porque nadie quería estar conmigo y me daba vergüenza. Por un momento hasta me sentó mal, pensé incluso que lo había hecho para hacerme daño, así que me limité a encogerme de hombros. Pero de pronto dijo:

»—¿Te importa si me pongo aquí a leer?

»—No —contesté.

»Me sentí estúpido por no aprovechar para hablar con ella, pero no quería que creyera que era idiota porque no me salían las palabras, como si se me hubiera olvidado hablar. En ese momento me di cuenta de que me pasaba los días sin usar la voz, sin expresarme fuera de mi cabeza. Pocos minutos después sonó el timbre. Se levantó de otro salto y se fue.

»—¡Hasta mañana!

»Me fui a casa pensando que había sido un espejismo y que

al día siguiente haría como los demás, como si yo fuese invisible. Sin embargo, volvió a sentarse a mi lado en el muro y a sacar tema de conversación.

»—¿Qué tal?

»Me sentí pletórico, como si las tinieblas reculasen un poco, y le eché valor.

»—Bien. ¿Y tú? —contesté segundos después.

»Cada palabra me costaba un mundo.

»—Genial. Ya casi estoy acabándomelo —comentó mientras abría el libro y empezaba a leer.

»Otra vez me quedé sin saber qué decir, y me pasé todo el patio fustigándome por no reaccionar, porque estaba dejando escapar otra oportunidad. Cuando sonó el timbre, me tendió su libro y me dijo:

»—Toma, ya me dirás qué te parece. A mí me ha encantado.

»Se despidió con un gesto y me dejó allí, con el pecho acelerado y la cabeza llena de palabras que no sabía pronunciar. Me tendió el libro y lo cogí sin pensarlo.

»—Hasta mañana —se despidió.

»Me quedé flipando. Nunca había leído nada aparte de lo que nos mandaban en el cole, pero estaba deseando llegar a casa para ponerme y no parar hasta volver a verla. Quizá así tendría algo de lo que hablar con ella.

»De repente estábamos leyendo juntos en cada recreo, y no paramos de hacerlo hasta que dejamos el colegio para ir al instituto. Lu me cambió la vida, me hizo tener una motivación. En ese momento la lectura se convirtió en mi vía de escape y ella en mi primera amiga de verdad, sin contar a los chicos, ya me entiendes. Pasé de no querer que llegara el día siguiente a desearlo con muchísimas ganas. Fueron pasando los meses y cada vez teníamos más confianza. Hablábamos de libros, de música, de cine. Estar con ella era increíble.

»La última vez que la vi fue antes de empezar el instituto. Me pasé el verano entero haciendo el imbécil con estos: deporte, lecturas, pelis... Ella venía a veces. Yo estaba ansioso por ir todos juntos a clase, por convertirme en una versión mejor de mí. Además, en casa las cosas estaban más tranquilas: la situación se había normalizado y mi madre se encontraba mucho mejor. Estaba empezando a ser feliz. Pero llegó septiembre y ella ya no estaba. Sigo sin saber por qué nunca dijo nada o adónde fue; no pude localizarla ni despedirme. Pero siempre le estaré agradecido, porque en parte soy la persona que soy gracias a ella.

Cuando Kobo termina, me abraza. Y en ese momento me doy cuenta de que las lágrimas caen por mis mejillas. Me duele el corazón.

20

Me ha hecho mucha ilusión verte

Esa noche Lu me escribió por primera vez.

Verla fue como entrar en una máquina del tiempo. ¿Sabes cuando hueles o saboreas algo que te traslada al pasado? Una comida, un lugar, un perfume... Pues la sensación que tuve fue como si multiplicara cualquiera de esas por mil.

Siempre había recordado aquella época con una mezcla entre tristeza y vergüenza, y por primera vez conseguí contarlo con orgullo cuando hablé con Eva.

Con los años me he dado cuenta de que los que hemos pasado por situaciones difíciles y las hemos superado estamos hechos de otra pasta. Disfrutamos más cuando todo va bien y sufrimos menos cuando no es así porque aprendemos pronto lo que realmente es una situación de mierda. Somos luchadores, perseverantes, sabemos cuáles son nuestras prioridades y, sobre todo, tenemos la capacidad de empatizar con los que lo están pasando mal.

Con Eva tenía dudas respecto a ese tema. No sabía si

me iba a entender y no quería darle pena, porque si hay algo que odio es que me miren con lástima. Pero por suerte vi comprensión en sus ojos. Pasamos una hora abrazados sin separarnos ni un milímetro. Eva lloraba, y aunque no me gusta verla así, fue reconfortante sentir su apoyo. Nunca pensé que con vidas tan distintas podríamos llegar a conectar de esa manera.

Por eso me duele tanto. Nunca pensé que acabaríamos así. Fue como crear un vínculo precioso justo antes de dinamitarlo.

Después de abrirme me sentí liberado. Cada vez nos conocíamos más, y pensé que eso reforzaba la relación, que había puesto un trozo más de mi corazón encima de la mesa. Los días se sucedieron con aparente normalidad. No había cambiado nada, pero si lo pienso ahora, todo era diferente. Empecé a notar a Eva distinta, y lo hice en detalles insignificantes que para cualquier otro hubieran sido imperceptibles. Cuando mantienes una relación tan intensa, con tanta conexión, tan íntima, es como si tuvieras la capacidad de ver a la otra persona con lupa. Lo notaba en su voz, en su manera de moverse, en su mirada cuando hacíamos el amor, en lo cerca que estábamos al dormir, porque un centímetro para dos personas que se están enamorando es mucha distancia.

Le pregunté en varias ocasiones si le pasaba algo, pero me dijo que no, así que al no encontrarle mucha explicación, achaqué su cambio de humor al agobio que podía tener porque se acercaba la fecha de entrega de su novela.

El día que lo cambió todo empezó bien. Me desperté con los besos de Eva. Eran tiernos, lentos, de esos que acaban en orgasmo. Su piel estaba caliente; sus labios, húmedos. Llevábamos días sin hacerlo, lo que en nosotros no era muy normal, así que me supieron incluso más ricos. Poco a poco fue bajando hasta desaparecer entre las sábanas. No la veía, pero la sentía a la perfección. Notaba su lengua recorrerme entero para luego acogerme en su boca.

Los gemidos escapaban de la mía, por mucho que intentara frenarlos. La luz del Retiro entraba por el ventanal, y me parecía estar en el paraíso. El placer era tan grande que estaba a punto de terminar, así que hice parar a Eva y la conduje hasta mi boca. Sus labios estaban más gorditos, hinchados por la fricción. Le quité la camiseta que usaba para dormir —la que me robó una de las primeras noches que pasamos juntos— y le besé los pechos, deleitándome en su calor. Se quitó la última prenda que llevaba puesta y se sentó encima de mí.

Lo hizo muy despacio. Me rodeó de un infierno delicioso, un infierno en el que estaba deseando perderme. Se mordía el labio a la vez que se movía. Al principio muy lento, pero poco a poco fue aumentando la velocidad, con mis manos agarradas a su culo.

Me encantaba mirarla haciéndomelo. Me gusta tener el control, pero también me complacía ver cómo gozaba a su antojo, cómo buscaba su propio placer. Echaba la cabeza hacia atrás, cerraba los ojos, gemía, respiraba con fuerza.

Estaba tan cachondo que tenía que distraerme para no acabar. Seguir mirándola no era una opción. Se apoyaba en mi pecho, me agarraba del cuello, y yo también a ella. Cada vez se movía más deprisa y yo ya no sabía qué alineación repasar para no terminar.

—Para —le supliqué mientras acercaba su cara a la mía.

Sonrió, aumentando aún más la velocidad, y pasó la lengua por mis labios. Iba a correrme. Sujeté sus caderas contra mí, pero se rebeló con fuerza. No pude más, noté que venía. Contuve la respiración y sentí ese éxtasis increíble. Mi cuello se tensionó igual que el resto de mis músculos; hasta el más pequeño se contrajo produciendo un inmenso placer.

Después nos quedamos un rato besándonos, diciéndonos lo mucho que nos queríamos sin palabras. Eva me estaba haciendo sentir algo increíble totalmente nuevo para mí.

Me metí en la ducha y ella se quedó disfrutando un poco más de la cama. Al salir seguía ahí, y deseé saber pintar para hacer un cuadro con su cuerpo desnudo entre las sábanas.

Al coger el móvil vi que Lu me había escrito. Me dijo que si quería que tomáramos algo esa tarde. El día de la presentación le había dicho que, cuando tuviera tiempo, me avisara para vernos. Me apetecía mucho y tenía mil preguntas que aquel niño de diez años no habría sido capaz de hacerle. Quería saber qué había sido de su vida, hablarle de la mía y darle las gracias por todo lo que hizo por mí.

Se lo conté a Eva con mucha ilusión y pareció alegrarse. Incluso la invité a venir, porque sabía que a Lu le encantaría verla, pero solo me dijo que estaba en la recta final del libro y que no podía relajarse. No parecía muy entusiasmada con la conversación, pero por entonces se entusiasmaba poco.

Quedé con Lu en un bar del centro. En la Corredera Baja de San Pablo, una de mis calles favoritas de Madrid. Esta ciudad siempre es muy activa, pero los jueves, a partir de las siete de la tarde, empieza a vestirse de un ambiente especial, empieza a oler a fin de semana.

No voy a mentir: estaba nervioso. Al fin y al cabo, iba a quedar con una completa desconocida. Habían pasado casi dieciséis años de aquellos recreos juntos. En ese periodo, a un ángel le da tiempo a convertirse en demonio y viceversa varias veces. Podía ser alguien distinto.

Aparqué, y justo cuando me quité el casco la vi bajar por la calle. Iba con el paso acelerado porque habían pasado unos minutos de la hora a la que habíamos quedado. Según me vio, me sonrió. Ya había algo que no había cambiado en absoluto.

Me bajé de la moto, y en lo que me pasé la mano por la cabeza para asegurarme de que el casco no me había dejado pelos de loco, ya la tenía delante. Llevaba una sudadera *oversize*, unos vaqueros anchos y unas zapas muy guapas. Sencilla, pero con rollazo.

Nos dimos dos besos y entramos en el bar que teníamos más cerca. En esa calle todos molan, y lo único que quería era sentarme a hablar con ella. Su mirada me intimidaba igual que años atrás, tampoco eso había cambiado.

Nos sentamos, y me impresionó lo primero que me dijo:

—Estás igual.

Por un segundo pensé que lo decía de coña.

—¿Cómo?

—A ver, físicamente está claro que has cambiado, teníamos diez años —se rio—, pero tus ojos, tu mirada... No sé, son los mismos.

Me moría de la vergüenza, pero decidí demostrarle que ese niño miedoso había evolucionado en el tío en que me había convertido. Alguien seguro de sí mismo.

—No sé cómo tomarme eso...

—¿Por? —preguntó sorprendida.

—No me recuerdo en mi mejor momento, la verdad.

—Bueno, eras un poco tímido, pero igual que muchos niños. No es malo ser tímido.

—Si tú lo dices... —le dije con los ojos fijos en la carta, incapaz de sostenerle la mirada.

Se rio.

—Por lo que veo, lo sigues siendo.

Me reí también, y el camarero me salvó de quedar en ridículo. Ambos pedimos una cerveza, y a partir de ese momento fue como si la tensión desapareciese por completo. Fue como volver a los días de antaño. Nos relajamos a medida que nos poníamos al día.

Lu me contó por fin por qué había desaparecido. En nuestro último año de colegio, en sexto curso, cuando estuvimos todos los patios juntos, su padre se quedó en paro. Pasaron el año regular. Su madre tampoco trabajaba. Lu tiene un hermano mayor, así que debían hacer malabarismos para llegar a fin de mes, pero unas semanas antes del inicio del instituto, su tío, hermano de su madre, ofreció a su padre un trabajo en Galicia que no pudo rechazar. Así que en pocos días hicieron mudanza y se fueron para allá.

Como es lógico, al principio le costó, pero al tener allí

familia, se adaptó rápido. No volvieron a Madrid salvo para algunas Navidades. Hizo todos sus estudios en Galicia y, como no podía ser de otra manera, estudió Filología.

—Qué vergüenza. Recuerdo que te daba libros, menuda loca —comentó mientras se tapaba la cara ruborizada.

—Loca no, a mí me gustaba.

—En el fondo me hace gracia. Lo pienso ahora y... qué mona, cómo ligaba. Creo que lo vi en una peli y dije: «Pues hala».

«¿Que ella ligaba conmigo?».

—¿Qué dices? ¡Si hiciste una obra de caridad!

—Sí, claro... me encantabas.

—Estás de coña, ¿no?

Acabó de dar el sorbo a su cerveza y dijo riéndose:

—Te lo digo en serio.

—¡Pero si no era capaz de decirte dos frases seguidas!

—¡Que no! Eras tímido, pero monísimo, me encantaba... Bueno, nada, que me voy a poner cursi.

—No, no, ahora no me dejas con la intriga —le pedí.

—Que no, que me da vergüenza.

—¡Venga!

Se quedó callada un par de segundos despegando la etiqueta del botellín con la uña, como si se estuviese lidiando una guerra en su interior, pero al final se atrevió:

—Me encantaba cómo me mirabas, o cómo lo intentabas —se rio, pero no tardó en ponerse seria de nuevo—. Me transmitías calma, sentía que me escuchabas. El último año que estuvimos juntos no fue fácil. Ya sabes cómo estaban las cosas en casa, y aunque mis padres son unos auténticos superhéroes, hubo momentos chungos. Nuestras charlas me ayudaron mucho, me daba la vida hablar contigo de todo lo que me gustaba.

Conforme charlábamos, me di cuenta de que lo que vivimos fue más bonito de lo que recordaba: nos ayudamos desde la más absoluta de las inocencias. Sin saberlo, fuimos la medicina del otro. Desde ese día pienso que a lo mejor el destino nos puso ahí aposta.

Yo también me abrí. Por primera vez le conté lo que había pasado en esos años y le dije lo importante que había sido tener a alguien como ella en mi vida. Mientras hablaba, sentía su apoyo silencioso, como durante todos aquellos días sentados en el muro.

Esa tarde también me di cuenta de que aquel niño no había cambiado. Ella no me cambió, solo me ayudó a avanzar, me tendió la mano para superar esa mala época. Ese chaval únicamente estaba pasando un mal momento, no tenía nada que cambiar porque nada de lo que sucedía a su alrededor era culpa suya. Solo necesitaba un impulso para seguir adelante, y fue ella.

Era la primera vez que no dejábamos ni un segundo de mirarnos a los ojos, los suyos vidriosos y llenos de emoción.

—Necesitaba darte las gracias —le dije.

—Kobo...

Estiró la mano y cogió la mía que estaba apoyada en la mesa.

—En serio, me salvaste.

Nos quedamos unos segundos más mirándonos y, de pronto, volvió a sonreír.

—Venga, vamos a brindar. Por la gente buena, por nosotros.

A partir de ahí, todo fueron risas. Nos pusimos al día. Me contó que había vuelto a Madrid porque está estudiando un máster de edición y que compartía piso con otras tres chicas por Moncloa. Estuvo ahorrando para volver, pero está buscando curro de lo que fuera para no fundírselo todo.

En el futuro le gustaría trabajar en una editorial, porque los libros siguen siendo su vida. Me contó también que escribe, pero que no se siente preparada para autopublicar o intentar que la publiquen. Me dijo que todavía no tiene nada lo suficientemente bueno.

—¡Anímate! Mira Eva, empezó subiendo sus textos a internet.

—No me compares. Ella es Dios —me contestó—. ¿Cómo es trabajar con ella? El otro día estaba tan nerviosa que no fui capaz de decirle todo lo que me gustaría.

—Es increíble, la verdad.

Sonreí sin querer, y no le pasó desapercibido. Arqueó las cejas y puso una cara que dejaba claro que no pensaba olvidarse del tema.

—Estamos juntos.

—¡¿Qué?! Te odio. Me casaría con ella, te lo juro —chilló emocionada.

—Pues si la conocieras... Es, puf.

—Estás *to' pilladete*, ¿no?

—Mucho —confesé con vergüenza.

—¡Tienes que convencerla para que se venga a la próxima! —pidió haciendo un puchero.

—Se lo he dicho, pero está a tope con el siguiente libro.

—¡Qué ganas, Dios! ¿Te deja leer?

—Algo, pero le cuesta.

—Cuéntame algo, porfa, porfa, porfa.

—Tendría que matarte —me reí.

De repente fui consciente de que Lu era la primera persona a la que le contaba lo de Eva, y me dio un poco de vértigo, sobre todo porque no lo había hablado con ella.

—Oye, lo de Eva no lo sabe nadie, ni siquiera estos...

—Tranquilo, que yo soy una tumba.

Lu le restó importancia y cambió de tema, aprovechando para preguntarme por los chicos.

El verano anterior al instituto, lo pasamos con Mike y Tommy. Lu y yo ya éramos inseparables. Muchas tardes venía a casa a estudiar o a pasar el rato juntos. Al principio no quería presentársela porque me amenazaban con contarle que estaba enamorado de ella, pero llegó un momento en que fue imposible dejarlos al margen. Al fin y al cabo, éramos vecinos. Menos mal que por entonces aún no conocíamos a Richi, porque se lo hubiese soltado a cañón. Para estos, Lu también es muy importante. Mike siempre dice que, si no fuera por mí, se la habría intentado echar de novia.

—Pues tan locos como siempre.

—Ya me imagino —dijo soltando una carcajada.

—Oye, ¿por qué no te vienes el sábado? He quedado con ellos a tomar algo donde José Luis. Les hará ilusión verte.

—Joe, pues me encantaría. Pero tampoco me quiero acoplar.

—No digas tonterías, sabes que eres de la familia.

Lu se puso roja, sonrió y acabó cediendo ante la idea de pillarles por sorpresa. De repente, el volumen de la música subió, bajaron la luz y en ese momento me di cuenta de que era tarde.

Nos despedimos en la puerta del local después de charlar un rato más sobre la pinta de intenso del tío que nos había cobrado.

—Me ha gustado mucho verte —dijo Lu.

—A mí también. Cuento contigo el sábado, ¿eh?

—Qué sí, que sí, prometido.

—Te acercaría, pero no tengo casco.

—No te preocupes, vivo al lado.

La vi marchase por donde había venido mientras me ponía el casco y arrancaba la moto.

Tenía ganas de llegar a casa y contárselo todo a Eva, quería hacerle el amor. Antes de subir a la moto, cuando iba a avisarla de que iba para allá, me di cuenta de que no tenía batería, así que decidí contrarrestarlo yendo lo antes posible.

Pasé lento al lado de Lu, que se había quedado parada mirando el móvil y parecía que trataba de orientarse.

—¿Todo bien?

Se asustó y levantó la cabeza de golpe. Al ver que era yo, se relajó.

—Sí, sí, ya me he ubicado.

—Ten cuidado. Avísame cuando llegues.

—Sí, señor. —Hizo el gesto de firmes—. Ten cuidado tú también, Hache.

Me despedí una vez más y le di gas. En nada me planté en el piso de Eva. Cuando llegué, estaba leyendo en el sillón. Todo estaba a oscuras excepto la luz que había junto al sofá.

—Anda, si estás vivo —me dijo según entré, sin mirarme.

El reloj de la cocina marcaba casi las once de la noche. No me había dado cuenta de que era tan tarde. Había estado casi cuatro horas con Lu, pero me habían parecido una.

—Dios, no he sido consciente de la hora que era —contesté en tono relajado.

—Ni del móvil tampoco.

—Perdona, ¿me has llamado? No tenía batería.

—Vaya por Dios, qué pena.

Seguía sin mirarme, y sabía que estaba enfurruñada.

—Perdón.

Me acerqué a darle un beso, pero se apartó.

—¿Qué haces?

—Quitarme —me contestó con chulería.

—¿Por qué?

—Porque me da la gana.

No entendía qué le pasaba. Vale que había llegado tarde, pero tampoco era para ponerse así.

—¿Qué te pasa? —pregunté.

—¿Eres tonto o qué?

Me quedé de piedra. Eva nunca me había hablado así, y no me molaba un pelo por donde estaba yendo la conversación.

—A ver, relájate, no me hables así.

—Relájate tú. Es mi casa, hablo como me da la gana. Si no te gusta, ya sabes.

Estaba desconcertado. Había llegado con ganas de besarla, de pasar toda la noche pegados, había estado hablando de lo mucho que la quería y me encontraba con eso. ¿Estaba de coña? Era lo último que me esperaba.

—Eva, en serio, ¿te estás poniendo así por no contestarte al teléfono? Te he dicho que me he quedado sin batería.

—Pues te recuerdo que es tu trabajo.

—¿Me vas a venir ahora con eso? ¿En serio?

—Hombre, es que parece que se te olvida.

—Estoy flipando...

No daba crédito a que me sacara eso y me mordí la lengua para no liarla, porque sabía que, cuando se enfadaba, perdía los papeles y no medía sus palabras. Pero joder...

—Yo sí que flipo. Parece que te pague para que te vayas de citas.

—¿Qué? Eva, me dijiste que ibas a estar toda la tarde...

—Que sí, Kobo, que sí. Que me dejes, de verdad —me interrumpió.

Ya me estaba empezando a tocar los cojones. ¿A qué venía ese numerito de niña malcriada?

—Eva, en serio, ¿qué coño te pasa? —No me contestó y siguió sin mirarme, como hasta ese momento—. Te estoy hablando.

Siguió en silencio unos segundos hasta que por fin se dignó a mirarme. De repente suspiró con fuerza, se incorporó y me dijo todo lo que llevaba guardándose desde que había llegado.

—¿Quieres saber qué me pasa? Pues mira, que mi novio lleva toda la tarde, bueno, y toda la noche, de cervecitas con una tía, no me contesta ni a un puto mensaje, no me coge el teléfono y no sé si se ha muerto, se ha caído con la moto o se la está follando.

«¿Que qué?», pensé.

—Se te está pirando muchísimo.

—¿A mí? Se te está pirando a ti. Qué no sé qué te crees. Encima tienes la puta cara de plantarte aquí a las once de la noche, tan pancho, con tus llavecitas.

Respiré hondo. Era cierto que le había dicho que solo tomaría algo y volvería pronto, pero de ahí a ponerse así había un trecho. Nunca se había comportado de esa manera y me costaba reconocerla.

—A ver, Eva, te dije que iba a quedar con Lu para...

—Qué pesado con Lu, joder. Lucía, se llama Lucía. Cuando estés con ella la llamas como te dé la gana, pero para mí es Lucía.

—Estoy hablando —le digo.

—Que me la suda, Kobo. Que hagas lo que te dé la gana, pero que a mí no me marees. Que soy buena, pero no tonta.

—Eva, es mi amiga.

—Kobo... no me jodas, ¿eh?

—¡Pero que dejes de insinuar lo que no es! Lucía es mi amiga.

Soltó una carcajada irónica que me puso los pelos de punta y se acercó a mí. Recuerdo que solo podía pensar en qué coño estaba pasando, en dónde estaba mi novia, porque la persona que tenía delante... Esa no era ella.

—Realmente te crees que soy tonta. Vamos a ver. ¿Tú de verdad ves esto normal?

—¿Quedar con una amiga? Sí.

—Quedar con una amiga no, joder. Que tengo ojos. Que te vi la puta cara de tonto que se te puso el día del evento. La misma que pones cada vez que te suena un mensajito en el móvil y vas como un perrito a ver qué tontería te ha puesto. Que hoy te ha faltado tiempo cuando te ha dicho de quedar para decirle que sí. Es que me parece de coña... ¡Que fuiste tú el que prácticamente me dijo que era el amor de su vida!

—No me lo puedo creer —solté, desesperado.

—¡Pero que no me vaciles! Que no me vas a hacer sentir ahora que estoy loca, que la pava esa te gusta y pretendes hacerme creer que son imaginaciones mías. De verdad, Kobo, que si quieres retomar vuestra historieta de amor no tienes más que decirlo. No estoy ciega y no me chupo el dedo.

Sentía que me subía por las paredes mientras intentaba aferrarme al control que tanto tiempo me había costado conseguir. En ningún momento había sido consciente de que le podía molestar de esa manera algo que pasó hace tanto tiempo.

—Teníamos diez años. Ni siquiera...

—Como si tenías dos.

—Pero ¿te estas oyendo? ¡Que me he pasado toda la tarde hablándole de ti, joder! —le grité.

—Olvídame, en serio. Me voy a dormir. Vete a tu casa.

Me dolió que me hablara así y se me formó un nudo en el pecho que no me dejaba pensar. Había descubierto una parte de ella que jamás imaginé que existiera. De pronto ni me atraía, porque el monstruo de los celos lo manchaba todo y opacaba el brillo que solía acompañarla.

Se fue hacia las escaleras y me dio la espalda. La rabia me cegó por un momento, porque estaba jodiendo lo que teníamos y porque estaba siendo injusta con una persona que no había hecho nada malo y que era importante para mí. Entonces la cagué, caí en su juego y me puse a su altura.

—Es porque es guapa, ¿no? Si fuera fea te daría igual.

Se detuvo en seco y me fulminó con la mirada.

—¿Qué?

—Lo que has oído.

—Vete a la mierda, Kobo. Vete a la puta mierda.

El daño ya estaba hecho, pero intenté reaccionar al ver cómo se le arrasaban los ojos de lágrimas. «Joder, ¡soy gilipollas!», pensé mientras me acercaba corriendo a ella para que no subiese las escaleras.

—¿No entiendes que para mí no hay nadie mejor que tú? Deja de compararte y date cuenta de lo que eres: increíble. —Intenté que me mirara, pero no hubo manera—. Lucía fue una buena amiga en el pasado y me alegro de que vuelva a estar en mi vida. Pero tengo veintiséis años y estoy enamorado de ti, joder. Solo me importas tú.

Se le saltaron las lágrimas e intenté abrazarla, pero se apartó.

—No me toques —dijo con la voz rota por el llanto.

Volví a intentarlo, pero el resultado fue el mismo.

—Vete, por favor —me pidió.

—Eva, en serio. Escúchame. Creo que...

—¡Que te pires! —me gritó—. Márchate, joder. Ya.

No quise ni siquiera mirarla antes de salir de su casa. Estaba roto. Acababa de recibir una paliza que no esperaba. Que no entendía. Creí que estaba haciendo las cosas bien, que por una vez en mi vida había tenido suerte y tenía algo que atesorar... pero el resultado había acabado siendo el mismo.

Aquella noche, algo se rompió.

21

Cuando en mis libros hablo de corazones rotos siempre he pensado que estaba usando una metáfora, pero ahora me doy cuenta de que realmente es algo físico. Desde aquella noche no consigo quitarme el dolor del pecho. Es como si se me hubiera hecho añicos.

En cuanto oí la puerta cerrarse a mi espalda, se me cayó el mundo. Me sentí estúpida, enferma, tóxica. Me arrepentí de todas y cada una de las palabras que le había dicho. Tenía razón: la puta inseguridad me había consumido, se había apoderado de mis pensamientos, como si me hubiera poseído.

No era mentira que Kobo no era el mismo desde que se había encontrado con Lucía. Estaba como ido, tenía la cabeza en otro sitio, y me moría al pensar que en ese lugar se hallaba ella.

Hasta ese momento, siempre que estaba conmigo ignoraba el móvil. La mitad de las veces lo perdía por ahí, y yo lo tenía que rescatar de entre los cojines o avisarle de que se lo iba olvidar en cualquier mesa de restaurante. Pero llevaba unos días que, cada vez que le entraba un mensaje, corría a revisarlo y dejaba lo que estuviera haciendo para mirarlo. Después me fijé en que lo ponía siempre boca abajo. Sé que es una tontería, pero nunca lo había hecho. No me habría rayado tanto si el cambio no hubiese sido tan drástico.

Intentaba convencerme de que era una paranoica; me repetía que era su amiga, que no había más, que todo era fruto de mis celos. Pero no podía evitarlo cuando cada dos por tres sacaba el temita de lo maravillosa e increíble que es Lucía.

—Tenía a todo el colegio enamorado —decía, y se quedaba tan pancho.

Fue como una enfermedad que se iba propagando dentro de mí con cada uno de sus gestos. Cada sonrisa a la pantalla era una puñalada. Me sentía mal por pensar así, y a diario luchaba por intentar sanar esa toxicidad que no conseguía frenar.

La noche antes de que quedara con ella, tuve una pesadilla. Fue horrible. Lucía venía con nosotros a todas partes, y yo no hacía ni decía nada. Yo iba sentada en la parte de atrás del coche; ella delante, con Kobo. Le daba la mano, le tocaba, él le acariciaba el muslo, se besaban, se reían, me miraban... y yo sentía que no podía moverme. Era una simple espectadora de quien me había sustituido. Al llegar a casa hacían el amor, y yo solo podía observarlos. Quería salir de ahí, pero no podía. Ni siquiera era capaz de cerrar los ojos.

Me desperté sudando, con la respiración agitada, y tardé unos segundos en situarme. Le vi a mi lado. Tenía la mano extendida hacia mí, como si me hubiese estado abrazando mientras dormía. Incluso así, me trasmitía paz. Me acurruqué contra él intentando relajarme, cerré los ojos y me concentré en su olor, en su respiración. Mi cabeza y mis inseguridades intentaban tomar el control de nuevo, el miedo a perder a alguien que parecía hecho a mi medida. Alguien que con una mirada conseguía que todos mis problemas desaparecieran y que me había hecho más feliz de lo que lo había sido en toda mi vida.

A la mañana siguiente me sentí liberada, como si el sueño me hubiera demostrado que todo había sido fruto de mi imaginación. Estaba contenta, quería comérmelo, y eso hice. No esperé ni a que despertara para hacerle el amor con más ganas que nunca. Le cabalgué hasta que no pudo más, y me encantó. Parecía que todas esas dudas y pensamientos negativos habían desaparecido, pero la felicidad duró poco.

Se metió en la ducha mientras yo me quedaba disfrutando de la cama un rato más. Estaba tan relajada que a punto estuve de quedarme dormida, pero pronto le sonó el teléfono. No quería hacerlo. Me quedé mirando al techo, resistiendo la tentación. Volvió a sonar. Oía el agua de la ducha y a Kobo cantando debajo, como siempre.

«No lo hagas, Eva, no lo hagas».

Siempre he criticado a la gente que coge el móvil a su pareja. Me parece asqueroso. Por eso no entiendo cómo fui capaz de hacerlo. No lo pude evitar. Me acerqué a la mesilla y mi corazón volvió a acelerarse. Era ella. Lucía.

> **Lu: Buenos díaaaaaaas!** 🙂

> **Lu: Al final tomamos algo hoy?**

El agua paró, y me alejé del teléfono. A los pocos segundos salió Kobo, y una vez más le faltó tiempo para ir a comprobar si tenía mensajes nuevos. Preferí no ver su reacción para no hacerme más daño ni alimentar ese bucle en el que había entrado. Me repetía una y otra vez que era su amiga, pero había vuelto esa sensación incómoda.

Me contó muy feliz que iban a verse, e incluso me ofreció la posibilidad de acompañarlos, pero ni siquiera eso me sirvió para darme cuenta de que no había nada más. Estaba cegada. Le dije que me quedaría escribiendo, pero no pude pulsar una tecla desde que salió por la puerta. No podía concentrarme, ni siquiera leer. No paraba de darle vueltas, no soportaba pensar así, pero no podía evitarlo, ni tampoco escribirle y llamarle varias veces.

Cada minuto que pasaba sin contestarme me agobiaba más y más. Comprobaba el teléfono aun sabiendo que no había respuesta. Me metía en sus redes y en las de ella, pues obviamente la había buscado y encontrado. Me estaba volviendo loca; era consciente y no podía hacer nada.

Todo estalló cuando llegó a casa.

Me había estado envenenando durante tantas horas que no supe quedarme callada. Me jodía que hubiese estado tan a gusto que no se hubiera preocupado de mirar el móvil ni un segundo. Me daba rabia que, sabiendo que íbamos a estar días sin vernos, hubiera llegado tan tarde. Esperaba que viniese a cenar, y como una tonta pensé en pedir unas pizzas y ver una peli para despedirnos, pero discutimos como nunca pensé que podríamos discutir.

No pegué ojo en toda la noche. Repasaba la pelea en mi cabeza una y otra vez, como si fuera una película. Fue una tortura. Una lucha interna se desarrollaba en mi interior, entre la parte de mí que se arrepentía y la que intentaba justificarse. Y, después de tantas horas en vela, ni siquiera tuve el gusto de pensar que todo había sido una pesadilla. No tenía fuerzas ni para levantarme de la cama, pero Rebeca no tardó en llamarme para meterme prisa. Siempre que nos vamos de viaje teme que me quede dormida.

No sabía si Kobo se iba a presentar después de todo lo que le había dicho, pero ahí estaba, como un pincel, tan puntual como siempre. Me saludó como si nada y yo hice lo mismo. Para Rebeca no hubo nada raro porque para ella nunca habíamos tenido nada más que una relajada relación laboral.

Cuando me senté a su lado, la vergüenza me carcomía de tal manera que no podía ni mirarle. Solo quería decirle lo mucho que lo sentía, pedirle perdón y que todo volviera a ser como antes. Estaba y estoy segura de que no se va a repetir algo así, porque no ha hecho nada malo, porque se merece mi confianza hasta que me demuestre lo contrario.

Rebeca no se calló ni un instante de camino a la estación. Cuando llegamos, Kobo paró delante de la puerta de Salidas del AVE y, justo antes de que saliera del coche para ayudarnos con las maletas, le puse la mano en la pierna para frenarle.

—Kobo...

—Hablamos cuando vuelvas.

Amagó con salir del coche otra vez para unirse a Rebeca, que ya estaba fuera, pero yo sabía que tres días sin arreglar las cosas se me iban a hacer eternos, así que lo volví a intentar:

—De verdad, me arrepiento muchísimo...

—En serio, Eva, es mejor que lo hablemos a la vuelta.

Estaba nervioso, y parecía que lo único que quería era escapar de mí.

—No puedo, Kobo. No puedo irme sin saber si está todo bien.

Se quedó callado unos segundos, serio, y al final me dijo:

—Bueno, claramente no lo está.

En ese momento, si quedaba algún trozo de mi corazón sin romperse, acabó de destrozarlo. Me quedé sin palabras. Recuerdo que Rebeca se asomó y me dijo algo, pero ni siquiera la escuché.

—¡Vamos, Eva! Que estás dormida, tía.

Desde ese momento he sido un zombi. Ayer sobreviví como pude a los compromisos de la convención. Hice las entrevistas, asistimos a un par de charlas a las que Rebeca insistió en ir sí o sí y, cuando no pude más, le dije que me encontraba mal y me metí en la habitación.

—¿Quieres que durmamos juntas? —se ofreció.

Solemos hacerlo. Las habitaciones de hotel en soledad son bastante tristes, pero esta vez solo era una gota más para un vaso que llevaba todo el día rebosando.

Necesitaba llorar desde que me había despedido de Kobo —si es que lo de la estación había sido una despedida—, así que le dije que no y, según cerré la puerta de la habitación, lo solté todo. Me odiaba, me había cargado algo que llevaba años esperando. Lo que tenía con él, con el que me sentía en sintonía y con quien podía ser yo sin reparos, no se encuentra todos los días, y lo había mandado a la mierda por un ataque de celos.

Lloré desconsoladamente, lloré de rabia y lloré por lo mucho que le quiero. Estuve viendo nuestras fotos de estos meses. Pensé en todo lo que hacía por mí, por nosotros, cómo me cuidaba, cómo me quería... Recordé cuando me contó lo de Richi, su infancia, la cena con su madre. No podía hacer más por mí, y yo me había puesto como una loca por una tontería. Yo no era así, joder. ¿Qué me había pasado? Me agobiaba saber que no tenía solución, que ya no podía borrar lo que le había dicho y, sobre todo, cómo se lo había dicho.

Pasé horas así, haciéndome daño, dándome cuenta de lo que tenía cuando lo había perdido, o cuando estaba a punto de perderlo. Necesitaba hablar con él, explicarme, demostrarle lo arrepentida que estaba, pero no me atrevía a llamarle. En el coche me había dejado bien claro que no era el momento. Sin embargo, necesitaba poner en palabras todo lo que sentía, así que empecé a escribir un mensaje. No tenía muy claro si se lo iba a mandar, pero esa ha sido siempre mi manera de ordenar y aclarar mis sentimientos.

> Kobo, no me puedo ir a dormir sin pedirte perdón por lo que pasó anoche. Llevo desde que saliste por la puerta sin parar de darle vueltas. La cagué, y lo siento muchísimo. No sé lo que me pasó. Llevaba unos días notándote raro y, como tú dijiste, la inseguridad me pudo. Es injusto, lo sé y lo siento. Solo tengo palabras bonitas para ti, y nunca me has dado razones para desconfiar. Tengo que asumir que Lucía forma parte de tu pasado y que la aprecias, pero me dio miedo, Kobo. Vi todo lo que significa para ti, cómo hablas de ella, cómo la miras y me entró pánico al pensar en perderte. Eres lo mejor que me ha pasado. Te quiero mucho, te amo, y espero que puedas perdonarme

Tardé menos de cinco minutos en escribir el mensaje. Pasó casi una hora antes de que me decidiera a enviárselo, y solo dos segundos entre que lo recibió y se puso en línea. El corazón, o lo que quedaba de él, empezó a latir a toda velocidad. Lo sentía por todo el cuerpo.

«Escribiendo...».

Tenía un nudo en el pecho. Esperar su respuesta fue horrible. Notaba que me faltaba el aire.

> Yo también te quiero, Eva

> Te amo, y por eso me dolió tanto lo de ayer, me hizo mucho daño la forma en que me hablaste, pero sobre todo ver que no confiabas en mí.

> Estos días nos van a venir bien para pensar en frío, porque yo también hice cosas mal y lo siento

> Ahora disfruta de la experiencia. Aprovéchala y cuando vuelvas hablamos. Te quiero, descansa

Fue agridulce. Por una parte me alivió hablar con él, aunque fuese por mensaje; pero por otra volví a toparme con la realidad, esa en la que los actos tienen consecuencias y el tiempo no retrocede por arte de magia. No iba a ser fácil volver a la normalidad después de lo que había pasado.

No recuerdo en qué momento me quedé dormida, pero hoy me he despertado con la cara y los ojos hinchadísimos de llorar.

El día ha sido un calvario. No quiero estar aquí, nada me interesa, nada me apetece, solo quiero volver a Madrid y solucionar mis problemas con Kobo.

Por la mañana he tenido un millón de entrevistas en las que no solo me encontraba de culo, sino que tenía que aparentar ser la alegría de la huerta. Al acabar pensaba que lo peor había pasado, pero no había hecho más que empezar. A la convención han venido la mayoría de los autores importantes del país, y he coincidido con gente maja, como Fabio o ese chico que también escribe romántica en Wattpad, pero también con otros a los que no me apetece ver, como River. Si ya en general me da pereza, ahora solo puedo recordar lo estúpida que fue la última vez que nos vimos y lo bien que se portó Kobo aquella noche.

He estado mustia todo el día, y me ha sido imposible escapar del radar de Rebeca. Ya no ha colado la excusa de que me encontraba mal. Sabía que me pasaba algo. Me lo ha preguntado varias veces, y todas y cada una de ellas he tenido que tragarme el nudo que se me formaba en la garganta, dispuesta a abrir el grifo de nuevo.

Hace unas horas he tenido que confesar.

Cuando hemos acabado con el último compromiso e íbamos a la habitación, me ha pillado por banda:

—Se acabó. Vamos a mi habitación y me vas a contar qué te pasa.

He intentado convencerla de que todo estaba bien, pero ya no me quedaban balas en la recámara, y ella me apuntaba a la frente, así que en cuanto nos hemos sentado juntas en la cama, me he roto.

Entre llantos, se lo he contado todo. Desde el principio. No me he dejado ni un solo detalle, y ella no ha parecido sorprenderse. No lo entiendo.

—A ver, Eva... Es que estaba claro —me dice con cara de obviedad.

—¿En serio? Pero ¿cómo?

Suspira, me echa una mirada condescendiente y me responde con tono de listilla:

—*The eyes,* chico... *They never lie.*

Algo que nadie sabe es que es una fanática de las películas de gánsteres, y su *hobby* favorito es buscar el momento para soltar sus frases. De *Scarface* tira bastante. Ha intentado varias veces que la veamos, pero siempre se cabrea porque me quedo dormida.

—Os echáis unas miradas que, si te pones en medio, te quedas embarazada.

Se me escapa una carcajada. Rebeca tiene la habilidad de hacer que me ría hasta en los peores momentos, pero pronto he pasado de nuevo a las lágrimas, porque no quiero pensar en que me lo he cargado todo. En lo mucho que lo echo de menos. En que ya no me imagino un futuro sin él.

—¡No llores, tía! ¡Que todavía me tienes que contar los detalles! —intenta animarme—. Además, llorando tendría que estar yo, que llevo una racha que ya no sé ni si llamarla racha...

Me hace gracia, pero no puedo parar. Soy un cuadro.

—Mi amor, ya verás, lo vais a arreglar.

—Le hablé fatal, tía —solloza mientras sorbo los mocos.

—Vale, sí, pero le has pedido perdón. Cuando le veas pasado mañana se lo vuelves a pedir y se lo explicas todo como me lo has contado a mí.

—No me va a perdonar... Lo sé.

—Sí te va a perdonar. Kobo es buen tío —intenta de nuevo, pero yo sigo desconsolada—. Y si no, sinceramente, que le den, todos la cagamos alguna vez, aquí nadie es perfecto.

—Él sí —balbuceo.

—¡Nadie! Él también hizo cosas mal. Que ahora todo el mundo va de *happy*, pero quien jamás haya sido celoso que levante la mano. ¿Hiciste mal? Sí, pero vamos, que tampoco has matado a nadie. Se te han juntado muchas cosas: lo del libro, lo de la chica esta... Todo. Y también es que los hombres son muy patosos, tía. No se dan cuenta de lo que hacen, y es insufrible. Por mucho traumita infantil que tenga el pobrecito mío, si se pone a hablar de una tía como si fuera Angelina Jolie en versión excelencia total, también me rayo. Así que venga, deja de martirizarte. Duérmete un rato, que luego vamos a bajar a tomar algo.

—No me apetece, tía.

—Por eso mismo —me dice mientras suspiro, consciente de que no se lo quitaré de la cabeza—. Mira, son las siete. Duerme hasta las ocho y media, te duchas, te pones guapa y bajamos.

Es verdad que las paredes se me están empezando a caer encima, pero no me apetece nada socializar ni encontrarme con River y su séquito.

—Rebeca, que mañana tenemos un madrugón. Deberíamos acostarnos pronto.

—Que sí, que tomamos algo y subimos. Que tienes veintidós años, hija, no me seas abuela.

No puedo creer que esté aquí cuando lo que me apetece es dormir hasta mañana.

Acabamos de entrar en el bar del hotel, que me recuerda al de la peli esa que me puso Kobo hace un mes, *Lost in translation*. La verdad es que mi personalidad va bastante a juego con la de Scarlett Johansson en los primeros compases de la película. Esa apatía, la mirada triste y la misma sensación de soledad a pesar de que me acompaña Rebeca.

En la barra no está Bill Murray, sino Fabio y su agente, Mónica, una mujer encantadora que probablemente pase de los cincuenta, pero que yo firmaba ya para conservarme como ella.

Mi representante les saluda con efusividad cuando nos acercamos, y yo compongo una sonrisa. La verdad es que, teniendo en cuenta las serpientes que andan sueltas por aquí, es la mejor compañía del lugar.

Mónica siempre ha sido una referencia para Rebeca: consiguió hacerse un nombre sin un apellido que la respaldase en el sector. Hasta ahora se conocían de vista, pero aprovechan para ponerse al tanto y chismorrear como solo puede hacerse en el mundillo editorial.

Fabio me pregunta cómo va la novela y nos perdemos en una conversación sobre dejar fluir a las musas o hacer caso a la escaleta que te has pasado semanas montando antes de empezar a escribir. A veces los personajes se rebelan y no hay manera.

Los cuatro charlamos sin parar durante una hora: comentamos la convención, opinamos de todo lo que ha pasado y de cómo se presenta la noche. Y sí, cotilleamos y le hacemos un traje a más de uno (o de una más bien). Resulta que Fabio y yo, además de tener gustos literarios muy similares, también compartimos enemigos. El tema lo ha sacado él, claro, porque prefiero no hablar de nadie, que nunca se sabe. Además, hubo un tiempo en el que se rumoreó que Fabio y River estaban juntos.

Resulta que era un bulo, pero nada descabellado: los dos son guapísimos y harían una pareja estupenda. Lástima que ella sea una estúpida.

Es fácil hablar con ellos, y está claro que han llegado tan lejos por algo: da gusto escucharlos. A lo tonto, me lo estoy pasando bien: la música, el vino y la compañía me van relajando, y pronto traen algo para picar.

Al coger un *roll* de atún picante, me acuerdo de Kobo y de la primera vez que fuimos a cenar *sushi* juntos. La que lio con los palillos no fue ni medio normal, por no hablar del *roll* volador que acabó sobre una señora que estaba sentada unas mesas más allá. No puedo evitar que se me escape una sonrisa.

— ¿Y tú de qué te ríes, sinvergüenza? —me dice Rebeca.

Justo estaba contando que el día de su primera entrevista con la editorial, antes de entrar al edificio, a uno de los que limpian las ventanas se le cayó medio cubo de agua con limpiacristales encima de ella. Es una de sus historias con más éxito.

—Nada, perdón. Sigue, que me he acordado de algo.

Esa noche volvimos a casa con la música a todo volumen, las ventanillas del coche bajadas y el aire dándonos en la cara. Esa noche nos besamos con ganas, con risas, y lo hicimos nada más llegar para acabar abrazados con una peli de fondo a la que no le prestamos atención más de dos minutos.

Joder, otra vez el nudo en la garganta. Lo que daría por que estuviera aquí... Acariciándome la mano bajo la mesa. Buscando mi mirada, mi complicidad ante los comentarios de los demás. Echo de menos que intente hacerme reír cuando sabe que no puedo, buscar cualquier momento a solas para besarle, escuchar su risa. Le echo de menos.

Cuando terminamos la cena Mónica anuncia que se va a

acostar, y yo pretendo hacer lo mismo, pero Rebeca me fulmina con la mirada. Estoy cansada, quiero desconectar y voy un poco borracha, que a lo tonto llevamos media botella de vino cada uno.

Mónica ya está levantándose para dar besos y yo hago lo mismo, pero Rebeca me hace un puchero y pulsa la tecla correcta para que ceda (siempre lo hace, en realidad).

—Porfa, tía, que llevamos mazo sin hacer algo que no sea currar. Una copa y nos vamos. —Suspiro, consciente de que al final me va a liar, cuando busca ayuda en el escritor—. Fabio, dile algo a esta chica.

—¡Una más, venga! —me pide el otro.

Odio esto.

Mónica se me acerca y deja caer la artillería pesada:

—Yo me voy porque el cuerpo ya no aguanta como antes, pero a tu edad no había quien me metiera en la cama. Por lo menos para dormir...

Fabio y Rebeca se ríen. Toma ya, la tía. Después de esa frase no puedo coger e irme, así que me siento, derrotada. Segunda victoria del día para mi amiga Rebeca.

Pedimos unas copas. El camarero que nos atiende va lleno de tatuajes y lleva un polo a punto de estallar. Desde que aparece por la mesa sé cuál será la reacción de mi agente y, efectivamente, cuando el chico se va, ella me mira, abre los ojos todo lo que puede y me dice:

—Me acabo de enamorar.

Fabio y yo nos reímos. Le sorprende el gusto de Rebeca y abren el debate, aunque yo me mantengo bastante callada. Ella saca sus mejores anécdotas de citas y él aprovecha para dejar caer alguna indirecta que, lejos de molestarme, me divierte. El tío sabe cómo hacerlo de forma elegante.

Por un momento me planteo si acabarán la noche juntos, pero el camarero no es tonto. Se ha dado cuenta de los ojitos que le ha puesto Rebeca y ya se ha acercado un par de veces para traernos chupitos gratis y, de paso, tontear un poco. «Di que sí, chico, defiende tu posición», pienso.

Aunque me he quedado en la primera ronda, entre el vino, la copa y el chupito, me estoy cogiendo un pedo que verás tú. Cuando el camarero —Marcos, se llama— acaba de currar, nos invita a un local que hay justo delante del hotel, donde trabajan unos amigos suyos. Qué ilusa soy. En cuanto lo dice, Rebeca se levanta emocionada y Fabio la sigue con una sonrisa. Quiero hacer baja, pero no me dejan.

Desde fuera, el sitio parece un antro, no hay cola, ni un cartel... Solo una puerta metálica con la que choca la vibración de la música que suena dentro, y un tío que entiendo que es el de seguridad nos da la bienvenida con aire simpático. Cuando entramos, es otra película: lo que esperaba que fuera *techno* resulta ser reguetón del que más me gusta, y está tan alto que es difícil hacerse oír.

Rebeca no pierde el tiempo: en cuanto la miramos está perreando hasta el suelo con Marcos. Fabio y yo nos reímos, pero decidimos dejarla a su rollo y divertirnos. Lo bueno de estar fuera del mercado es que no tienes que preocuparte por la imagen que das a los hombres, por cómo te percibe el otro y si estás siendo sexy o no. Me dedico a bailar, a cantar a voz en grito y a reírme de los movimientos más bien torpes de Fabio mientras hace el tonto. Siempre le he visto tan correcto que no sabía que tenía esta parte más gamberra.

Es un tío guay, y así se lo hago saber. Me desgañito para decirle lo genial que me parece, lo mucho que le admiro, e incluso le confieso que durante mucho tiempo fue mi crush. Creo que es lo típico de lo que mañana me arrepentiré, pero tenía que decírselo. Él se ríe y me da las gracias sin parar de bailar.

Recuerdo la noche de nuestra cita y cómo acabo. También pienso en que otro después de eso se habría alejado, pero él me ha demostrado que ante todo es un buen amigo y que me aprecia. Así que como mis neuronas no están en plena forma en este momento, suelto lo primero que me viene a la cabeza:

—Perdón por la cobra de la otra vez.

—¿Qué?

«Mierda, ¿acabo de decir eso? Puta ginebra».

—Nada, nada.

Me hago la loca y sigo bailando, pero Fabio se acerca a mí y me dice al oído:

—No era el momento, ya está. No te preocupes.

Joder, lo ha oído. Debe estar flipando, y no me extraña. Por suerte, sigue con sus pasos prohibidos y pasa del tema. Me río y seguimos haciendo el tonto un rato más. He hecho bien en venir. Necesitaba desconectar, no estar triste 24/7, y aunque Kobo se me sigue pasando por la cabeza, no tiene el mismo efecto si me pilla riéndome y bailando a Rauw Alejandro que si estoy en la oscuridad de mi habitación mirando al techo.

En un momento aviso a Fabio de que necesito ir al baño y, cuando le voy a pedir a Rebeca que me acompañe, la veo comiéndose la boca con Marcos, que lleva toda la noche trayéndonos copas gratis. Hay que reconocer que, aunque yo se las he ido dando a una chica que lleva intentando entrarle a mi amigo toda la noche, el chaval se lo ha currado.

—¿Quieres que te acompañe yo? —pregunta Fabio por encima de la voz de Feid.

—¡No hace falta! Pero no te muevas de aquí, porfa.

Hay muchísima gente, me cuesta moverme. Consigo pasar el grupo que tenemos al lado, pero me quedo atascada con los siguientes. Qué agobio. Estoy atenta para meterme en cualquier hueco, pero justo cuando lo voy a hacer alguien me empuja por detrás. Joder, no hay manera. Un chico se me pega y empieza a bailar. Esta sudadísimo. Se restriega. Intento separarme, pero no hay espacio.

Una mano me agarra fuerte del brazo y casi me da algo hasta que veo quién es.

—No te sueltes —me pide Fabio mientras me tiende la mano, y se la doy sin pensármelo dos veces.

Se abre camino como si de Moisés se tratara, y en un minuto hemos cruzado hasta el letrero luminoso que marca la entrada de los aseos. Aquí al menos se puede respirar, porque ahí en medio he sudado tanto que se me ha bajado todo.

—Te espero aquí —me dice.

Asiento y entro en el baño. Solo hay otras dos chicas repasándose el maquillaje y, como no podía ser de otra manera, acabamos haciéndonos amigas de discoteca, de esas que se dan consejos y filosofan sobre la vida con más alcohol que conocimiento en una noche de fiesta y se dicen lo guapas y maravillosas que son entre ellas mil veces para no volver a verse jamás. ¿Harán los tíos lo mismo? No creo.

Al salir, Fabio no se ha movido de allí y me tiende la mano con una sonrisa. Al volver nos cruzamos con Marcos, que va sin Rebeca. Fabio le para y le dice algo al oído. Tiene cara de agobio; y el escritor está serio. Me agarra más fuerte de la mano y avanza rápido.

—¿Qué pasa? —le grito.

—¡Rebeca!

—¿Qué?

Mi teléfono vibra, alguien me llama. Mi corazón baila cuando veo la pantalla. Es Kobo. Necesito oír su voz. No sé para qué, pero que me llame es buena señal, ¿no? Se lo cojo, pero con la música no oigo nada.

—¡Vamos, Eva! Vamos fuera —me grita Fabio con urgencia.

La llamada se corta y decido esperar a salir para volver a probar.

—¿Qué pasa, Fabio?

—Marcos me ha dicho que Rebeca está mal.

—Joder, ¿y la deja sola? —digo histérica. En ese momento tampoco pienso que, si no, el pobre no podría habernos avisado porque no tiene nuestro número.

Cuando salimos, no la veo. Miro a un lado, a otro... Nada. Tengo el corazón en la boca y la ansiedad empieza a treparme por el estómago.

—¡Rebeca! —oigo que la llama Fabio.

Me doy la vuelta y le veo agachándose para ponerse a la altura de mi amiga, que está sentada en el bordillo de la acera, entre dos coches aparcados.

Me acerco a ella y me abraza, efusiva. Va fatal, pero me espera algo peor.

—Pobrecita, le han roto el corazón —le dice a Fabio, refiriéndose a mí.

«La mato, cuando esté sobria la mato».

Él se limita a fruncir el ceño mientras la ayuda a levantarse. No sabe a qué se refiere. Mejor.

—Venga, vamos, es hora de dormir.

—¿Y Marcos? —balbucea.

—Se ha tenido que ir.

—Nada, hoy tampoco toca. Si no me toco yo...

Fabio y yo nos miramos cómplices y nos reímos porque tiene unas salidas... La coge en brazos y nos vamos al hotel. Durante los cinco minutos que tardamos en dejarla en su habitación no se calla, y no para de repetir lo fuerte que está Fabio. Es un caso.

Cuando por fin conseguimos dejarla tumbadita en la cama, soy consciente de la situación en la que estamos y de lo que ha decaído la noche en un segundo. Como si lo captara, Fabio anuncia que se va.

—Creo que me quedo con ella —le digo mientras le acompaño a la puerta.

—Eres buena amiga.

—Tú también. Gracias por todo, de verdad.

Pone cara rara, sonríe y está a punto de darse la vuelta para marcharse, pero parece pensárselo y me mira unos segundos, como si estuviese debatiéndose consigo mismo.

—Eva, tú sabes que me gustas, ¿no?

Jo-der. Tardo en procesar la preguntita y no sé qué decir. No quiero que se sienta ofendido ni que nuestra relación cambie, pero... está Kobo.

—Fabio, es que yo...

—Lo entiendo, pero quería dejarlo claro —me corta.

—Es que tengo pareja —confieso.

Se queda callado unos segundos, traga saliva y fija la mirada en el suelo.

—Perdona, no lo sabía...

—No te preocupes, nadie lo sabe. Queremos llevarlo con discreción.

Fabio se tensa, toma un poco más de distancia y sonríe con incomodidad.

—Joder, vaya cagada. Perdona, de verdad. Buenas noches, que descanses.

Antes de que pueda decir nada más, se ha dado la vuelta y se aleja por el pasillo a paso rápido.

Me siento fatal. La culpa es mía, por llevarlo en secreto. Por no haber hablado con Fabio después de nuestra cita. Debe pensar que soy idiota pero, aunque las cosas no están bien con Kobo, no quiero darle falsas esperanzas.

Cierro la puerta y por fin saco el móvil, deseando oír su voz. Miro el registro de llamadas antes de hacerlo. Mierda, han pasado cuarenta minutos. Pensaba que habían sido diez.

22

Dicen que venimos a este mundo a aprender, que la vida nos pone retos que debemos superar para convertirnos en mejores personas, pero ya estoy harto de esta lección. No soporto ver una y otra vez como todo se derrumba.

Esta vez solo hicieron falta cuarenta y ocho horas. En dos mil ochocientos ochenta minutos vi como mi felicidad se resquebrajaba.

Todo comenzó aquel día en casa de Eva. No sabía que solo sería el principio.

Mis ganas de pasar la noche con ella antes de que se fuese de viaje desaparecieron de un plumazo. Había discutido con una persona que no reconocía. La Eva dulce, sensible y cariñosa, la Eva de la que me había enamorado, se había transformado.

Estaba hecho polvo no solo a nivel emocional, sino también físico. La situación me produjo tanto rechazo que me sentía incómodo en mi propia piel. Esa que ardía alrededor de un cuerpo que se había quedado helado. Estaba nervioso, inquieto. Tenía el pulso tan acelerado que incluso un gesto tan simple como meter la llave para arrancar la moto me resultaba imposible.

Quería salir de ahí. Tenía ganas de romper con todo, de llamar a Tommy, contárselo y no volver a trabajar para ella. Porque había jugado sucio, porque sabía que nuestra relación laboral había supuesto un problema para mí y me generaba inseguridad, porque era consciente de que me inquietaba empezar una relación desde posiciones tan diferentes y aun así lo había utilizado para joderme.

Por suerte, decidí no tomar ninguna decisión en caliente. Eva iba a estar fuera unos días que nos vendrían bien para pensar. Creo que estoy madurando. No se lo conté a mi madre, pero estaría orgullosa.

Esa noche no conseguí pegar ojo.

No paraba de darle vueltas a lo que había pasado, pero tampoco podía evitar recordar todos los buenos momentos: las risas, las charlas interminables, las noches haciendo el amor, los paseos en moto, los besos, las caricias, las miradas, los recuerdos que me perseguían y me bombardeaban la cabeza con imágenes infinitas que me impedían conciliar el sueño.

A la mañana siguiente la llevé con Rebeca a la estación. Fue extraño, como si los sentimientos que había entre nosotros hubieran abandonado nuestro cuerpo. Aquella mañana fuimos dos desconocidos.

Tenía mala cara, probablemente porque, conociéndola, ya le habría dado mil vueltas a todo y habría tenido tiempo de arrepentirse de lo que había dicho. En la estación intentó hablar conmigo, pero no me pareció un buen momento: estaba Rebeca, tenían que irse y la conversación pendiente necesitaba más de cinco minutos.

Aquel día me lo dediqué entero. Bueno, a mí y a Neo, que últimamente se estaba cansando de mis excursiones a casa de Eva. Su padrastro, Mike, le cuida bien, pero no es lo mismo... Salimos a pasear sin destino, sin hora, recorrimos Madrid hasta que nuestras piernas no pudieron más, y entonces volvimos a casa y caímos redondos. La noche en vela del día anterior me pasó factura. Estaba agotado. Fue como si me desenchufara, justo lo que necesitaba: desconectar para conectar otra vez.

Solo abrí los ojos cuando la música de Mike lo invadió todo. Le oí hablar con Neo desde el salón, quizá porque ya le había sacado y le estaba poniendo la comida, pero decidí quedarme en la cueva sin hacer nada. Sin embargo, cuando los recuerdos empezaron a proyectarse de nuevo en mi mente, decidí recurrir a la vía de escape de siempre, la que me había enseñado Lu años atrás. Busqué un libro que me llevara lo más lejos posible, uno que me ayudase a largarme de aquí sin tener que salir de la habitación. No contaba con chocarme con uno que llevaría justo al sitio del que quería huir: el libro de Eva. Estaba ahí, en la mesilla, como si fuera parte de ella, como si me llamara. Un recordatorio constante.

Caí en la tentación y lo abrí justo por donde había dejado la dedicatoria aquel día. Estábamos en Barcelona y, como siempre, horas antes de la firma, me pasé por la librería para asegurarme de que todo iba según lo previsto. Aproveché para darme una vuelta entre las estanterías y acabé frente a un expositor con su cara. No pude evitar comprarlo, porque aquel fragmento que leí meses atrás me había atrapado y porque tenía ganas de leerlo. Un libro dice mucho de su autor, y yo quería saber más de ella. Acabé devorándolo en unas horas, mientras ella se encerraba a escribir y se arreglaba para el evento.

Esa noche fuimos a cenar. Eva estaba preciosa, con un vestido blanco que se pegaba a su cuerpo como una segunda piel y que casi me había hecho cancelar la reserva. El pelo suelto en ondas, con el flequillo recogido en una historia rara que le habría costado como media hora hacerse y le daba un aire dulce; prácticamente sin maquillaje y una sonrisa pintada en los labios, con ese brillo que solo podía darle la felicidad, la misma que compartía conmigo. Hablamos de todo y de nada, exprimiendo cada minuto al máximo; cuanto más me contaba, más me gustaba.

Al volver nos paramos en la puerta de su habitación. En aquel momento todavía no sabíamos qué éramos, pero nos teníamos demasiadas ganas. No había nada establecido, pero cualquier cosa podía pasar.

—Bueno, si necesitas algo, me avisas —le dije con una sonrisa pícara.

—Sí, bueno, pero hasta que llegues me puede pasar cualquier cosa...

Teníamos habitaciones contiguas. Así que miré mi puerta y después a ella. Nos reímos.

—A ver, es verdad que un segundo puede marcar la diferencia.

—Esperemos que no pase nada entonces —contestó traviesa.

—Esperemos.

Se hizo el silencio. No hacía falta decir nada porque teníamos claro lo que había, pero ninguno de los dos parecía dispuesto a dar el paso. Decidí mover ficha, sacar el as que tenía guardado en la manga.

—Bueno, te dejo. Estaré leyendo, por si hay alguna emergencia.

—¿Qué vas a leer? —preguntó curiosa. Había mordido el anzuelo.

—*Lo difícil de olvidar* —dije con total normalidad.

Se me quedó mirando unos segundos incrédula y después estalló en carcajadas.

—Mentiroso, seguro que tú lees cosas más *cool*.

—Apuéstate algo —la reté, caminando hasta mi puerta y pasando la llave por el lector.

—Lo que quieras —respondió ella.

—Cuidado. Solo apuesto cuando sé que voy a ganar.

Los dos sabíamos que queríamos el premio gordo, pero en esta lucha de titanes no estaba claro quién sucumbiría primero al deseo. Nos separaba apenas un metro, apoyados contra el marco de la puerta de nuestras respectivas habitaciones. Dispuestos a romper la distancia que nos separaba. Cada vez más cerca.

Con una mirada provocativa, la agarré del brazo y la metí en mi habitación con suavidad. Allí, sobre la cama en la que había estado leyéndola horas antes, descansaba su libro.

—Pensaba que me estabas vacilando —dijo aún sin creer que lo estuviese leyendo.

Me encantaba provocarla, provocar una reacción en ella: el rubor de sus mejillas, su ceño fruncido, una carcajada sincera, un gemido de placer. Esos eran mis favoritos.

—Esta vez no —le sonreí—. Dime, si es una historia tan

triste y acaba así, ¿por qué en la portada están a punto de besarse?

Durante unos segundos no contestó, pero se acercó a mí y apoyó sus manos, pequeñas y cálidas, contra mi pecho.

—No están a punto de besarse. Ya lo han hecho. Ese sería su último beso, el que nunca podrán olvidar.

Las ganas. Me recorrían las ganas, y no podía dejar de mirarla desde arriba, apreciando lo pequeña que era su figura junto a mi cuerpo. Entonces se puso de puntillas y me besó. Fue el primero de incontables aquella noche.

A la mañana siguiente salió de la cama antes que yo y se puso mi camiseta, que seguía tirada en el suelo. Yo estaba atontado mirándola cuando se detuvo al lado del libro, cogió un bolígrafo de publicidad del hotel, escribió algo y me pidió que esperara a leerlo cuando me quedase solo. Según entró al baño, salí de la cama de un salto y fui a verlo.

Para Kobo,

Olvidarte sería imposible.

Se me puso la piel de gallina, como cada vez que lo recuerdo. En ese momento se me llenó el pecho de euforia, ahora de lágrimas.

Me tiré de golpe en la cama, como un niño tratando de no hacer ruido; alertado por el ruido de la cisterna, intenté colocarme como antes. Al salir, me miró a mí y luego el libro.

—Lo has leído.

—No —le aseguré, pero no podía contener la risa.

—¡Lo has leído! —gritó poniéndose de pie sobre el colchón a la vez que cogía una almohada y cargaba para pegarme.

—¡Que no! —dije con una carcajada.

El recuerdo me hizo más mal que bien; donde antes había carcajadas, ahora me invadía la tristeza.

La echaba de menos. Mucho. Necesitaba que volviera y aclararlo todo.

Ni siquiera los mensajes que me envió aquella noche consiguieron calmar la sensación de incertidumbre que me sacudía. La habíamos cagado los dos, y en ese momento solo podía rezar para que aquello no comportase un punto final, sino encontrar una solución.

Dicen que la esperanza es lo último que se pierde, y quería seguir creyendo que aún teníamos una historia que contar.

Hoy he quedado con los chicos, y menos mal.

Estamos los de siempre, donde siempre, pero con Lu.

No les había avisado de que venía, así que cuando ha aparecido se han quedado como yo el día del evento. En cuanto lo han asimilado se han vuelto locos, no han parado de darle besos y abrazos, y casi ha parecido que hubiéramos retrocedido quince o dieciséis años. Y para rematar José Luis ha venido a echarnos una bronca como las de antaño por revolucionarle el bar, pero a él también le ha hecho mucha ilusión verla. Siempre la llamaba Cenicienta y le decía que una princesa así no se podía juntar con macarras como nosotros, que tenía que buscar al príncipe y que nosotros se lo íbamos a espantar.

Hemos estado tomando cervezas y riéndonos toda la tarde. Además, Mou no se ha cortado un pelo cuando se la hemos presentado y le ha tirado la caña.

Lu nos ha puesto al día de su vida y nosotros de todo lo que nos hemos acordado y se puede contar. A Mike le ha caído el vacile de rigor por lo de su nuevo ligue —que ya se puede llamar «novia»— y Lu nos ha contado su relación fallida con un chico después de seis años juntos.

El otro día no me lo contó, pero es verdad que tampoco le pregunté por su vida amorosa. Al parecer, querían irse a vivir juntos, llevaban meses mirando casas y por fin habían encontrado una cuando Lu se enteró de que se había estado tirando a una de sus amigas. Dice que lo pasó muy mal, pero un año después se ha dado cuenta de que había muchas cosas que no funcionaban, que sentía que había dejado de ser ella. Ahora se ha reencontrado y dice que está más feliz que nunca. Me alegro, porque no se merece menos. Hay que ser gilipollas para perder a una chica así.

Estamos riéndonos, bebiendo, vacilando, todo igual que siempre, menos yo. Mi cabeza sigue con el runrún de estos días. Cada vez estoy más ansioso por verla. Pienso en cómo estará y si me tendrá en la cabeza tanto como yo a ella.

Me meto en su conversación, quiero escribirle, pero me freno. Una vez más, el corazón quiere ir con todo mientras que la cabeza me pide hacer las cosas bien. No seríamos la primera pareja que lo jode todo por un malentendido en una conversación de WhatsApp.

Estoy mejor que ayer, pero sigo inquieto, así que aprovecho que las jarras se están quedando vacías para estirar un poco las piernas y me levanto a por otra ronda.

Necesito quitar la sonrisa unos minutos.

—Ey —dice Lu sentándose en el taburete de al lado mientras espero en la barra.

—Casi se mueren cuando te han visto, ¿eh?

—Puf. —Se lleva la mano a la cara—. Seguís igual de locos.

—Bueno, seguro que lo echabas de menos.

Tarda unos segundos en contestarme, pero lo hace con una sonrisa.

—No te haces idea.

Me lo dice mirándome a los ojos, con sinceridad. Me alegra tenerla por aquí otra vez. Lu es esa luz que necesitamos.

—¿Qué os pongo, parejita? —nos interrumpe José Luis.

Nos reímos. Lleva haciéndonos la misma broma toda la vida.

—Otra ronda, porfa —le pido.

—Y sin porfa. Yo, con que me invitéis a la boda...

Lu y yo nos miramos divertidos mientras él coloca con maestría una jarra tras otra bajo el grifo de cerveza. Recuerdo que de pequeño me quedaba embobado viendo cómo servía.

—¿Cómo están tus padres? —le pregunté a Lu.

—Muy bien, ahí están.

—¿No bajan nunca a Madrid?

—Qué va, dicen que se sienten de otra época cuando están aquí. Mi padre se agobia.

—¿Cómo va de lo suyo?

—Bien, bueno... Ahora está con un tratamiento nuevo que parece que funciona, así que guay.

—Me alegro, hombre, tus padres son buena gente.

Al padre de Lu le detectaron esclerosis cuando éramos pequeños. Fue un palo muy duro para la familia, pero siempre lo han llevado bien, con mucha naturalidad. Era muy deportista, recuerdo que muchos días venía a buscarla al cole con mallas y deportivas. No tenía nada que ver con el resto de los padres, que esperaban en el bar de enfrente a que saliésemos, y yo siempre pensaba que si de mayor tenía hijos, sería como él. Descubrí que no había por qué tener la barriga cervecera del mío.

Cuando nos sirve las jarras, las cojo como puedo y me doy la vuelta para regresar con los chicos, pero Lu me agarra del brazo y me frena en seco.

—Espera. ¿Estás bien?

Está claro que no ha perdido sus superpoderes y se ha dado cuenta de que no ando fino.

—Sí, ¿por? —sonrío para disimular porque no me apetece aguarle la bienvenida con mis problemas de pareja.

—No sé, te noto raro.

Tiene razón, pero estar con ellos está siendo liberador.

—Todo bien, no te preocupes, en serio. Vamos.

Le doy un golpecito con el codo porque tengo las manos ocupadas y ella solo me observa antes de contestar:

—Sabes que me puedes contar lo que sea, ¿no? Ha pasado mucho tiempo, pero te sigo queriendo igual.

Sus palabras me emocionan. Sé que lo dice de corazón, y que realmente estará ahí siempre que lo necesite. Me doy cuenta de que Lu es una persona que me acompañará toda la vida y que, por mucho que nos alejemos, el destino nos seguirá juntando. Siento un alivio que desgraciadamente no dura mucho.

Vamos a la mesa cargados con las jarras de todos cuando noto que me vibra el móvil en el bolsillo. Pienso que puede ser Eva y algo se me remueve dentro. Suelto las cervezas tan rápido que casi tiro una encima de Tommy. Sin sentarme, meto la mano en el bolsillo y saco el teléfono.

Al ver la pantalla, el cerebro me da la vuelta.

Es Laura. Laura San Román.

El corazón se me acelera a la vez que la respiración. No veo ni oigo nada que no sea el móvil. Solo existe eso. Sé que él está detrás. Veo la cara de Chris y me imagino qué puede haber pasado. Cada milésima de segundo antes de responder la llamada se me hace eterna, pero finalmente me armo de valor y contesto.

La voz de Laura confirma que las malas noticias son una realidad.

—Kobo —dice en cuanto descuelgo.

—¿Qué pasa?

Por el ruido de fondo, me doy cuenta de que va en el coche.

—¿Dónde estás? —pregunta alterada.

—¿Por qué?

—Kobo, joder, dime dónde coño estás.

—Dime qué pasa —insisto.

Me doy cuenta de que todos a mi alrededor guardan silencio y me observaban con cara de preocupación.

—No puedo hablar. Dime dónde estás. Es importante, Kobo, joder, no tenemos tiempo para tonterías.

¿Tenemos? El corazón me golpea los tímpanos.

—Estoy en el bar de José Luis.

—Vale, estoy al lado, sal.

Acto seguido me cuelga y se me cae el alma a los pies. No, por favor. Es como si estuviera viendo otra ola que se dispone a sumergirme después de un rato intentando llegar a la orilla.

—¿Qué ha pasado? —me pregunta Mike.

Estoy completamente ido. Solo rezo porque mi hermano esté bien. Tengo miedo. Me noto la piel fría, como si cada gota de sangre de mi cuerpo estuviese ahora concentrada en el cerebro.

—Kobo... —me dice Lu.

—Tío, ¿estás bien? —insiste Tommy.

Me he quedado paralizado. Todos me miran.

—Tengo que irme.

Cojo la chaqueta y salgo corriendo. Los oigo llamarme, pero no puedo ni quiero parar. Necesito que Laura me diga ya qué pasa.

Según piso la calle, veo su Range Rover que se detiene justo delante. Abro la puerta del copiloto sin saber si está sola y me siento a su lado.

—¿Qué pasa? —le digo sin ceremonias.

—Estamos jodidos.

No aguanto una milésima de segundo más sin saber de qué habla.

—¡Qué pasa, Laura, hostia! —le grito.

Después de que mi voz retumbe por el interior del coche, se hace el silencio. En ese momento me doy cuenta de que llueve tanto que no se ve nada a través de los cristales. No me había dado cuenta de que voy empapado.

Solo se oye el ruido de los limpias que frotan el parabrisas hasta que Laura dice:

—Tienen a Chris y a Jaime.

Lo primero que pienso, con alivio, es que sigue vivo. Qué triste.

—¿Les tiene quién?

—¡Pues quién va a ser, Kobo, joder, la puta poli! —Ahora me gritaba ella a mí.

—Me cago en la puta...

No puedo evitar pegar un golpe en el salpicadero del coche con todas mis fuerzas. Siento que estoy a punto de reventar, de hacerlo como hace años no me permito.

—Sois gilipollas.

—Tranquilízate.

¿Que me tranquilice? No me río porque estoy de mala hostia y no puedo ni pensar.

—¿De qué les acusan? —exijo.

—Se los han llevado hace menos de una hora con otra gente que trabaja para mi hermano. No sabemos lo que tienen, pero si les cae pena por tráfico, pueden ser más de diez años.

Me llevo las manos a la cabeza. Pienso en mi madre. Quiero matar a Laura y a toda su familia.

—Me cago en la puta. ¡Me cago en la puta, joder!

—Mi padre tiene a gente investigando, así que pronto sabremos...

—Tu padre es un hijo de la gran puta —suelto con rabia.

—Kobo, relájate, estamos en el mismo equipo.

Son chusma. Nunca dejarán de jodernos la vida. Al final han conseguido arrastrar a mi hermano hasta el fondo. El odio me invade. El cuerpo se me tensa. Me pone nervioso que me hable de esto con tanta naturalidad. Respiro. No quiero ni mirarla. Intento tranquilizarme para no hacer ninguna locura cuando noto que sus uñas me acarician el cuello.

—Tranquilo, te voy a ayudar.

Es como si desatara todos los instintos violentos que intentaba contener. Le aparto la mano y la agarro con fuerza. La miro a los ojos y veo los de su padre y los de su hermano.

—Todo esto es por vuestra culpa —le espeto acercándome a ella—. Me dais asco.

Está tan cerca que siento su aliento en la boca. Sonríe y solo consigue enfurecerme. Estoy desatado, harto de su puta familia y sus chanchullos, que solo traen dolor y desgracia.

—Mmm, qué recuerdos... —me dice con tono coqueto.

Me doy asco al recordar esa época. Aprieto un poco más, y por su mirada cruza una fugaz ráfaga de miedo. Entonces me doy cuenta de lo que estoy haciendo. No soy un monstruo como ellos. No soy así. La suelto y me alejo. Tengo que relajarme.

—Siempre me encantó que me trataras así —dice recuperando su actitud chulesca.

—Que te jodan.

No puedo entrar en su juego. Quiero salir del coche e ir corriendo a ver a mi hermano. Necesito aire. Tengo que contener las ganas de matar a su padre, a su hermano y a todos los que trabajan para esa familia. Tengo un nudo en la garganta, en el pecho, en todo el cuerpo. Aprieto los puños y bajo del coche. Estoy a punto de cerrar la puerta cuando suelta la última bomba:

—Otro día si quieres, guapo. Y oye, si vas a ponerte a malas con alguien, mejor hazlo con la zorra de tu novia.

Me quedo paralizado, sin entender a qué se refiere, por qué menciona a Eva cuando ni siquiera la conoce. Pero claro, es una San Román... ¿Qué esperaba?

—Con un padre en el juzgado, ¿de verdad crees que no sabe nada?

No. No pienso dejar que su veneno me meta ideas raras en la cabeza. Eva nunca me haría algo así, no se quedaría callada si lo supiera.

Cierro la puerta con tanta fuerza que no me extrañaría que no pudiera volver a abrirla. Si eso me lo estuviera diciendo su hermano, ya estaría inconsciente en el suelo. Respiro una y otra vez, intento borrar sus palabras de mi mente, pero la voz me llega desde la ventanilla bajada.

—No es como nosotros, Kobo. Te guste o no, siempre seréis distintos.

El coche acelera y se aleja, y yo me quedo quieto bajo la lluvia, con mi mundo derrumbado encima. Empiezo a andar. Y ando, ando sin rumbo para calmar el dragón que ruge en mi interior.

No sé qué pasará con mi hermano. Todo depende de los cargos que le imputen, y teniendo en cuenta que esta gentuza está detrás, puede pasar cualquier cosa. Pienso en mi madre, en la vida de mierda que ha tenido, en todo lo que ha sufrido y... lo que le queda. Pienso en Richi y en los años que le quitaron. Pienso y pienso, y me desespero mientras el deseo de desaparecer crece en mi interior. Estoy hecho mierda.

Miro hacia arriba. Las gotas me caen en la cara, y me

pregunto por qué a nosotros. Imagino a toda esa gente que ahora está en su casa viendo como llueve a través de la ventana. Sin problemas, feliz, a gusto. ¿Qué diferencia hay entre ellos y yo? ¿Qué he hecho mal en otra vida para cargar con este castigo?

No tengo fuerzas. Noto que el alma quiere huir de mi cuerpo. Quiero escapar de todo esto.

Me doy cuenta de todo el tiempo perdido estos días. De que he estado enfadado con Eva por una tontería, un juego de niños que se soluciona con una conversación. La necesito. No puedo sobrevivir a esto sin ella. Tengo que pedirle perdón por no haberla entendido. Necesito su apoyo.

Paso al lado de un portal y me meto debajo. El móvil no ha dejado de vibrar desde que salí del bar. Tengo muchas llamadas perdidas de estos, pero ni las miro. No aguanto ni un minuto más sin hablar con Eva.

Marco y empieza a dar tono. Es tarde, pero sería raro que no estuviera despierta. Un tono tras otro, y no lo coge. Igual está dormida. Vuelven por la mañana y tendrán que madrugar. Pienso en rendirme, pero decido esperar un tono más. Otro. Y justo cuando voy a colgar, lo coge.

—¿Kobo? —grita.

De fondo se oye música. Imposible. ¿Está de fiesta?

—¿Amor? —vuelve a gritar.

—¿Eva?

—Amor, no te oigo.

Oigo risas, barullo, es música de discoteca. Tengo que apartarme el móvil de la oreja de lo que se satura el sonido, y cuando me lo acerco de nuevo para volver a intentarlo, le escucho:

—¡Vamos, Eva! Vamos fuera.

Es su voz. La voz de Fabio.

No puedo más y cuelgo. Me siento solo. No sé qué hacer.

El teléfono vuelve a sonar. Imagino que es ella de nuevo, pero no. Es Lu.

23

—¿Y ahora qué? ¿Qué se supone que hay que hacer? —me pregunta Tommy.

—No tengo ni idea —le contesto.

—¿Conoces a algún abogado? —susurra Mike.

—Qué va, tío, yo qué voy a conocer...

—Puedo preguntar a mis padres —se ofrece Lu.

—Yo igual, seguro que encontramos a alguno bueno.

—Os lo agradezco mucho —les digo de corazón—, pero el problema no es encontrarlo, el problema es que habrá que pagarle.

Nos quedamos todos en silencio. Sé que les encantaría ayudarme, pero ninguno vamos sobrado, y yo ya no tengo un duro después de prestarle pasta a Chris.

—Bueno, *bro*, sabes que en lo que podamos ayudarte... —contesta tímidamente Mike.

—No os rayéis, le pondrán uno de oficio.

—Joder, ya podíamos haber salido alguno futbolista —remata Tommy para darle un poco de humor.

Consigue arrancarme una sonrisa mientras Mike empieza a decir que él hubiese sido un delantero cojonudo. Son unos payasos, pero les estaré eternamente agradecido. Por entenderme, por estar cuando les necesito. Por ser ellos.

Siempre me como las cosas solo, pero esta vez me han desbordado. Dentro de la mierda que estoy viviendo me siento un afortunado por tenerles a mi lado. Tengo la tranquilidad de saber que siempre estarán ahí, pase lo que pase. Me animan a no rendirme. A seguir luchando. El pobre Mou se ha ido jodido por no poder quedarse más, pero mañana tenía curro fuera y su avión salía tempranísimo, así que le he mandado a casa diciéndole que estaban los demás y que no se rayara.

—¿Cómo está Chris? —pregunta Tommy.

Antes le he dicho a Lu que iba para casa, y justo al abrir la puerta me ha llamado Chris. Cuando han llegado ellos, seguía hablando con él. La conversación no ha durado más de cinco minutos. Había alguien metiéndole prisa. Estaba asustado. Me ha dicho que ha sido una encerrona, pero ¿qué me va a decir? Tristemente, mi hermano se ha convertido en un mentiroso compulsivo y es muy difícil ayudar a alguien así.

La policía había hecho una redada en el Flame y le había pillado allí con Jaime y el resto de los delincuentes. Me ha contado que él solo iba a saldar una deuda, esa que no se da cuenta de que se convirtió en infinita el día que decidió trabajar para esa gentuza. Sea verdad o no, qué más da. Ahora ya no puedo hacer nada, y eso en parte me hace sentirme culpable por no haberlo hecho cuando podía.

Mientras hablaba con él, me he notado insensible. No puedo evitar culparle por esto, porque ha conseguido hacer realidad una de mis pesadillas, aunque, por suerte, no la peor.

—Cagado —admito.

—Joder —murmura Mike.

—No sé cómo voy a decírselo a mi madre...

—No lo sabe, ¿no? —me pregunta Lu.

—No, estará dormida. Es la última noche que descansará en un tiempo, así que prefiero no robársela.

—Pobrecita —añade ella.

Noto como vuelve el nudo que tenía en la garganta hace horas. Tengo ganas de llorar, pero trago. Lo aguanto. Apoyo los codos en las rodillas y escondo la cara entre las manos. Joder, tengo que ser fuerte. Nunca me ha gustado dar pena, y mucho menos a mi gente, nunca lo he hecho y hoy no será la primera vez.

Parece que Neo oye mis pensamientos: se mete entre mis piernas y me da un lametón que deshace cualquier nudo. Es que hasta mi perro es la hostia.

El teléfono, que descansa encima de la mesa, vibra otra vez. Es Eva. Voy a cogerlo, pero Tommy, que está más cerca, me lo pasa. Ve el nombre en la pantalla y le cambia la cara. El móvil sigue vibrando dos veces más hasta que deja de hacerlo.

—¿Eva? ¿A estas horas? ¿No estaban en Valencia?

Los años de amistad con Tommy, la movida con mi familia y lo mucho que me está apoyando me impiden seguir ocultándoselo. Me conoce lo suficiente como para saber que detrás de esa llamada hay algo más que trabajo.

—Tengo que contarte algo —confieso—. Bueno a ti también, Mike.

En nuestro grupo nunca ha habido secretos, y mucho menos sobre un tema como este. Así que, aunque me ha pillado desprevenido, aprovecho para quitarme un gran peso de encima. Si no lo he hecho antes ha sido por miedo. No sabía cómo iba a reaccionar Tommy ante algo así porque soy consciente de que puede pensar que estoy jugando con su empresa, con el pan que nos da de comer. Pero mi relación con Eva es de todo menos un juego.

Se lo cuento todo desde el principio, les explico con detalle lo que hemos vivido, lo que siento por ella, nuestra última discusión —aunque me ahorro el hecho de que el foco de sus celos está sentado con nosotros— y el porqué de haberlo ocultado hasta ahora. Cuando termino, Tommy me mira serio; pasan unos segundos y no dice nada. Entrecierra los ojos y por fin habla:

—¿Sabes lo único que me jode de todo esto? —Niego sin pronunciar palabra y me espero lo peor—. Que no me creyeras capaz de entender algo así.

Siento que realmente le duele.

—No es eso, *bro*. Es que sé cómo te matas día a día, y al ponerme en tu piel pensé que podría ser una situación estresante para ti.

—Escucha, soy tu colega mucho antes que todo lo demás.

—Lo sé, tío, pero... No sé, me daba miedo que pensaras que te la estaba jugando.

Vuelve a quedarse en silencio y me dice:

—Kobo, llevas toda la vida dándolo todo por mí, sé cómo eres. Sé que jamás harías algo que me pudiera afectar.

—Es que esto te puede afectar —intento explicarle de nuevo.

—Uno no elige enamorarse.

Me quedo en silencio un segundo. Al final este cabrón me hará llorar. Me levanto para darle un abrazo y, cuando estamos pegados, me dice:

—Como me vuelvas a ocultar algo, estás despedido.

Todos nos reímos, y parece que parte de la tensión de la noche se esfuma, aunque mi mente siga dando mil vueltas.

—Hostia. Ahora entiendo los miedos nocturnos de la escritora —suelta Mike mientras me da una palmada en la espalda que casi me destroza.

Me podía librar de que se lo tomaran mal, pero nunca del vacile, así que les dejo que se recreen un rato.

—Los libros siempre han sido su fetiche... —añade mirando a Lu, que se pone roja mientras se ríe.

Con la que tengo encima, lo mejor que puedo hacer es tomarme las cosas con humor, y para eso, por suerte, también tengo a los mejores.

El teléfono vuelve a vibrar, pero ahora es solo un instante. Es un mensaje de Eva.

> Perdona, amor. Antes no te oía. Te he llamado, pero ya debes estar dormido. Me voy a la cama. Un beso, mañana nos vemos 🖤

No me ha dolido que estuviera de fiesta. Me jode que la he llamado hace una hora y que no sea capaz de salir un momento para devolvérmela, como habría hecho yo. Me duele saber que no está conmigo en un momento así. Me da rabia que nuestras prioridades sean distintas.

Me vuelve a cambiar la cara y lo notan.

—Vuelve mañana, ¿no? Si quieres, yo me encargo, tío, no te preocupes —se ofrece Tommy—. Tendrás que ir a ver a tu madre... Le digo que has tenido un problema personal y ya está.

Quiero verla y hablar, pero lo último que necesito mañana es empezar el día con una discusión. Así que acepto, y cuando me pide los detalles tengo que buscar la información, porque hay tanta mierda en mi cabeza ahora mismo que ni me acuerdo.

—A las diez y media en Atocha.

—Joder. —Se levanta de golpe—. Pues me voy a ir a sobar, hermano, que estoy destrozado. Encima voy a tener que ir a lavar la furgo, macho. Qué pereza... Venga, chavales, buenas noches. Adiós, Lu, guapa, me ha hecho mucha ilusión verte. A ver si te dejas caer más a menudo, ahora que estás en Madrid.

Había olvidado que era el primer día de Lu con nosotros después de tantos años. Tenía la sensación de que no se había ido nunca. Menuda bienvenida. Así cualquiera repite...

—Mañana hablamos y, de verdad, aquí estoy para todo, hermano. No te vuelvas a comer algo así tú solo.

Cuando Tommy se va, les digo que hagan lo mismo. Son casi las cuatro de la mañana.

—¿Tú no te vas a sobar? —me pregunta Mike bostezando.

—Qué va, imposible. Estoy como si me hubiera metido ocho cafés.

A mi colega casi se le cierran los ojos y está luchando contra el sueño, así que me río y le insisto para que se pire a la cama. Neo le ladra como si me estuviera apoyando.

—Vale, si me lo dice este perro gordo, sí —dice frotándole la cabeza con fuerza, porque, por mucho que se empeñe, eso no es acariciar.

—Eh, eh, cuidadito con mi perro, chaval —le defiendo.

—Si ya es más mío que tuyo... ¿A que sí, gordito? —Le manosea el morro—. Buenas noches, guapa. Si te quieres quedar a dormir, ya sabes que mi cama siempre está disponible para ti. —Vacila a Lu, que hasta ahora se ha quedado callada, y me mira como si fuera mi novia, intentando picarme.

Parece José Luis, el gilipollas. No ha parado con esas bromas desde el día que se la presenté.

—Buenas noches, sinvergüenza—le dice Lu.

Mike se levanta y da dos pasos, pero rompe la distancia que nos separa. Me envuelve entre sus brazos y me aprieta con fuerza. Joder.

—Te quiero, hermano. Todo va a salir bien, ya lo verás.

Otra vez el nudo. Y otra vez intento contenerme, pero mis ojos se llenan de lágrimas. Lo noto e intento pararlo. Me separo. Sabe que estoy a punto de romperme, así que me pasa la mano por la cara y me da un cachete. Un gesto que, en nuestro idioma, equivale a una pareja que se pide matrimonio. Pocas veces nos damos estas muestras de amor. Una lágrima se escapa por mi mejilla, y solo espero que no la haya visto, pero no tengo tanta suerte.

—¿Eso es lo que creo que es? ¿Estás...?

—Vete a dormir, imbécil.

Le empujo.

—Hostia, esto sí que es *heavy*.

Se lleva las manos a la cabeza y busca la complicidad de Lu, que sonríe, pero le dice:

—No seas malo, con lo monos que estabais.

—Y tanto, es monísimo —me vacila—. El hombre de hierro tiene lágrimas.

Le vuelvo a empujar para que se pire ya, pero se ríe y añade:

—Que te quiero, llorica. —Ahora me da él y se va diciendo—: Buenas noches, chicos. No os durmáis muy tarde y no hagáis travesuras.

Le sonreímos, pero no decimos nada. Nos quedamos solos. En silencio. Los dos estamos sentados en el sofá. Nos miramos. Lu conserva la sonrisa que le estaba dedicando a Mike.

—Vete, anda, que es tarde. ¿Te pido un taxi?

—¿Me estás echando? —pregunta.

—Claro que no, pero no quiero que mañana en clase seas un zombi por mi culpa.

—Sorpresa, mañana es domingo, no tengo clase.

—Joder, es verdad. No sé ni en qué día vivo.

—Qué putada, ¿eh? Ya no tienes escapatoria.

—Si yo lo digo por ti —aclaro.

—Ya lo sé, tonto. Cuando te vayas a dormir, me voy.

Apoya la cabeza en el respaldo del sofá y me mira.

—No me voy a dormir. Pondré algo que me mantenga el cerebro ocupado, porque para dar vueltas en la cama...

—Noche de pelis. Me apunto —responde mientras se estira y coge el mando de la mesa.

Se me había olvidado que a cabezota no la gana nadie. Si se le metía una idea en la cabeza era imposible quitársela. Realmente se va a poner conmigo a ver una película a las cuatro de la mañana con tal de no dejarme solo, y después de diez años sin vernos.

La observo y pienso que esta chica tiene algo que no es normal. La luz del televisor se refleja en su cara, en su sonrisa.

—¿Qué miras? —dice sin apartar los ojos de la pantalla.

Sería un poco raro decirle que estoy observando lo increíble que es, ¿no?

—A ver si te creías que la ibas a elegir tú —añade antes de que pueda contestar.

Empieza una búsqueda exhaustiva por todas las plataformas digitales de las que no pagamos ni una suscripción. No sé cómo se lo monta Mike, pero no me voy a quejar.

—¿Quién es Adolfo? —suelta Lu cuando le salen los perfiles de Netflix.

—No preguntes.

Han sido dos días de mierda, y parece que la cosa solo va a peor. Me siento como un surfista en medio del mar que saca la cabeza del agua después de haber tocado el fondo, y ve como se levanta una gran ola para hundirle de nuevo. Vienen tiempos difíciles, se avecina una etapa dura, pero con gestos como el de Lu, con momentos como los que he pasado con Mike, Mou y Tommy esta tarde, sé que podré con todo. Me quedo tranquilo sabiendo que cuento con los mejores. Que están aquí para meterse en el agua y rescatarme todas las veces que haga falta.

Parece que voy con una destilería andante. Menudo viajecito me ha dado la amiga, roncando con la boca abierta. En los asientos de al lado había unos chicos de risitas, y con razón.

Ayer nos acostamos pronto para haber salido de fiesta, pero tardísimo para coger un tren a las siete y pico de la mañana. Cuando ha sonado el despertador, tenía la sensación de haber dormido cinco minutos. He abierto los ojos y me ha costado situarme en el espacio-tiempo, pero la pierna que tenía encima me ha ayudado a recordar. Rebeca parecía haberse caído de un quinto piso. Estaba con medio cuerpo encima del mío y sin ninguna intención de levantarse.

Cuando he conseguido apartarla, lo primero que he hecho ha sido comprobar el móvil. Kobo no me había contestado. Qué mala suerte, jopé. Me llamó en el peor momento y luego se debió de quedar sobado, así que hasta que no se despierte no sabré nada de él. Por ese tipo de cosas odio que la gente no tenga la hora de conexión. ¿Qué más le da?

Rebeca es mi agente, pero he sido yo la que le ha recogido la habitación, se lo he dejado todo preparado y me he ido a la mía a por mis cosas. Por los pasillos iba cagada por si salía Fabio; me daba vergüenza verle después del momento incómodo de anoche, y encima en modo demacre, pero creo recordar que él se volvía a Madrid a una hora más decente. Le había pedido a Rebeca que pillara los billetes pronto para aprovechar el finde con Kobo, pero a ver...

Me he duchado rápido, me he cambiado y he vuelto a por la diva, que seguía en la misma posición. Todavía no sé cómo no hemos perdido el tren ni cómo he conseguido traerla hasta aquí.

—Rebeca, venga.

Le toco la cara. Está apoyada en mi hombro y me echa el aliento: pura ginebra.

Me aparta la mano.

—Rebeca, que ya hemos llegado.

Los niños rata de al lado no dejan de mirar hasta que por fin se mueve. Abre los ojos, que gritan «resaca» como un cartel de neón, y busca con torpeza sus gafas de sol de estrella de Hollywood en el bolso. Qué personaje, madre mía. Parece Kim Kardashian recién salida de un *after*: jodida, pero conservando su *style*. Me levanto a coger las maletas.

—Puf, tía, qué horror. Esto está siendo una pesadilla —me dice desde abajo.

Pesadilla la mía, que tampoco he dormido una mierda, llevo cinco horas arrastrando un cadáver y estoy a punto de ver a mi novio con el que estoy en crisis.

Al pensarlo, me entran náuseas. No sé qué me encontraré, pero sigue sin contestarme, y tiene que estar despierto, porque nos viene a buscar. No sé qué me va a decir, solo tengo claro que me arrepiento de lo que pasó y que no quiero perder a un chico como Kobo por una tontería así, por mi problema de siempre.

El recorrido desde el tren a la salida siempre es largo, pero hoy me da la sensación de que estoy haciendo el camino de Santiago. Miro hacia atrás otra vez y me contengo para no lanzarle una bordería.

—Venga, tronca, espabila.

—Eva, tía, que poto. No puedo ir más rápido —me suplica Rebeca.

A cada paso estoy más nerviosa. Tengo ganas de olerle, de besarle. Ojalá todo se arregle y en unas horas estemos tirados en casa viendo cualquier cosa en la tele.

Quiero volver a eso.

Unas chicas me paran para hacernos una foto y sonrío todo lo que puedo, porque en realidad me comen los nervios y tengo la ansiedad por las nubes. Me despido con abrazos y continuamos.

Ya veo la puerta de la salida. Cuando se abre, durante unos segundos observo a la gente que espera al otro lado. No le veo, pero tiene que estar. Siempre es puntual. Desde que le conozco, nunca se ha retrasado ni un minuto. Cada vez estamos más cerca, el corazón me late cada vez más fuerte. Respiro para calmarme. Tampoco es para tanto, Eva, hija, que se va a asustar. Se abre y salimos. Miro a un lado y a otro y no le veo. No está. Kobo no pasa desapercibido.

—¿Has hablado con él? —le pregunto a Rebeca, que también intenta encontrarle.

—No, ¿y tú?

La miro y me encargo de que mi gesto le recuerde la última conversación que tuvimos acerca de mi relación con Kobo.

—Perdón. No pensé que no hablabais nada de nada.

En fin... Me voy a ahorrar entrar en debate.

—Llámale —le digo.

Sin embargo, cuando está sacando el móvil, mira detrás de mí y dice:

—¿Tomás?

Me giro. Es el amigo de Kobo. El que le consiguió el trabajo. Me ha hablado mucho de él, pero solo le había visto en fotos. No entiendo qué hace aquí, por qué lleva en la mano un cartel con mi nombre y por qué no está Kobo.

—Hola, chicas. ¿Cómo estáis?

Me quedo paralizada. No entiendo nada. Se acerca para darme dos besos.

—Soy Tomás, un placer conocerte al fin —se presenta.

No soy capaz de contestarle. Intento recomponer la situación, pero desde luego a mí no me está resultando placentero nada de lo que está pasando.

—Pensaba que vendría Kobo —dice Rebeca, que ya parece más viva.

—Es que tiene un tema personal y no podía venir.

Estoy a cero coma de explotar, aunque eso signifique contárselo todo a su amigo. ¿Qué está pasando?

—¿Está bien? —pregunto al tiempo que saco el teléfono para escribirle.

—Sí, tiene que resolver unos temas familiares. ¿Qué tal el viaje? Dejadme las maletas.

No le conozco, pero parece inquieto. Esto no me está gustando. Rebeca le contesta, me mira y nos entendemos.

Le escribo antes de seguirles hacia el coche.

> **Kobo, qué pasa?**

Todavía intento situarme. Mi imaginación sigue generando mil posibilidades por minuto. ¿Será todo una excusa porque está más dolido de lo que pensaba? ¿Le habrá pasado algo que no me quiere contar? ¿Será por Chris? Kobo llevaba un tiempo bastante contento con él, así que no sé. ¿Le habrá pasado algo a su madre?

Se me revuelve el estómago. ¿Por qué me llamó ayer? ¿Iba a dejarme? «Joder, Eva, eres gilipollas». Me tendría que haber quedado en la habitación desde el principio. Podría haber hablado con él.

Llegamos al coche. Es una furgoneta negra de las que te esperas que salga Rosalía. La costumbre hace que abra la puerta del copiloto, pero al hacerlo me encuentro un paquete de botellas de agua.

—Perdona, te lo quito. ¿Queréis agua? —dice Tomás, que ha visto mi amago.

—Tranquilo, me pongo atrás.

Ahora que lo pienso, aunque hubiera estado vacío, habría sido un poco raro sentarme delante.

La parte de atrás tiene una fila de asientos delante de la otra. Rebeca se pone de espaldas a la marcha, pero en el último momento hace bien, rectifica y se sienta a mi lado. Solo me falta que me pote encima.

—A casa, ¿verdad? —pregunta él mientras acelera.

—Sí —contesta Rebeca al tiempo que me da la mano—. Tía, estás sudando.

—No lo entiendo —digo con un hilo de voz.

—Tranquila...

—No, tía. No entiendo nada, de verdad. Ayer me llamó, no le oía, le llamé en cuanto pude, no me lo cogió, le escribí y nada... y ahora esto. No lo entiendo.

—Bueno, tía, no te rayes, seguro que no es nada.

No hay cosa que me dé más rabia que que me digan «no te rayes», así que la fulmino con la mirada y la ignoro. Tengo ganas de llorar.

—Tomás, perdona, ¿qué le pasa a Kobo?

—Un asunto personal —contesta mirándome por el retrovisor.

Joder, que no colabora nadie hoy. Mira, ya me da igual todo.

—¿Qué asunto personal? —insisto. Me arde la cara.

Esta vez le cuesta más contestarme y sus ojos no me buscan.

—Ha tenido un problema familiar.

Ya está, se acabó. Saco el teléfono.

—Eva, espera, no seas cabezota.

Vuelvo a ignorar a Rebeca y marco. Apagado o fuera de cobertura. ¡Joder!

—Mira, es que no me lo coge y no me contesta desde anoche. ¿Qué problema familiar?

Vuelve a tardar. Mira a un lado y a otro.

—No me lo ha dicho. Pero esta tarde o mañana se incorpora. ¿Tan feo soy? —Me dedica una sonrisa intentando desviar la conversación.

—¡No, hombre! —se ríe Rebeca—. Es que le tiene mucho cariño. Son muchas horas juntos.

Ella le seguirá el rollo, pero conmigo no tiene esa suerte. No estoy para tonterías.

—Ya me imagino. Es serio, pero se le coge cariño —contesta él.

Me está poniendo nerviosa. Tanto que, sin querer, se me sueltan las riendas.

—Tomás, dime qué le pasa a Kobo.

Mi tono muestra que no estoy para juegos. No voy a parar hasta que lo suelte. Le cambia la cara. Sé que son como hermanos, así que no me voy a tragar milongas de que no lo sabe.

—Eva...

Al ver que me va a poner más excusas, llego al límite.

—Llévame a su casa —le interrumpo.

—Eva, para —me pide mi agente, que me agarra del brazo, pero ya me da todo igual.

—He dicho que me lleves a su casa.

—No pue...

Sin pensarlo, me quito el cinturón, me apoyo en los asientos que tengo delante y le repito una última vez que me lleve con Kobo. Tengo un mal presentimiento. Creo que ha pasado algo grave que no me quiere contar y necesito hablar con él y saber que está bien.

—O me dices qué le pasa o me lo dice él, tú eliges.

—No te puedo contar algo de otro empleado —se defiende sin despegar los ojos del tráfico.

—Llévame a su casa entonces.

—No está. Ponte el cinturón y siéntate —me ruega.

—Tommy, por favor —suplico, llamándole como lo hace Kobo—. Necesito hablar con él. Estoy preocupada.

—No puedo, Eva.

Dios. Estoy tan frustrada, tan asustada...

—Vale. Para, que me bajo —le digo.

—¡Eva! —Rebeca me vuelve a coger del brazo.

—Que me sueltes, joder. Que no sé nada de mi novio desde ayer, vamos a dejarnos ya de tonterías. —Tommy detiene la furgo a la derecha, los dos se quedan en silencio y me miran. La tensión se puede cortar con un cuchillo—. La última vez que le vi discutimos, y ahora no solo no consigo contactar con él y no viene a la estación, sino que su mejor amigo me dice que tiene un problema familiar. ¿Puede alguien explicarme qué coño está pasando?

Siguen sin decirme nada, pero veo que sus ojos me comprenden. Hay lástima, y es como una cerilla en un bidón de gasolina.

—Tommy, Kobo me lo cuenta todo, por favor. Sé lo de Richi, he estado con su madre, con su hermano... Le quiero, joder, solo necesito saber que está bien, verle. Así que, si no quieres ser tú, que lo entiendo, llévame a que me lo diga él.

Tommy me mira a los ojos durante unos segundos y, sin decir nada, se pone en marcha otra vez. Creo que no es la mejor forma de ganarme a uno de sus mejores amigos, pero no me queda otra.

El camino se me hace eterno, pero a la vez siento que me teletransporto. Estoy tan dentro de mi cabeza que no soy consciente del trayecto. Miro por la ventana, pero en realidad no veo nada, los edificios se fusionan entre ellos y la ciudad, mi ciudad, se convierte en algo extraño que ni siquiera reconozco. De pronto el coche aminora significativamente e intuyo que estamos llegando. Otra vez aumenta mi ritmo cardiaco, el corazón me bombea con fuerza. El cuerpo es sabio, y se prepara para lo que viene.

Nos quedamos parados en mitad de la calle y solo oigo a Tomás renegar en voz baja. Me asomo y veo que hay coches de policía.

—¿Qué pasa? —le pregunto preocupada.

Antes de que me conteste, baja la ventanilla y un agente se acerca a nosotros.

—Está cortado.

—Vivo ahí —dice Tommy.

—No se puede pasar con el coche. Ha reventado una tubería.

—¿En serio? Voy al cuarenta y tres, al final de la calle.

—Lo lamento, caballero, pero no puede pasar. Continúe, por favor. Puede aparcar más adelante e ir andando —nos pide.

—Joder.

Otra vez noto que el control se esfuma, que la adrenalina y una impulsividad de la que pronto me arrepentiré dominan mi cuerpo, y justo antes de que acelere, abro la puerta y me bajo.

—¡Eva!

Oigo la voz de Rebeca llamándome, pero me da igual.

Me meto por la calle que ha dicho Tommy y me dirijo al cuarenta y tres. Me doy cuenta de que estoy corriendo. El cansancio ha desaparecido, pero cuando me faltan solo unos metros veo algo que lo cambia todo, algo que me frena en seco, como un muro. Siento que descarrilo a cien kilómetros por hora y doy vueltas de campana. Un dolor agudo se concentra en mi pecho y noto un calor que no había sentido nunca. Los músculos se me tensan, pero esta vez no me impulsan, sino que me mantienen en el sitio. Como si mi cuerpo me obligara a continuar observando esa escena, la que confirma mis miedos y a la vez me sirve para perdonarme. Me arrepiento de todo lo que me he dicho, de todo el tiempo que me he castigado.

Tengo ganas de vomitar. Me caen las lágrimas y a la vez me inunda una risa amarga. Me mata y me libera a la vez. Cada segundo que les observo es un momento de los que he pasado con Kobo que decido borrar. Cada milésima se libra una batalla entre mis ganas de ir y descargar mi rabia en ellos y mis músculos, que me sujetan.

Le da un beso en la mejilla y se va. Él se pone el casco mientras la ve alejarse. Yo le veo alejarse a él, aunque esté quieto. Siento que su vida se separa de la mía. Me da asco.

No quiero volver a verle.

Quiero irme de aquí.

24

Darle la noticia a mi madre ha sido uno de los peores momentos de mi vida.

Desde que he abierto los ojos esta mañana, no he parado de anticipar cómo sería su reacción cuando se lo contara. No quería hacerlo, porque esto iba a darle la vuelta a su vida una vez más. Cuando por fin parecía que había salido el sol, llegaba un tornado a punto de arrasar con todo.

Anoche a Lu se le ocurrió poner la última de *El Señor de los Anillos,* que dura nada más y nada menos que tres horas y media, así que la pobre no aguantó hasta ver a Frodo llegando al monte del Destino; se quedó dormida en mi hombro. Fue una de las primeras sagas que nos leímos a la vez, y me dijo que le hacía ilusión verla juntos.

Yo no tenía sueño, y no paraba de darle vueltas a todo mientras veía a Gandalf, Aragorn y compañía acabar con los orcos. Pensaba en Eva, en cuánto la necesitaba para afrontar lo de Chris, en lo perdido que estaba, porque no sabía ni por dónde empezar. A fin de cuentas, nunca me había enfrentado a un juicio, ni siquiera con lo de Lil Cruz.

Me sentía perdido, y sigo estándolo. Pero tener a Lu allí, saber que ella estaba conmigo, me relajaba. Notar su respiración, su olor, fue como un somnífero que consiguió que al fin me quedara dormido.

Esta mañana se ha ofrecido a acompañarme, pero le he dicho que no hacía falta. Ya ha hecho suficiente; en realidad, mucho más que suficiente e infinitamente más de lo que habría esperado. No quiero liarla más con mis historias.

Al llegar a casa de mi madre he estado un rato delante de la puerta, incapaz de tocar el timbre. La he oído tararear por encima de la música que tenía puesta —los Beatles, cómo no— y no he querido interrumpir su felicidad con la noticia. A saber cuándo le volverá a apetecer poner música. Quién sabe cuándo volverá a cantar, o simplemente a sonreír.

Al final he sacado fuerzas, y nada más verme se le ha caído el alma a los pies, confirmando el sexto sentido que tienen las madres respecto a sus hijos.

—¿Qué pasa? —me ha dicho con la voz temblorosa.

Cuando le he contado lo que había, la he tenido que sujetar. El dolor que ha sentido al saber que su hijo pequeño probablemente iría a la cárcel ha sido tal que su cuerpo ha perdido la capacidad de sostenerla.

He pasado todo el día con ella. Ha sido horrible. Lo peor es la sensación de incertidumbre. No saber qué va a pasar hace que ni siquiera haya nada que aceptar o asumir, y eso, sumado a la impotencia que supone no poder hacer nada por él, convierte todo esto en una tortura.

Me ha pedido ir a comisaría. Sabe que será en balde,

pero de alguna manera es la única forma que tiene de no pensar que está abandonando a su hijo. Lo único que nos han dicho es que no pueden decirnos nada hasta que sea puesto a disposición judicial, lo que tiene que suceder en menos de cuarenta y ocho horas. Ni siquiera podemos verle.

No ha parado de llorar y de repetir a los policías que su hijo no había hecho nada. Tenía los ojos llenos de lágrimas y la mirada perdida.

—Kobo, ¡díselo! Diles que tu hermano es inocente —me rogaba.

No entra en su cabeza que su niño, al que ha criado y por el que daría la vida, ahora es un delincuente.

Nunca, ni siquiera con la muerte de Richi, he sentido un dolor igual. Es como si me arrancaran la piel. Cada lágrima que cae por su mejilla alimenta la rabia hacia mi hermano y hacia la gente de la que ha decidido rodearse. Pero también incrementa mi sentimiento de culpabilidad, porque la idea de que podría haber hecho más no deja de atormentarme. No puedo parar de pensar si podría haber evitado que todo esto sucediera.

Hemos estado casi seis horas en comisaría. No hemos hecho nada, pero no se quería ir. Ha aguantado hasta que su cuerpo no podía más con tanto sufrimiento y nos hemos venido a casa.

Es increíble cómo en tan poco tiempo a un ser humano le puede destrozar una situación así. Se ha metido en la cama para intentar recuperar fuerzas, y yo estoy pensando todo esto sentado en el sofá del salón, este salón en el que he pasado toda mi infancia y que me trae tantos recuerdos.

Pienso en Eva y en los demás. Me doy cuenta de que

llevo horas sin mirar el móvil. Tengo un montón de mensajes, pero ninguno de ella.

Tommy me ha escrito esta mañana:

> Llámame cuando puedas

—*Bro* —digo en cuanto descuelga.

—Hola, niño. ¿Cómo vas?

—Jodido. No podemos hacer nada, mi madre está rota...

—Joder, qué mierda, tío.

Nos quedamos en silencio hasta que le pregunto:

—¿Con Eva qué tal?

—Pues... Estaba rayadísima —admite.

—¿En plan?

—En plan que cuando me han visto se han quedado flipando. Dice que te llamó ayer y que no se lo cogiste. Que no sabía nada de ti y estaba preocupada.

—Hombre, es que contarle que han detenido a mi hermano mientras está de fiesta no me parecía lo mejor. A saber cómo iba.

—Ya... No sé. No le he querido decir nada por si acaso, pero estaba bastante cabreada.

—Vale, voy a llamarla.

—Me ha obligado a llevarla a tu casa —confiesa.

¿Cómo? Eso sí que no me lo esperaba.

—¿Qué? —digo, desconcertado.

—Sí... Me ha dicho que o le decía qué pasaba o la llevaba a tu casa a que se lo contaras tú.

—Y ¿qué has hecho?

—Pues llevarla, hermano, ¿qué voy a hacer? Encima estaba la otra delante.

Joder. Lo que me faltaba... Espero que no esté cabreada.

—Na, pero ya te habías pirado. Todo el *show* para nada, porque encima no sé qué mierda estaban haciendo en tu calle que no me dejaban pasar. Se ha bajado sola y luego no veas qué movida para encontrarla.

—Joder, qué cabezota es.

—No sé a quién me recuerda —me la tira Tommy—. Pero bueno, que tú también, por mucho pique que tuvierais, le podías haber puesto un mensajito.

—Ya, tío, yo qué sé. Tengo la cabeza que me va a explotar.

—Ya imagino... Anda, llámala y haced las paces. Dale un beso a Carmen.

—Gracias, tío.

Tommy siempre ha sido el más tranquilo del grupo y, desde que no está Richi, también el más maduro. Es el que mejor gestiona las situaciones y el que dejó de meterse en líos antes, aunque luego acabase enmierdado por ayudarnos a salir de los nuestros.

Justo cuando voy a colgar, dice:

—¡Ah, oye! Que estos días no te rayes por el curro, que yo me encargo.

Es el mejor.

Hablamos unos segundos más y quedamos en que le informaré de todo. Cuando terminamos, la llamo. Da dos tonos y se corta. ¿Me ha colgado? Lo vuelvo a intentar, pero ahora ni siquiera da señal. Igual está en otra llamada... vete a saber. Espero unos minutos y vuelvo a probar.

Nada. Le escribo y espero. Pasa media hora. No me contesta. Cada minuto se me hace eterno. Es verdad que ha estado mal no avisarla o mandarle un mensaje, pero hoy no ha sido un día fácil, joder.

Han pasado dos horas cuando ya no aguanto más. Me asomo a la habitación de mi madre y veo que sigue dormida.

Cojo el casco y me voy a su casa.

Estoy nervioso. Han sido días separados en los que, además, han pasado cosas que nunca me habría imaginado. Quiero estar con ella. Que arreglemos todas las tonterías y volvamos a ser un equipo.

Llamo a la puerta y oigo sus pasos acercándose. Tiene música puesta, Frank Ocean. Abre de golpe y me quedo congelado. Sus ojos están hinchados y rojos. Me recuerda a aquella noche, cuando entraron en su piso, y el corazón se me encoge.

—¿Qué haces aquí?

—Necesitaba verte —digo cuando consigo salir de mi estupor.

—Pues ya me has visto.

Intenta cerrarme la puerta en la cara, pero la sujeto, sorprendido.

—Eva, ¿qué haces?

—Quita la mano —me pide con rabia.

No entiendo nada. ¿Todo por no contestarle el mensaje? ¿Estamos locos?

—¿Qué pasa, joder? —pregunto elevando la voz.

—No quiero volver a verte en mi vida —me espeta.

¿Qué? La miro y no entiendo nada. La nariz roja, el pelo revuelto, los ojos llorosos y teñidos de rencor.

—¿Otra vez? ¿Podemos hablar, por favor? No sabes lo que ha pasado...

—Sí lo sé, sí —me corta—. Pero ya no te vas a reír más de mí.

—Eva, ¿de qué mierda estás hablando?

—Kobo, quita la mano. No quiero arrepentirme, pero te juro por Dios que si no la quitas te cierro igual. No vuelvas a llamarme, no vuelvas a hablarme ni a venir aquí en tu vida. No te quiero ver jamás.

De nuevo, estoy flipando. Vivimos en dos mundos paralelos en los que la realidad no es compartida, porque, si no, no hay explicación.

—Pero ¿qué dices, Eva? ¿Todo esto es por dejar de hablar un día? Bueno, ni siquiera han pasado veinticuatro horas. Si me dejas explicarte lo que ha pasado...

—¿Crees en serio que soy así de imbécil? —se ríe con amargura.

De verdad que no lo entiendo, estoy tan desconcertado que no sé ni qué decirle.

—¿Quieres explicarme qué cojones te pasa?

—Ya te lo he dicho, que no te vas a reír más de mí.

—¿Cuándo me he reído de ti? —pregunto con mala leche, porque ya me está tocando los cojones y es lo último que necesito hoy.

—Todo este tiempo. Con tu papel de chico ideal, con tu rollo de tío decente y emocionalmente responsable. Y mira... aquí estamos. Eres asqueroso.

No le encuentro sentido, de verdad que no.

—Te estas pasando, Eva.

—Vete con la zorra esa y déjame en paz.

¿Qué? No puede ser. Tiene que ser una puta broma.

—¿Todo esto es por Lu? ¿Dónde ha quedado lo que me pusiste en el mensaje?

No lo entiendo. No entiendo que me escriba todo aquello para ahora repetir su error. Para tirarlo todo por la borda otra vez.

—Kobo, que no me cabrees más, que os vi —me espeta.

No sé a qué se refiere. La cabeza me va a explotar. No consigo entender qué pasa. Me acusa de tratarla como a una idiota, de reírme de ella, de engañarla, pero aquí el único idiota soy yo, porque no lo pillo.

—¿Que nos viste qué?

—¡Esta mañana, joder! ¡Que os vi!

—¿Qué?

—Que fui a tu casa y estabas con ella.

Tommy me había dicho que yo ya no estaba cuando llegaron. Pero no entiendo por qué miente. Sabe que es mi mejor amigo y que me lo va a contar. Y, de todas formas, aunque me hubiera visto con Lu, no estaba haciendo nada malo.

—Vinieron todos a mi casa por lo de mi hermano, y luego Lu...

Según pronuncio su nombre, me corta.

—¡Que me la suda! —me grita.

Intenta cerrar otra vez, así que me abro paso y entro.

—Eva, estate quieta, dime qué pasa...

—¡Que te vi con ella! ¡Gilipollas! —chilla y me empuja.

—¡¿Y qué, joder?! ¡Que es mi amiga! Y ¿sabes lo que estaba haciendo? ¡Apoyarme!

—Ah, ¡que ahora se le llama así! Eres un hijo de...

No puedo más, la interrumpo con un grito que estoy seguro de que se oye por toda la torre.

—Eva, ¡que han detenido a mi hermano, hostia!

A Eva le cambia la cara. Se queda callada, y cuando parece que se ha tranquilizado me devuelve el grito.

—¡Y yo cómo lo iba a saber, joder!

Ninguno bajamos ya el tono. Hemos pasado el punto de no retorno y ya no sabemos comunicarnos. Estamos tan enrocados en nuestra posición que es imposible acortar la distancia que nos separa.

—Lo habrías sabido si no hubieses estado ocupada de fiesta con tu amiguito.

—¿Qué dices tú ahora? —protesta a la defensiva.

—Ah, así que yo tengo que aguantar que me la líes cada vez que quedo con Lucía, pero lo tuyo con Fabio es lo más normal del mundo, ¿no? ¡Que os acompañé a una cita como un gilipollas!

—¡Qué hijo de puta! ¡Qué cara tienes!

—Vete a la mierda, Eva. De verdad.

—No, vete a la mierda tú.

—No tengo tiempo para tus berrinches de niñata... —digo, peleando contra el dolor de cabeza y la frustración.

—Ni yo para tus putos líos de delincuente.

Me quedo frío. No puedo creer que esas palabras acaben de salir de su boca. Las palabras de Laura vuelven a rondar por mi cabeza, dándole la razón. Somos como dos planetas que orbitan en mundos diferentes, que bailan durante un tiempo, se divierten y entonces chocan y todo explota.

Estoy agotado, no puedo más...

—Eva, es mi hermano —le susurro, desinflándome.

—Ya lo sé. Pero si está ahí es por algo. Quizá le venga bien. Mejor acabar en la cárcel que muerto, ¿no?

Entonces el corazón se me rompe del todo y el dolor es indescriptible. La miro y me pregunto cómo es posible tenerla tan cerca y tan lejos a la vez. Cómo, en cuestión de días, segundos en realidad, se ha instalado una distancia entre los dos que es imposible salvar. Esto, nosotros, ha sido un espejismo precioso que se ha hecho añicos al primer envite.

A veces, cuando sueñas vuelas alto, pero la caída es peor.

Siento un nudo en el estómago y las lágrimas pugnando por salir, pero debo mantenerme fuerte, porque esto es un adiós.

Ya no tengo nada más que hablar con ella.

«No mereces ni que te conteste. No pensé que estuvieras así de vacía».

Me voy, dejándola ahí y el corazón me grita, me pide auxilio mientras agoniza, porque he firmado su sentencia final al dejarla marchar.

25

Dos meses después por fin parece que las cosas van bien.

Cuando Kobo recibió la llamada del abogado, estábamos viendo un capítulo de *This is us*. Muchas noches íbamos a cenar con su madre y nos quedábamos haciéndole compañía hasta que se iba a dormir. No es la mejor serie si buscas animarte, pero a Carmen le gusta y le ayuda a soltar. Al final siempre acabábamos llorando, incluidos Mike y Tommy los días que se apuntaban al plan. Menos Kobo, claro. Él era el único que no dejaba escapar ni una lágrima. Tiene esa manía de guardárselo todo, de sufrir el dolor que lleva acumulado en silencio, porque eso le empuja día a día y no se permite derrumbarse; es el único apoyo que tiene su madre.

Cuando sonó su móvil, que mostraba un número desconocido en la pantalla, me miró con reservas y paré la serie.

—¿Sí? Soy yo —dijo Kobo extrañado mientras se ponía de pie—. ¿Cómo? Es imposible... ¿Es una broma?

Su cara se iluminaba por segundos, contrastando con el semblante demacrado y triste de los últimos meses.

—¿Qué pasa? —preguntó Carmen.

—Pero ¿quién ha sido? No entiendo nada... ¿De verdad?

—¿Qué pasa, Kobo?

Ella estaba cada vez más inquieta, hasta el punto de levantarse y pasear por el salón, intentando descifrar lo que estaba sucediendo. La miré con cariño, trasmitiendo una tranquilidad que no sentía.

—Vale, gracias. Buenas noches —dijo él antes de colgar y lanzar el móvil al sofá.

Rebosaba felicidad. Sus ojos trasmitían tantas emociones que me costaba seguirle. Se revolvía el pelo y sonreía con fuerza, hasta que estalló en carcajadas.

—¡¡Mamá!! Que han pagado la fianza. ¡Que va para fuera! —gritó eufórico, cogiéndola en brazos, abrazándola y dando vueltas mientras la llenaba de besos.

Los tres gritamos de alegría y Neo se unió al fulgor saltando y empujándome con sus patas en el pecho. Kobo soltó a su madre y me cogió a mí. Me levantó y le rodeé las caderas con las piernas.

Nuestras miradas, ilusionadas, felices, conectaron como llevan haciendo desde que nos conocimos siendo niños. Un par de lágrimas rebeldes me resbalaron por las mejillas. ¿De verdad esta pesadilla iba a terminar? ¿De verdad iba a llegar la luz a la vida de esta gente que no se merecía más que cosas buenas?

Le sonreí con cariño mientras lo celebrábamos, pero en realidad lo único que quería era besarle. Tenía sus labios tan cerca que me dolía resistirme. Era la primera vez que le veía llorar con libertad, y sus ojos brillaban más que nunca. Pusimos música, bailamos, saltamos... Kobo llamó a los chicos y les dio la noticia. Estábamos eufóricos.

Carmen había dejado de lado la oscuridad que arrastraba y

había recobrado el color y la vitalidad en cuestión de segundos. Pasó de estar marchita a rebosar vida y alegría. No dejaba de llorar, pero esta vez era de felicidad, y entonces presencié uno de esos momentos especiales, una estrella fugaz que te sobrecoge y te llena el corazón hasta que está a punto de estallar.

Se sentó con Kobo y se apoyó en su pecho mientras él le pasaba un brazo por encima, abrazándola.

—Te quiero mucho, cariño —le susurró emocionada.

—Y yo a ti, mamá.

—Gracias por todo lo que has hecho.

—Es mi hermano...

—No por eso. Gracias por ser lo más bonito que me ha dado esta vida, por estar siempre ahí, hasta cuando yo no estaba.

Al escuchar las palabras de Carmen, noté en mi interior una ola que rompió contra mi pecho e hizo que me embargara una emoción que no podía poner en palabras, que no podía entender por completo. Al menos no en ese momento.

—Voy a dormir como no lo he hecho en mi vida —dijo su madre.

—Nosotros no vamos a dormir —aseguró Kobo mientras me miraba—. Vamos a ir a celebrarlo.

Por fin le veía sonreír. No podía decir que no. Después de todo lo que habíamos pasado juntos, teníamos algo que celebrar.

Salimos de casa como si tuviésemos prisa. Dejamos a Neo al cuidado de Carmen y nos fuimos a disfrutar de Madrid. Cada segundo con él siempre ha sido especial, pero lo de aquella anoche tenía un tinte distinto, fue mágico.

La nube negra que llevaba meses rondado nuestras cabezas por fin se había disipado. El sol salía de nuevo.

Nunca había ido en moto, pero tuve la sensación de que lo

había hecho mil veces. Todo estaba más bonito que nunca, había luna llena y yo iba agarrada a su cintura con todas mis fuerzas. Lo hacía solo por tenerle cerca, porque haciéndolo me daba la sensación de que podía ponerme de pie, estirar los brazos y acariciar el mundo. Me sentía inmortal. Quería gritar con todas mis fuerzas, y así lo hice. Los dos gritamos. El cosquilleo que experimentaba con cada acelerón era el mismo que removía mi estomago cada vez que nuestros ojos se cruzaban, una sensación que me acompañó toda la noche.

No hubo un bar en Malasaña en el que no entráramos a bailar como dos almas pletóricas. Miraba el reloj y deseaba parar las agujas, no quería que pasara el tiempo. Bailábamos, nos reíamos, recordábamos, y lo que más me gustaba es que estábamos solos. El resto de humanidad me sobraba, era como si corriéramos por una ciudad fantasma. No había nadie más que él, nada más que nosotros.

Pasaron las horas y mil cosas por mi cabeza, pero había algo que sobresalía por encima de todo lo demás, y es que cada día estoy más enamorada.

Cuando no quedaba ningún sitio donde bailar, fuimos andando hacia mi casa. Kobo decidió dejar la moto porque había bebido, y me dijo que le apetecía pasear. De camino fuimos hablando de todo lo que había pasado estos meses, todo lo que parecía que empezaba a quedarse atrás.

—Llevaba tiempo sin pasármelo como hoy —me dijo emocionado.

—Yo también.

Nos quedamos en silencio. Madrid estaba espectacular, el amanecer pintaba los edificios de color rosa. Parecía el final de un cuento que, en silencio, recé para que no terminase jamás.

—¿Sabes?

Le hice un gesto con la cabeza para que continuase y me deleité con ese tono especial con el que le brillaba la piel.

—A ver, igual me voy a poner un poco filosófico —soltó entre risas.

—¡Venga! —le animé.

—Al final, con estas cosas te das cuenta de que la vida solo tiene un sentido. Me refiero a que muchas veces nos rayamos con lo que queremos y no con lo que necesitamos.

—Ajá...

No sabía por dónde iba a salir, pero volvió a reírse y me detuvo en seco, obligándome a mirarle de nuevo.

—Pues que al final lo único que necesitamos es a nuestra gente, la gente que nos quiere y a la que queremos. Sin ellos, no somos nada.

Hizo una pausa, atravesándome con esa mirada que me atrapa constantemente.

—Que sin ti no soy nada, Lu —me confesó, con la voz rasgada de gritar y cantar toda la noche, y me dejó sin palabras—. Muchas gracias por lo que has hecho por mí. Te quiero.

Tenía mil cosas que decirle, pero las palabras decidieron abandonarme.

Kobo me abrazó con fuerza y sentí algo tan intenso que no podía analizarlo. Se me cerraron los ojos y me deleité en él. En su olor, su calor, su abrazo, que me hacía sentir a salvo de todo y a la vez me mataba de pena porque sabía que no le podía tener.

Fue la expresión física de todo lo que había sentido los meses anteriores, ese «tan cerca pero tan lejos» que no dejaba de atormentarme. Esa sensación de que estar con él me daba la vida y a la vez me la quitaba. Me mataba saber que en su corazón había otra persona.

Cada vez que Kobo me hablaba de Eva, se me partía un poquito el corazón. Intentaba apoyarle, ayudarle de manera objetiva, como lo haría una buena amiga, pero algo dentro de mí se marchitaba. Me sentía mal por sentir. La culpabilidad me invadía. Una voz en mi interior me repetía que Eva había desconfiado de él por mi culpa, por esos sentimientos que nadie conocía y que, por mucho que intentaba que desaparecieran, seguían allí.

Siempre recordé a Kobo como ese chico de la infancia que me ayudó a tener una ilusión. Ese que me escuchaba y me entendía. La primera persona con la que sentí que podía ser cien por cien yo. El que conseguía que el domingo estuviera contenta por volver a clase el lunes. Lo que nunca pensé es que entre nosotros podía haber algo más que un amor de recreo.

El día que nos reencontramos, sentí algo que no conocía y que no ha dejado de crecer. La primera vez que le miré a los ojos supe que ese niño dulce, noble y bueno seguía ahí, dentro de su nueva apariencia, pero mirándome de la misma forma.

Al principio pensé que todas aquellas sensaciones desconocidas eran fruto de la falta de confianza o de los años que llevábamos sin vernos, pero según pasaban los días descubrí que había mucho más.

Por eso empatizaba con ella, y a la vez eso lo hacía aún más doloroso. Entendía que se hubiera sentido amenazada porque yo le había dado motivos sin querer: deseaba estar en su lugar.

Aquella noche, cuando me tiré en la cama después de soñar despierta durante horas, me di cuenta de que algo había cambiado.

Entendí que el amor de verdad está por encima del romántico.

Es algo mucho más profundo que los besos o el sexo. Lo que tengo con Kobo es una conexión que no ha roto la distancia ni los años, algo que quiero que se mantenga intacto y dure toda la vida. Algo que no podría soportar perder.

El amor no se tiene, se demuestra. El amor es sacrificio, es darlo todo por otra persona sin recibir nada a cambio, y nadie me impide amarle con todas mis fuerzas.

El resto, el futuro lo dirá. Lo que tengo claro es que no voy a dejar que nada nos aleje. Ni siquiera mis sentimientos. Esos que no dejan de crecer.

26

Últimamente no puedo dejar de dar vueltas a una idea. No dejo de pensar en que solo sabremos quién fue el amor de nuestra vida cuando no nos quede más vida por vivir. Creo que es la forma que tengo de consolarme ante la posibilidad de haber perdido al mío por no estar preparada.

Lo que he pasado estos meses no se lo deseo ni a mi peor enemigo. Desde aquella noche, no ha habido un solo día que no haya pensado en Kobo, un segundo que no haya deseado volver atrás y no haber hablado como lo hice. Daría lo que fuera por no haberle dicho nunca lo de su hermano.

Mi psicóloga me dice que no puedo torturarme por una mala acción del pasado, que no puedo juzgarme por haber actuado de cierta manera bajo unas circunstancias distintas a las que tengo al realizar el juicio. Pero sigo pensando que tropecé dos veces con la misma piedra, repetí mi error cuando la vida me había dado una segunda oportunidad, y todo terminó.

A pesar de eso, el problema era mucho más profundo. Las palabras que le arrojé sin pensar fueron solo la punta del iceberg. Y es que nunca seré capaz de tener una relación sana sin antes curar las heridas que no me dejan avanzar. Sin quererme a mí misma es imposible querer bien al de enfrente, porque siempre me voy a colocar por debajo. Puse mi seguridad en él, y por eso cuando pensé que podía perderle, todo se desmoronó. No puedo dejar que mi felicidad dependa de los demás.

Al principio estuve llena de odio. Le odiaba por haber sido capaz de hacerme daño. Le imaginaba con ella y sentía que me moría. Si hicieron algo o no, nunca lo sabré, pero lo que me molestaba era que, después de lo que habíamos hablado esos días, hubiese sido capaz de pasar la noche con ella sabiendo que me podría reventar.

Ahora, viéndolo todo con perspectiva y después de trabajar mucho en mí, me doy cuenta de que todo era fruto de mi imaginación. Me empeñé en ver gigantes donde solo había molinos, y la vida me los puso delante. He aprendido que lo que ves en los demás dice más de ti que de ellos, y que si los ojos están envenenados es difícil que sea algo bueno.

Sorprendentemente, todo el dolor de lo que pasó con Kobo me ayudó a encontrar el camino que buscaba para mi novela. Supe por fin de qué quería hablar, y aproveché todo lo que se estaba generando en mi interior para transformarlo en una historia que pudiera ayudar a quien estuviera al otro lado. Me deshice de todo lo que tenía hasta el momento y empecé una nueva aventura que avanzó a pasos agigantados.

Fabio me dijo en Valencia que podía contar con él siempre que necesitara ayuda, así que empecé a enviarle textos y hemos terminado trabajando codo con codo en este proyecto que tanto me ilusiona. Tenía claro que era un escritor de otro planeta, pero más allá de su apariencia de conquistador me ha demostrado ser una persona que me gustaría tener siempre cerca.

Hemos pasado mucho tiempo juntos, y la confianza se ha estrechado cada vez más. Le conté todo lo que había pasado con Kobo y, desde el primer momento, se comportó como un caballero. Dejó a un lado sus intenciones pasadas y puso todo su empeño en hacerme sentir bien. Hemos hecho cosas que ni en mis sueños más locos habría imaginado que podíamos hacer sin que hubiera más implicación de la que pueden tener dos amigos que pasan tiempo juntos. Y eso me ha hecho sentirme aún más estúpida al pensar en lo de Lucía.

Se ha tirado mil horas en casa, y yo en la suya. Hemos paseado, ido al cine, cenado, hemos hablado durante horas, incluso ha tenido gestos conmigo que hasta ahora solo Kobo me había mostrado. Me ha acompañado en los peores días y también en los que parecía que el dolor por fin quedaba atrás. Fabio me ha ayudado a sacar el aprendizaje a la situación más dolorosa de mi vida, y se ha convertido en alguien de quien no me quiero separar.

Me he dado cuenta de las personas tan increíbles que tengo conmigo. Rebeca ha estado para mí noche y día, como siempre, apoyándome como nadie lo ha hecho jamás. La quiero muchísimo, se lo debo todo.

Además, nunca había hablado tanto con mis padres. Cuando desde la editorial decidieron prescindir de los servicios de Tommy porque el acosador había decidido dejarme tranquila y en apariencia ya no eran necesarios, mi padre me mantenía informada de todo lo de Chris. Hasta ese momento, el amigo de Kobo había sido el que, con toda la delicadeza y discreción del mundo, me contaba lo que necesitaba saber de los hermanos.

Después de la pelea no volvimos a llamarnos, no nos escribimos más. Supongo que no había mucho más que decir, porque el final era evidente. Supongo que necesitábamos tiempo para recomponernos y que para él sería el menor de sus problemas.

Ayer, cuando vi su nombre en la pantalla, el corazón se me encogió de nuevo. Lo recibí con la misma ilusión que cuando todo empezó.

> Muchas gracias. Sé que has sido tú

> No sé cómo podré devolvértelo, de verdad

> A pesar de todo, no he dejado de quererte

Ha pasado un día y no he sido capaz de contestarle. No tiene nada que agradecerme, nada que devolverme. Cuando lo hice no buscaba su perdón, su atención o tranquilizar mi conciencia. Lo hice porque puedo, porque estoy enamorada de él hasta lo más profundo de mi corazón y haría lo que fuera por verle sonreír.

Esa sonrisa que no me quería perder y me ha hecho venir hasta aquí para disfrutarla, aunque sea desde lejos. Le veo recibir a Chris con un abrazo, acompañado de los suyos, y me consuela pensar que tengo algo que ver con esa felicidad.

Hasta el último momento he dudado si realmente estaba preparada, y ahora me reconforta confirmar que sí. Que todo este tiempo ha servido de algo.

Que lo que me hace feliz es verlos a ellos siéndolo.

Que no me duele que ella esté con él.

Que lo que me destroza es no haber sido capaz de estar a su lado.

«Que me muero por no estar cerca de ti».

Epílogo

Desde el momento en que te vi, supe que eras la persona que llevaba buscando toda mi vida.

No me pude olvidar de tu mirada durante días. Tu sonrisa se volvió una obsesión. Y tu olor, una droga a la que me había vuelto adicto.

Descubrí que además albergabas el tesoro de una inteligencia y sensibilidad artística de otro planeta.

Parecía que todos mis deseos se habían hecho carne y hueso alrededor de tu alma.

De pronto, la perfección existía contigo.

Al principio intenté saciar la admiración que me habías despertado a través de tus textos. Pensé que tus palabras conseguirían llenar el hueco que habías dejado al atravesarme con tu belleza, pero no era suficiente.

Miraba tus fotos una y otra vez, te escribía, te buscaba, porque sabía que si nos veíamos esa chispa que había saltado anteriormente generaría una explosión con una onda expansiva que viajaría durante años. No podía aguantar para demostrarte el amor que crecía en mí cada día.

Te convertiste, sin saberlo, en mi musa. Encontré en ti una fuente ilimitada de inspiración. El sonido de tu voz me causaba vértigo, me iluminaba, y eso a su vez me hacía querer más y más. Por eso necesitaba inmortalizar tus pasos, ver cómo te movías por un mundo que, de otra manera, sin ti, habría sido gris.

Pero también me sentía egoísta porque tú no recibieras nada a cambio. Tenía la obligación de demostrarte lo importante que eras para mí, pero debía expresarte mi amor sin que eso nos alejara. No siempre fue fácil, no siempre actué bien, pero... ¿cómo se pone freno al amor? Después te pedía disculpas, te enviaba flores, te escribía poemas. Y tú me perdonabas, sé que lo hacías, porque no podía ser de otra manera.

Esta sociedad tiene unos tiempos a los que no me puedo ajustar. Hoy nadie cree que puedas enamorarte a primera vista. Nadie entendería que, desde ese instante en que nuestras miradas se cruzaron, supe que tenías que ser mía. Tampoco el sacrificio y el esfuerzo que requiere una energía tan importante como la del amor.

Pero ¿cómo iba a pensar que te acabarías enamorando de él? ¿Cómo iba a imaginar que el destino nos haría esto antes de permitirnos estar juntos?

Me dije que debía ser paciente, porque el tiempo pone cada cosa en su lugar.

Y ahora, por fin, estamos más cerca que nunca.

Agradecimientos

A María, por ser mapa, brújula, multiusos y linterna en esta aventura. Gracias por acompañarme en cada paso del camino. Por estar siempre ahí. Por enseñarme tanto. Por todo.

A Pablo y David, por vuestra lámpara mágica, gracias por regalarme este sueño.

A Manu Márquez, por acompañarme en el arte y en la vida.

A mi hermana y primera lectora, Marta. Gracias por esa mirada rebosante de ilusión que consigue sacarme de cualquier bloqueo.

A ella, por enseñarme a amar. Por su luz. Por iluminar mi vida.

A mamá, por poder con todo y con todos; a papá, por ser mi héroe; y a Josete, por ser también papá.

A mi tío, mi padrino, mi jefe, mi paracaídas y el de todos, Andrés Hidalgo. Necesitaría un número infinito de páginas para ser justo con los agradecimientos que mereces.

A la abueli, mi ángel.

A ti, por seguir aquí.

ANTO